Christian Oehlschläger, 1954 in Hannover geboren, ist Förster bei der Landwirtschaftskammer Niedersachsen. Er war mehrere Jahre als forstlicher Berater in Mittel- und Südamerika tätig, bevor er die Leitung der Bezirksförsterei Burgwedel übernahm. Seit 1984 schreibt und veröffentlicht er Fachartikel, Kurzgeschichten und Kriminalromane. Im Emons Verlag erschien als Lizenzausgabe bereits »Schwanenhals«. »Der Kohlfuchs« erschien 2006 als gebundene Ausgabe im Verlag J. Neumann-Neudamm AG, Melsungen.
www.christian-oehlschlaeger.de

CHRISTIAN OEHLSCHLÄGER

Kohlfuchs

NIEDERSACHSEN KRIMI

emons:

Bibliografische Information der Deutschen Nationalbibliothek
Die Deutsche Nationalbibliothek verzeichnet diese Publikation in der Deutschen Nationalbibliografie; detaillierte bibliografische Daten sind im Internet über http://dnb.d-nb.de abrufbar.

Cäcilienstraße 48, 50667 Köln
info@emons-verlag.de

Umschlagzeichnung: photocase.de/judigrafie
Umschlaggestaltung: Tobias Doetsch
Druck und Bindung: Books on Demand GmbH, Norderstedt
Printed in Germany
Erstausgabe 2011
ISBN 978-3-89705-861-3
Niedersachsen Krimi
Originalausgabe

Für meine Eltern,
Elisabeth und Gerhard Oehlschläger

Gespräch unter Philosophen

SOKRATES: Nun, Glaucon! Machen wir es jetzt wie die Jäger und umstellen wir das ganze Gebüsch, mit wachem Verstand, damit uns die Gerechtigkeit nicht entwische und sich vor uns verflüchtige. Denn offensichtlich muss sie da sein, irgendwo. Also schau gut und bemühe dich, gut aufzupassen, falls du sie vor mir siehst, und treibe sie mir zu.

GLAUCON: Wenn ich das nur könnte. Es wird schon viel sein, wenn du mich führst und ich sehen kann, was du mir entdeckst.

SOKRATES: Nur zu, ich werde dir schon Mut machen.

GLAUCON: Ja, wenn du mich führst.

SOKRATES: Gut, aber zum Teufel, wie unwegsam und dicht das Gebüsch ist! So dunkel, dass man mit dem Blick nicht durchdringt! Aber es nützt nichts, wir müssen nach vorwärts.

GLAUCON: Also gut.

SOKRATES: Teufel, Teufel! Mir scheint, wir sind auf der richtigen Spur, und ich glaube, jetzt entwischt sie uns nicht mehr.

Platon, Athen, 427–347 v. Chr., Staat, 432 b (José Ortega y Gasset, Meditationen über die Jagd, Madrid 1944)

Prolog

Der Nebel, der von den Wiesen heraufzog, hatte das Moor erreicht. In dichten Schwaden umkurvte er die vereinzelt stehenden Birken und Erlen, bevor er sie gänzlich schluckte. Auf die abgestorbenen Grashalme, über die in der vergangenen Nacht der erste kräftige Frost gezogen war, legte sich Tau.

»Das war's dann wohl«, murmelte Jens Wingenfelder im Selbstgespräch. Er schulterte sein Gewehr, zog die Jagdmütze tiefer ins Gesicht und schloss den Reißverschluss seiner Faserpelzjacke bis unter die Kinnspitze. Mit dem Nebel war es merklich kühler geworden.

Er schaute auf die Uhr. Es war kurz vor sechzehn Uhr.

Gleich werde ich abgeholt, dachte er. Schade eigentlich. Das ist das erste Treiben, bei dem ich kein einziges Stück Wild zu Gesicht bekommen habe. Nicht ein Reh, keine Sau, geschweige denn einen Elch.

Aber Jens Wingenfelder war nicht wirklich traurig, dass der letzte Tag seines Jagdurlaubs erfolglos geblieben war. Er hatte fünf herrliche Tage hinter sich, an denen er einen jungen Elchbullen, einen mittleren Keiler und einen Haselhahn gestreckt hatte. Das Herbstwetter war bilderbuchhaft schön gewesen. Die Vielfalt der estnischen Landschaften hatte ihn verzaubert, die Gastfreundschaft ihrer Bewohner ihn begeistert. Der einzige Wermutstropfen war, dass das Haupt des von ihm erlegten Elchs nicht mit einer ausladenden Schaufel, sondern lediglich mit kurzen Stummeln, mit einem sogenannten »Fahrradlenker« geschmückt war.

Als er sich nach seinem Rucksack bücken wollte, flog ihm eine Elchlaus in den Nacken. Einer jener Plagegeister, die den menschlichen Eindringlingen in Estlands Wäldern nur allzu oft das Leben schwer machten. Wingenfelder erwischte das Untier gerade noch rechtzeitig, bevor es sich in seinen dichten Locken verkriechen konnte. Zwischen den Kuppen von Zeigefinger und Daumen zupfte er das widerspenstige Insekt aus seinem Haar und zerquetschte es – einen unflätigen Fluch ausstoßend – auf seinem Daumennagel. Anschließend warf er die Überreste in einen Moortümpel vor seinen Füßen.

Was wollte ich gerade noch?, fragte er sich. Er schaute an sich herunter. Ach ja, das Handy.

Erneut bückte er sich nach seinem Rucksack und fingerte ein Mobiltelefon hervor. Wie schon so oft in den letzten Tagen staunte er darüber, dass man in dieser Wildnis fern jeglicher Zivilisation einen derart guten Handyempfang hatte.

»EESTI-TEL«, las er beeindruckt auf dem Display. Und dachte: Die Esten sind uns in diesem Bereich um Lichtjahre voraus. Das Hightech-Wunderland vom Baltikum muss über leistungsstarke Funkstationen verfügen.

Daheim in seinem Wieckenberger Revier brauchte er nur die letzten Häuser hinter sich gelassen zu haben, um von Funkloch zu Funkloch zu stolpern. Und das trotz der nahen Autobahn – und obwohl die Entfernung bis zu den Grenzen der Landesmetropole Hannover nur zwanzig Kilometer betrug.

Er aktivierte sämtliche Signaltöne, die er für die Jagdzeit ausgeschaltet hatte. Dann ging er die eingegangenen Anrufe und SMS-Nachrichten durch. Zwei erweckten sein besonderes Interesse. Beide waren von seiner Frau Diana.

Sein Gesicht verfinsterte sich, als er sie las. Sein Schwiegervater sorgte daheim mal wieder für Aufregung. Je älter er wurde, desto mehr mischte er sich – unaufgefordert, versteht sich – in ihre Familienangelegenheiten ein. Es war schon auffällig, dass dies immer dann passierte, wenn er, der Hausherr, verreist war. Gerade wollte Wingenfelder mit einer gehörigen Portion Wut im Bauch eine Antwort ins Handy tippen, als ein Geräusch ihn auffahren ließ.

Hatte da nicht eben ein Ast geknackt?

Instinktiv griff er zum Gewehr und stellte sich in Position. Vergebens versuchte er, mit seinen Blicken die dichte Nebelwand vor sich zu durchdringen.

»Jens?«, rief da jemand mit unterdrückter Stimme. Eine Gestalt trat aus dem Nebel und hob den Arm zum Gruße.

»Hi, Aksel!« Wingenfelder ließ seine Büchse sinken. Und obwohl er wusste, dass der estnische Jagdführer mit der markanten Frisur eines Oliver Kahn kein Deutsch verstand, fuhr er in seiner Landessprache fort: »Da bist du ja endlich.«

Aksel grinste breit und nickte. *»Põder?«*, fragte er, während er mit beiden Armen so etwas Ähnliches wie Elchschaufeln formte.

»*No!* Nein, nichts«, erwiderte Wingenfelder. Zur Unterstützung seiner Worte schüttelte er kräftig den Kopf. Dann entlud er sein Gewehr, schulterte Waffe und Rucksack, und sie marschierten los.

Es ging über butterweichen Moorgrund, vorbei an frisch angelegten, bis zu fünf Meter breiten Entwässerungsgräben, den Vorzeichen einer baldigen Nutzung des Moores. Torf war gefragt in den reichen Ländern Mitteleuropas. Besonders die Holländer mit ihren Gewächshäusern und ihrer riesigen Topfblumenproduktion zahlten gute Preise für den Rohstoff.

Wingenfelder hielt sich dicht an Aksel, der trotz seines fortgeschrittenen Alters flink auf den Läufen war. Erstens wollte er seinen Führer in der Nebelsuppe nicht verlieren, und zweitens hatte er keine Lust, Bekanntschaft mit einem der tückischen Moorlöcher zu machen, die es hier zuhauf geben sollte.

Endlich erreichten sie einen befestigten Waldweg und Aksels Moskwitsch. Auf der Rückbank des Autos warteten bereits zwei andere Jagdgäste, zwei Finnen, die erst gestern angereist waren. Auch sie hatten nichts geschossen, jedoch hatten sie wenigstens aus der Ferne Elche zu Gesicht bekommen.

Auf dem Rückweg nach Viljandi machten sie noch einen Schlenker an der sogenannten »Elchblöße« vorbei, einem ehemaligen Kahlschlag, der nicht wieder aufgeforstet worden war. Jetzt wuchsen dort für das Wild schmackhafte Weidenröschen. Aksel hoffte, dass sich hier eventuell noch kein Nebel eingestellt hatte und dass man vielleicht doch noch einen Elch zu Gesicht bekäme. Doch auch in dieser Gegend hatte sich mittlerweile eine drei Meter dicke Nebelschicht gebildet, aus der nicht einmal die kapitalste Elchschaufel hervorragen würde. Da außerdem das Tageslicht zusehends schwand, fuhren sie unverrichteter Dinge weiter.

Als sie eine halbe Stunde später in Viljandi ankamen, war es stockdunkel. Auf den Straßen der Kreishauptstadt herrschte reger Feierabendverkehr. Neben neusten Audi- und BMW-Modellen knatterten so manche betagte Sowjetschlitten, der eine oder andere Skoda aus der ehemaligen Tschechoslowakei und vereinzelt ostdeutsche Zweitakter über die jahrhundertealten Pflastersteine.

Sie fuhren direkt zum Jagdclub, einem schmucken Gebäudekomplex, der am Rande der Stadt auf einem parkähnlichen Grundstück erbaut worden war. Die tief heruntergezogenen roten Ziegeldächer, das angedeutete Fachwerk auf weißem Putz und die vielen kleinen Butzenfenster riefen bei Wingenfelder Erinnerungen an Häuser in Süddeutschland wach, an die in Bayern oder präziser: an die in Franken, wo eine Tante von ihm lebte.

Auf dem Parkplatz stand ein gutes Dutzend Autos. Die Mehrzahl waren Geländewagen aus ehemaligen sowjetischen Militärbeständen, deren Lackierung zwar noch an ihre Herkunft erinnerte, die aber nun nur noch für die Jagd eingesetzt wurden. Aksel parkte seinen Moskwitsch auf seinem Stammparkplatz zwischen den beiden Birken, deren Rinde in Schienbeinhöhe von etlichen Stoßstangenkontakten schon ziemlich ramponiert war, und ließ die drei Jäger raus.

Nachdem Wingenfelder seine Jagdutensilien zusammengerafft hatte, bedankte er sich bei ihrem Chauffeur per Handschlag und folgte den beiden Finnen, die vorausgeeilt waren. Er staunte nicht schlecht, als er die zahlreichen Autos und die vielen hell erleuchteten Fenster des Jagdclubs bemerkte. Denn hier im Club war in den vergangenen Tagen nicht besonders viel los gewesen. In den Weiten des Hauses, das seit dem Umbau im letzten Jahr immerhin über stolze sechzehn Doppelzimmer verfügte, streifte lediglich eine Handvoll Jagdgäste umher. Im Salon war es an den Abenden stets leer und ungemütlich gewesen, sodass Wingenfelder sich meist schon frühzeitig in sein Zimmer im ersten Stock zurückgezogen hatte.

Eigentlich hatte er die Jagdwoche in Estland nicht allein gebucht, sondern zusammen mit einem Bekannten und Arbeitskollegen aus Celle. Doch der hatte nach dem plötzlichen Tod seiner Mutter leider im letzten Augenblick von der Reise zurücktreten müssen. So war Wingenfelder allein aufgebrochen, da sich sein Urlaub wegen des engen Terminplans im Unternehmen nicht mehr verschieben ließ.

Im Foyer begegnete er Villo Saar, dem Präsidenten des Jagdclubs »Viljandi Jahimajand«. Dieser weißhaarige, vom Alter bereits gebeugte schmächtige Herr, dessen Augen ausgesprochen gutmütig in die Welt schauten, sprach – wie viele andere Esten ebenfalls – bemerkenswert gut deutsch.

»Guten Abend, Herr Wingenfelder«, sagte er freundlich und nahezu akzentfrei. »Da sind Sie überrascht, nicht wahr? Unser Haus füllt sich allmählich. Denn jetzt geht die Jagdsaison für uns erst richtig los. Heute sind etliche neue Jäger eingetroffen: aus England, Spanien, Italien, zwei aus der Schweiz und einer auch aus Deutschland. Ich habe allerdings vergessen, aus welcher Gegend.«

»Das freut mich für Sie«, entgegnete Wingenfelder. »Nur reise ich – wie Sie sicher wissen – morgen früh wieder ab. Da bleibt nicht mehr viel Zeit für ein geselliges Beisammensein.«

»So haben Sie aber an Ihrem Abschiedsabend zumindest einen Landsmann dabei. Ich werde Sie später bekannt machen – wenn es Ihnen nichts ausmacht?«

»Ganz und gar nicht.« Wingenfelder rückte seine Büchse und den Rucksack zurecht. »Jetzt werde ich mich erst einmal frisch machen. Beim Abendessen sehen wir weiter.«

Doch das Abendessen hätte er um ein Haar verschlafen. Nach einem ausgiebigen Duschbad hatte er sich mit dem um die Hüfte geschlungenen Handtuch auf das Bett fallen lassen, um ein paar Minuten zu dösen. Aus ein paar Minuten war eine volle Stunde geworden.

Ein leises, vornehmes Klopfen an der Tür weckte ihn. Villo Saar stand draußen im Gang und lächelte vielsagend, als ihn Wingenfelder aus verschlafenen Augen anblinzelte.

»Ja, ich weiß, das Jagen ist anstrengend und macht müde«, sagte er. »Aber sicher doch auch hungrig. Das Abendessen wartet bereits. Wenn Sie es nicht verpassen wollen, sollten Sie sich auf den Weg zum Speisesaal machen.«

»Danke für den Hinweis«, erwiderte Wingenfelder. »Ich bin in fünf Minuten unten.«

Als er kurz darauf den Speisesaal betrat, saßen die anderen Jagdgäste bereits an ihren Tischen und löffelten eine Suppe. Wingenfelder staunte. Sämtliche Tische waren besetzt, ebenso sein Stammplatz auf der Holzbank an der Wand, über dem das ausgestopfte, ihm mittlerweile vertraute Haupt eines Wolfes hing.

»Hier ist noch Platz«, hörte er da die Stimme Villo Saars aus dem Wirrwarr vieler Sprachen heraus. »Hier in der Ecke.«

Wingenfelder entdeckte ihn erst, als sich Villo Saar von seinem

Stuhl erhob. Er zwängte sich durch die engen Stuhlreihen und gelangte an den Tisch, an dem außerdem die beiden Finnen vom Nachmittag und ein ihm unbekannter Gast Platz genommen hatten.

»Darf ich vorstellen?«, empfing ihn Villo Saar. »Ihr Landsmann, Herr Berger. Und dies ist Herr Wingenfelder.«

»Angenehm.« Berger hatte sich erhoben und reichte Wingenfelder die Hand. »Freut mich, jemanden aus der Heimat zu treffen.«

Die beiden Männer musterten sich kurz. Sie waren sich in gewisser Weise sehr ähnlich: Beide hatten eine schlanke und drahtige Statur, waren von nahezu gleicher stattlicher Größe und wiesen gleichmäßige, fast schön zu nennende Gesichtszüge auf. Auch ihr Alter von um die vierzig schien identisch. Lediglich ihr Haar unterschied sich. Wingenfelder hatte dichte dunkelblonde Locken, die bis in den Nacken reichten, während Berger kurz und adrett geschnittenes pechschwarzes Haar trug.

»Die Freude ist ganz meinerseits«, antwortete Wingenfelder lächelnd, obschon er wusste, dass es sich hier lediglich um ein Ritual und nicht um eine ernst gemeinte Äußerung handelte. Auch sein Gegenüber schien dieser Ansicht zu sein. Über Bergers Gesicht huschte ein süffisantes Lächeln.

»Aber nehmen Sie doch Platz«, drängte Villo Saar die beiden. »Es wird doch alles kalt.«

Die Suppe war aus frischen Waldpilzen bereitet, die es hier in dieser Jahreszeit zuhauf gab, und mit einem Schuss Sherry verfeinert. Sie schmeckte köstlich, war lediglich ein bisschen zu kalt, wie Wingenfelder befand. Aber das lag bestimmt nicht am Koch, sondern eher an seinem Zuspätkommen.

»Herr Wingenfelder ist aus der berühmten Lüneburger Heide«, sagte Villo Saar zu Berger, nachdem er als Erster seinen Suppenteller geleert hatte. »Von wo waren Sie noch bitte?«

»Lüneburger Heide ist vielleicht ein wenig zu weit gegriffen«, korrigierte Wingenfelder. An Berger gewandt fügte er hinzu: »Südheide wäre richtiger. Genauer: Landkreis Celle, noch genauer: Gemeinde Wietze, am genauesten: Ortsteil Wieckenberg.«

»Nein!« Berger schlug überrascht mit der flachen Hand auf den Tisch. »Das ist aber ein Zufall.« Er grinste. »Ich wohne seit Kurzem im benachbarten Landkreis Hannover beziehungsweise in der jetzt sogenannten Region Hannover, in der Gemeinde Burgwedel, im Ortsteil Fuhrberg.«

»Das gibt es doch gar nicht!« Wingenfelder lachte bass erstaunt. An Villo Saar gewandt, ergänzte er: »Da liegen gerade mal acht Kilometer zwischen unseren Wohnorten.«

»Und Sie haben sich noch nie gesehen?« Der Este schüttelte ungläubig sein Haupt. Ohne eine Antwort abzuwarten, fügte er hinzu: »Ja, ja, ich weiß. In Deutschland ist alles ganz anders als hier. Dort leben über achtzig Millionen Menschen auf engem Raum.«

Nun war natürlich für Gesprächsstoff gesorgt. Während gebratene Fleischspieße vom Reh, geräucherter Aal, saure Gurken, frisch gebackenes Roggenbrot und dazu etliche Flaschen Wodka sowie Kannen mit schwarzem Kaffee gereicht wurden, versuchten Wingenfelder und Berger, weitere Gemeinsamkeiten zu entdecken.

Doch außer der räumlichen Nähe ihrer aktuellen Wohnsitze und der gemeinsamen Passion Jagd gab es anscheinend wenige Berührungspunkte. Wingenfelder, ein gebürtiger Wieckenberger, der sich in der Celler Niederlassung des schwedischen Knäckebrotherstellers Wasa von der kaufmännischen Lehrstelle bis in die Managerriege emporgearbeitet hatte, war eher bodenständig geblieben. Berger dagegen hatte als Elektronik-Ingenieur schon viel von der Welt gesehen. Er war für amerikanische und französische Firmen in etlichen Ländern tätig gewesen, hatte sogar einmal ein halbes Jahr in Japan zugebracht. Ursprünglich stammte er aus einem schleswig-holsteinischen Vorort von Hamburg. Wegen einer lukrativen Stelle bei dem hannoverschen Automobilzulieferer Continental war er vor einem knappen halben Jahr nach Fuhrberg gezogen und hatte bewusst einen Wohnort im Norden von Hannover gewählt, um bei Bedarf rasch auf der A7 Richtung alte Heimat und geliebte Waterkant düsen zu können.

Villo Saar, der sich nun überflüssig vorkam und außerdem als Präsident des Jagdclubs bei den vielen Neuankömmlingen noch andere Pflichten zu erfüllen hatte, entschuldigte sich. Die beiden Finnen am Tisch sprachen derweil kaum. Ihre dürftige Kommunikation beschränkte sich auf emsiges Zuprosten.

»Ich heiße übrigens Jens«, bot Wingenfelder schon bald seinem Gegenüber das Du an.

»Clemens«, antwortete Berger, während er ihre beiden Schnapsgläser erneut mit Wodka füllte. Sie lächelten sich zu, ließen die Gläser klingen und nahmen jeder einen kräftigen Schluck.

Zwei Stunden später fuhr auf dem Parkplatz ein Taxi vor. Dem Volvo älterer Bauart entstiegen zwei junge Damen in Pelzmänteln. Nachdem sie gezahlt und ein großzügiges Trinkgeld hinterlassen hatten, trippelten sie auf hochhackigen Schuhen in das Foyer des Jagdclubs. Dort empfing sie ein groß gewachsener, ganz in schwarz gekleideter Sicherheitsangestellter. Begrüßungsküsschen wurden ausgetauscht und ein paar Euroscheine wechselten diskret den Besitzer. Danach entledigten sich die beiden Damen ihrer Mäntel, rückten ihre modischen Frisuren und freizügigen Dekolletés zurecht und ließen sich von dem Türsteher die Salontür aufhalten.

Der Salon – auch Kaminzimmer genannt – befand sich direkt neben dem Speisesaal. Er war mit einer Theke, mit einem halben Dutzend Barhockern und drei kleinen Sitzgruppen mit Ledersesseln ausgestattet, die im Halbkreis um einen lodernden Kamin standen. Zahlreiche Gemälde an den Wänden zeigten die ehemals prunkvollen Gutshäuser des deutschstämmigen Baltenadels, der hier bis vor knapp hundert Jahren einmal geherrscht hatte. Außer den mächtigen Elchschaufeln über dem Kamin wies keine weitere Trophäe darauf hin, dass man sich in einem Jagdclub befand.

Als die beiden Damen den Salon betraten, schlugen ihnen dichte Rauchschwaden entgegen. Im diffusen Licht der Barlampen konnten sie erkennen, dass der Raum gut gefüllt war. Sämtliche Ledersessel, Barhocker und selbst die Stehplätze an der Theke waren besetzt – ausschließlich von männlichen Besuchern, in den meisten Fällen Herren in gesetztem Alter. Auch das Personal bestand nur aus Männern. Dass sie die einzigen Frauen waren, schien den beiden jedoch überhaupt nichts auszumachen. Im Gegenteil. Mit einem charmanten Lächeln auf den Lippen ließen sie sich von den Zigarren schmauchenden Herrschaften ausgiebig bewundern.

Nur eines Mannes Züge verfinsterten sich, als er die zwei Damen hereinkommen sah. Noch bevor sie die Tür hinter sich geschlossen hatten, war er von seinem Sitz hochgeschnellt und zu ihnen getreten. Unsanft ergriff er ihre Ellenbogen und drängte sie zur Seite.

»Unverschämtheit!«, zischte Villo Saar die beiden auf Estnisch an. »Ihr habt hier Hausverbot. Raus mit euch. Wie konnte Voili es wagen, euch hereinzulassen?«

»Aber Villo …«, säuselte die ältere der beiden, während sie hilfesuchend umherschaute. »Wir wurden doch telefonisch herbestellt.«

»Bitte?«

»Ja, genau«, mischte sich nun auch die Jüngere ein. Sie sprach mit starkem russischem Akzent. »Von einem Ausländer.«

»Ihr lügt wie gedruckt. Und jetzt möchte ich, dass ihr unverzüglich den Jagdclub verlasst. Sonst rufe ich die Polizei.«

In diesem Moment trat – dem untrüglichen Äußeren nach – ein glühender Verehrer des englischen Landadels zu dem streitenden Trio. Der Mittsechziger trug schweren schottischen Tweed, einen sehenswerten Backenbart und eine urige Wurzelholzpfeife im Mundwinkel. *»Excuse me«*, sagte er grinsend, nachdem er die Pfeife aus dem Mund genommen hatte, und fragte in einem nuschelnden, schwer verständlichen Englisch: »Ist es vielleicht möglich, die beiden reizenden Damen an unseren Tisch zu bitten? Es wäre meinen Begleitern und mir eine besondere Ehre, Ihnen einen Drink spendieren zu dürfen.«

»Oh yes, of course!«, erwiderte die ältere der beiden, während sie sich unauffällig aus Villo Saars Griff befreite. *»It would be a pleasure for us. My name is Laima and this is Ulyana. What's your name?«*

Ehe sich der Präsident des Jagdclubs versah, waren ihm die zwei Grazien mit dem Engländer entwischt. Doch da die beiden von den anderen der britischen Tischrunde herzlich aufgenommen wurden, brach sein Widerstand. Er ballte ärgerlich die Fäuste und begab sich hinaus ins Foyer. Er hatte mit Voili ein ernstes Wörtchen zu reden.

Laima und Ulyana hatten schnell heraus, dass in dieser Gruppe seniler Engländer nicht viel mehr als ein paar Schmeicheleien und der eine oder andere spendierte Drink zu holen waren. Sie schauten sich daher völlig ungeniert nach lohnenswerteren Opfern um. Schließlich waren sie nicht zu ihrem Vergnügen da.

Schon bald entdeckten sie die beiden Männer an der Bar, die sich wegen ihres Alters und ansprechenden Äußeren wohltuend von den anderen abhoben. Laima gab ihrer Freundin einen Wink. Sich ihrer weiblichen Reize durchaus bewusst, schlenderten sie quer durch den Salon auf die Theke zu.

»Hello«, sagte Laima, als sie an Wingenfelders Seite trat. *»Is it possible to order a drink?«*

»Äh – *yes please*«, stammelte Wingenfelder, während er ein Stück zur Seite rutschte, um den Tresen freizugeben. Dabei wäre er beinahe von seinem Barhocker gestürzt, was aber weniger mit der betörenden Nähe zweier weiblicher Schönheiten als mit dem Alkoholgehalt seines Blutes zusammenhing.

Laima und Ulyana schauten sich an und kicherten. Dann standen sie einfach nur da und warteten. Wingenfelder warf einen fragenden Blick auf Berger. »Wollten die nicht etwas bestellen?«, flüsterte er. »Oder habe ich sie falsch verstanden?«

»Das hast du tatsächlich falsch verstanden, du unerfahrener Großwildjäger«, sagte Berger, dessen Stimme auch schon nicht mehr ganz sattelfest war, mit breitem Grinsen. »Hier handelt es sich um heimisches Stöckelwild der besonderen Art. Mit Sicherheit wollen die nicht nur, dass wir ihnen einen ausgeben, sondern dass wir auch in anderer Form …« Er rieb vielsagend Daumen und Zeigefinger gegeneinander.

»Germania?«, mischte sich da Ulyana in die Unterhaltung ein. Keck hatte sie ihr hübsches Köpfchen zwischen die der beiden Männer gesteckt. »Ich bin Russin und spreche klein wenig Deutsch. Das ist Freundin Laima, sie aus Estland und sprechen hervorragend Englisch. Und ihr mich Ulya nennen, das kommt von Ulyana und ist Spitzname.«

In der nächsten halben Stunde hatten die vier viel Spaß. Sie lachten, alberten und scherzten in vier verschiedenen Sprachen: in Estnisch, Russisch, Englisch und Deutsch. Wingenfelder und Berger – ganz Kavaliere – hatten den beiden Damen ihre Barhocker überlassen und standen lässig an die Theke gelehnt. Wodka der edlen Marke Moskovskaya Cristall und Krimsekt flossen in Strömen. Während Wingenfelder und Berger eher dem edlen Getreideschnaps zusprachen, bevorzugten die beiden Frauen den russischen Schaumwein.

Allmählich leerte sich der Salon. Wingenfelder und Berger bestellten gerade ihre jeweils dritte *Romeo y Julieta*, jene edlen Havanna-Zigarren, von denen jede einzelne in libanesisches Zedernholzfurnier gewickelt und in einer Aluminiumhülse verpackt war, als Villo Saar bei ihnen auftauchte. Er verzog sein Gesicht zu einem gequälten Lächeln, öffnete den Mund, um etwas zu sagen, schloss ihn jedoch rasch wieder und zog unverrichteter Dinge von dannen.

»Was hat er nur?«, fragte Wingenfelder mehr sich selbst als die anderen.

»Ist bisschen eifersüchtig«, sagte Ulyana und kicherte los. »Auf zwei so schöne, starke, junge Jäger …«

Dabei ließ sie sich eher absichtlich als aus Versehen vom Hocker gleiten, um in den Armen von Berger aufgefangen zu werden. Sie machte keinerlei Anstalten, sich aus dieser recht intimen Position zu befreien, und versuchte im Gegenteil, Berger noch inniger zu umarmen – da wurde dieser plötzlich ernst. Er bugsierte Ulyana kurzerhand zurück auf ihren Hocker und hob den Zeigefinger. »Bis hierhin und nicht weiter!«, sagte er bestimmt.

Es war das erste Mal an diesem Abend, dass zwischen ihnen Stille herrschte. Peinliche Stille. Und als Laima versuchte, die Situation und ihr eigentliches Anliegen zu retten, indem sie Wingenfelders Hand ergriff und an ihren Busen zog, kam es gänzlich zum Bruch. Denn auch Wingenfelder ließ sich nicht bezirzen, zog seine Hand zurück und schaute stattdessen auf Berger.

Ulyana und Laima sprangen gleichzeitig von ihren Hockern. Unsanft stießen sie die beiden Männer zurück, fluchten laut auf Estnisch und Russisch und verließen schimpfend den Salon.

Sämtliche Augenpaare der verbliebenen Gäste waren nun auf Wingenfelder und Berger gerichtet. Auch das von Villo Saar, der sich gerade am Kamin zu schaffen machte. Mit Genugtuung hatte der Hausherr beobachtet, wie seine beiden Widersacherinnen eine ordentliche Abfuhr erlitten hatten. Das sollte ihnen eine Lehre sein.

Wingenfelder und Berger setzten sich wieder auf ihre Barhocker. Mit den Ellenbogen auf die Theke gestützt, pafften sie genüsslich ihre Zigarren, während sie sich gegenseitig in dem großen Spiegel hinter dem Flaschenregal musterten. Nach einer längeren Pause ergriff Berger als Erster das Wort.

»Die Damen haben bei mir keine Chance«, sagte er leise, mit einem vielsagenden Lächeln auf den Lippen.

»Bei mir auch nicht«, erwiderte Wingenfelder wie aus der Pistole geschossen. Doch er bereute schon im nächsten Augenblick seine Worte – oder zumindest, dass er so ungestüm geantwortet hatte. Er brauchte gar nicht in den Spiegel zu schauen, er spürte auch so, dass sein Gesicht rot anlief wie bei einem fünfzehnjährigen Schuljungen.

»Ist schon gut«, beruhigte ihn Berger und rückte mit seinem Hocker etwas näher an Wingenfelder heran. »Das muss dir nicht peinlich sein, Jens.« Er blickte ihn nun direkt an. »Eigentlich ist es schade, dass du morgen schon abreisen musst.«

»Clemens, recht hast du. Aber der Abend ist ja noch lang.«

EINS

Die Sonne schien grell und unerbittlich. Es war die heißeste Zeit des Tages. Über dem Gelände der Historischen Waldschmiede zu Wieckenberg rührte sich an jenem frühen Samstagnachmittag kein Lüftchen.

Aus den Bäumen und Büschen ringsumher erklang keine einzige Vogelstimme, kein Grillengezirpe, nicht mal leises Insektengesumme war zu hören. Längst hatte die Hitze den letzten Grashalm verdorrt, waren sämtliche Brennnesseln und Farne erschlafft. Der dunkle humose Erdboden hatte sich zu knochentrockenem Pulver verwandelt. Das Blattwerk der vereinzelt stehenden Eichen und Erlen, das zumindest für etwas Schatten sorgte, war mit einer dicken Staubschicht bedeckt.

Schon der Juli war rekordverdächtig heiß und trocken gewesen. Aber das, was sich jetzt Anfang August in Norddeutschland abspielte, hatte es in den Wetteraufzeichnungen seit über sechzig Jahren nicht mehr gegeben. Dieser Sommer würde in die Annalen der Meteorologie eingehen.

Aus einem der Gebäude des Freilichtmuseums trat ein älterer Mann. Er schaute skeptisch gen Himmel.

»Weit und breit kein Gewitter in Sicht«, sagte er, indem er sich zurück zum Haus wandte. »Der Wetterbericht stimmt mal wieder nicht. Wir hätten ruhig draußen unter den Bäumen eindecken können. Du wirst sehen, unser Fest heute Nachmittag ist nicht in Gefahr.«

»Warte ab«, rief eine Frauenstimme im Inneren des Gebäudes. »Gewitter kommen in der Regel erst am Nachmittag. Und dann urplötzlich. Wenn es wider Erwarten schön bleibt, können wir immer noch umziehen.«

»Ich kann mir nicht vorstellen«, entgegnete er, »dass es ausgerechnet heute den lang ersehnten Regen geben soll.« Mit einem Taschentuch betupfte er Stirn und Schläfe. »Aber komm jetzt endlich. Wenn wir pünktlich um vier beim Treffpunkt sein wollen, müssen wir uns sputen.«

In diesem Jahr waren es Erika und Karl Wienhold aus Wettmar, die den allsommerlichen Ausflug ihres Heimatvereins zu organisieren hatten. Eigentlich war eine ganztägige Radtour zur Waldschmiede mit anschließendem Grillen geplant gewesen. Doch die Hitze hatte ihnen einen Strich durch die Rechnung gemacht. Die Fahrradtour durch den Staatsforst nach Fuhrberg und von dort zur Waldschmiede wäre immerhin gut fünfzehn Kilometer lang gewesen. Und da es unter den Mitgliedern des Heimatvereins etliche Senioren gab, die sich bei diesen außergewöhnlich hohen Temperaturen mit Kreislaufbeschwerden, Schwächeanfällen oder ähnlichen Zipperlein plagten, war der Ausflug kurzerhand auf den späten Nachmittag verlegt worden. Das Radeln hatte man abgesagt und stattdessen beschlossen, sich in einem klimatisierten Bus chauffieren zu lassen.

Das parkähnliche Gelände mit seinen urigen Hütten, einer Grillanlage und einem Spielplatz machte die Waldschmiede zu einem beliebten Ausflugsziel. Schautafeln und verschiedene Exponate wiesen darauf hin, dass hier bis ins 16. Jahrhundert hinein aus dem heimischen Raseneisenstein Eisenerz gewonnen worden war. Die unbrauchbaren Schlacken hatte man auf Haufen gekippt, welche heute noch als Bodenwellen oder seichte Hügel zu erkennen waren.

Die Wienholds stiegen in ihren betagten Opel Ascona und verließen den Parkplatz der Waldschmiede. Mit ihrem Gefährt, das bereits etliche Jahre auf dem Buckel hatte, holperten sie im Schneckentempo über die denkmalgeschützte Kopfsteinpflasterstraße, die Kreisstraße 5, in Richtung Süden. Sie hatten gerade den fiskalischen Forstort Hellern und die dort befindliche Landkreisgrenze zwischen Celle und Hannover erreicht, als ihnen ein Geländewagen auffiel. Der kam mit hoher Geschwindigkeit von links aus einem Feldweg geschossen, wirbelte Staub und Steine in die Luft und bog rücksichtslos mit quietschenden Reifen auf die Asphaltstraße in Richtung Fuhrberg ein.

»Das gibt's doch gar nicht!«, schimpfte Karl Wienhold, als der Ascona nach einer Vollbremsung mitten auf der Kreuzung zum Stehen kam.

»Puh, das war knapp!«, stöhnte seine Frau. Sie hielt sich noch immer mit beiden Händen am Armaturenbrett fest. »Na, spinnt der denn!«

»Typisch Geländewagenfahrer«, setzte Karl Wienhold nach. »BMW-Großkotz. Wahrscheinlich ein Jäger. Einer dieser rücksichtslosen Kerle, die meinen, sie hätten hier draußen nicht nur das Revier, sondern auch die Vorfahrt gepachtet.«

Erika Wienhold hatte sich wieder zurückgelehnt. »Aber mit zerdeppertem Rücklicht herumfahren«, sagte sie.

»Ist mir gar nicht aufgefallen.« Er legte den ersten Gang ein und fuhr wieder an. »Fahren wir vorsichtig hinterher. Vielleicht klebt er ja gleich irgendwo an einem Baum.«

***

Das Thermometer im Dr.-Erich-Bunke-Freibad in Wietze war auf fünfunddreißig Grad geklettert. Die Tafel neben dem Eingang zeigte in Kreideschrift neben der aktuellen Lufttemperatur auch die Wassertemperatur von sechsundzwanzig Grad – Rekord in diesem Jahr.

Bastian Hemme stand ungeduldig in der Warteschlange am Kiosk. Er rückte seine Sonnenbrille zurecht, die auf seinem schweißfeuchten Nasenrücken ins Rutschen geraten war. Die Sonne knallte vom Himmel, es brannte in seinem Nacken. Er hatte schlicht vergessen, sich nach dem Baden wieder einzucremen. Das war nicht gerade schlau, denn sein Hauttyp war prädestiniert für heftige und folgenschwere Sonnenbrände – so wie die Haut der meisten anderen Rotblonden auch. Und er stand hier nur mit einer Badehose bekleidet im prallen Sonnenschein.

Endlich hatte der kleine Junge ganz vorn in der Schlange seine Pommes frites bekommen und zog von dannen. Wie kann man bei dieser Hitze nur Pommes essen?, fragte sich Bastian Hemme. Er machte einen Schritt nach vorn und stand nun endlich im Schatten der Markise. Vor ihm waren noch zwei Mädchen an der Reihe, die aber lediglich etwas zu trinken wollten. Dann war auch schon er an der Reihe. Er kaufte zwei Cornetto Erdbeer und rannte los.

Er musste sich beeilen, wenn er bei derart tropischen Temperaturen das Eis in halbwegs fester Konsistenz bis zu seinem Platz am äußersten Ende der Liegewiesen bringen wollte. Franziska und er hatten ihre Handtücher oberhalb des Hanges in der Nähe des benachbarten Kiefernwaldes ausgebreitet. Von da oben konnte man das bunte Treiben unten im Becken hervorragend beobachten. Außerdem ließ es sich dort – abgesehen von den lästigen Bremsen und Wespen, die es dieses Jahr zuhauf gab – einigermaßen ungestört knutschen.

Diese faule Liese, dachte er bei sich, während er mit staksigen Schritten über die heißen Steinplatten lief. Hätte ruhig mal ihren Hintern erheben und mit mir zum Kiosk laufen können. Aber nein, da brät sie lieber in dieser mörderischen Sonne und holt sich womöglich noch einen Sonnenstich. Na warte, dafür werde ich sie ein wenig ärgern.

Sie lag – lediglich mit dem Bikini-Unterteil bekleidet – auf dem Bauch und döste vor sich hin, als sie die Kälte auf ihrem Rücken spürte. Mit einem Schrei fuhr sie hoch, sodass das Eis zwischen ihren Schulterblättern hinunterrutschte, in Richtung Po und von dort seitlich über die Hüfte auf das Handtuch.

»Du Ekel!«, schimpfte sie, während sie nach ihrem Oberteil tastete. Bastian Hemme hob das Eis auf und quietschte vor Vergnügen. Er setzte sich zu ihr, doch sie wandte beleidigt den Kopf zur Seite und ließ ihren blonden Pferdeschwanz bedrohlich wie einen Peitschenhieb durch die Luft wirbeln.

»Ach, komm schon«, versuchte er sie zu besänftigen. Behutsam streichelte er die Stelle auf ihrem Rücken, wo kurz zuvor noch das Eis gelegen hatte. »Wenn du dein Eis noch knabbern und nicht trinken möchtest, solltest du dich langsam umdrehen«, sagte er und rückte noch ein Stück näher. Seine kraulende Hand hatte mittlerweile ihren Nacken und den Haaransatz erreicht. Trotz der Hitze bildete sich eine Gänsehaut auf Franziskas Oberarmen. Bastian Hemme registrierte dies mit Genugtuung: Er wusste nur zu gut, wie er seine Freundin um Verzeihung bitten konnte. Gleich würde sie sich umdrehen, ihm mit einem tiefen Seufzer – und eventuell, wenn sie wieder gut gelaunt war, auch mit einem Kuss – den Scherz verzeihen, um endlich das Eis in die Hand zu nehmen.

In diesem Moment lief heulend die Sirene an.

»Alarm!«, rief Bastian Hemme. »Das ist unsere Sirene in Wieckenberg.«

»Och nee, doch nicht jetzt«, nölte Franziska.

Er sprang auf. Die beiden Eistüten, die inzwischen schon recht weich geworden waren, rutschten ihm aus der Hand und landeten im Gras. »Verdammt!«, schimpfte er. »Ich muss los.«

»Schade eigentlich«, sagte Franziska schnippisch. Sie hatte sich umgedreht und hob die beiden Eistüten auf. »Dann muss ich eben das Eis allein schlecken.«

»Hoffentlich ist es endlich mal ein Feuer.« Bastian Hemme schlüpfte in Shorts und T-Shirt. »Und nicht bloß wieder ein Autounfall.« Er beugte sich zu Franziska hinab. »Wenn alles glattgeht, bin ich in einer Stunde wieder hier. Okay?«

Er gab ihr einen flüchtigen Kuss, nahm Sandalen und Autoschlüssel in die Hand und rannte barfuß den Hang hinab.

Das tiefe Grummeln und Donnern in der Ferne kam heute mal nicht von den Truppenübungsplätzen und Schießbahnen im Norden des Landkreises. Nicht aus Bergen, Faßberg oder Unterlüß. Es war natürlichen Ursprungs. Denn von Osten näherte sich eine gewaltige Gewitterfront der Stadt. Pechschwarze Wolkentürme schoben sich langsam, aber unaufhaltsam vor den noch sonnenüberfluteten azurblauen Nachmittagshimmel über Celle.

Die wenigen Menschen, die sich in die brütend heißen Gassen der historischen Fachwerkstadt verirrt hatten, schauten hoffnungsvoll gen Himmel. Würden diese Hundstage endlich ein Ende finden? Würde das Gewitter zumindest eine vorübergehende Abkühlung und etwas Regen bringen? Sieben lange Wochen hielt diese hochsommerliche Hitze und Dürre nun schon an. Viele Leute fragten sich, ob die extreme Wetterlage nicht doch etwas mit der viel zitierten »globalen Erderwärmung« zu tun hatte.

Fünfzehn Kilometer entfernt, im äußersten Westen des Landkreises Celle, war zu diesem Zeitpunkt von dem nahenden Unwetter noch nichts zu spüren.

Mit quietschenden Reifen seines VW-Polo verließ Bastian Hemme den Parkplatz des Freibades. Er würde sicher einer der Ersten sein, das freute ihn. Denn er musste auf der Fuhrberger Straße lediglich ein paar hundert Meter geradeaus fahren, um zum Feuerwehrhaus in Wieckenberg zu gelangen. Bei seinem ersten richtigen Einsatz – seine Beförderung vom Feuerwehrmann-Anwärter zum Feuerwehrmann lag gerade einmal drei Wochen zurück – wollte er unbedingt an vorderster Front dabei sein.

Kaum hatte er richtig Gas gegeben, da musste er schon wieder scharf bremsen. Um Haaresbreite hätte er seinen ersten Einsatz als Feuerwehrmann verpasst. Denn aus der Einfahrt des nahe gelegenen Stadtwerke-Forstamtes war ungebremst ein Auto auf die Hauptstraße gebogen und brauste mit hoher Geschwindigkeit Richtung Ortsmitte davon. Nur ein geschicktes Ausweichmanöver hatte den Zusammenstoß verhindert.

Bastian Hemme kannte den Wagen. Es war der Mitsubishi Pick-up des hiesigen Försters. Der ist doch gar nicht bei der Feuerwehr, wunderte er sich. Aber dann machte es auch schon Klick bei ihm. Wenn ein Förster bei Feueralarm derart hektisch reagierte, ging es aller Wahrscheinlichkeit nach nicht um einen Autounfall. Es wird ein Waldbrand sein, kombinierte er messerscharf. Bei dieser prekären Wetterlage war da mit einigem zu rechnen. Die Waldbrandkatastrophe von Eschede 1975 ließ grüßen.

Noch bevor die Sirene verstummt war, erreichte er das Feuerwehrhaus. Fast zeitgleich mit ihm trafen zwei weitere Feuerwehrkameraden mit ihren Autos vor der Wache ein. Dort herrschte bereits rege Betriebsamkeit, wie Bastian Hemme feststellte. Die Tore standen offen, der Motor des Tanklöschfahrzeugs, eines TLF 16/25, lief bereits. Funksprüche schallten über den Platz, jemand schrie nach Feuerpatschen.

»Waldbrand an der Wulbeck!«, hörte er jemanden rufen. »Kronenfeuer! Im Stadtwerke-Forst. In der Nähe der Förstersteine. Alle vier Wehren rücken aus.«

Bastian Hemme rannte ins Gebäude zu seinem Spind, zog sich rasch Schutzanzug und Stiefel an, schnappte sich den Helm und raste zum TLF zurück. Dort traf er Heiner Martens, den Maschinisten ihres Fahrzeugs.

»Das musste ja so kommen!«, rief der Jungbauer atemlos. »Bei diesem Wetter ist es schon ein Wunder, dass es im Busch bisher noch nicht gefackelt hat.«

»Haben die wirklich alle vier Ortswehren alarmiert?«

»Ja klar! Wir kriegen sogar noch Verstärkung von …«

»Los, los!«, unterbrach sie da Ortsbrandmeister Ludewig, der plötzlich hinter ihnen aufgetaucht war. »Kommt in die Puschen. Quatschen könnt ihr später.«

Wenig später verließ das TLF mit Vollgas, eingeschaltetem Blaulicht und gellendem Martinshorn das Wieckenberger Feuerwehrhaus. An Bord fünf Mann, eine Feuerwehrfrau und dreitausend Liter Wasser. Ein Mannschaftstransportfahrzeug, ein VW-Bus Baujahr 1967, folgte mit insgesamt sechs Männern. Die später eintreffenden Feuerwehrkameraden mussten mit Pkws nachkommen.

Wegen des ohrenbetäubenden Krachs im Inneren des Wagens hörte Bastian Hemme nicht, dass die Wieckenberger Sirene aufgehört hatte zu heulen. Doch in der Ferne waren noch etliche andere Sirenen im Gange. In der gesamten Gemeinde Wietze, also auch in Jeversen und Hornbostel, war für die jeweiligen Ortswehren Alarm ausgelöst worden. Wegen der akuten Waldbrandgefahr hatte Celle vorsichtshalber obendrein Hambühren sowie die beiden Wehren aus der Region Hannover, Fuhrberg und Elze/Bennemühlen zu Hilfe gerufen.

Das schwere Fahrzeug raste an der Stechinelli-Kapelle vorbei, überquerte die Wietze und bog dann rechts ab. Sie ließen Schützenhaus und Bogenschießplatz hinter sich, und nachdem sie das kleine Wäldchen passiert hatten, sahen sie die Bescherung.

Über die niedrigen Baumschulquartiere hinweg hatten sie freie Sicht nach Süden. Dort stand eine gewaltige tiefschwarze Rauchwolke am Himmel, ungefähr drei Kilometer entfernt. Der schwache Wind kam von Südosten und trieb den Qualm zum Glück am Dorf vorbei Richtung Jeversen.

»Donnerlüttchen!«, entfuhr es Heiner Martens, der gerade das Fahrzeug über die Wulbeckbrücke lenkte. »Das sieht ja gar nicht gut aus. Da brennen bestimmt schon einige Morgen.«

»So was kenne ich bisher nur aus dem Fernseher«, rief Bastian Hemme. »Von Aufnahmen der Waldbrände in Spanien, Kalifornien oder …«

Ein Funkspruch ließ ihn verstummen.

»Florian Celle von Florian 25-10 kommen.«

»Hier Florian Celle. Kommen.«

»Rücken jetzt aus. Haben die Rauchsäule im Süden von Wieckenberg bereits lokalisiert. Fahren über Fuhrberger Straße auf die K 5 Richtung Süden. Kommen.«

»Habe verstanden. Ende mit Florian 25-10.«

»Ende mit Florian Celle.«

»Das waren die Kameraden aus Wietze«, übertönte Heiner Martens den Motorenlärm. »Die sind heute aber flott.«

»Und da kommt auch schon der erste Hubschrauber«, rief ein Feuerwehrkamerad von der Rückbank. »Scheint einer von der Bundeswehr zu sein. Wahrscheinlich einer vom Stützpunkt in Wietzenbruch.«

Der Hubschrauber, der aus Richtung Celle geflogen kam, hatte sein Tempo gedrosselt und kreiste nun über dem Waldstück, aus dem dichte Rauchschwaden emporstiegen. Von da oben müsste man eigentlich sehr gut den Brandherd erkennen, dachte Bastian Hemme. Und das Ausmaß des gesamten Feuers. Wie gern wäre er jetzt dort oben gewesen.

Die tief hängenden Äste von den Bäumen und Sträuchern rechts und links des asphaltierten Wirtschaftsweges knallten gegen die Außenspiegel, während sie weiter in Richtung Süden rasten. Nach ungefähr einem Kilometer endete die Straße und ging in einen Feldweg über. Sie mussten nun langsamer fahren, denn es wurde enger und holpriger. Wegen des sandigen Untergrunds zogen die beiden Fahrzeuge eine riesige Staubwolke hinter sich her.

»Mistweg!«, schimpfte Heiner Martens. Und fügte fachmännisch hinzu: »Das Lichtraumprofil lässt zu wünschen übrig. Da muss unbedingt mal was passieren. Ein Glück, dass ich hier nicht mit dem Mähdrescher lang muss.«

»Ich glaube, wir können das Martinshorn abstellen.« Bastian Hemme drückte den betreffenden Knopf. »Hier im Busch ist das doch eh für die Katz.« Und plötzlich rief er: »Guckt mal nach Osten. Seht ihr die riesige schwarze Wand dort drüben? Da braut sich ja ordentlich was zusammen. Vielleicht haben wir Glück. Ein kräftiger Gewitterguss käme wie gerufen.«

»Ach, darauf verlass dich mal lieber nicht.« Heiner Martens guckte skeptisch. »Gewitter sind recht eigenwillige Gebilde. Ich glaube erst an Hilfe von oben, wenn mir der erste Regentropfen auf die Nase fällt.«

Wieder quäkte das Funkgerät.

»Florian Celle von Florian 25-10 kommen.«

»Hier Florian Celle. Kommen.«

»Passieren gerade das Feuerwehrhaus Wieckenberg. Welchen Weg haben die Kameraden genommen? Kommen.«

»Den an der Wulbeck entlang. Bleibt auf der K 5 und nähert euch von Westen dem Feuer. Kommen.«

»Habe verstanden. Ende mit Florian 25-10.«

»Ende mit Florian Celle.«

Rechts und links des Weges waren nun Bäume und Büsche aufgetaucht, sodass die Rauchsäule ihren Blicken entschwand. Gleichzeitig fuhren sie ein gutes Stück direkt an der Wulbeck entlang.

»Jammerschade«, bemerkte Bastian Hemme, während er das ausgetrocknete Bachbett begutachtete. »Da ist kein Tropfen Wasser zu holen.«

»Die Wulbeck ist doch schon mindestens seit sechs Wochen furztrocken.« Heiner Martens musste abbremsen, um ein tiefes Schlagloch zu durchfahren. »Da merkt man, wie selten du hier draußen bist.«

»Was soll ich denn auch hier in der Pampa.«

Wenig später verließen sie die Feldmark und tauchten in den Schatten des Waldes ein. Zum zweiten Mal überquerten sie die Wulbeck. Dieses Mal auf einer maroden Holzbrücke, deren Planken unter dem zwölf Tonnen schweren Gefährt bedrohliche Geräusche von sich gaben.

Der Weg wurde mit jedem Meter schlechter. Schlagloch reihte sich an Schlagloch. Heiner Martens fuhr so schnell, wie es nur irgend ging. Er kurbelte ungestüm am Lenkrad, bremste immer wieder scharf, um darauf erneut Gas zu geben. Seine Feuerwehrkameraden wurden tüchtig durchgerüttelt.

»Gleich kotz ich«, rief jemand von hinten. Die anderen lachten.

Während sie einen halben Kilometer durch Wald fuhren, versperrten ihnen die Bäume weiterhin die Sicht auf die Rauchsäule. Bastian Hemme hatte das Seitenfenster heruntergekurbelt und schnupperte aufgeregt in den Fahrtwind.

»Man riecht das Feuer schon«, rief er den anderen zu.

»Den Qualm …«, verbesserte ihn einer.

»Florian Celle von Florian 25-10 bitte kommen.«

»Hier Florian Celle. Kommen.«

»Sind jetzt circa einen Kilometer südlich von Wieckenberg und sehen gewaltige Rauchentwicklung östlich der K 5. In circa drei Kilometern Entfernung. Fahren bis Landkreisgrenze und biegen dann links ab. Kommen.«

»Habe verstanden. Ende mit Florian 25-10.«
»Ende mit Florian Celle.«

Auf der linken Seite wurde das Gelände plötzlich wieder offener. Weites Brachland, Hecken und die Reste eines altertümlichen Windrades wurden sichtbar. Als auch auf der rechten Seite der Wald zurückwich und den Blick über einen Acker freigab, bot sich ihnen ein erschreckendes Bild.

Das Inferno lag keine dreihundert Meter vor ihnen. Nun sahen sie nicht nur den gewaltigen Rauch, sondern auch das Feuer. Es züngelte an den harzhaltigen Stämmen und dem ausgetrockneten Astwerk bis hinauf in die Spitzen der Kronen. Ein Fichtenbestand in der Größe zweier Fußballfelder stand haushoch in Flammen.

»Meine Güte«, murmelte Bastian Hemme. »Da können wir doch gar nichts machen.«

»Müssen wir aber«, antwortete Heiner Martens, der mit zusammengekniffenen Augen die Lage einschätzte und noch einmal ordentlich aufs Gas drückte. »Wir müssen versuchen, die Nachbarbestände zu schützen, nach Brandbarrieren Ausschau halten, eventuell Schneisen schlagen, vielleicht sogar ein Gegenfeuer legen.«

»Und auf baldigen Regen hoffen«, bemerkte jemand auf der Rückbank. »Bei dem Funkenflug steht hier sonst bald der ganze Busch in Flammen.«

Mittlerweile hatten sie die Abzweigung erreicht, an der sich am Wegesrand ein Gedenkstein zwischen zwei Wacholderbüschen befand.

»Scheiße!«, schimpfte Heiner Martens. »Der Weg ist ja völlig zugewuchert. Wir müssen auf das Feld ausweichen.«

Er wollte gerade rechts abbiegen, um parallel zu dem zugewachsenen Weg auf einer benachbarten Brache zu fahren, als plötzlich ein Auto quer über die Freifläche auf sie zugerast kam. Es war der Pick-up vom Förster, dessen Lichthupe ununterbrochen blinkte.

»Was will der denn?«, fragte Heiner Martens mehr sich selbst als die anderen. Er stoppte das Fahrzeug und kurbelte das Seitenfenster hinunter. Im selben Moment kam der Förster in einer Staubwolke dicht neben ihm zum Stehen.

»Hier könnt ihr nicht lang«, rief er, während seine beiden Hunde hinten auf der Pritsche wild kläfften. »Ihr kommt nicht durch die Furt. Jemand hat tiefe Spurrillen in die Wulbeck gefahren, da bleibt ihr stecken. Fahrt mir nach, ich bringe euch auf die andere Seite.«

Ohne eine Antwort abzuwarten, raste der Förster wieder los. Heiner Martens blieb nichts anderes übrig, als rasch den Gang einzulegen und zu folgen.

»Die Wulbeck sah doch so trocken aus, ganz harmlos«, meinte Bastian Hemme, während sie erneut von tiefen Schlaglöchern durchgeschüttelt wurden. »Können wir nicht einfach woanders durchs Bachbett fahren?«

»Nein«, antwortete Heiner Martens. »Die Böschungen sind zu steil. Auch wenn wir Allrad haben, da kommen wir nie und nimmer durch.«

»Florian Celle von Florian 25-10 kommen.«

»Hier Florian Celle. Kommen.«

»Sind am Ende der Kopfsteinpflasterstraße angekommen. Biegen jetzt links in Feldweg ein. Haben Rauchsäule direkt über uns. Kommen.«

»Habe verstanden. Ende mit Florian 25-10.«

»Ende mit Florian Celle.«

»Wenn wir hier weiter so rumgurken, sind die Wietzer noch vor uns da«, schimpfte Heiner Martens. »Was für eine Blamage.«

Sie fuhren an einem weiteren Gedenkstein vorbei und wieder in einen Wald hinein. Der Weg wurde bald besser, und das Auto des Försters schoss davon. Sie hatten Mühe, den Wagen nicht aus den Augen zu verlieren. Im flotten Tempo ging es nun einen Schotterweg entlang, sie bogen rechts ab, dann wieder links.

»Und jetzt ein kleiner Ausflug in die Fuhrberger Wälder«, sagte Heiner Martens. »Aber es geht wohl nicht anders. Die Stadtwerke haben ihren Wald sowohl im Landkreis Celle als auch in der Region Hannover.«

»Ist denn das Feuer gar nicht in der Wieckenberger Gemarkung?«, fragte Bastian Hemme überrascht. In einer scharfen Rechtskurve musste er sich mit beiden Händen festhalten.

»Doch, doch. Wir müssen hier nur einen kleinen Schlenker fahren und sind dann gleich wieder in heimatlichen Gefilden. Siehst du da vorn die Feldmark? Die gehört zu Fuhrberg. Und unser Förster biegt wieder rechts ab, wie ich's mir gedacht habe.«

»Da kommen auch die Fuhrberger«, rief jemand auf der Rückbank. »Mit der ganzen Truppe.«

Tatsächlich. Von Süden, auf dem Weg an der Feldwaldkante, näherten sich drei Feuerwehrfahrzeuge. Ebenfalls ein TLF 16/25, ein Löschfahrzeug LF 8 und ein Mannschaftstransportfahrzeug. Sie wirbelten ordentlich Staub auf, stoppten jedoch an der Abzweigung, um ihre Kollegen aus dem Nachbarort vorbeizulassen. Sie schienen zu wissen, in welcher Gemarkung das Feuer wütete, und wollten den Platzhirschen den Vortritt gewähren. Nachdem die beiden Wieckenberger Fahrzeuge abgebogen waren und weiter hinter dem Försterauto herbrausten, nahmen auch die Fuhrberger die Verfolgung auf.

Den nächsten Kilometer ging es schnurstracks geradeaus durch hohen Kiefernwald. Nun konnten sie auch wieder die mächtige Rauchsäule sehen, die von Minute zu Minute anschwoll. Wind kam auf und wehte trockene Kiefernnadeln, abgestorbene Zweige und noch mehr Staub gegen die Windschutzscheibe des Tanklöschfahrzeugs.

»Das Gewitter«, murmelte Bastian Hemme. »Petrus scheint uns freundlicherweise beim Löschen helfen zu wollen.«

Im selben Moment zuckte ein gewaltiger Blitz am Himmel. Krachend folgte ein ebenso kräftiger Donner auf dem Fuß. Die Feuerwehrkameraden im Wieckenberger TLF erschraken. Neue Windböen setzten ein und warfen die ersten dicken Regentropfen auf die Windschutzscheibe.

Wie aus dem Nichts brach das Unwetter los.

»Florian Celle von Florian 25-10 kommen.«

»Hier Florian Celle. Kommen.«

»Haben Einsatzort erreicht. Gewaltiger Gewittersturm bricht gerade los. Mit heftigen Windböen und Starkregen. Bitten um Anweisungen der Einsatzleitung. Kommen.«

»Habe verstanden. Anweisungen kommen in Kürze. Ende mit Florian 25-10.«

»Ende mit Florian Celle.«

Als sich wenig später das ganze Ausmaß des Gewittersturms abzeichnete, kam von der Einsatzleitung über Funk der Befehl, dass sämtliche Feuerwehrkameraden zunächst in ihren Fahrzeugen bleiben sollten. Die Gefahr, bei den Löscharbeiten von umstürzenden Bäumen getroffen zu werden, wäre viel zu groß. Die Fahrzeugführer sollten versuchen, möglichst Lichtungen oder Waldwegekreuzungen anzusteuern, um dort abzuwarten. Den Fahrzeugen, die sich noch unweit der Feldmarkgrenzen befanden, wurde geraten umzudrehen, um möglichst in einer baumfreien Zone der Dinge zu harren.

»Jetzt stehen wir hier«, brummte Heiner Martens und trommelte ungeduldig mit den Händen auf dem Lenkrad herum. »Keine hundert Meter vom Brand entfernt. Und können nichts machen als warten. Übertreiben die nicht ein wenig? So schlimm ist der Sturm doch gar nicht.«

»Vorsicht ist die Mutter der Porzellankiste«, erwiderte Bastian Hemme. »Guck doch mal, was da vom Himmel runterprasselt.«

Er hatte kaum ausgesprochen, als es einen lauten Knall über ihren Köpfen gab. Im selben Augenblick baumelte auch schon ein armdicker Kiefernast vom Dach herab, direkt vor ihrer Windschutzscheibe, verharrte dort einen Augenblick, um dann im Zeitlupentempo hinab auf den Waldweg zu rutschen.

»Siehst du.« Bastian Hemme atmete einmal tief durch. »Ich hoffe, dass wir hier drinnen einigermaßen sicher sitzen.«

»Ist ja gut«, maulte Heiner Martens, während er in seiner Brusttasche nach Zigaretten suchte. »Ich habe verstanden.«

Das Unwetter währte eine knappe halbe Stunde. Dann ließ der Regen etwas nach und ging in ein Nieseln über. Wie sich später herausstellen sollte – das Stadtwerke-Forstamt unterhält unweit der Brandfläche eine meteorologische Messstation –, waren während des Gewitters in der Wieckenberger Gemarkung mehr als fünfundzwanzig Liter Niederschlag auf den Quadratmeter Waldboden niedergegangen. Die immensen Wassermassen hatten ausgereicht, das Ausbreiten des Waldbrandes auf die benachbarten Flächen zu stoppen. Auch das Kronenfeuer war weitestgehend gelöscht oder zumindest so weit heruntergebrannt, dass von ihm keine Gefahr mehr ausging.

Den Feuerwehren blieb nur noch das Ablöschen der Baumstümpfe, die trotz des Regens weiterhin schwelten und qualmten. Wegen ihres hohen Harzgehaltes keimten an einigen Stämmen sogar schon wieder Flammen auf. Wie kleine Fackeln ragten sie aus dem Qualm, dem Regendunst und der vielen Asche hervor, die den Waldboden in eine schwarze Wüste verwandelt hatte.

Der Einsatzleiter wies der Wieckenberger Truppe einen Bereich zu, in dem sie die verbliebenen Brandnester ablöschen sollte. Auf einer Schneise, auf der sich vor dem Brand allem Anschein nach ein Waldweg befunden haben musste, fuhren sie mit ihrem Fahrzeug bis zum Einsatzort. Sie hatten bereits die Schläuche ausgerollt und verkuppelt, die Strahlrohre angebracht, und Bastian Hemme wollte gerade »Wasser marsch!« brüllen, als er das merkwürdige Bündel hinter einem brennenden Baumstumpf liegen sah.

Keine zehn Meter von ihm entfernt.

Irgendwie gehörte dieses gekrümmte, längliche Etwas trotz seiner schwarzen, verkohlten Konsistenz nicht hierher in den Wald, da war sich Bastian Hemme sofort sicher. Er vermochte nicht zu sagen – auch später nicht, als er die Geschichte immer und immer wieder erzählen musste –, warum er so unvermittelt zu diesem Schluss gekommen war. Doch er ließ sein C-Rohr auf den Boden fallen, machte zwei, drei Schritte nach vorn und blieb dann wie angewurzelt stehen.

Wenig später stand er vornübergebeugt und musste sich übergeben.

Heiner Martens wartete derweil am Löschfahrzeug, die rechte Hand am Schalter für die Pumpe, und wunderte sich, dass das Kommando »Wasser marsch!« nicht kam.

ZWEI

Das Stadion war bis auf den letzten Platz besetzt. Trotz der Sommerferien und trotz der seit Wochen anhaltenden Hitzewelle.

Die AWD-Arena hatte ihren alten Namen zurück und hieß jetzt nicht mehr FIFA WM-Stadion Hannover. Mit dem Bundesligaspiel Nummer eins war die Normalität zurückgekehrt – nach der denkwürdigen Fußballweltmeisterschaft im eigenen Land, die für Deutschland sowohl stimmungsmäßig als auch sportlich überraschend erfolgreich verlaufen war.

Auch ohne WM wäre das Spiel wahrscheinlich ausverkauft gewesen, geht doch von der Auftakt-Partie der neuen Saison stets ein besonderer Reiz aus. Jeder Verein ist erpicht darauf, einen möglichst guten Saisonauftakt hinzulegen oder zumindest nicht zu verlieren, denn eine alte Fußballweisheit besagt: Wer erst einmal im Keller der Tabelle landet, hat es sehr schwer, dort wieder herauszukommen.

Es war Samstag, der 12. August, sechzehn Uhr fünfundvierzig. Die zweite Halbzeit lief seit einer knappen Viertelstunde. Hannover 96 spielte gegen den Nordrivalen Werder Bremen, und es stand 1:1 durch die Treffer von Diego in der neunzehnten und Stajner in der einundvierzigsten Minute. Es war ein ausgesprochen abwechslungsreiches und hochklassiges Spiel. Gerade rollte erneut ein gefährlicher Angriff auf die traditionell in Rot-Schwarz gekleideten Niedersachsen und Robert Enkes Tor in der Nordkurve zu.

»*Dios mio, Pablo!*«, stieß Robert Mendelski hervor. »Wenn das man gut geht.«

»Wird schon ... wird schon.« Der junge Mann, der neben dem Celler Kriminalhauptkommissar im Block N18 saß, drückte beide Daumen. Es war offensichtlich, wie sehr die beiden Männer mitfieberten.

Als Fahrenhorst – in seiner ersten Partie für die Roten – im letzten Augenblick klären konnte und einen Superpass auf den Ungarn Huszti hinbekam, schauten sich Vater und Sohn erleichtert an. Als dann wenig später auch noch Stajner von Balitsch genial freigespielt wurde und direkt auf das Bremer Tor zustrebte, gab es auf den Rängen kein Halten mehr.

Auch die beiden Mendelskis waren aufgesprungen, um den Ball ins gegnerische Tor zu schreien – mit Erfolg. Denn Stajner umkurvte in seiner unkonventionellen Art einen Bremer Abwehrspieler und passte das Leder in Weltklassemanier zu Hashemian. Dieser stand neun Meter allein vor dem Tor, hob gekonnt den Ball über Torwart Wiese – und es stand 2:1.

Der Jubel war ohrenbetäubend.

Es war so laut im Stadion, dass man von einem klingelnden Handy beim besten Willen nichts mitbekam. Wie etwa von dem Mobiltelefon, das in der Hosentasche von Mendelski senior ungehört vor sich hin bimmelte.

Im Stadion war es etwas ruhiger geworden, und Vater und Sohn klatschten sich gerade zum wiederholten Mal ab, als Robert Mendelski den ihm vertrauten Klingelton mehr erahnte als wirklich hörte. Er griff in die Hosentasche und zog das Handy hervor. Als er den Namen des Anrufers auf dem Display las, veränderte sich sein zuvor strahlender Gesichtsausdruck in eine Sauerteigmiene. Er drückte den grünen Knopf.

»Hallo? Ich kann Sie nicht verstehen!«, rief er ins Telefon. Gerade war es wieder laut geworden im weiten Rund des Stadions. Denn jetzt folgte die rituelle Ansage des Stadionsprechers – wie in sämtlichen Bundesligastadien, wenn die Heimmannschaft ein Tor erzielte.

»Darf ich jetzt um das neue Ergebnis bitten. – Hannover?«

»Zwei!«, brüllten die meisten der neunundvierzigtausendvierhundertfünfundzwanzig Zuschauer mit Inbrunst.

»Bremen?«

»Null!«

»Danke!«

»Bitte!«

»Jetzt kann ich Sie hören«, schrie Mendelski, nachdem der Stadionsprecher geendet hatte. Mit dem Zeigefinger hielt er sein linkes Ohr zu, während er mit dem rechten Ohr zuhörte. Schweißperlen liefen ihm den Nacken hinunter. »Bitte? – Eine was? – Eine Brandleiche?«

Die Fans im Block N18, die in unmittelbarer Nähe zu den beiden Mendelskis saßen, guckten irritiert. Und Pablo war die ganze Angelegenheit sichtlich peinlich. Er warf seinem Vater einen tadelnden Blick zu. Zum Glück ergab sich im selben Augenblick drunten auf dem Spielfeld eine weitere Großchance für Hannover 96 – Yankow hatte bei Werder keinen Geringeren als den tragischen WM-Helden Frings getunnelt, sein anschließender Torschuss ging allerdings nicht in die gegnerischen Maschen, sondern nur in Richtung Maschsee. Die Aufmerksamkeit der Fans im Block N18 war wieder in Richtung Spielfeld gelenkt.

»Así es la vida«, sagte Robert Mendelski, nachdem er das Telefonat beendet hatte. Er zuckte bedauernd mit den Schultern. »Das war Steigenberger. Ich muss leider los. Habe nicht viel verstanden bei dem Krach hier. Lediglich, dass es bei Wietze einen heftigen Waldbrand gegeben haben soll, bei dem jemand ums Leben gekommen ist. Dienst ist halt Dienst ...«

»Schade, schade«, antwortete Pablo. »Wenn wir schon mal zusammen zum Fußball gehen ...« Er war sichtlich geknickt. »Ich möchte nicht wissen, wie oft uns eine deiner Leichen schon das Wochenende versaut hat.«

»Na komm ...« Mendelski knuffte seinem Sohn liebevoll den Oberarm. »Und sieh zu, dass die Roten auf der Siegerstraße bleiben. Wir telefonieren.«

Er erhob sich und bahnte sich seinen Weg durch die voll besetzte Sitzreihe.

Die Atmosphäre war eigentümlich, beinahe beängstigend. Mendelski ging allein über einen menschenleeren, mit Unrat übersäten Platz, auf dem sich vor gut einer Stunde noch Tausende Menschen befunden hatten. Jetzt herrschte plötzlich gähnende Leere. Im Hintergrund war der auf- und abschwellende Lärm eines Fußballspiels zu hören. An den inzwischen weit geöffneten Eingangstoren standen verloren einige Ordner in ihren leuchtend gelben Jacken. Auf der Straße vor dem Stadion formierten sich Gruppen von Schutzpolizisten, deren paramilitärisches Outfit allein schon Angst einflößte. Sie waren bei jedem Bundesligaspiel zugegen, um für eine reibungslose Rückreise der überwiegend friedlich agierenden Fußballfans zu sorgen – und um eventuelle Ausschreitungen der gewaltbereiten Hooligans zu verhindern.

Noch etwas bereitete Robert Mendelski in diesem Moment Unbehagen. Mit der Hitze hatte er sich so einigermaßen arrangiert, zumal er ähnliche Temperaturen gewöhnt war: aus Barcelona – von dort stammte seine Frau Carmen – wie auch aus Mittelamerika; in Honduras hatte er einmal als Polizeiausbilder gearbeitet. Doch nun war nach der trockenen Hitze der letzten Wochen plötzlich eine drückende, unerträgliche Schwüle eingetreten.

Kopfschmerzwetter, befand Mendelski, der mit zunehmendem Alter immer stärker unter Wetterfühligkeit litt. Bevor er das Arthur-Menge-Ufer überquerte – diese Straße war während des Fußballspiels für den Verkehr gesperrt –, hob er den Kopf und lauschte.

Er hatte richtig gehört. Neben dem Dröhnen der Anfeuerungs-Trommeln hinter ihm im Stadion war ein weiteres Geräusch zu vernehmen, welches sehr ähnlich klang, jedoch anderen Ursprungs war. Es handelte sich eindeutig um das Grummeln eines Gewitters in der Ferne.

Als Mendelski kurz darauf auf den benachbarten Schützenplatz trat, wo sein Auto geparkt war, sah er im äußersten Nordwesten dunkle Wolken. Das Gewitter wird an der Landeshauptstadt vorbeigezogen sein, dachte er, während er sich einen Weg durch die unzähligen, von der Nachmittagssonne aufgeheizten Blechkisten bahnte. Aber vielleicht hat ja Celle ein paar Tropfen abbekommen. Zu diesem Zeitpunkt wusste er noch nicht, dass durch die gewaltigen Regenmassen im heimischen Boye der Grobebach über die Ufer getreten war.

Nach langem Suchen entdeckte er endlich sein Fahrzeug. Bevor er einstieg, riss er sämtliche Türen und Fenster auf, um das Wageninnere von der Saunatemperatur auf ein halbwegs erträgliches Maß herunterzubringen. Dann erst wagte er sich hinter das Lenkrad, schaltete Klimaanlage und Radio ein und fuhr los.

Auf NDR 2 berichtete die Bundesligashow gerade vom Spiel Hamburger SV gegen Arminia Bielefeld. Welche Überraschung: Es stand lediglich – aus Sicht der favorisierten Hanseaten – 1:1.

»Wo ist ein Tor gefallen?«, hörte Mendelski den Radiosprecher fragen. Sein Herz schlug schneller.

»In Hannover«, lautete die Antwort.

Ihm stockte der Atem. Für oder gegen seine 96er? 3:1 oder 2:2?

Die Umschaltung von der Hamburger AOL-Arena nach Hannover dauerte Ewigkeiten; seine Spannung stieg ins Unermessliche. Endlich meldete sich der Radioreporter aus dem Stadion hinter ihm:

»Wir schreiben die neunundsiebzigste Minute.« Mendelski sackte in seinem Autositz eine Etage tiefer. Als erfahrener Fußball-Radiohörer hatte er registriert, dass die Hintergrundgeräusche verhalten waren. Hätte die Heimmannschaft getroffen, wäre dort im Stadion jetzt der Teufel los. *»Der soeben eingewechselte Hugo Almeida nutzt den Patzer von Robert Enke und drückt den Ball per Kopf über die Linie ...«*

Mit einem schnellen Handgriff drehte er das Radio aus. Er wollte die schlechte Nachricht nicht zu Ende hören.

»Mierda!«, schimpfte er laut, während er das Lenkrad mit Schlägen traktierte. »Ich ahne Schreckliches.«

Mendelski kam nun flott voran. Das sollte ich immer so machen, höhnte er innerlich. Wer eine halbe Stunde vor Spielende geht, hat wunderbar freie Fahrt. Mit Grauen dachte er an das übliche Gedränge, Stoßstange an Stoßstange, und an die endlosen Staus, die nach dem Schlusspfiff um Viertel nach fünf sämtliche Straßen rund um das Stadion verstopften.

Nach wenigen Minuten hatte er die verwaiste Waterloostraße und die Lavesallee hinter sich gelassen und den Friedrichswall erreicht.

Als er das Neue Rathaus passierte, klingelte erneut sein Handy, das auf dem Beifahrersitz neben ihm lag. Schnell stopfte er es in den Schuh der Freisprechanlage. Über den Lautsprecher meldete sich Maike Schnur, seine junge Kollegin vom gleichen Fachkommissariat in der Polizeiinspektion Celle.

»Habe mir schon gedacht, dass du es bist«, sagte er, während er sich einmal mehr den Schweiß von den Schläfen wischte. Die Klimaanlage hatte offensichtlich einige Mühe, mit den für Mitteleuropa ungewöhnlich hohen Temperaturen fertig zu werden. »Es gibt eine Brandleiche zu begutachten. Bin schon unterwegs.«

»Wo bist du gerade?«

»In Hannover am Aegi – den habe ich noch nie derart verlassen erlebt.«

»Ich schon.«

»Das kann ich mir vorstellen«, erwiderte er grienend, während er in die Marienstraße einbog. »Des Nächtens, oder besser gesagt in aller Herrgottsfrühe, wenn die Kneipen schließen.«

»Ich bin in zehn Minuten am Fundort der Leiche«, wechselte sie das Thema. »Bei dir wird's ein bisschen länger dauern, nehme ich an.«

»Das denke ich auch. Wieckenberg, hat Steigenberger gesagt. Da ich mit meinem Privatwagen ohne Navigationssystem unterwegs bin, wird es wohl das Sicherste sein, wenn ich auf der A7 bis Schwarmstedt fahre und dann auf der B214 nach Wietze.«

»Nein, du kannst über Fuhrberg fahren. Ich habe auf die Karte geguckt. Die Waldbrandfläche liegt ziemlich genau in der Mitte zwischen Wieckenberg und Fuhrberg.«

»Na, sind wir dann überhaupt zuständig?«

»Ja, die Grenze zur Region Hannover liegt zwar nur ein paar hundert Meter entfernt, aber der Tote lag eindeutig im Celleschen.«

»Der Tote? Steht denn schon das Geschlecht fest?«

»Nein – nicht dass ich wüsste.«

Auf der Hans-Böckler-Allee gab Mendelski richtig Gas. Er hatte inzwischen alle Fenster geschlossen und die Klimaanlage zeigte endlich Wirkung.

»Da gibt es doch von Fuhrberg diesen Schleichweg nach Wieckenberg«, sagte er. »Diese Hoppelpiste.«

»Auf der bin ich gerade«, hörte er Maike brüllen. Ein ohrenbetäubendes Rattern übertönte plötzlich ihre Stimme im Lautsprecher. »Verstehst du mich überhaupt noch? Mein Clio mag solche Kopfsteinpflaster überhaupt nicht.«

»Ach, dann bist du auch mit deinem Privaten unterwegs? Wo hat Steigenberger dich denn aufgetrieben?«

»Wo wohl, an einem Samstagnachmittag bei dieser Hitze.«

Sie schien nun langsamer zu fahren, denn das Dröhnen wurde leiser.

»Am Baggersee?«

»Genau. Ich war dort mit Matthew.« In ihrer Stimme schwang so etwas wie Verliebtheit. »Wir sind auch noch geblieben, als das Gewitter losbrach. Wir hatten eine Zeltplane dabei, unter die wir gekrochen sind. Es war wildromantisch.«

»So genau wollte ich es gar nicht wissen. Hat es denn wenigstens ordentlich geregnet?«

»Aber hallo. Geschüttet wie aus Kübeln hat es. Überall stehen noch große dampfende Pfützen. Und gestürmt hat es. Die Huckelpiste vor mir ist übersät mit abgerissenen Ästen und Blättern. – Apropos ...« Sie musste niesen. »Du fährst also von Fuhrberg Richtung Wieckenberg. Die Abzweigung in Fuhrberg wirst du schon finden, sonst musst du halt fragen. Am Beginn der Huckelpiste – für mich, die ich ja aus dem Norden komme, am Ende – werden wir von Kollegen abgeholt und zur Fundstelle gebracht. Alles roger?«

»Glaube schon, ansonsten melde ich mich übers Handy. Ich biege übrigens gerade auf den Messeschnellweg Richtung Norden ein. Das heißt, ich könnte bereits in fünfzehn Minuten in Fuhrberg sein.«

»Na, dann sehen wir uns ja gleich.« Sie machte eine kurze Pause. »Und lästere nicht vor den Kollegen über meine ungewöhnliche Garderobe. Schließlich komme ich direkt vom Baggersee.«

»Ich doch nicht«, versprach Mendelski schmunzelnd, der gespannt war, was seine ansonsten recht selbstbewusste Kollegin zu dieser Bitte veranlasst hatte. »Also bis gleich.«

Er schaute auf die Uhr. Es waren noch ungefähr fünf Minuten zu spielen. Er nahm seinen Mut zusammen und schaltete das Radio wieder ein.

»... die Hannoveraner können einem leidtun. Über eine Stunde lang hatten sie sehr ansehnlichen Fußball geboten. Doch wieder mal war es Miroslav Klose, aktueller WM-Torschützenkönig und Bremer Goalgetter, der die Roten mit seinem sehenswerten Treffer zum 2:3 schockte. Der stramme Schuss ins kurze Eck war für Enke nicht zu halten ...«

Wer nun gedacht hätte, Mendelski würde toben, irrt. Scheinbar seelenruhig drehte er das Autoradio leiser und bediente eine Kurzwahltaste seines Handys in der Konsole. Die Nummer zwei. Auf dem Display tauchte das Wörtchen »Hause« auf.

Es meldete sich eine verwunderte Frauenstimme.

»Du, Roberto? Ist das Fußballspiel etwa schon zu Ende?«

»*Hola*, Carmen. Nein, ist es nicht. Leider habe ich einen Einsatz. Die 96er hatten gerade das 2:1 erzielt, da klingelte das Telefon.« Von dem augenblicklichen Spielstand verlor er kein Wort. Das hätte Carmen sowieso nicht interessiert.

»Und Pablo?«

»Der ist natürlich dageblieben. Der braucht mich auch nicht weiter. Vom Stadion sind's ja nur wenige Minuten Straßenbahn bis zu seiner Bude. Er hat übrigens eine neue Mitbewohnerin, eine Kolumbianerin – doch davon später mehr.«

»Wo steckst du denn gerade?«

»Auf der Moorautobahn, am Kirchhorster Kreuz. Ich biege jetzt auf die A7 Richtung Norden. Ich muss nach Wieckenberg.«

»Dort, wo die Stechinelli-Kapelle steht?«

»Genau. Dort hat es einen Waldbrand mit einem Toten gegeben. Hat es eigentlich auch in Boye geregnet?«

»Und wie. Und nicht nur geregnet. Du solltest mal unseren Garten sehen. Das Unwetter hat so einiges plattgemacht, leider auch unsere Engelstrompete.«

»Das ist ja ein Jammer. – Okay, also ich komme ein bisschen später heim. Du weißt schon. Vor sieben bin ich bestimmt nicht zu Hause. *Hasta luego.*«

»Adios y cuídate!«

Erst jetzt kam bei ihm der Treffer von Klose so richtig an.

Wieder so ein entscheidendes Gegentor kurz vor Schluss. Es war zum Haareraufen. Gegen Werder konnte 96 einfach nicht mehr gewinnen. Der letzte Sieg lag schon ein paar Jahre zurück; damals hatte Fredi Bobiè zweimal getroffen – und das sogar in Bremen –, zum Endstand von 2:1. Pablo und er waren bei dem Spiel im Bremer Weser-Stadion dabei gewesen und Zeugen dieses außergewöhnlichen Auswärtssieges geworden.

Er trank einen Schluck brühwarmes Mineralwasser und verzog angeekelt den Mund. Dann stellte Mendelski das Radio wieder lauter. Die Schlusskonferenz hatte begonnen, und die Kommentatoren in den einzelnen Stadien lieferten sich eine heiße Redeschlacht. Die meisten Partien waren noch nicht entschieden, somit blieb die Spannung bis zur letzten Minute hoch. Von Sommerfußball war in der Bundesliga trotz der Hitzeglocke über Deutschland anscheinend nichts zu spüren. Und in Hannover stand es zwischen 96 und Werder noch immer 2:3.

In flottem Tempo war Mendelski auf der Autobahn der Gewitterfront, die langsam weiter in Richtung Westen abzog, so nahe gekommen, dass er am Horizont die Blitze zucken sah. Von dem leisen Donnern in der Ferne war im Auto nichts mehr zu hören, dazu war es bereits zu weit entfernt. Das Zentrum des Gewitters müsste jetzt ungefähr über dem Steinhuder Meer liegen, mutmaßte er. Im selben Moment – er passierte gerade den Ikea-Turm bei Großburgwedel – verschwand die Sonne hinter den Wolkenmassen.

»Das habe ich schon lange nicht mehr erlebt«, murmelte er im Selbstgespräch. »Wolken am Himmel. Richtig dicke, fette Wolken.« Die entgegenkommenden Autos hatten noch immer die Scheinwerfer eingeschaltet. Dort oben im Norden musste es mächtig geregnet haben.

»Die erste Minute der Nachspielzeit läuft. Wird es 96 in den verbleibenden sechzig Sekunden noch gelingen, den Ausgleich zu erzielen, der nicht unverdient wäre – wenn man das gesamte Spiel betrachtet? Wird das Glück, das man in solchen Momenten benötigt, dieses Mal auf ihrer Seite sein? Es scheint jedoch so, als ob es die Bremer wären, die sich mit dem 3:2 noch nicht zufriedengeben. Sie greifen weiter munter an. Was für ein Traumpass von Diego auf Jensen. Dieser zieht sofort ab und … Tor! Tor in Hannover! – Es steht 4:2 für Werder. So brutal kann Fußball sein …«

Ohne das Radio leiser zu stellen, hörte Mendelski einfach nicht mehr hin. Seine Gedanken blieben jedoch beim Fußball. War das nun ein Drama, gegen Bremen verloren zu haben? Sicher, Werder gehörte seit geraumer Zeit wieder zu den ganz Großen in der Bundesliga. Dennoch wäre heute eventuell mehr drin gewesen. Hätte Trainer Neururer nach dem 2:1 anstatt des Stürmers Brdariè den defensiven Lala eingewechselt, wäre das Spiel vielleicht anders ausgegangen. Aber hinterher war man immer schlauer.

Ungefähr einen Kilometer vor der Abfahrt Mellendorf, dort wo die A352 auf die A7 trifft, war plötzlich der Straßenbelag nass. Mendelski ordnete sich rechts ein und nahm den Fuß vom Gas. In der Autobahnabfahrt schaltete er die Klimaanlage aus und kurbelte das Seitenfenster herunter.

Er atmete einmal tief durch. Die Luft, die von draußen hereindrang, war angenehm frisch und rein. Stellenweise roch es nach feuchtem, staubigem Asphalt, der hier und da noch dampfte. Mit sichtlichem Genuss ließ er sich den kühlen Fahrtwind um die Nase wehen.

Noch einmal widmete er sich dem Radio.

»... und auch in Hannover ist es bei dem 2:4 geblieben, ein aus Werder-Sicht glückliches Ergebnis. Und damit zurück ins Funkhaus.«

Mit einem Knopfdruck wechselte Mendelski den Radiosender. Er hatte nun NDR-Info eingeschaltet, in der Hoffnung, vielleicht etwas über den Waldbrand bei Wieckenberg und eventuell auch schon etwas über den aufgefundenen Toten zu erfahren. Solch ein Ereignis war kaum geheim zu halten und würde sicher etliche Reporter und Neugierige auf den Plan rufen.

Und tatsächlich.

»... ist es am Nachmittag im Landkreis Celle zu einem tragischen Zwischenfall gekommen. Nach einem Waldbrand in der Nähe von Wieckenberg ist die Leiche eines Mannes gefunden worden, dessen Identität bisher noch nicht festgestellt werden konnte. Dem Vernehmen nach soll der Tote Opfer eines Gewaltverbrechens geworden sein. Wir werden Sie in den nachfolgenden Sendungen auf dem Laufenden halten ...«

»*Caramba!*«, schimpfte Mendelski vor sich hin, nachdem er das Radio leiser gedreht hatte. »Was die schon wieder alles wissen. – Also um eine männliche Leiche soll es sich handeln. Und Gewalt soll auch im Spiel gewesen sein. Na, schauen wir mal ...«

Am Ortseingang von Fuhrberg steuerte er die Olson-Tankstelle an, um sich den Schleichweg nach Wieckenberg erklären zu lassen.

»Aber lassen Sie sich nicht von der Polizei erwischen«, rief ihm der Tankwart nach. »Der Weg ist nämlich eigentlich nur für land- und forstwirtschaftlichen Verkehr zugelassen.«

»Keine Sorge«, erwiderte Mendelski mit einem gewitzten Schmunzeln. »Die kriegen mich nicht. Ich höre nämlich Polizeifunk.«

Einen verdutzt dreinschauenden Tankwart zurücklassend, fuhr Mendelski zurück auf die Hauptstraße und weiter in Richtung Ortsmitte. An der nächsten Kreuzung bog er links ab und erreichte schon bald den Heudamm. Hier war er richtig. Diese Straße führte an der Schule vorbei hinaus in die Feldmark. Kein Sterbenswörtchen, kein versteckter Hinweis – geschweige denn ein ordnungsgemäßes Schild – wies darauf hin, dass dieser asphaltierte Wirtschaftsweg nach Wieckenberg führte.

Ein Taubenschwarm ließ sich gerade rechts des Weges auf den Stoppeln eines abgeernteten Feldes nieder. Am Waldesrand zur Linken standen Ricke und Kitz und äugten neugierig zu dem nahen Dorf hinüber, von wo ein kläffender Hund und Kindergeschrei zu hören waren. Ein Junghase, ein sogenannter Dreiläufer, hoppelte ausgelassen über den nassen Asphalt, schlug einen Haken nach dem anderen, um den zahlreichen Pfützen auszuweichen, bevor er im letzten Augenblick vor dem heranbrausenden Auto in einen Straßengraben abtauchte.

Die Natur ist wieder erwacht, dachte Mendelski, während er vorsichtshalber abbremste, um Meister Lampe nicht zu gefährden. Der erste Regen nach einer so langen Trockenheit lässt Flora und Fauna zu neuem Leben erwachen und in Euphorie verfallen. Wie kurios: Frühlingsgefühle mitten im August.

Wenige Minuten später erreichte er die Stelle, wo der Asphaltbelag in ein holpriges Kopfsteinpflaster überging. Hier irgendwo sollte die Grenze zwischen dem Landkreis Celle und der Region Hannover verlaufen. Beinahe wäre er an der Abzweigung vorbeigefahren, jedoch bemerkte er gerade noch im letzten Augenblick den Streifenwagen, der etwas abseits der Piste unter einer Eiche geparkt stand. Während er bremste und den Rückwärtsgang einlegte, sah Mendelski durch die Heckscheibe, wie ein uniformierter Kollege hinter der Eiche hervorkam und auf den Weg trat. Dabei hantierte er umständlich an dem Reißverschluss seines Hosenstalls herum.

»Hauptkommissar Mendelski?«, fragte der junge Mann durch das geöffnete Seitenfenster, nachdem das Auto neben ihm zum Stehen gekommen war. Er wirkte fahrig und nervös. Mendelski meinte ihn noch nie gesehen zu haben. Ohne eine Antwort abzuwarten, fuhr der junge Kollege fort: »Polizeiobermeister Schütte von der Polizeistation Wietze. Ich soll Sie hier abholen und zum Tatort bringen. Kriminalkommissarin Schnur ist bereits vor zehn Minuten eingetroffen und mit einem Kollegen von mir vorausgefahren.«

»Ist recht.« Mendelski nickte. »Dann fahren Sie mal los. Ich werde folgen.«

Der noch einigermaßen zu befahrende Feldweg ging schon bald in einen Waldweg über, der nicht besonders gut ausgebaut war. Die unzähligen Kuhlen, vor wenigen Stunden noch Staublöcher, bildeten nun stattliche Pfützen.

Polizeiobermeister Schütte raste mit seinem Dienstgefährt, einem VW-Passat in der neuen Blau-Silber-Lackierung, forsch voran, dass es nur so spritzte. Mendelski wollte mit seinem Privat-Pkw schonender umgehen. Er ärgerte sich schon darüber, dass er den Wagen nicht an der Abzweigung zurückgelassen hatte und mit in den Streifenwagen gestiegen war.

So musste er all seine Fahrkünste aufwenden, um nicht mit dem Unterboden seines Wagens aufzusetzen. Er konnte deutlich hören, wie die Ölwanne oder der Auspuff gelegentlich über das weiche Erdreich schrappte. Als er an einem besonders großen Wasserloch den Kopf weit zum Seitenfenster hinausstreckte, um die Fahrspur zu taxieren, stieg ihm zum ersten Mal Brandgeruch in die Nase. Stechender, kalter Brandgeruch. Es konnte nicht mehr weit bis zur Waldbrandfläche sein.

Nachdem die beiden Autos an der nächsten Waldwegekreuzung links abgebogen waren, sah Mendelski auf der geraden Bahn vor sich die Karawane von Feuerwehrautos. Vereinzelt waren die Blaulichter noch eingeschaltet; unzählige Feuerwehrleute wuselten über den Weg, schleppten Schlauchrollen, Feuerpatschen oder sonstige Gerätschaften herum.

Sie fuhren nun durch einen Dunstschleier aus Rauch und Nebel. Trotz des heftigen Regens und der Löscharbeiten musste es noch immer vereinzelte Brandnester geben. Mendelski kurbelte rasch sein Fenster hoch. Er wollte verhindern, dass sich der beißende Brandgeruch in seinen Autopolstern festsetzte.

Polizeiobermeister Schütte parkte hinter dem Renault von Maike, der neben dem letzten Löschfahrzeug am Wegesrand stand und dessen knallrote Farbe sehr gut zu der der Feuerwehrarmada passte. Von dieser Stelle an gab es auf dem engen Waldweg nur noch für Fußgänger ein Durchkommen. Mendelski parkte auf dem holperigen Seitenstreifen. Bevor er ausstieg, holte er aus dem Handschuhfach ein Paar Einweghandschuhe, die er auch in seinem Privat-Pkw stets parat hatte – für etwaige Reifenpannen, zum Aufbrechen von Wild, für das Entsorgen überfahrener Füchse oder für plötzliche dienstliche Einsätze wie in diesem Fall.

Er wollte sich gerade über den völlig verdreckten Streifenwagen von Polizeiobermeister Schütte lustig machen, als er sah, wie besudelt seine eigene Karosse war. Vorsichtshalber hielt er den Mund.

»Mein schönes Auto«, murmelte er stattdessen. »Das lass ich Montag auf Polizeikosten waschen.«

»Hier entlang«, forderte ihn Schütte auf. »Wir müssen ein Stück laufen. Und nehmen Sie bitte dies.« Er reichte Mendelski zwei Schuhüberzieher aus Plastik. »Das schont das Schuhwerk, wenn wir gleich in der Asche laufen.«

»Und erfreut die Kollegen von der Spurensicherung«, ergänzte Mendelski.

Die Kollegen vom Fachkommissariat waren schon von Weitem gut zu erkennen. Ihre leuchtend weißen Overalls – oder das, was von dem Weiß noch übrig, weil nicht rußgeschwärzt war – stachen grell aus dem trostlosen Schwarz heraus. Dicht an dicht standen die verkohlten Baumstümpfe. Aus vielen von ihnen stieg noch immer Qualm empor.

Mendelski und Polizeiobermeister Schütte waren in die Schuhüberzieher gestiegen und wateten nun vorwärts – durch knöcheltiefe Asche. Die war nicht pulvrig, leicht und trocken, so wie man sie normalerweise charakterisiert, und sie staubte auch nicht. Die Asche war durch den Regen zu einer kompakten, schmierigen und klebrigen Masse geworden, auf der es sich mit den glatten Plastiküberschuhen nur wie auf Schmierseife laufen ließ.

»Was nützen mir saubere Schuhe, wenn ich mir den Hals breche«, grantelte Mendelski mehr im Selbstgespräch als in Richtung Polizeiobermeister Schütte. Der zuckte nur mit den Schultern und stapfte weiter tapfer voraus.

Der Fundort der Leiche war weiträumig mit rot-weißem Flatterband der Polizei abgesichert. In dem abgesperrten Bereich durften sich zurzeit nicht einmal Feuerwehrleute aufhalten, um Restfeuer zu löschen. Ein älterer Schutzpolizist achtete peinlichst darauf, dass niemand die Verbotszone betrat. Neben ihm stand ein Mann in Jeans und T-Shirt, der ununterbrochen auf ihn einredete. Der

Fotoapparat in seiner Hand und die Umhängetasche auf der Schulter machten es Mendelski leicht, den jungen Mann als Reporter zu identifizieren. Er glaubte ihn schon einmal bei einer Pressekonferenz im Präsidium erlebt zu haben, und ordnete ihn der »Celleschen Zeitung« zu.

»Die ›CZ‹ ist wie immer als Erste am Tatort«, flachste er, als sie näher getreten waren und er den Kollegen per Handschlag begrüßt hatte.

»Nicht ganz«, sagte der Reporter und setzte ein Lächeln auf. »Die Feuerwehr war vor mir da. Und der Förster auch. Doch dann kam auch schon ich.« Er beugte seinen Oberkörper leicht vor. »Schriewe ist mein Name. Axel Schriewe. Gehe ich recht in der Annahme, dass Sie von der Mordkommission sind, gerade erst eintreffen und somit noch nicht allzu viel über den Toten sagen können?«

»Exakt«, erwiderte Mendelski, hob das Flatterband und ging, Polizeiobermeister Schütte zurücklassend, rasch weiter.

»Eine Frage vielleicht noch ...«

Ohne sich umzudrehen, hob Mendelski den rechten Arm und winkte ab.

Die Beklemmung machte sich wieder bemerkbar. Dieses Gefühl, das ihn immer dann befiel, wenn er an einem Tatort das Absperrband passiert hatte und dem Opfer näher kam. Er wusste, gleich würde er wieder einen Toten sehen. Einen Menschen, der vor wenigen Stunden noch im Leben gestanden hatte, ein Individuum mit einer eigenen Biografie, einer Familie und Angehörigen. Und mit einem – allem Anschein nach – dramatischen Lebensende.

Dieses lähmende Gefühl würde aber nicht lange andauern. Aus reinem Selbstschutz – und um überhaupt seinen Beruf bei der Mordkommission ausführen zu können – hatte Mendelski Mechanismen entwickelt, die es ihm ermöglichten, sich mit Toten zu beschäftigen. Er verdrängte jegliche Sentimentalitäten. Schon nach kurzer Zeit sah er in ihnen nur noch leblose Körper, denen er sowieso nicht mehr helfen konnte. Tot blieb tot. Viel schlimmer stellte er sich den Job eines Notarztes oder eines Erste-Hilfe-Leistenden vor, wenn es darum ging, in Sekundenschnelle lebensrettende Entscheidungen zu treffen. Dazu, glaubte er, hätte er nicht die Nerven. Er würde in solchen Fällen wahrscheinlich viel zu hektisch agieren, dadurch Fehler produzieren und die Situation eher verschlimmern als verbessern.

Am Fundort – inmitten einer Gruppe verkohlter Baumstämme – herrschte ein geschäftiges, aber im Angesicht des Todes respektvolles Treiben. Joachim Kleinschmidt stand über die Leiche gebeugt und schoss ein Foto nach dem anderen. Heiko Strunz stand daneben und sprach leise in ein Diktiergerät. Ellen Vogelsang hockte in der Asche am Boden und suchte die unmittelbare Nähe nach verwertbaren Spuren ab. Alle drei trugen weiße Overalls mit heruntergeklappten Kapuzen, Latexhandschuhe und Schuhschoner. Etwas abseits stand eine junge Frau, deren Äußeres erst beim zweiten Hinschauen die kriminalistische Ermittlerin verriet. Denn neben ihren pinkfarbenen, betont knappen Shorts und dem bauchfreien modischen Top trug auch sie Handschuhe und Schuhüberzieher aus Plastik.

»Hallo, Maike«, sagte Mendelski, als er sie erreichte. »Wie versprochen sage ich jetzt nichts zu deinem Outfit. Nur eines: Du siehst richtig sexy aus.«

»Shut up!«, sagte sie mürrisch. »Das jedenfalls würde jetzt Matthew erwidern.« Ihr Gesichtsausdruck zeigte eine Spur Ironie, als sie fortfuhr: »Tritt ruhig näher. Du hast ja bestimmt schon mal eine Brandleiche gesehen. Für mich ist es jedenfalls die erste.«

Mendelski hob die Brauen. »Und?«

»Schön schaurig. Wie im Gruselkabinett. Besonders das Gesicht und die Hände finde ich eklig. Aber da kommt Heiko. Er wird dir berichten.«

Heiko Strunz kam auf sie zu, der Hauptkommissar mit dem charakteristischen Kinnbart, der genauso weiß war wie sein Overall. Einige Kollegen nannten ihn wegen dieser männlichen Zierde auch etwas boshaft »Ziege«.

»Na, Robert«, sagte er mit echtem Mitgefühl in der Stimme. »Haben sie dich vom Fußball weggeholt? Wie ist das Spiel eigentlich ausgegangen?«

»2:4.«

»Für wen?«

Obwohl Mendelski wusste, dass Strunz keine Ahnung von Fußball hatte und daher Nachsicht angebracht war, kehrte er den Oberlehrer hervor. »Mann, Heiko!«, knurrte er. »Ist doch sonnenklar, oder? Zwei zu vier! Zwei Tore für die Heimmannschaft, vier für den Gast.«

»Oh, sorry. Hannover hat also verloren«, entschuldigte sich der Gescholtene und tauschte mit Maike vielsagende Blicke aus. »Mich haben sie beim Baden erwischt«, wechselte Strunz rasch das Thema. »Genau wie Maike. Nur dass ich nicht am Baggersee gewesen bin, sondern im heimischen Garten, mit Enkel Felix im Planschbecken, als das Handy klingelte.«

»Hat es bei euch denn nicht gewittert?«

»Nee. Das war weiter im Norden. Nienhagen hat noch ein paar Regentropfen abbekommen, aber Wathlingen ist leider trocken geblieben. – Doch an die Arbeit. Lasst uns rübergehen.«

»Erzähl«, forderte ihn Mendelski auf, während sie langsam auf den Leichnam zugingen.

Strunz' Gesichtsausdruck wurde ernst. »Das Wichtigste vorweg: Ein Unfall scheidet wohl aus.« Er war kurz stehen geblieben, um seinen Worten mehr Bedeutung zu verleihen. Dann fuhr er fort: »Der Tote – es handelt sich eindeutig um einen Mann – war gefesselt. Mit Handschellen.«

Kleinschmidt war gerade mit dem Fotografieren fertig, als Mendelski, Strunz und Maike näher traten.

»Hallo, Jo, hallo, Ellen«, begrüßte Mendelski seine beiden Mitarbeiter. Erst dann richtete er den Blick auf den Leichnam vor sich.

Der verkohlte Körper lag wie zu einem S geformt am Fuße eines Baumstammes. Der Kopf war nach unten gebeugt, sodass das Kinn an der Brust anlag. Die Beine waren angewinkelt und zusammengepresst. Beide Hände und Unterarme waren um den Nacken geschlungen, wo sie von den Handschellen fixiert wurden.

Um das Gesicht genauer zu betrachten, musste Mendelski sich bücken. Er zuckte zurück. Das Antlitz des Toten war zu einer grauenvollen Fratze entstellt. Die Augenhöhlen waren ausgebrannt, sodass die Wangenknochen weit hervortraten. Die Haut an Stirn, Schläfe und Nase wies Risse auf, die wie Stichwunden wirkten. Der Mund war weit aufgerissen, als ob er noch immer nach Luft schnappen oder vor Schmerz schreien würde. Und das, was von der Zunge noch übrig war, lugte schwarz verkohlt zwischen den Zähnen hervor.

»Es sieht aus«, meinte Strunz, »als wenn er an dem Baum Schutz gesucht hätte.«

»Oder«, Mendelski schaute skeptisch, »als ob ihn jemand hier abgelegt hätte. Was ist mit den Füßen? Gibt es Spuren von Fesseln?«

»Bisher nicht. Aber das wird erst die Analyse der Asche im Fußbereich ergeben. Könnte ja sein, dass er an den Beinen mit einem Plastikband oder dergleichen gefesselt war, welches dann vollständig verbrannt ist.«

»Also jede Menge Arbeit fürs LKA. Sind die Kollegen von der BUK benachrichtigt?«

»Ja«, antwortete Strunz. »Sie sind unterwegs. Hagemann und Knöfel. Beide waren mit ihren Familien am Steinhuder Meer. Das kann also noch ein Weilchen dauern.«

Mendelski ging einmal um den Leichnam herum. »Bin gespannt, was die Pathologie sagt«, fuhr er fort. »Bei Brandleichen sollen die inneren Organe ja ziemlich unversehrt bleiben.«

»Besonders bei dieser hier. Der Zustand des Toten ist für eine Brandleiche recht gut, da werden sich die Gerichtsmediziner freuen. Das haben wir aller Wahrscheinlichkeit nach dem ungewöhnlich heftigen Regen zu verdanken, der nicht nur den Waldbrand gelöscht hat, sondern auch die Leiche. Wenn es hier nur eine halbe Stunde länger gebrannt hätte, wäre von ihm nicht viel übrig geblieben.«

»Sonst irgendetwas, was bei der Identifikation helfen könnte? Außer dem Zahnbild, meine ich?«

»An der rechten Hand ist ein Ehering, an der linken Reste einer Armbanduhr mit Metallarmband.«

»Kennt jemand von euch diese Art Handschellen?«, fragte Maike, die aufrecht stehen geblieben war, um dem Toten nicht dauernd ins Gesicht schauen zu müssen.

»Billigste Ware aus Fernost« erklärte Kleinschmidt. »Von der Art, wie man sie in jedem gewöhnlichen Sexshop kriegt.«

»Da kennst du dich also aus, lieber Jo«, stellte Maike fest und musste grienen. »Sieh mal an. Hatte gar nicht gewusst, was für ein Draufgänger du bist.«

Jo Kleinschmidt wurde rot bis unter die Haarspitzen. Ellen Vogelsang kam ihm zu Hilfe: »Jedenfalls haben sie den Brand überdauert. So schlechte Ware kann es also doch nicht sein.«

»Sonstige Spuren?«, wollte Mendelski wissen, der neben seiner Kollegin in die Knie gegangen war.

Strunz antwortete mit einem lang gezogenen »Tjaaa!« Er schaute gen Süden. »Ungefähr dreißig Meter von hier wurden die Überreste einer Doppelflinte gefunden. Schaft und Vorderschaft sind ziemlich verkohlt. Sie war geladen, mit 16er Schrot von Rottweil. Die Patronen weisen keine Schlagbolzenspuren auf, wurden also nicht abgeschossen. Sie sind allerdings durch die Hitzeeinwirkung detoniert.«

»Lag sie an einer besonderen Stelle?«

»Nein. Am Rand einer ehemaligen Dickung. Näheres könnte uns vielleicht der Förster sagen.«

»Sonst noch was?« Mendelski hatte sich wieder erhoben und streckte seinen Rücken. »Kanisterreste? Brandbeschleuniger?«

»Hier in unmittelbarer Nähe nicht. Aber auf der anderen Seite der Brandfläche schon.« Strunz wies nun gen Süden. »Ungefähr hundertfünfzig Meter von hier hat die Feuerwehr ein frisch ausgebranntes Auto gefunden. Einen VW Touareg. Da gibt es Spuren von flüssigen Brandbeschleunigern.«

Mendelski pfiff durch die Zähne. »Habt ihr schon den Halter ermittelt?«

»Ja. Es handelt sich um einen Jens Wingenfelder, zweiundvierzig Jahre alt, hier aus Wietze. Er hat die hiesige Jagd vom Stadtwerke-Forst gepachtet.«

»Und?« Mendelski wurde langsam ungeduldig. Musste man Strunz heute jede Information einzeln aus der Nase ziehen? Er setzte nach: »Wird er vermisst?«

»Keine Ahnung.« Strunz druckste herum. »Den Anruf wollten wir dir überlassen. Da gibt es schließlich Frau und Kinder ...«

»Ach, so ist das.« Jetzt hatte Mendelski kapiert. »Bei dem Toten könnte es sich ja – rein zufällig – um besagten Jens Wingenfelder handeln. Und da darf ich bei ihm zu Hause anrufen und fragen, ob der Besitzer des Touareg gerade zu Hause vor dem Fernseher sitzt und die Sportschau guckt? Denn wenn er dort nicht sitzt und vielleicht auch sonst irgendwie überfällig ist, könnte es durchaus sein, dass er verkohlt hier draußen vor unseren Füßen liegt.«

»Siehst du«, sagte Strunz in versöhnlichem Tonfall, »jetzt hast du's verstanden. Für so einen Job braucht man Fingerspitzengefühl und Rücksichtnahme. Da bist du doch genau der Richtige …«

In diesem Augenblick hörten sie einen entsetzlichen Schrei.

DREI

Ohne ein Foto geschossen zu haben, ließ Axel Schriewe die Kamera sinken. Zunächst hatte der Reporter der »Celleschen Zeitung« auf einen gelungenen Schnappschuss gehofft und sich in Position gebracht. Ein Foto, das zeigte, wie zwei uniformierte Polizisten mit einer hübschen, hysterischen Frau ringen, hätte sicherlich gut zu der Story über den mysteriösen Fund einer Brandleiche gepasst. Quasi als Ersatz dafür, dass man ihn nicht mit der Kamera an das Opfer heranließ. Doch dann hatte ihn diese Frau angeschaut. Ihr verzweifelter Blick hatte ihn bis ins Mark getroffen, denn ihre Augen drückten alle Traurigkeit dieser Erde aus. Er nahm an, dass es sich bei der Frau um die Ehefrau des Toten handelte.

»Nein!«, schrie sie erneut, während ihr Tränen über die Wangen liefen. »Lassen Sie mich doch durch. Ich will zu ihm!«

Polizeiobermeister Schütte hielt sie am Arm und versuchte sie zu beruhigen. »Frau Wingenfelder«, sagte er mit unterdrückter Stimme, damit der Reporter nichts mitbekam. »Wir können zu diesem Zeitpunkt noch nichts über die Identität des Toten sagen. Sie müssen sich noch einen Augenblick gedulden.« Etwas lauter fügte er hinzu: »Aber da kommt ja der zuständige Hauptkommissar. Der kann Ihnen über den Stand der Ermittlungen mehr sagen.«

Zusammen mit Maike war Mendelski zur Absperrung zurückgegangen, um nach der Ursache des Geschreis zu forschen.

»Treten Sie bitte zurück«, wies er Axel Schriewe zurecht. »Lassen Sie uns einen Moment allein.«

Schriewe folgte der Aufforderung nur widerwillig.

»Dies ist Frau Wingenfelder«, stellte Schütte die weinende Frau vor, nachdem sich der Reporter weit genug entfernt hatte. »Ein Bekannter von der Feuerwehr hat sie per Handy darüber informiert, dass hier ein ausgebrannter Touareg und eine Leiche gefunden wurden. Ihr Mann ist der hiesige Jagdpächter, Touareg-Fahrer und heute Nachmittag hierher ins Revier gefahren …«

»Ist er es?«, unterbrach ihn die Frau mit flehender Stimme. Ihre Augen waren auf Mendelski gerichtet. »Ist der Tote mein Mann?«

»Das wissen wir nicht«, erwiderte Mendelski ruhig. »Bei einer Brandleiche ...« Er stockte, um die passenden Worte zu finden. »Bei einer Brandleiche ist es nicht so einfach, die Identität festzustellen, Sie verstehen.«

»Lassen Sie mich zu ihm«, sagte sie. Sie schien nun gefasster. »Ich halte das aus. Ich habe früher einmal als Krankenschwester gearbeitet.«

»Wann haben Sie Ihren Mann zuletzt gesehen?«, wich Mendelski aus.

»Heute Morgen«, antwortete sie. »Ich war den ganzen Vormittag in Celle. Als ich gegen vierzehn Uhr nach Hause kam, war mein Mann bereits fort. Er wollte ...« Sie wies plötzlich mit der Hand gen Westen. »Aber was ist das da drüben?«

***

Er pfefferte den Autoschlüssel auf den Küchentisch, dass es krachte.

»Verfluchte Scheißbullen!«, schimpfte Kersten Wingenfelder, dessen Haare und T-Shirt schweißgetränkt waren. Sein rechtes Auge zierte ein frisches Veilchen. Er öffnete den Kühlschrank und nahm sich eine Flasche Bier. Gierig leerte er die Hälfte der Flasche, machte eine kurze Pause, um zu rülpsen, und trank, ohne abzusetzen, den Rest. Mit einem lauten Knall stellte er die leere Flasche auf die Anrichte, verharrte dann regungslos und lauschte.

»Ist keiner zu Hause?«, schrie er. Erst jetzt, als er einen Blick durch die geöffnete Wohnzimmertür in den Nachbarraum warf, bemerkte er, dass die Terrassentür geschlossen war. »Auch niemand im Garten«, stellte er fest. »Dann bin ich wohl allein daheim.«

Er verzog sein Gesicht zu einer Fratze. »Kersten allein zu Haus«, sagte er grinsend und öffnete erneut den Kühlschrank.

Das erste Bier zeigte bereits Wirkung. Als er sich zum Getränkefach bückte, befiel ihn Schwindel und ließ ihn leicht schwanken.

»Hopplahopp!«, stieß er hervor. »Na, kein Bier mehr vorrätig? Dann nehme ich eben Weißwein. Der tut's auch.« Er fingerte eine angebrochene Weinflasche aus dem Türfach und entkorkte sie. Wie bei der Bierflasche zuvor trank er direkt aus der Flasche. Und wieder musste er rülpsen.

Dass Kersten Wingenfelder sich wüst betrank, hatte einen handfesten Grund. Er hatte Mist gebaut. Richtigen Mist. So viel Mist, dass es ihn den Führerschein auf Probe kosten würde, den er als Achtzehnjähriger seit Kurzem besaß. Obendrein würde wahrscheinlich ein Eintrag ins Führungszeugnis fällig, der ihm die Wiederholung der Jagdscheinprüfung verwehren könnte. In diesem Frühjahr war er bei seinem ersten Anlauf durchgefallen, wegen eines – für ihn unverzeihlichen – Handhabungsfehlers beim Entstechen einer Büchse. Für das nächste Jahr hatte er sich fest vorgenommen, die Prüfung zu bestehen. Damit er im Revier seines Vaters endlich als vollwertiger Jäger mitgehen konnte.

Und nun das.

Sie waren in der Nähe von Hornbostel am Kalkar-See gewesen. Die ganze Clique, Malik, Samira, Patrick und er. Als das Gewitter und der heftige Regen losbrachen, waren sie alle zusammen in seinem Auto nach Winsen in die Eisdiele geflüchtet. Dort hatten völliges Chaos und Gedränge geherrscht, da viele Wochenendausflügler bei dem plötzlichen Unwetter ein trockenes Plätzchen suchten. Sie hatten gerade noch einen freien Tisch ergattert, als eine Gruppe britischer Soldaten das Lokal betrat. Man sah sofort, dass einige der in Zivil gekleideten Männer die Röte in ihren Gesichtern nicht nur dem Sonnenbrand, sondern auch einem erhöhten Alkoholkonsum verdankten. Sie grölten, pöbelten und schubsten.

Schließlich nahmen sie das kurdische Geschwisterpaar Malik und Samira aufs Korn; ihnen war unschwer anzusehen, dass sie oder zumindest ihre Eltern nicht in Mitteleuropa geboren waren. Die Briten, die in dem Glauben waren, sprachlich nicht verstanden zu werden, warfen ihnen fremdenfeindliche, menschenverachtende und den Islam verhöhnende Parolen an den Kopf. Einige von ihnen prahlten sogar mit den Gräueltaten, die sie im Irak verrichtet hätten.

Obwohl sie fast jedes Wort verstanden – Malik und Samira hatten im Frühjahr am Gymnasium Ernestinum in Celle ihr Abitur mit Auszeichnung bestanden, unter anderem in Englisch –, waren die vier ruhig geblieben. Erst als Samira auch noch obszöne Bemerkungen über sich ergehen lassen musste, fühlte sich ihr Bruder derart in der Familienehre verletzt, dass er nicht mehr an sich halten konnte. Er nahm seinen noch gut gefüllten Eispokal – Kersten glaubte sich zu erinnern, dass es ein Amarena-Becher gewesen war – und schleuderte diesen dem Hauptredner der Briten, einem untersetzten, kahlköpfigen Zwerg, an den Kopf.

Danach brach ein Tumult los.

Stühle und Fäuste flogen, Geschirr ging krachend zu Boden, hysterisches Geschrei war zu hören, und Malik, Patrick und er waren mittendrin. Doch urplötzlich – so als ob sie draußen vor der Eisdiele nur auf den Startschuss gewartet hätte – tauchte die gefürchtete Military Police der British Army auf. Mit rabiater Gewalt hieben sie auf ihre eigenen Landsleute ein und schleppten sie nach draußen. Kurz danach waren auch die deutschen Gesetzeshüter erschienen, die sich ihrerseits auf die Gegenpartei stürzten. Als ein übereifriger Polizist Malik mit dem Schlagstock traktierte, kam Kersten ihm zu Hilfe.

»Lassen Sie ihn in Ruhe«, rief er außer sich und griff nach dem Schlagstock. »Er hat keine Schuld an dem …«

Weiter kam er nicht. Wohl mehr aus Versehen – das musste er zugeben – traf ihn der Ellenbogen des Polizisten im Gesicht. Blind vor Wut und halb blind im wörtlichen Sinne, weil sein rechtes Auge getroffen war, taumelte er zurück. Ein zweiter Polizist drängte ihn Richtung Ausgang. Er hörte noch, wie der erste Polizist rief: »Ich habe den Türken. Schnappt euch das Mädchen!«

Im Handumdrehen fand sich Kersten draußen im Außenbereich der Eisdiele wieder, wohin man die meisten Gäste gedrängt hatte. Zwei englische Militärpolizisten mit furchterregenden Blicken verhinderten, dass er wieder in die Eisdiele zurückkehrte. Es goss noch immer in Strömen, und in Minutenschnelle war er klitschnass.

Plötzlich zupfte ihn jemand am Rücken.

Es war Patrick. »Komm, schnell weg hier«, rief er.

»Was ist los?«

»Denen werden wir's zeigen. Komm!«

Kersten lief hinter Patrick her zur Straße, wo im prasselnden Regen sein Auto geparkt war. Neben ihnen – halb auf dem Bürgersteig – stand ein Streifenwagen mit eingeschaltetem Blaulicht. Von den Insassen war nichts zu sehen.

»Mach schon auf«, drängte Patrick. »Lass den Motor an.«

»Und was ist mit Malik und Samira?« Kersten verspürte wenig Lust, ohne die beiden Freunde davonzufahren.

»Denen können wir im Moment sowieso nicht helfen. Nun mach schon.«

Widerwillig betätigte Kersten die Zentralverriegelung und stieg in seinen Wagen. Patrick setzte sich neben ihn und öffnete das Handschuhfach. Nach kurzem Wühlen hielt er das Gesuchte in den Händen. Einen Schraubenzieher.

»Was hast du vor?«

»Frag nicht. Mach den Motor an und warte.« Im selben Augenblick sprang er wieder aus dem Wagen, ließ aber die Tür geöffnet. Kersten startete den Motor, schaltete das Licht ein und betätigte den Scheibenwischer. Da sah er, wie Patrick sich zum linken Hinterrad des Streifenwagens bückte und mehrmals zustach.

»Scheiße!«, entfuhr es ihm. »Der ist verrückt.« Instinktiv schaute er sich um, ob sie auch niemand beobachtete. Da sah er die beiden Polizisten, die aus der Eisdiele herübergelaufen kamen.

»Patrick!«, schrie er aus Leibeskräften. Der schaute kurz auf, erkannte sofort die prekäre Situation und saß drei Sekunden später im Auto. Die Polizisten waren keine zehn Meter mehr entfernt.

»Gib Gas!«, rief er atemlos. »Schnell, schnell!«

Mit aufheulendem Motor und durchdrehenden Reifen setzte sich der Wagen in Bewegung. Die soeben auf rot umspringende Ampel ignorierten sie und fuhren geradeaus über die Kreuzung Richtung Allerbrücke.

»Die haben mein Kennzeichen«, schrie Kersten voller Panik. »Verfluchte Kacke! Das war's mit dem Führerschein.«

»Ach Quark.« Patrick erschien plötzlich ganz cool. »Haben sie dich etwa geblitzt? – Na also. Dann haben sie auch kein Foto von dir. Bei dem Trubel da kann jeder von uns gefahren sein.«

»Und deine Reifenstecherei?«

»Hat keiner gesehen. Den Platten werden sie erst bemerken, wenn sie versuchen, uns zu verfolgen.« Er lachte kurz auf. »Komm, wir fahren erst einmal zu mir. Da halten wir Kriegsrat.«

***

Alle waren auf den simplen Trick hereingefallen. Sogar der mit allen Wassern gewaschene Reporter Schriewe. Als Diana Wingenfelder gen Westen gezeigt hatte, wo am Horizont noch immer die dunklen Gewitterwolken zu sehen waren, hatten alle von ihr abgelassen und brav in die gezeigte Richtung geschaut. Dorthin, wo eigentlich nichts Außergewöhnliches zu sehen war. Diesen Moment der Unachtsamkeit hatte sie genutzt, um behände unter dem Absperrband hindurchzuschlüpfen.

»Moment mal!«, rief Mendelski, der sie beinahe noch am Ellenbogen zu fassen bekam. »Halt! Bleiben Sie sofort stehen!«

Doch Diana Wingenfelder kümmerte sich nicht darum. Während Polizeiobermeister Schütte und sein Kollege sich gegenseitig behinderten, weil sie erst einmal unter dem Flatterband hindurch mussten, und während Mendelski und Maike mit ihren rutschigen Schuhüberziehern nicht richtig in Gang kamen, lief sie einfach weiter. Lediglich Schriewe, der immer noch etwas abseits stand, schaltete schnell. Seiner journalistischen Spürnase folgend, brachte er rasch wieder seine Kamera in Position und schoss nun ein Foto nach dem anderen.

Ihre langen Beine und ihr unbändiger Wille brachten Diana Wingenfelder ihrem Ziel rasch näher. Sie steuerte zielstrebig auf die drei weißen Kapuzengestalten zu, die in der Nähe der Brandleiche zwischen den verkohlten Baumrudimenten hockten und in der Asche wühlten.

»Heiko, Ellen!«, rief Mendelski von Weitem, während er und Maike mehr schlecht als recht hinter der Frau herliefen. »Haltet sie fest!«

Ellen Vogelsang war die Erste vom Spusi-Team, die sich erhob, um zu schauen, was es mit dem Krach auf sich hatte. Doch bevor sie verstand, um was es ging, war Diana Wingenfelder auch schon an ihr vorbeigehastet und bis zu der Stelle gelaufen, wo der Leichnam lag. Dort blieb sie wie angewurzelt stehen. Regungslos starrte sie auf den leblosen Körper vor sich.

Sofort waren Strunz und Kleinschmidt zur Stelle. Sie postierten sich neben ihr, um Schlimmeres zu verhindern.

»Was fällt Ihnen ein?«, entrüstete sich Strunz. »Sie können hier nicht so einfach …«

»Oh mein Gott!«, flüsterte sie. »Wer macht denn so was?«

Ihr ganzer Körper zitterte, als sie weitersprach. »Bitte. Ich muss es einfach wissen. Verstehen Sie doch!« Ihr Blick wich nicht von der verbrannten Leiche.

Inzwischen waren auch Mendelski und Maike eingetroffen. Völlig außer Atem traten sie zu der Gruppe.

»Bringt sie weg«, schnaufte Mendelski. Er hatte sein Taschentuch hervorgezogen und tupfte sich den Schweiß von der Stirn. »Am besten …«

»Ich kann versuchen, ihn zu identifizieren«, unterbrach sie ihn in flehendem Ton. Ihre Stimme klang so eindringlich, dass Mendelski für einen Moment ratlos war. Er schaute erst zu Heiko Strunz, dann zu Ellen Vogelsang und Jo Kleinschmidt und schließlich zu Maike. Auch die Kollegen erweckten den Eindruck, als ob sie nicht recht wüssten, was zu tun sei.

»Wie Sie sehen, ist das nicht ganz einfach«, sagte Mendelski nun deutlich ruhiger, fast mit väterlicher Milde. »Wollen Sie sich das wirklich antun?«

»Bitte zeigen Sie mir den Ehering«, entgegnete sie. »Der dürfte nicht verbrannt sein. Platin schmilzt nicht so schnell.«

»Ist denn in den Ring Ihres Mannes etwas eingraviert?«, fragte Maike, die sich im selben Moment auch schon über die Frage ärgerte, denn es gab wohl kaum einen Ehering, in dem nicht etwas geschrieben stand. In der Regel das Hochzeitsdatum und der Vorname des Partners.

»Ja«, sagte sie. »Diana 16. März 1985.«

»Also gut«, lenkte da Mendelski ein. »Heiko, sei so nett und stell den Ring des Toten sicher. Ich hoffe nur, dass uns die Gerichtsmedizin das später nicht übel nimmt.« Dann wandte er sich an Diana Wingenfelder. »Und Sie gehen jetzt bitte ein paar Schritte zurück und warten einen Augenblick. Bitte!«

Diana Wingenfelder gehorchte nur mit Widerwillen. Endlich raffte sie sich auf und trat einige Schritte zurück. Strunz hatte sich inzwischen zu dem Leichnam gebückt und griff nach der rechten Hand des Toten. Ohne große Mühe konnte er den Ehering von dem nahezu skelettierten Ringfinger ziehen. Es handelte sich um einen schlichten, relativ breiten Platinring. Er reichte ihn Mendelski.

»Nein«, erwiderte dieser leise, da er sich wegen seiner Sehschwäche schämte. »Lies du. Ich habe meine Brille nicht dabei.«

Den Ring in Kopfhöhe haltend, versuchte Strunz, die winzigen verschnörkelten Buchstaben und Zahlen zu entziffern. Da noch Rußreste an dem Ring hafteten, wischte er diese mit seinem behandschuhten Zeigefinger so gut es ging ab. Dann endlich las er leise vor: »Diana 16. März 1985.«

Er gab den Ring Mendelski. Der drehte sich schweren Herzens um und schaute Diana Wingenfelder direkt in die Augen. Er nickte wortlos.

Diana Wingenfelder verdrehte die Augen und brach ohnmächtig zusammen. Hätten Maike Schnur und Ellen Vogelsang sie nicht aufgefangen, wäre sie kopfüber in die Asche gefallen.

***

Gefährlicher Eingriff in den Straßenverkehr, Widerstand gegen die Staatsgewalt, Mittäterschaft bei einer Sachbeschädigung – da kommt einiges auf mich zu, dachte Kersten, als er mit der Weinflasche in der Hand durchs Haus irrte. Ob die Polizei nach ihm suchen würde? Vielleicht sind sie ja hier gewesen, während er bei Patrick war. Vielleicht hatten sie seine Eltern mit auf die Wache genommen. Da er sein Handy wohlweislich abgeschaltet hatte, war er nicht zu erreichen gewesen.

Bei seiner Wanderung durch das Haus war er im Arbeitszimmer seines Vaters gelandet. Der Raum war im Grunde mehr Bibliothek und Jagd- als Arbeitszimmer. Wingenfelder senior hatte sein eigentliches Büro bei Wasa in Celle Vorwerk. Hier, daheim in Wietze, diente das Arbeitszimmer den privaten Belangen und der Jagdverwaltung. Dort, wo die prall gefüllten Bücherregale Platz ließen, hingen an den Wänden historische Landkarten der Region und unzählige Jagdtrophäen aus aller Welt.

Kersten ließ sich hinter dem imposanten Mahagoni-Schreibtisch auf den Bürostuhl fallen und trank den Rest vom Wein aus. Die leere Flasche warf er in den Papierkorb. Bei dem Versuch, sich zu erheben, verlor er das Gleichgewicht und plumpste in den Stuhl zurück.

»Donnerwetter, bin ich stramm«, gestand er sich ein. Beim zweiten Versuch, sich zu erheben, hielt er sich mit den Händen am Schreibtisch fest und kam so auf die Beine. Gerade wollte er sich abwenden, als ihm ein Briefkuvert auffiel, das durch das Verrutschen der Schreibtischauflage sichtbar geworden war. Er schob die grüne Schreibunterlage gänzlich beiseite und nahm den Brief auf.

»Für meine Familie« stand da in der Handschrift seines Vaters geschrieben. Kersten wurde trotz seiner Trunkenheit plötzlich mulmig zumute. Hielt er ein Testament in den Händen?

Er drehte den Brief um und stellte fest, dass er nicht zugeklebt war. Vorsichtig öffnete er den Umschlag und zog ein Blatt Papier hervor. Er faltete es auseinander und las:

Liebe Diana, liebe Alina, lieber Kersten,
es tut mir in der Seele weh, dass ich Euch Kummer bereite, aber wenn Ihr diesen Brief findet, ist mir wahrscheinlich etwas Schlimmes widerfahren. Falls es nicht mehr in meiner Macht steht, mich zu rehabilitieren, müsst Ihr das für mich tun. Denn solche Schande kann nicht auf unserer Familie sitzen bleiben.
An allem schuld ist ein ehemaliger Freund, einer, dem ich vertraut habe, den auch Ihr gut kennt, der in unserem Hause jahrelang ein- und ausging: Clemens Berger. Sorgt Ihr dafür, dass er seiner gerechten Strafe nicht entkommt.
Ich werde Euch immer lieben.
Euer Jens

Wie in Trance las Kersten den Brief ein zweites und dann auch ein drittes Mal. Dann faltete er das Blatt wieder sorgfältig zusammen und steckte es zurück ins Kuvert. Mit unsicherer Hand griff er zum Telefon auf dem Schreibtisch.

Sein erster Anruf galt dem Handy des Vaters. Hier antwortete lediglich die Mailbox. Dann wählte er die Handynummer seiner Mutter. Aber auch hier antwortete niemand. Das Vorhaben, die Schwester anzurufen, verwarf er rasch. Alina war übers Wochenende zu einer Freundin nach Hamburg gefahren und wusste bestimmt nicht mehr als er. Die Polizei brauche ich auch nicht anzurufen, dachte er. Die würde schon von allein kommen. Seinetwegen nämlich.

Also blieben nur noch die Großeltern in Hambühren. Die erreichte er zwar, aber sie hatten auch keine Ahnung, wo seine Eltern stecken könnten. Ohne den Brief zu erwähnen und – vor allem – ohne etwas von dem Zwischenfall in der Winsener Eisdiele zu erzählen, beendete er das Gespräch.

»Junge, ist bei dir alles in Ordnung?«, fragte die Großmutter noch.

»Ja, ja. Ich habe nur Kopfweh.«

Kopfschmerzen hatte er plötzlich tatsächlich. Rasende Kopfschmerzen. War es die Folge des Ellenbogen-Checks ins Gesicht oder die der fatalen Mixtur aus Bier und Wein, die seinen Schädel brummen ließ? Er wusste es nicht, und es war ihm auch egal. Hauptsache, es trat bald Linderung ein.

Er steckte den Brief in die Hosentasche und schleppte sich hinauf in sein Zimmer. Zu den Kopfschmerzen kamen jetzt Schwindel und Übelkeit dazu. Er wollte nur noch schlafen.

Als er vor seinem Bett stand, fasste er nach kurzem Grübeln den Entschluss, sich woanders hinzulegen. Man sollte ihn nicht gleich finden, nicht die Eltern und besonders nicht die Polizei, die sicherlich bald hier auftauchen würde. Den Brief in seiner Hosentasche und besonders dessen Inhalt hatte sein benebeltes Hirn schon fast völlig verdrängt.

Er kramte einen Schlafsack aus dem Kleiderschrank hervor, nahm sein Kopfkissen und verließ den Raum.

Als er über den nassen Rasen torkelte, bemerkte Benno ihn und fing an, in seinem Zwinger freudig zu bellen. Nanu, dachte Kersten verwundert, ich denke, Vater ist im Revier. Warum hat er dann den Hund nicht mitgenommen, so wie er es sonst immer macht?

Mühsam stieg er die Leiter zum Baumhaus hinauf, welches im hintersten Winkel des Grundstücks in der Krone einer weitverzweigten Eiche versteckt lag. Die Bretterbude in luftiger Höhe hatte er zusammen mit Patrick und Malik gebaut, als sie dreizehn oder vierzehn Jahre alt gewesen waren. Sie bestand aus einem geschlossenen Raum mit zwei Fenstern und einer Tür, in dem ein Tisch, zwei Hocker und ein Feldbett untergebracht waren. Zum letzten Mal war er im Frühjahr dort oben gewesen, als er mit Milena aus der Nachbarschaft einmal ungestört hatte schmusen wollen.

Es fiel ihm nicht leicht, in seinem Zustand – dazu mit Schlafsack und Kissen unterm Arm – die Sprossen zu erklimmen. Um ein Haar wäre er von der obersten, durch den Regen glitschig gewordenen Leitersprosse abgerutscht und über fünf Meter in die Tiefe gestürzt. Im letzten Moment konnte er sich aber noch mit seiner freien Hand festhalten und in das Baumhaus retten.

***

Durchs Teleobjektiv hatte Axel Schriewe das Geschehen aus der Ferne verfolgt. Und dabei das eine oder andere Foto geschossen. Polizeiobermeister Schütte und sein Kollege hatten ihn nicht daran gehindert, da sie selbst nicht recht wussten, was nun zu tun war und was sie von dem peinlichen Zwischenfall mit Frau Wingenfelder halten sollten.

»Holen Sie den Notarzt«, hörten sie plötzlich jemanden rufen. Jo Kleinschmidt kam auf sie zugerannt und fuchtelte wild mit den Armen. »Schnell, den Notarzt. Der muss doch noch irgendwo hier in der Nähe sein.«

»Wird gemacht«, rief Schütte. Er griff nach seinem Funkgerät und nahm Kontakt mit einem weiteren Kollegen von der Polizeistation Wietze auf, der wenige hundert Meter entfernt bei der Einsatzzentrale der Feuerwehr Posten bezogen hatte.

Hier stand auch ein Rettungswagen samt Notarzt und Rettungssanitätern bereit, um bei etwaigen Zwischenfällen während der Löscharbeiten rasch eingreifen zu können.

»Der Notarzt kommt sofort«, meldete Schütte. »Kann ich sonst noch irgendetwas tun?«

»Im Moment nicht«, sagte Kleinschmidt. Dann sah er den Reporter mit seiner Kamera hantieren. »Oder doch. Halten Sie uns diesen Schreiberling vom Hals. Ich möchte nicht, dass er weitere Fotos schießt. Schon gar nicht vom Einsatz des Notarztes. Am besten, Sie konfiszieren den Fotoapparat.«

»Wird gemacht.« Schütte winkte seinen Kollegen herbei und ging zu Schriewe hinüber, der etwas abseits stand.

Axel Schriewe hatte trotz seines jungen Alters bereits jenes Frühwarnsystem entwickelt, über welches Journalistenfüchse eigentlich erst ab einem gewissen Dienstalter verfügen. So ahnte er die Gefahr, die da auf ihn zukam, verstaute rasch die Kamera in seiner Umhängetasche und mimte das Unschuldslamm. Unter gar keinen Umständen wollte er sich sein wichtigstes Arbeitswerkzeug abnehmen lassen.

***

Fünf Minuten später kümmerte sich ein Notarzt mit seinem Team um die unter Schock stehende Witwe. Sie war bald wieder auf den Beinen und konnte zum Krankenwagen gebracht werden. Maike ging mit, um sie nach Hause zu begleiten, falls sich keine Angehörigen oder Freunde in der Nähe befänden, die dies übernehmen könnten. Mendelski hatte vor, gleich nach der Tatortbesichtigung ebenfalls nach Wietze zu fahren, um noch die eine oder andere Frage zu klären.

»Also hätten wir schon mal zu neunundneunzig Prozent die Identität des Toten geklärt«, sagte er zu Strunz, der sein Diktiergerät wieder eingeschaltet hatte, um das erste Resümee aufzuzeichnen. »Es handelt sich aller Wahrscheinlichkeit nach um Jens Wingenfelder, wohnhaft in Wietze, zweiundvierzig Jahre alt, wenn ich mich recht erinnere?«

Strunz nickte nur.

»Jagdpächter beim hiesigen Stadtwerke-Forstamt«, fuhr Mendelski fort. »Touareg-Fahrer, verheiratet mit Diana Wingenfelder. Über weitere Familienangehörige – wie zum Beispiel Kinder – ist uns noch nichts bekannt.«

Er machte eine kurze Pause. Diese nutzte Strunz und fügte hinzu: »Gefunden wurde die Leiche gegen sechzehn Uhr von dem Feuerwehrmann Bastian Hemme aus Wieckenberg, achtzehn Jahre alt, der gerade Löscharbeiten durchführen wollte. Über den Todeszeitpunkt kann bisher nur spekuliert werden. Der Waldbrand ist um circa vierzehn Uhr dreißig ausgebrochen und eine Stunde später von dem Unwetter weitestgehend gelöscht worden. Die Armbanduhr des Toten – eine Jacob & Co. aus der Schweiz – ist um vierzehn Uhr siebenundvierzig stehen geblieben. Näheres wird die Obduktion ergeben.«

»Die Hände des Leichnams waren gefesselt«, sprach jetzt wieder Mendelski auf das Band. »Mit Handschellen. Ansonsten sind bis dato keine Anzeichen von weiteren Fesseln auszumachen. Ebenso wenig Verletzungen oder Gewalteinwirkungen, die nicht auf das Feuer zurückzuführen sind. Die Liegeposition des Toten lässt einerseits den Schluss zu, dass er hier abgelegt wurde – entweder bereits tot, bewusstlos oder vielleicht sogar auch noch bei Bewusstsein. Andererseits kann er auch – eventuell auf der Flucht vor irgendetwas – auf eigenen Füßen bis hierher gelaufen und dann in das Feuer geraten sein. Das ist bei Waldbränden schon selbst routinierten Feuerwehrleuten passiert, die nicht durch Fesseln gehandicapt waren. Bei umspringenden Winden – und das war ja kurz vor dem Gewitter wohl der Fall – kann man schnell in eine Feuerfalle geraten.«

»Vom Fundort etwa dreißig Meter in südlicher Richtung entfernt«, fuhr Strunz fort, »lagen die verkohlten Überreste einer Doppelflinte, die zwar geladen, aber nicht abgeschossen worden war. In hundertfünfzig Meter Luftlinienentfernung – ebenfalls im Süden – wurde das vollständig ausgebrannte Wrack eines VW Touareg gefunden, welches aller Wahrscheinlichkeit nach dem Opfer zuzuordnen ist. Der Fahrzeugschlüssel steckte im Zündschloss. Neben dem Auto sind Spuren eines flüssigen Brandbeschleunigers entdeckt worden. Weitere Einzelheiten wird das Labor liefern.«

»So, das wär's fürs Erste.« Mendelski zog die Latexhandschuhe aus und trocknete die nass geschwitzten Finger an den Hosenbeinen ab. »Du kannst meinetwegen dein Diktiergerät ausschalten. Wenn hier so weit alles erledigt ist, musst du mir mal die Flinte und den Touareg zeigen. Beides finde ich nämlich in dieser qualmenden Mondlandschaft nicht allein.«

»Die Flinte habe ich schon eingetütet«, entgegnete Strunz. »Ich dachte, sicher ist sicher. Bei so viel Volk, wie hier herumläuft. Aber ihren Fundort kann ich dir gerne zeigen.«

Maike Schnur brauchte nicht mit nach Wietze zu fahren. Unter den Feuerwehrleuten fanden sich zwei Bekannte von Diana Wingenfelder, die sich der Witwe annahmen. In ihrem eigenen Wagen, einem zitronengelben Peugeot Cabrio, wurde sie von den beiden nach Hause gebracht. Zuvor hatte sie eine Beruhigungsspritze bekommen – und die ärztliche Empfehlung, sich daheim erst einmal hinzulegen. Alles Weitere sollte der Hausarzt übernehmen.

Als Maike sich zwischen unzähligen Pfützen, Schläuchen, Feuerwehrautos und umherlaufenden Feuerwehrleuten hindurch einen Weg zurück zu den Kollegen bahnte, spürte sie die vielen Blicke. Erst jetzt wurde ihr wieder bewusst, welch unpassende Kleidung sie eigentlich für ihren Einsatz trug. Einige Feuerwehrkameraden pfiffen sogar frech hinter ihr her, als sie vorbeiging. So kam es, dass ihre Schritte immer flotter wurden und sie froh war, als sie wieder mit sich und der abgebrannten Natur allein war.

Kurze Zeit später entdeckte sie Mendelski und Strunz, die den abgesperrten Bereich des Leichenfundortes auf einer Schneise Richtung Süden verlassen hatten. Strunz trug noch immer seinen weißen Overall, mit dem er sich deutlich von dem schwarzen Chaos abhob. Mendelski, einen Kopf größer und einen Bauch dicker als sein Kollege, trug nun eine schwarze Schirmmütze, die Maike bei ihm noch nie zuvor gesehen hatte.

»Hey«, rief sie von Weitem. »Wo wollt ihr denn hin?«

»Zum Touareg«, brüllte Mendelski zurück. Er zeigte mit dem Zeigefinger in ihre Laufrichtung. »Komm mit.«

***

Mit Charme und Geschick hatte es Axel Schriewe tatsächlich geschafft, seinen Fotoapparat zu behalten. Der gewiefte Reporter hatte mit Engelszungen auf Polizeiobermeister Schütte eingeredet, bis dieser ihn endlich ziehen ließ. Er hatte allerdings versprechen müssen, kein weiteres Foto zu schießen und sich von den Ermittlern und besonders von Hauptkommissar Mendelski fernzuhalten.

So schwer es ihm auch fiel – eine Ablichtung der Brandleiche mit nach Celle zu bringen, wäre sensationell gewesen –, er schlich folgsam von dannen. Nach wenigen Schritten jedoch fasste er den Entschluss, wenigstens noch einmal kurz bei dem ausgebrannten Touareg vorbeizuschauen. Von dem Auto, das dem Toten gehört haben sollte, hatten ihm Schütte und dessen redseliger Kollege berichtet. Von einem Feuerwehrmann, der gerade vorbeikam, ließ Schriewe sich den Weg erklären.

Der ausgebrannte Wagen stand abseits des Weges auf einer ehemals kleinen Lichtung. Er war – genau wie der Fundort der Leiche – weiträumig mit einem Absperrband der Polizei abgesichert.

Innerhalb der abgesperrten Zone war keine Menschenseele zu sehen. Eine junge Polizistin mit strohblondem Kurzhaarschnitt und kurzärmligem Uniformhemd hielt einsam Wache. Sie kämpfte gerade mit den Tücken ihres Funkgerätes und fluchte – fälschlicherweise im Glauben, unbeobachtet zu sein – lautstark vor sich hin, als Schriewe sich näherte.

Da er nicht schon wieder Ärger mit den Gesetzeshütern haben wollte, blieb er hinter einem verkohlten Baumstamm stehen und taxierte das Gelände aus dem Verborgenen. Er kramte seinen Fotoapparat hervor, um das Teleobjektiv als Fernrohr zu benutzen – auch wenn er wie versprochen kein weiteres Foto schießen wollte. Er hätte es eh nicht veröffentlichen können, ohne nachher bösen Ärger mit dem Kommissar zu bekommen.

Durch das Objektiv musterte er die Karosserie des ehemaligen Luxusgeländewagens. So langsam wie ein geübter Kameramann beim Film fuhr sein Blick über das ausgeglühte aschgraue Metall. Sämtliche Scheiben waren geborsten, die Fahrer- und Beifahrertüren standen weit offen. Dort, wo die Reifen einmal gewesen waren, zeigte der Erdboden eine besonders schwarze Färbung. Um den Wagen herum waren kleine weiße Schilder mit Zahlen darauf am Boden verteilt. Auch zwei Lübecker Hütchen entdeckte er. Schriewe ging davon aus, dass es sich um Markierungen der verschiedenen Spuren handelte. Nur fragte er sich, was das zerstörerische Feuer an Spuren überhaupt übrig gelassen haben mochte.

Plötzlich hörte er Stimmen hinter sich. Instinktiv ging er in die Hocke und in Deckung. Die eine Stimme kam ihm bekannt vor. Es war eine tiefe, energische Männerstimme, die ihm heute vor gar nicht langer Zeit schon einmal begegnet und unangenehm in Erinnerung geblieben war. Die andere Stimme, die gerade sprach, schien einer kessen, selbstbewussten Frau zu gehören.

»Ist das dein neues Dienst-Käppi?«, hörte er die Frau fragen. Ihr Lachen klang sympathisch. »Sieht ja echt schick aus. Trägst du etwa noch andere Fanartikel, wenn du zu den Roten gehst?«

»Lach du nur«, erwiderte der Mann. »Du bist ja nur neidisch, dass du keine Hertha-Mütze hast.«

»Ach, jetzt verstehe ich«, sagte eine weitere Männerstimme, die dem lauschenden Schriewe bisher noch nicht untergekommen war.

»Die 96 da vorn auf der Mütze hat was mit Fußball zu tun. Mit Hannover 96?«

»Heiko, Heiko«, seufzte die Frau. »Bei der kriminalistischen Spurensuche bist du ja ein scharfsinniges Kerlchen, aber in Sachen Bundesliga …«

Mehr konnte Axel Schriewe nicht verstehen. Die drei Kripoleute waren nun außer Hörweite. Erst jetzt wagte er es wieder, den Kopf vorsichtig zu heben und in Richtung Autowrack zu spähen. Er beobachtete, wie die drei mit der wachhabenden Polizistin sprachen. Rasch brachte er sein Teleobjektiv in Stellung, um nahe am Geschehen zu sein. Und einmal mehr stellte er erfreut fest, dass die hohe Kunst des Lippenlesens für einen Reporter nicht unbedingt von Schaden war.

***

»Das schöne Auto«, murmelte Mendelski, während er vorsichtig den Kopf ins Wageninnere steckte. »Was für ein Jammer.«

»Er soll ziemlich neu gewesen sein«, ließ Strunz verlauten, der auf die andere Seite des Geländewagens getreten war. »Keine zwei Monate alt. Der Ortsbrandmeister aus Wieckenberg hat mir das erzählt. Er kannte Wingenfelder ganz gut. Sie haben zusammen die Schulbank gedrückt.«

»Waren die Wagentüren geöffnet, als er gefunden wurde?«

»Nein, sie waren zugeklappt, jedoch nicht verschlossen. Wie gesagt, der Schlüssel steckte im Zündschloss. Allem Anschein nach war die Scheibe der Fahrertür heruntergekurbelt.«

»Und was hat zuerst gebrannt?«, fragte Maike. »Das Auto oder der Wald?«

»Gute Frage.« Strunz kraulte sich den Spitzbart. »Dort drüben bei Spur Nummer 7 haben wir die Reste eines Kanisters gefunden.« Er wies mit der Hand zum Heck des Fahrzeugs, wo keine zwei Meter vom Auto entfernt auf dem verbrannten Waldboden ein andersfarbiger Fleck zu erkennen war. »Ich tippe auf einen Fünf-Liter-Reservekanister. Den Inhalt wird jemand als Brandbeschleuniger benutzt haben. Gewissheit werden wir spätestens dann kriegen, wenn nachher die beiden LKA-Profis hier sind.«

»Auch ohne die Ergebnisse der BUK-Ermittlung können wir

wohl davon ausgehen, dass hier das Feuer entstanden ist«, stellte Mendelski fest. »Oder ist die Feuerwehr anderer Meinung?«

Strunz schüttelte nur den Kopf.

»Aber wozu das Benzin?«, fragte Maike. »Vor wenigen Stunden herrschte hier knisternde Trockenheit. Und das in einem Nadelwald. Da benötigt man doch keinen Brandbeschleuniger.«

»Richtig.« Mendelski hatte sich zu dem Fleck begeben und musterte diesen aus der Hocke. »Hier hat es jemand sehr eilig gehabt mit dem Brandlegen und dem Spurenverwischen. Vielleicht hat sogar ein Kampf stattgefunden. Wer weiß, was sich hier abgespielt hat.«

»Leider haben die Feuerwehrfahrzeuge sämtliche Spuren auf den Zufahrtswegen zerstört«, sagte Strunz. »Und das Feuer hat natürlich auch ganze Arbeit geleistet. So können wir nicht herausfinden, ob eventuell ein weiteres Fahrzeug vor Ort war.«

»Keine Zeugen?«

»Bisher nicht. Den Waldbrand hat ein Landwirt aus der Ferne entdeckt. Die Feuerwehr und der Stadtwerke-Förster waren als Erste hier. Sie haben aber nichts Auffälliges bemerkt.«

Mendelski hatte sich wieder erhoben und ging noch einmal um das Autowrack herum. »Was hat er hier gewollt?«, fragte er mehr sich selbst als die anderen. »Wingenfelder fährt am frühen Nachmittag bei dieser brütenden Hitze ins Revier. Warum? Er hat eine Jagdwaffe dabei. Allerdings nur eine Flinte. Zudem ist es keine Tageszeit, zu der man normalerweise jagt. Die Einzeljagd beschränkt sich in der Regel auf die Abend- oder Morgenstunden.«

»Ist nicht gerade Schonzeit?«, fragte Maike. »Es ist doch Sommer.«

»Ja«, stimmte Mendelski zu. »Für die meisten Niederwildarten ist in der Tat noch Schonzeit. Aber wir haben schon wieder August. Da könnte man mit der Flinte zum Beispiel auf Taubenjagd gehen. Die Schalenwildarten, die bereits wieder offen sind, jagt man dagegen in der Regel mit Büchsen. Rotwild zum Beispiel, Sauen und vom Rehwild die Böcke. Die Blattzeit müsste gerade am Ausklingen sein.«

»Was in Gottes Namen ist nun wieder ›Blattzeit‹?«

Mendelski wollte schon unwirsch abwinken, da er sich durch den Exkurs in das Waidwerk von der eigentlichen Arbeit abgelenkt fühlte. Doch dann besann er sich eines Besseren und erklärte: »Ende Juli, Anfang August halten Ricke und Rehbock Hochzeit. Die Ricke lockt dabei den Bock mit einem Fiepen. Diesen Lockruf ahmt der Jäger unter anderem unter Zuhilfenahme eines Laubblattes nach, der Bock nähert sich nichts Böses ahnend und liebestrunken, und bauz, bekommt er die Kugel.«

»Ist das fies.« Maike schüttelte sich.

»Nein«, erwiderte Mendelski grinsend. »Das ist die hohe Kunst der Lockjagd. – Doch zurück zu unserem Fall: Wir müssen herauskriegen, was Wingenfelder hier gewollt hat. Zu dieser jagdunüblichen Zeit an diesem jagdunüblichen Ort mitten im dichten Wald. Hier gab es weder Jagdhütte noch Hochsitz noch sonstige jagdliche Einrichtungen. Lediglich eine kleine Lichtung. Was wollte er hier? Jemanden treffen?«

Strunz zuckte mit den Schultern, während Maike mit der Fußspitze in der Asche herumstocherte.

»Fakt ist«, fuhr Mendelski fort, »dass Wingenfelder hundertfünfzig Meter von seinem Wagen entfernt gefesselt und verbrannt aufgefunden wurde. Unweit von ihm eine verkohlte Schrotflinte, die wahrscheinlich ihm zuzuordnen ist. Neben dem Auto wurden Überreste eines Brandbeschleunigers gefunden. Daraus schließen wir, dass ...«

Mendelski stockte. Sein Blick war in die nähere Umgebung geschweift und zwischen den verkohlten Baumresten an einem bestimmten Punkt haften geblieben.

Hatte sich da nicht etwas bewegt? War da nicht ein Kopf hinter einem Baumstamm weggetaucht? Ein helles Gesicht in all dem Schwarz? Mit einem Fernglas oder dergleichen?

Der Kommissar schaltete schnell. Indem er den Zeigefinger auf die Lippen legte und mit dem Kopf in besagte Richtung wies, machte er die anderen diskret auf seine Entdeckung aufmerksam. Dann gab er Maike und Strunz durch Handzeichen zu verstehen, dass die eine nach links und der andere nach rechts ausschwärmen sollte, um den heimlichen Beobachter einzukreisen. Er selbst wählte den Weg durch die Mitte.

***

Scheiße, dachte Axel Schriewe. Der hat mich gesehen.

Mit dem Rücken an den verkohlten Stamm gelehnt, hockte er da und überlegte fieberhaft, was nun zu tun war. Er schaute auf den Fotoapparat in seinen Händen und beschloss zu fliehen. Auf keinen Fall sollten sie seine Kamera bekommen.

In gebückter Stellung und geschmeidig wie eine Wildkatze schlich er von Baumstumpf zu Baumstumpf durch den verbrannten Wald. Doch da er den Kopf die ganze Zeit gesenkt hielt, verlor er schon bald die Orientierung.

Er merkte nicht, dass er einen Bogen beschrieb. Anstatt sich von der Lichtung mit dem Autowrack und der damit verbundenen Gefahr in Gestalt der Polizisten zu entfernen, lief er direkt in sein Verderben.

»Halt, Hände hoch!«, rief plötzlich eine Frauenstimme direkt neben ihm.

Schriewe erschrak derart, dass er einen Satz zur Seite machte und einfach loslief. Voller Panik wählte er die Flucht nach vorn und raste auf die Lichtung mit dem Auto zu.

»Bleiben Sie stehen«, rief nun auch die Männerstimme. »Verdammt!«

Gerade als er das Flatterband erreichte und darunter durchschlüpfen wollte, tauchte die junge Polizistin mit dem strohblonden Schopf vor ihm auf und stellte sich ihm in den Weg. Ihr Gesichtsausdruck zeigte wilde Entschlossenheit und keinerlei Angst. Bei dem Versuch, sie mit einem Täuschungsmanöver zu umkurven, spürte er plötzlich ihren Fuß zwischen den seinen. Er stolperte und landete kopfüber in der Asche.

Eine Sekunde später kniete sie auf seinem Rücken und verdrehte seinen rechten Arm im Polizeigriff gen Nacken. Der Schmerz war fürchterlich.

***

»Wen haben wir denn da?«, höhnte Mendelski nicht ohne Schadenfreude. »Den rasenden Reporter von der ›CZ‹.«

Axel Schriewe saß am Boden und rieb sich sein Handgelenk. Beim Sturz war er mit der Hand umgeknickt und hatte sich zudem eine schwarze Nase geholt.

»Gut gemacht, Kollegin«, lobte Maike die Schutzpolizistin, die sich gerade den Aschendreck von der Hose klopfte. »Ohne Sie wäre er uns wahrscheinlich entwischt.«

»Ich doch nicht«, protestierte Schriewe. »Warum sollte ich weglaufen? Ich hab doch gar nichts gemacht. Ich habe mich nur fürchterlich erschrocken, als plötzlich jemand ›Hände hoch‹ neben mir rief. Ist doch verständlich, oder?«

»Und vorher?«, fragte Mendelski barsch. »Was hatten Sie dahinten zwischen den Bäumen zu suchen? Jetzt sagen Sie nicht, Sie hätten Landschaftsaufnahmen gemacht. Her mit dem Fotoapparat.«

»Nein, den gebe ich nicht her.« Schriewe umklammerte seine Fototasche mit beiden Händen. »Ich habe vorhin Ihren beiden Kollegen mein Journalisten-Ehrenwort gegeben, kein weiteres Foto zu schießen. Was ich davor geknipst habe, war alles rechtens.«

»Und das sollen wir Ihnen glauben?« Mendelski griff nach dem Riemen der Tasche. »Wenn Sie die Wahrheit sagen, lässt sich das ja leicht überprüfen. Das ist doch sicherlich eine Digitalkamera?«

»Ja.« Schriewe überlegte kurz. Aber noch rückte er die Tasche nicht heraus. »Wenn Sie feststellen, dass ich die Wahrheit gesagt habe, lassen Sie mich laufen, nicht wahr? Mit den Fotos, die ich gemacht habe.«

Mendelski, der es eigentlich gar nicht mochte, sich in solchen Situationen auf einen Kuhhandel einzulassen, gab schließlich nach. »Meinetwegen«, brummte er.

Erst jetzt ließ Axel Schriewe die Tasche los. Mendelski reichte sie Strunz, weil der sich besser mit Fotoapparaten auskannte.

»Er hat tatsächlich die Wahrheit gesagt«, stellte Strunz wenig später fest. »Das letzte Foto ist drüben am Fundort der Leiche geschossen worden. Außerhalb der Absperrung.«

»Schwein gehabt«, murmelte Mendelski kaum hörbar. »Und belauscht haben Sie uns auch nicht?«

»Wie denn? Aus der Entfernung?«, stellte Schriewe die Gegenfrage. Seine Kenntnisse im Lippenlesen verschwieg er geflissentlich.

»Na gut, dann stehen Sie auf und machen sich endlich davon.« Mendelski hatte Schriewe die Hand gereicht, um ihn emporzuziehen. »Ich will Sie heute aber nicht noch einmal sehen. – Moment mal, was ist denn das da?«

Mendelski bückte sich.

An der Stelle, wo Schriewe am Boden gelegen hatte, war die Asche aufgewühlt und etwas Rotes zum Vorschein gekommen: eine unförmige, an den zackigen Rändern geschmolzene Scherbe in der Größe einer Scheckkarte.

»Heiko, hier ist was für euch«, sagte Mendelski, während er sein Taschentuch zückte. Vorsichtig, ohne Fingerabdrücke zu hinterlassen, pulte er die Scherbe aus der Asche. »Daneben liegt ja noch eine«, rief er. »Eine kleinere. Und noch eine.«

Schon bald hatte er in seinem Taschentuch ein halbes Dutzend Scherben gesammelt, die zum Teil winzig klein und durch das Feuer arg in Mitleidenschaft gezogen waren. Er reichte sie Strunz. »Kannst du damit etwas anfangen?«

Strunz steckte seine Nase in das Taschentuch. Er äugte und schnupperte – es fehlte nicht viel, und er hätte an den Fundstücken geleckt.

»Reizvolle Arbeit fürs Labor«, ließ er schließlich verlauten.

»Aber wie ich dich kenne«, setzte Mendelski nach, »hast du doch sicher schon eine Idee.«

»Rotes Kunststoffglas«, antwortete Strunz. »Von der Art, wie es bei Autos für Rücklichter und Bremsleuchten verwendet wird.«

Wie auf ein Kommando drehten sich alle nach dem ausgebrannten Touareg um, der etwa zwanzig Meter entfernt stand.

»Dort drüben ist von dem Zeug alles restlos verbrannt«, sagte Maike. »Da war die Hitze wohl größer als hier im Gras. Folglich muss es vor dem Brand einen Crash gegeben haben.«

»Aber hier steht nichts, wogegen der Touareg hätte crashen können, wie du so schön auf Neudeutsch gesagt hast«, machte sich Mendelski über die Ausdrucksweise seiner jungen Kollegin lustig. »Kein Baum, kein Stein und auch kein Laternenpfahl.«

»Dann war da eben etwas vor dem Brand, was jetzt wieder verschwunden ist«, hielt sie trotzig dagegen.

»Und was bitte schön?«

»Zum Beispiel ein anderes Auto.«

»Gar nicht so dumm«, mischte sich Strunz ein. »Wir werden die Scherben und Splitter im Labor analysieren. Sie können vom

Touareg sein, aber auch von einem fremden Fahrzeug. Vielleicht lagen die Scherben auch schon länger hier und haben mit dem Fall überhaupt nichts zu tun. Wir werden sehen.«

»Jedenfalls haben wir Glück«, sagte Mendelski, »dass die Scherben noch so gut erhalten sind.«

Er nahm Schriewe am Arm und führte ihn ein paar Schritte zur Seite.

»Hierüber möchte ich kein Sterbenswörtchen in der ›CZ‹ lesen«, sagte er in eindringlichem Ton. »Wie Sie wissen, spielt unser Staatsanwalt mit Ihrem Chefredakteur Golf. Und daher könnte es für Sie sonst einigen Ärger geben. Haben Sie mich verstanden?«

»Klar doch«, erwiderte Schriewe. »Ist doch Ehrensache. Dafür bekomme ich dann aber irgendwann einmal eine Exklusivstory, nicht wahr? Als Ausgleich sozusagen.«

»Vielleicht. Aber nun sehen Sie zu, dass Sie Land gewinnen.«

Schriewe winkte den anderen zum Abschied noch kurz zu – wobei sein Augenmerk besonders Maike galt – und zog von dannen.

Mendelski wandte sich wieder um. »Heiko, wir sollten diesen Bereich noch mal gründlich untersuchen. Übernimmst du das, bitte? Vielleicht kommt unter der Asche noch mehr zutage.«

Heiko Strunz hatte bereits eine Rolle Absperrband gezückt und das lose Ende der Schutzpolizistin gereicht. Gemeinsam begannen sie, die Fundstelle weiträumig zu markieren.

»Komm, Maike.« Mendelski wandte sich zum Gehen. »Ich möchte noch einmal zur Fundstelle der Leiche zurück. Und zwar auf dem Weg, den wahrscheinlich das Opfer und möglicherweise auch sein oder seine Mörder gegangen sind. Vielleicht kommt uns unterwegs noch eine Erleuchtung.«

Sie nahmen jetzt einen anderen Weg als den, den sie beim ersten Mal gegangen waren. Hatte sie Strunz auf dem Hinweg mehr oder weniger im Zickzackkurs über bequeme Wege oder Schneisen zu dem Auto geführt, schritten sie nun in gerader Linie den kürzesten Weg ab. Mendelski orientierte sich an einer besonders markanten Baumruine, die er in unmittelbarer Nähe des Fundortes der Leiche gesehen hatte. Das tote Geäst der knorrigen, steinalten Kiefer ragte wie Vogelkrallen in den diesigen Nachmittagshimmel.

»Was für Möglichkeiten gibt es?«, murmelte er vor sich hin, während sie im Gänsemarsch über verkohlte Baumreste kletterten.

»Bitte?« Maike ging einen Schritt schneller, um ihn besser verstehen zu können.

»Ich versuche gerade herauszubekommen«, erklärte Mendelski, ohne stehen zu bleiben, »was sich hier wohl abgespielt hat.«

»Ach wirklich?« Ihre Stimme triefte vor Zynismus. »Ich dachte, das machen wir schon die ganze Zeit.«

»Erste Frage«, fuhr er unbeirrt fort. »Wie kam Wingenfelder vom Auto zu seinem Fundort?«

»Ich denke zu Fuß. Also auf seinen eigenen zwei Beinen.«

»Warum?«

»Weil er sicher nicht hundertfünfzig Meter weit durch den Wald getragen wurde.« Maike hatte Mendelski eingeholt und ging nun neben ihm.

»Gut«, sagte er. »Das sehe ich auch so. Zweite Frage: Wo wurde Wingenfelder gefesselt?«

»Ich schätze an seinem Wagen. Für mich gibt es zwei Möglichkeiten.« Sie nahm ihre Finger zu Hilfe. »Entweder ist Wingenfelder vom Auto aus im gefesselten Zustand seinem Peiniger oder seinen Peinigern davongelaufen und dann in das Feuer geraten. Oder er wurde ebenfalls im gefesselten Zustand von jemandem bis zum Fundort gebracht und dort niedergeschlagen oder anderweitig ruhig gestellt. Vielleicht war er sogar schon tot, bevor das Feuer über ihn herfiel.«

»Das wird die Obduktion zeigen.« Mendelski war stehen geblieben und streifte seinen rechten Schuh ab. Nachdem er ihn von einem stattlichen Klumpen klebriger Asche befreit hatte, zog er ihn wieder an und sprach weiter. »Du hältst es also für unwahrscheinlich, dass er erst am Fundort gefesselt wurde?«

»Ja. Das macht wenig Sinn. Ohne Fesseln wäre er sicherlich nicht so einfach in sein Verderben gelaufen.«

»Dritte Frage: Was für eine Rolle spielte die Flinte?«

»Die wird ihm schon früh abgenommen worden sein«, mutmaßte Maike. »Am Wagen schätze ich. Vielleicht hat ihn sein Widersacher mit seiner eigenen Waffe bedroht, gefesselt und dann ins Feuer getrieben. Danach hat er die Flinte fortgeworfen.«

»Könnte so gewesen sein.« Mendelski marschierte wieder los.

»Vierte Frage: Warum hat er – oder haben sie – diese Richtung eingeschlagen, in die wir gerade gehen? Ist sie zufällig? Hat sie mit dem Brand zu tun? Oder hatte Wingenfelder – beziehungsweise sein Mörder – ein bestimmtes Ziel?«

»Schwer zu sagen.« Maike hatte wieder alle Mühe, Mendelskis großen Schritten zu folgen. »Es kann sein«, fuhr sie fort, »dass er planlos geflohen ist, in Panik vor seinen Verfolgern oder dem Feuer. Es kann aber auch sein, dass er hier im Wald ganz gezielt etwas gesucht hat.«

»Was könnte das sein?«

»Ein sicherer Ort, an dem ihm das Feuer nichts anhaben konnte, ein Gewässer zum Beispiel.«

»Das einzige Gewässer weit und breit ist die Wulbeck. Doch die ist schon seit Wochen trocken gefallen. Das muss Wingenfelder eigentlich gewusst haben.«

Mendelski stoppte erneut abrupt, sodass Maike ihm beinahe in die Hacken getreten hätte. Er drehte sich um die eigene Achse und schaute in alle vier Himmelsrichtungen.

»Die Laufrichtung des Feuers«, sagte er schließlich. »Die verläuft in der Regel mit dem Wind. Das Gewitter – und somit der Wind – kam aus Osten.« Nachdenklich fuhr er fort: »Wir bewegen uns gerade vom Auto, wo ja das Feuer ausgebrochen sein soll, weg in Richtung Leichenfundort. Also von Süden nach Norden. Folgerichtig hat Wingenfelders Route nichts mit der Ausbreitung des Feuers zu tun. Es muss andere Gründe geben.«

Mendelski wollte gerade über einen umgeworfenen, am Fußende noch leicht qualmenden Baumstamm steigen, als er zurückschreckte. *»Coño!«*, schimpfte er laut. »Hat der mich verjagt!«

Maike trat einen Schritt näher, um besser sehen zu können. »Was ist los?«, fragte sie besorgt.

»Da, schau.« Mendelski deutete mit dem Zeigefinger nach vorn. »Dort läuft er. Er hat hier hinter dem Stamm gehockt und ist wahrscheinlich genauso erschrocken wie ich.«

»Wo läuft einer?«

»Na, da vorn. Siehst du ihn denn nicht? Keine zwanzig Schritte von hier. Schau, jetzt macht er gerade einen Riesensatz.«

»Ich seh nix.«

»Das kannst du mir doch nicht weismachen wollen ...«

»Ach, jetzt habe ich was entdeckt.« Maike stand auf Zehenspitzen und starrte angestrengt in die angegebene Richtung. »Ist das ein Fuchs?«

»Gut erkannt«, lobte Mendelski. »Und zwar ein prächtiges Exemplar.«

»Warum ist der denn so dunkel? Ich denke, Füchse sind knallrot.«

»Der hat sich sicher bei dem Brand den Balg angesengt.«

»Meinst du?«

»I wo!« Mendelski feixte. »Spaß beiseite. Es gibt bei Füchsen verschiedene Farbvarietäten. Dies ist eine dunkle Spielart, ein sogenannter Kohlfuchs.«

»Schau nur«, rief Maike, »jetzt ist er verschwunden. Wie vom Erdboden verschluckt. Ob da ein Bau ist?«

»Das werden wir ja gleich sehen. Übrigens, da vorne ist der Fundort der Flinte. Siehst du das markierte Karree?«

»Dort links?«

»Ja, genau. Da brauchen wir aber nicht mehr hin, Strunz hat die Waffe schon eingesackt.«

Sie gingen weiter und erreichten bald die Stelle, wo sie den Fuchs aus den Augen verloren hatten. Die Umgebung hatte sich verändert. Sie befanden sich nun auf der Fläche einer ehemaligen Dickung, von der nur noch Stümpfe übrig geblieben waren. Sie ragten wie verkohlte Spargelstangen aus dem Boden hervor.

»Du hast recht«, sagte Mendelski, als sie zu einer Erderhebung kamen, auf der große gelbe Sandhaufen zu sehen waren. »Hier ist ein Bau. Dort hinein wird der Bursche abgetaucht sein.«

»So viele Löcher«, bemerkte Maike staunend. »Ist das ein einziger Bau?«

»Klar. Ein Fuchsbau hat immer mehrere Röhren. Einen Haupteingang und etliche Notausgänge.«

»Ja, ja. Gevatter Fuchs ist schlau.« Sie hatte sich gebückt und schaute in eine der Röhren. »Ob da unten Junge sind?«

»Halbstarke vielleicht. Im August sind die Jungen schon groß und gehen ihre eigenen Wege.«

»Und der Waldbrand? Kann ein Fuchs so etwas da unten überleben?«

»Ich denke schon. Wenn genügend Sauerstoff vorhanden ist.«

Mendelski stupste mit seiner Schuhspitze einen Knochen an, der vor der Hauptröhre aus dem weißen Sand ragte. »Aber unser Freund, der Kohlfuchs«, fuhr er fort, »der hier gerade zu Bau gefahren ist, war wohl unterwegs, als das Feuer wütete.«

»Warum eigentlich Kohl? Hat das etwas mit dem Gemüse zu tun? Oder gar mit dem Altkanzler?«

»Nein, ganz und gar nicht.« Mendelski musste schmunzeln. »Der Begriff Kohlfuchs leitet sich von Kohle ab. Schwarz wie Kohle, verstehst du? Er wird auch Brand- oder Moorfuchs genannt. Purer Zufall, dass uns diese Farbvariante ausgerechnet hier begegnet ist. Aber lass uns weitergehen. Da vorn sehe ich das Absperrband. Es ist nicht mehr weit bis zum Fundort der Leiche.«

Kurz vor ihrem Ziel begegneten sie Polizeiobermeister Schütte.

»Gut, dass Sie kommen«, sagte dieser wichtigtuerisch. »Die Kollegen vom LKA Hannover sind gerade eingetroffen und haben schon nach Ihnen gefragt. Die Hauptkommissare Hagemann und … Knofel … Knüffel …«

»Knöfel«, korrigierte Mendelski, während er in Richtung Fundort spähte. Er konnte dort vier Personen ausmachen. Das mussten Ellen Vogelsang, Jo Kleinschmidt und die beiden Neuankömmlinge sein.

»Genau«, grinste Schütte verlegen. »Hagemann und Knöfel von der BUK, der Brandursachenkommission.«

»Ja, danke.« Mendelski wandte sich wieder an Maike. »Was meinst du? Eigentlich stören wir da nur. Lassen wir die doch erst einmal in Ruhe forschen. Den Bericht bekommen wir schon früh genug. Ich habe einen Riesendurst und werde erst einmal die Jungs von der Feuerwehr befragen. Wetten, dass die was zum Durstlöschen an Bord haben?«

»Darauf kannst du Gift nehmen«, grinste sie und stiefelte hinter ihm her.

VIER

Bastian Hemme machte nicht den Eindruck, als ob ihm das schreckliche Erlebnis noch arg zusetzen würde. Er saß auf dem Trittbrett eines Tanklöschfahrzeugs und hielt lässig eine Flasche Bier in der Hand. Um ihn herum standen die Feuerwehrkameraden aus Wieckenberg und ein Mann in Zivil, dessen Fotoapparat und Schreibblock ihn unschwer als Reporter kennzeichneten. Sie alle lauschten gebannt Bastian Hemmes Ausführungen.

»An was dachten Sie als Erstes«, fragte Axel Schriewe, »als Sie den verkohlten Leichnam entdeckten?«

»Als Erstes?« Um sich der Aufmerksamkeit aller gewiss zu sein, legte Bastian Hemme eine kurze Pause ein. Er nahm einen kräftigen Schluck aus der Flasche. Allem Anschein nach machte es ihm Spaß, einmal richtig im Mittelpunkt zu stehen. Seine Antworten sollten in der »Celleschen Zeitung« abgedruckt werden, hatte der Reporter gesagt. Dazu würde eventuell sein Konterfei abgebildet. Wahnsinn! Da würde seine Franziska aber Augen machen. »An ein totes Tier«, gab er zum Besten, obwohl er sich nicht sicher war, ob das stimmte. Eigentlich vermochte er gar nicht mehr zu sagen, was ihm beim ersten Anblick des Toten durch den Kopf gegangen war. »Ein verbranntes Wildschwein oder so.«

Schriewe schrieb fleißig mit. »Und wann haben Sie gemerkt, dass da ein toter Mensch lag?«

»Na, schon ziemlich schnell«, erwiderte Bastian Hemme. »Ein, zwei Sekunden später. Ich bin ja gleich ein paar Schritte näher rangegangen, und dann hab ich den Kopf gesehen. Oder das, was davon übrig war.«

»Wie haben Sie da reagiert?«

»Ich wollte schreien. Aber ich habe irgendwie keinen Ton herausbekommen. Dann musste ich mich übergeben.«

»Wie ging es dann …«

Schriewe sprach nicht weiter. Er hatte für einen kurzen Augenblick den Kopf gehoben, um eine hartnäckige Bremse aus seinem Nacken zu verscheuchen. Aus den Augenwinkeln hatte er gesehen, dass Gefahr im Anmarsch war – in Gestalt eines großen Mannes und einer zierlichen Frau.

»Danke, das reicht fürs Erste.« Rasch klappte er seinen Notizblock zusammen und verstaute ihn in der Umhängetasche. »Hier meine Karte, falls Ihnen zu dem Fall noch mehr einfallen sollte.« Er überreichte Bastian Hemme eine Visitenkarte.

»Das darf doch nicht wahr sein«, hörte er da die ihm inzwischen wohlbekannte tiefe Stimme des Kommissars sagen. Sie klang alles andere als erfreut. »Ist denn dieser Kerl immer noch hier?«

Anstatt sich fortzustehlen, trat Schriewe die Flucht nach vorn an. Er schritt auf Mendelski und Maike zu, machte eine angedeutete Verbeugung und sagte: »Eure Exzellenz, ich überlasse Ihnen den Zeugen.« Schelmisch feixend machte er sich aus dem Staub. »Bis zum nächsten Wiedersehen ...«, rief er noch, wobei er Maike mal wieder mehr Aufmerksamkeit widmete als ihrem Begleiter.

Mendelski war perplex stehen geblieben. »*Diablo!* So eine Unverfrorenheit. Eigentlich müsste man den Burschen ...« Er stockte, denn er hatte Maikes schadenfrohes Grinsen registriert. »Auf wessen Seite stehst du überhaupt?«, polterte er los. »Manchmal glaube ich, du nimmst unseren Job gar nicht richtig ernst.«

»Komm schon«, beruhigte sie ihn. »Dieser Reporter ist doch ein harmloses, kleines Licht.«

»Eines, das dich mit seinem Glanze anscheinend ganz schön geblendet hat.«

»Ach, Robert. Du bist unverbesserlich. Los, da vorn gibt es Bier. Lass uns erst einmal unseren Durst löschen. Ich geb einen aus.«

Kurze Zeit später musste Bastian Hemme erneut eine Reihe von Fragen über sich ergehen lassen. Auch dieses Mal wurden seine Antworten mitgeschrieben, doch kaum mit der Absicht, sie am nächsten Tag in der örtlichen Presse zu veröffentlichen. Auch durften die Wieckenberger Feuerwehrkameraden bei dieser Befragung nicht mithören, was gesprochen wurde. Mendelski und Maike hatten sich mit Bastian Hemme etwas abseits des Tanklöschfahrzeugs postiert, um ungestört zu sein.

»Stimmt es«, wollte Bastian Hemme wissen, nachdem er seinen Bericht beendet hatte – übrigens hatte er dieses Mal nichts davon erzählt, dass er den Toten zunächst für ein verendetes Stück Schwarzwild gehalten hatte –, »dass es sich bei dem Toten um Jens Wingenfelder aus Wietze handelt?«

»Wie kommen Sie denn darauf?«, stellte Mendelski die Gegenfrage.

»Das macht hier die Runde. Unter den Feuerwehrkameraden.«

»Kennen Sie Jens Wingenfelder?«

»Nur vom Sehen. Wir hatten letztes Jahr in der Nähe der Förstersteine eine Übung. Hier in seinem Jagdrevier. Da ist er aufgetaucht und hat einen Kasten Bier spendiert.«

»Ansonsten sind Sie ihm nie begegnet?«

Bastian Hemme schüttelte den Kopf. »Auf der Straße in Wietze vielleicht das eine oder andere Mal«, sagte er, »an der Tankstelle oder sonst wo in der Öffentlichkeit. Wo man sich halt trifft, wenn man in derselben Gemeinde wohnt.«

»Letzte Frage: Sie haben also über Funk in Ihrem TLF die Leitzentrale in Celle informiert. Diese wiederum hat die Polizei in Wietze benachrichtigt, die sowieso schon zwei Streifenwagen wegen des Waldbrandes hierhergeschickt hatte. Ich hätte nun gern gewusst, ob zwischen Ihrem Funkspruch und dem Eintreffen der Polizei – Sie sagten vorhin, das hätte keine zehn Minuten gedauert – die Leiche für eine gewisse Zeit unbeaufsichtigt war. Ich meine, haben Sie oder Ihre Kameraden bei dem Toten Wache gehalten oder haben Sie alle bei Ihrem Fahrzeug gewartet?«

Bastian Hemme runzelte die Stirn. Dann hellte sich sein Gesicht auf. »Ich glaube, ich verstehe, worauf Sie hinauswollen«, sagte er. »Sie wollen wissen, ob jemand Zeit hatte, Spuren zu verwischen oder so?«

Mendelski nickte.

»Nee, nee! Das war nicht möglich. Von unserer Gruppe waren mindestens drei Leute ständig in der Nähe der Leiche. Da hatte keiner 'ne Chance, was zu mauscheln.«

»Ich habe auch noch eine Frage«, ließ Maike verlauten, während sie die letzte Aussage rasch zu Ende aufschrieb. »Sie und Ihre Gruppe waren die Ersten, die zusammen mit dem zuständigen Förster bei dem Waldbrand eintrafen. Ist Ihnen oder Ihren Kameraden bei der Anfahrt durch den Wald irgendetwas aufgefallen? Vielleicht auch erst jetzt im Nachhinein, wo Sie von dem Toten wissen? Irgendetwas Besonderes oder ganz Banales? Ein wegfahrendes oder parkendes Auto zum Beispiel, ein Landwirt auf einem benachbarten Acker, Spaziergänger, Fahrradfahrer oder so etwas?«

Bastian Hemme überlegte. Doch es schien ihm nichts einzufallen.

»Nicht dass ich wüsste«, verneinte er schließlich. »Wir sind dem Förster nachgefahren und haben nur auf die riesige Rauchwolke am Himmel geachtet.«

Als Nächstes suchten sie Günter Schröder, den Förster. Dessen forstgrünes Auto hob sich von den vielen Fahrzeugen in Feuerwehrrot deutlich ab und war daher leicht zu finden. Es parkte direkt neben dem Fahrzeug der Einsatzleitung. Schröder war gerade dabei, auf der Kühlerhaube seines Pick-up eine Forstkarte auszubreiten.

»Dürfen wir kurz stören?«, fragte Mendelski, zückte seinen Dienstausweis und stellte sich und Maike vor. »Wir haben da ein paar Fragen.«

Aber auch der Förster hatte keine bemerkenswerten Beobachtungen auf seiner Fahrt zur Brandstelle gemacht. Sein Augenmerk hatte einzig und allein dem Waldbrand gegolten. Er war als diensthabender Waldbrandbeauftragter über seinen Pieper gerufen und von der zentralen Einsatzleitstelle in Celle über den Waldbrand informiert worden. Danach hatte er sich der Feuerwehrleitstelle vor Ort zur Verfügung gestellt, um mit seinen Ortskenntnissen und mit seinem Wissen über die aktuellen Zustände der vom Brand betroffenen Waldparzellen und Waldwege zu helfen.

»Gut«, sagte Mendelski. »Dann hätten wir gern noch ein paar Informationen über den hiesigen Jagdpächter, Jens Wingenfelder.«

»Ist es denn wahr, was die Leute sagen?«, fragte Schröder. »Dass es sich bei dem Toten um Wingenfelder handelt?«

»Gewissheit wird erst die Obduktion ergeben«, erwiderte Mendelski. »Aber wir gehen im Moment stark davon aus. Wie lange und wie gut kannten Sie ihn?«

»Wingenfelder hat diesen Teil meines Forstes seit vielen Jahren gepachtet. Er war ein angenehmer Pächter, hielt die Abschussvorgaben ein und hatte ein gutes Verhältnis zu den Reviernachbarn. Privat hatte ich mit ihm aber fast nichts zu tun.«

»Haben Sie eine Idee, was er heute Nachmittag hier gewollt haben könnte?«

»Schwer zu sagen.« Schröder beugte sich über die Karte auf der Kühlerhaube. »Hier in Abteilung 19 ist der Tote gefunden worden, das Auto an der Grenze zu Abteilung 11 im Süden. Keine Ahnung, was er dort wollte. Es ist Samstagnachmittag, Wochenende – vielleicht wollte er einfach nur raus in sein Revier oder eine Kontrollfahrt machen, wegen der akuten Waldbrandgefahr vielleicht, die Schweine ankirren oder dergleichen.«

»Sie haben sicher mitbekommen, dass der Tote Handschellen trug?«

»Ja, das hat mir der Ortsbrandmeister erzählt. Schreckliche Geschichte. Und das bei mir im Busch. Sie gehen also von Mord aus, nicht wahr?«

Mendelski nickte. »Müssen wir wohl«, sagte er. »Oder von fahrlässiger Tötung oder Totschlag. Einen Unfall können wir wahrscheinlich ausschließen. Wissen Sie von Anfeindungen gegenüber Wingenfelder, von privaten oder geschäftlichen Problemen oder dergleichen?«

»Wie gesagt, ich kannte ihn lediglich über die Jagd. Und da war nichts Auffälliges. Übrigens, ziemlich exakt die gleichen Fragen hat mir vor zehn Minuten schon einmal jemand gestellt.«

»Wie bitte?« Maike blickte erstaunt von ihrem Notizblock auf.

»Ja.« Schröder schmunzelte. »Die örtliche Presse in Gestalt der ›Celleschen Zeitung‹ war dieses Mal einen Deut schneller als Sie.«

»Schriewe!«, quetschte Mendelski hervor.

»Genau. So hieß der Mann. Aber beruhigen Sie sich. Er hat von mir auch nicht mehr Informationen bekommen als Sie.«

Die anschließende Befragung sämtlicher Feuerwehr-Gruppenführer und auch die Besprechung mit den Kollegen von der Polizeistation Wietze, die als Erste vor Ort gewesen waren, brachte keine neuen Erkenntnisse. Niemand hatte etwas Außergewöhnliches gesehen, was für den Fall Wingenfelder von Bedeutung hätte sein können.

In der Zwischenzeit war die Leiche von den beiden LKA-Beamten der Brandursachenkommission für den Abtransport freigegeben worden. Hagemann und Knöfel hatten sowohl von dem Toten, der unmittelbaren Umgebung seines Fundortes als auch von dem Touareg jede Menge Proben genommen.

»Sieht aus«, sagte Mendelski, als sie sich bei den Autos trafen und er die vielen Beweismitteltüten sah, »als ob ihr jede Menge Arbeit für euer Labor habt.«

»Ja«, erwiderte Hagemann, der jüngere der beiden. »Unsere Chemiker werden sich freuen, wenn sie Montagmorgen zur Arbeit kommen. Den Touareg lassen wir übrigens heute noch abholen. Der Abschleppwagen ist unterwegs und bringt ihn zu uns nach Hannover, falls Sie nichts dagegen haben.«

»Keineswegs. Gibt es schon erste Erkenntnisse?«

»Die meisten Proben«, übernahm nun Knöfel das Wort, »haben wir vom Auto und dessen Umgebung genommen. Unserer Meinung nach ist der Brand dort ausgebrochen. Die Brandspuren sind relativ eindeutig. Es gibt mehrere Zündquellen in unmittelbarer Nähe des Touareg, an denen wir mit dem PID Spuren von einem flüssigen Brandbeschleuniger gefunden haben. Außerdem sind da die Überbleibsel eines Kanisters. Wir müssen aller Wahrscheinlichkeit nach von Brandstiftung ausgehen.«

»Und der Tote?«

»An der Leiche haben wir nicht viel gemacht. Da lassen wir der Gerichtsmedizin den Vortritt. Doch auch da hat unser PID Spuren von einem flüssigen Brandbeschleuniger angezeigt.«

»Wie?« Mendelski stutzte. »Dort auch? An dem Leichnam oder auf dem Waldboden?«

»An der Leiche selbst. An den Überresten der Schuhe zum Beispiel. Aber auch im Brustbereich.«

»Und was schließt ihr daraus?«

»Dass es einen engen Zusammenhang zwischen der Zündquelle um das Auto herum und dem Toten gibt.«

»Na – so weit waren wir auch schon«, erwiderte Mendelski trocken. Er trat ungeduldig von einem Bein aufs andere. »Dafür brauchten wir kein PID. Aber was bedeutet das jetzt?«

Hagemann beugte sich vor und senkte die Stimme: »Das heißt konkret, dass der Tote, bevor er verbrannte, reichlich Kontakt mit Benzin oder dergleichen hatte. Freiwillig oder unfreiwillig, als Opfer oder als Täter.«

»Die Leiche war mit Handschellen gefesselt«, meinte Maike, »da bleibt wohl nur die Opferrolle.«

»Hm.« Mendelski grübelte. »Das sieht nach einer regelrechten Hinrichtung aus«, sagte er schließlich. »Bin gespannt, was die Obduktion ergibt.«

»PID?«, fragte Maike, nachdem sich Hagemann und Knöfel verabschiedet hatten. »Was war das gleich noch mal?«

»Hast wohl im Studium nicht aufgepasst«, neckte Mendelski sie. »War Chemie nicht dein Lieblingsfach? Oder waren es lediglich die schönen Augen vom Dozenten, die dich interessierten?«

»Pah, lass gut sein.« Sie guckte grimmig. »Übrigens hatte ich in Chemie eine Dozentin. Nun sag schon endlich, wofür dieses dämliche PID steht.«

Mendelski wusste, wann er aufhören musste, Maike zu ärgern; er gab nach und erklärte: »PID steht für Photo-Ionisations-Detektor. Das ist ein Gerät, mit dem man die Gase über einer Brandstelle messen kann. Reste von Brandbeschleunigern werden dabei zweifelsfrei angezeigt.«

»Ich erinnere mich dunkel. Ist halt meine erste Brandleiche. Hattest du denn schon öfter mit Feueropfern zu tun?«

»Vier- oder fünfmal vielleicht. Meistens handelte es sich um Unfallopfer bei Pkw- und Gebäudebränden. Wenn ich mich recht erinnere, war nur ein einziger Mord dabei. Mitten im Französischen Garten, direkt neben dem Springbrunnen. Da ist vor zehn, zwölf Jahren mal ein italienischer Pizzabäcker erstochen und die Leiche dann angezündet worden.«

»Ein Auftragsmord?«

»Ich meine ja. Die Mafia steckte dahinter. Wir haben den oder die Täter aber nie gefasst. Unter anderem deswegen, weil das Feuer ganze Arbeit geleistet hatte.«

»Du meinst im Spurenverwischen?«

Mendelski nickte. »Übrigens hätte ich da eine schöne Lektüre für dich: ›Rechtsmedizin – Grundwissen für die Ermittlungspraxis‹ von Wirth und Strauch. Da steht einiges über Brandleichen drin.«

»Hab ich im Regal«, konterte Maike und verzog ihren Mund zu einem Schmollen. »Aber seit dem Studium nicht mehr angerührt. Wenn du denkst, dass ich den Schinken mit in den Urlaub nehme, dann hast du dich geschnitten.«

»Dann wär's auch wohl zu spät. Das Fachwissen benötigen wir hier und jetzt. Um diesen Fall so schnell wie möglich zu lösen. Schließlich möchte ich nächste Woche ebenfalls verreisen.«

Als sie endlich die Brandfläche verließen, hatten sich die Gewitterwolken gänzlich verzogen. Weit im Westen kam sogar noch einmal die Sonne zum Vorschein, die ihre langen Strahlen auf den vor Feuchtigkeit dampfenden Waldweg mit seinen vielen Pfützen warf.

Jeder fuhr allein in seinem Auto. Maike übernahm in ihrem kleinen Flitzer die Führung, da sie den Weg nach Wietze kannte. Mendelski folgte ihr in gebührendem Abstand. Er hatte sämtliche Seitenscheiben heruntergekurbelt und ließ sich von der frischen Luft durchpusten, um den widerlichen Brandgeruch in Kleidung und Haaren halbwegs wegzubekommen.

Schon bald erreichten sie den Heudamm, an dem sie rechts auf das Hoppelpflaster abbiegen mussten. Die Wiesen am Wegesrand, deren Gras, von der langen Trockenheit quittengelb, nun vom Regen mit Tausenden kleiner Regentropfen benetzt war, lagen malerisch schön im abendlichen Sonnenlicht. Ein Rüttelfalke stand flügelschlagend in der Luft, einem Hubschrauber gleich, und spähte nach Mäusen. In solchen Momenten ärgerte sich Mendelski darüber, dass er keinen Fotoapparat dabeihatte. Um derlei seltene Naturschauspiele im Bild festhalten zu können, sollte im Handschuhfach eine Kamera griffbereit sein, sagte er sich selbst dann jedes Mal. Doch meist blieb es bei dem guten Vorsatz, denn spätestens dann, wenn er im heimatlichen Boye die Garageneinfahrt hinauffuhr, hatte er das löbliche Vorhaben wieder vergessen.

Plötzlich hupte Maike vor ihm. Im gleichen Augenblick zog sie mit ihrem Renault Clio leicht nach links, um einem am Wegesrand parkenden Wagen auszuweichen.

Wie Mendelski feststellte, galt das Hupen nicht ihm, sondern dem Fahrer des parkenden Autos, der ein Stück abseits in den Wiesen stand. Der Mann schwenkte freundlich eine Hand zum Gruß, als er Maike erkannte. Vor seiner Brust baumelte ein Fotoapparat.

»Der Reporter von der ›CZ‹«, stöhnte Mendelski auf. »Dieser Schriewe. Und ausgerechnet der macht nun die schönen Fotos, von denen ich gerade geträumt habe.« Ohne nach rechts zu schauen, raste er an dem parkenden Auto vorbei.

Vielleicht kann man ja in der morgigen Ausgabe der »Celleschen Zeitung« neben dem Bericht über den Waldbrand und die verkohlte Leiche auch ein stimmungsvolles Landschaftsfoto bestaunen, tröstete er sich.

***

Das Haus der Wingenfelders lag in Steinförde, einem Ortsteil von Wietze. Der moderne Neubau im Villastil war umgeben von einem parkähnlichen Garten, der auf der einen Seite direkt an den Wald, auf der anderen Seite an das Flüsschen Wietze grenzte.

Es war nicht ganz einfach zu finden. Maike musste zweimal Passanten auf der Straße ansprechen, bis sie endlich vor dem richtigen Haus standen.

»Imposant«, bemerkte Mendelski, nachdem sie ihre Autos abgestellt hatten und an ein schmiedeeisernes Tor traten. »Solch ein Haus hätte ich hier gar nicht vermutet.«

»Meinst du, so was gibt es nur in Boye?« Maike drückte den Klingelknopf neben dem Eingangstor. »Du bist mir einer …«

»Natürlich nicht. Aber von Wietze kannte ich bisher nur diese stattlichen Prunkbauten an der Hauptstraße. Wusstest du eigentlich, dass die Gegend hier einmal recht wohlhabend war?«

Sie schüttelte den Kopf, nachdem sie ein zweites Mal geklingelt hatte.

»Wietze hieß mal ›Klein-Texas‹. Weil hier vor hundert Jahren sehr erfolgreich Erdöl gefördert wurde. Daher gibt es im Zentrum des Ortes auch noch diese schönen alten Herrschaftshäuser.«

»War mir nicht bekannt.« Maike klingelte ein drittes Mal und begann langsam ungeduldig zu werden.

»Dann solltest du mal das Deutsche Erdölmuseum besuchen. Ist wirklich sehenswert. Es liegt an der Straße Richtung Hornbostel …«

Sie hörte ihm gar nicht zu. »Hatten wir Frau Wingenfelder nicht gesagt«, unterbrach sie ihn unwirsch, »dass wir noch einmal vorbeikommen würden?«

»Eigentlich schon.«

In diesem Moment knackte es in der Türsprechanlage. »Ja, bitte?«, fragte fast flüsternd eine Männerstimme.

»Kripo Celle«, antwortete Mendelski. »Wir sind mit Frau Wingenfelder verabredet.«

»Einen Moment.« Die Stimme war kaum zu verstehen, so leise war sie. Dann wurde die Sprechanlage ausgeschaltet.

Es vergingen einige Minuten und nichts geschah. Gerade wollte Maike erneut klingeln, als sich im Lautsprecher wieder etwas tat.

»Sie können hereinkommen«, sagte dieselbe Stimme, während nahezu zeitgleich der Torsummer betätigt wurde.

Sie betraten eine kiesbestreute Einfahrt, die beidseitig von einer kniehohen, akkurat geschnittenen Buchsbaumhecke eingesäumt war und auf eine Doppelgarage zuführte. Nur wenige Schritte weiter zweigte linker Hand ein Plattenweg von der Einfahrt ab, der zum Wohnhaus führte. Diesem folgten sie, bis sie vor einer himmelblauen Haustür mit einem kreisrunden, bullaugenähnlichen Fenster standen. Im selben Moment wurde die Haustür geöffnet und ein älterer Herr in weißen Shorts und dunkelrotem Polohemd trat heraus. Hinter sich zog er die Haustür bis auf einen kleinen Spalt wieder zu.

»Muss denn das sein?«, fragte er mit leiser Stimme, ohne sich lange mit Begrüßungsformeln aufzuhalten. »Sie wissen doch, was meiner Tochter widerfahren ist.«

»Guten Abend«, sagte Mendelski unbeirrt. »Darf ich vorstellen: Kriminalkommissarin Schnur, und ich bin Hauptkommissar Mendelski von der Polizeiinspektion Celle.«

»Haben Sie mich nicht verstanden?« Sein Gesicht hatte mittlerweile fast die Farbe seines Hemdes angenommen. »Können Sie nicht morgen wiederkommen? Meine Tochter hat vom Arzt ein Beruhigungsmittel bekommen und hat sich hingelegt. Sie bedarf dringend der Ruhe.«

»Wir brauchen gar nicht lange«, besänftigte ihn Mendelski. »Höchstens zehn Minuten. Vielleicht können Sie uns ja auch helfen. Dann brauchen wir Frau Wingenfelder gar nicht zu stören.«

»Um was geht es denn?«

»Genau das möchte ich nicht hier auf der Türschwelle besprechen, sondern lieber im Haus.«

»Übrigens, mein Name ist Nikutta«, sagte der ältere Herr, nachdem sie im Wohnzimmer Platz genommen hatten. »Erwin Nikutta. Ich bin der Vater von Diana. Meine Frau und ich wohnen in Hambühren. Wir sind sofort gekommen, als wir von dem schrecklichen Unglück erfuhren.«

Maike hatte ihren Notizblock und einen Bleistift gezückt. Bevor sie anfing zu schreiben, begutachtete sie kritisch die stumpfe Spitze ihres Schreibgeräts.

»Wo ist Ihre Frau jetzt?«, wollte Mendelski wissen.

»Oben, bei unserer Tochter.«

»Ich denke, Ihre Tochter schläft?«

»Ja. Aber meine Frau wacht bei ihr. Die Gute sitzt neben dem Bett, für den Fall, dass Diana wach wird.« Tränen traten ihm in die Augen. Nachdem er in ein Taschentuch geschnäuzt hatte, fuhr er fort: »Sie müssen wissen, dass wir die Kinder noch nicht informiert haben.«

»Wie viele Kinder haben die Wingenfelders?«

»Zwei. Kersten und Alina.«

»Wie alt?«

»Der Junge ist achtzehn, das Mädchen fünfzehn Jahre alt. Alina besucht übers Wochenende eine Freundin in Hamburg. Kersten ist hier irgendwo in der Nähe mit Freunden unterwegs. Beide haben ihr Handy nicht an, sodass wir noch nicht mit ihnen sprechen konnten.«

»Haben Sie auf der Mailbox eine Nachricht hinterlassen?«

»Ja, dass sie umgehend zurückrufen sollen.« Erwin Nikutta stand plötzlich auf. »Entschuldigung, ich habe Ihnen noch gar nichts angeboten. Und das bei dieser Hitze. Womit kann ich Ihnen dienen?«

»Wasser«, antworteten beide wie aus einem Munde. »Einfaches Leitungswasser«, bat Maike und zog sich prompt einen protestierenden Seitenblick von Mendelski zu.

»Bei mir kann es ruhig mit Kohlensäure sein«, setzte er nach.

»Haben Sie denn schon einen Anhaltspunkt?«, fragte Erwin Nikutta, nachdem er mit zwei gefüllten Wassergläsern zurückgekehrt war. »Ich meine, wie konnte sich Jens nur von dem Feuer überraschen lassen? Er, der erfahrene Jäger und Waldläufer.«

Mendelski und Maike schauten sich an.

»Hat Ihre Tochter Ihnen denn nicht mehr erzählt?«, fragte Mendelski schließlich vorsichtig.

»Was denn, bitte schön?«

»Zum Beispiel, dass Ihr Schwiegersohn gefesselt aufgefunden wurde. Mit Handschellen.«

Erwin Nikutta schluckte. Er warf den Kopf in den Nacken. »Mein Gott!«, entfuhr es ihm. »Das musste ja so kommen.«

»Bitte?« Mendelski rutschte auf seinem Sessel ein Stück nach vorn. »Das müssen Sie uns näher erklären.«

Doch Erwin Nikutta reagierte nicht. Er schüttelte für längere Zeit nur den Kopf und schien wie weggetreten.

»Hallo, Herr Nikutta?« rief Mendelski. Er hatte seinem Gegenüber die Hand aufs Knie gelegt. »Sie wollten uns gerade etwas Wichtiges erzählen.«

»Gar nichts wollte ich«, brauste Erwin Nikutta auf. Doch so schnell, wie er sich aufgeregt hatte, beruhigte er sich auch wieder. In normalem Tonfall fuhr er fort: »Gefesselt, sagten Sie?«

»Ja, mit Handschellen.«

»Verrückt!«

»Bitte?«

Erwin Nikutta holte tief Luft. »Sie müssen wissen«, begann er, »dass ich auch Jäger bin – und ich kann überhaupt nicht nachvollziehen, was Jens mitten am Tag bei dieser Hitze im Revier gewollt hat. Und wozu hat er die Flinte mitgenommen? Er war doch weiß Gott kein Niederwildjäger …«

»Sie wissen von der Flinte?«

»Ja … nein«, druckste er herum. »Diana hat es mir vorhin erzählt. Ich weiß, es ist nicht rechtens, aber Jens hatte neben dem Bett stets eine Flinte stehen. Seit dem Einbruchversuch damals. Die ist nun verschwunden, sagt meine Tochter. Aber ins Revier hat er sie schon seit Jahren nicht mehr mitgenommen. Daher vermute ich, dass sein Ausflug mit der Jagd wenig zu tun hatte.«

Nach einer Pause fuhr Erwin Nikutta fort: »Mehr kann und will ich im Moment nicht sagen. Mein Schwiegersohn ist erst vor wenigen Stunden gestorben, da möchte ich mich jetzt nicht zu irgendwelchen Spekulationen hinreißen lassen, die ich später eventuell bereue. Haben Sie bitte Verständnis dafür, und kommen Sie zum Ende.«

»In Ordnung.« Mendelski lehnte sich in seinen Sessel zurück und faltete die Hände über dem Bauch. Man sah ihm deutlich an, dass es ihm schwerfiel, nicht weiter nachzuhaken. »Nur noch zwei Dinge für heute«, sagte er, »dann lassen wir Sie in Ruhe. Erstens hätten wir gern Name und Adresse des Zahnarztes, bei dem Ihr Schwiegersohn in Behandlung war. Zum Zweiten benötigen wir Kamm, Rasierer, Mütze oder dergleichen von ihm, um daran Haare oder Schuppen sicherzustellen. All dies dient der eindeutigen Identifikation.«

»Verstehe.« Erwin Nikutta nickte einigermaßen verständnisvoll. »Sie machen einen Gebissabgleich und eine DNA-Analyse. Man liest davon ja jeden Tag in der Zeitung.« Er erhob sich. »Mit dem Zahnarzt kann ich im Moment nicht dienen, da muss ich erst mit Diana sprechen. Mit dem anderen schon eher.«

»Der weiß mehr, als er uns erzählen will«, flüsterte Maike, als Erwin Nikutta den Raum verlassen hatte.

»Da kannst du Gift drauf nehmen«, raunte Mendelski zurück. »Aber den kriegen wir schon noch.«

Kurze Zeit später kam Erwin Nikutta zurück. In der Hand hielt er eine Haarbürste. »Die geht sicher auch, oder?«, fragte er. Die Bürste hielt er mit spitzen Fingern weit von sich gestreckt, als ob er so wenig eigene Spuren wie möglich hinterlassen wollte. »Jens hatte nämlich gar keinen Kamm. Seine wilden Locken waren nur mit diesem Gerät hier zu bändigen.« Er reichte die Bürste Maike, die wortlos eine Beweismitteltüte aufhielt.

»Sonst noch was?«

»Nein.« Mendelski hatte sich erhoben. Im Stehen trank er sein Glas Mineralwasser aus. »Für heute ist es genug. Aber aller Wahrscheinlichkeit nach werden wir morgen wiederkommen und Ihre Tochter befragen müssen.«

»Am Sonntag?«

Mendelskis Antwort war ein entschlossener Blick mit einem kurzen Nicken.

»Rufen Sie lieber vorher an«, sagte Erwin Nikutta, während er sie zur Haustür geleitete.

»Eine allerletzte Frage.« Mendelski war im Türrahmen stehen geblieben und drehte sich noch einmal um. »Gibt es weitere nahe Angehörige von Jens Wingenfelder? Eltern, Geschwister?«

»Nein«, antwortete Erwin Nikutta. »Geschwister hatte er nicht. Und seine Eltern sind vor zwei Jahren bei einem Autounfall auf den Kanaren ums Leben gekommen. Man gut, dass sie diese Tragödie nicht miterleben müssen.«

Als Mendelski und Maike kurz darauf wieder den Plattenweg entlanggingen, bewegte sich im Obergeschoss des Hauses hinter ihnen leicht eine Gardine – obwohl das Fenster geschlossen war. Der laue Abendwind konnte es also nicht gewesen sein.

***

Sein Kopf dröhnte wie ein Brummkreisel. Mühsam öffnete er die Augen, blieb aber ansonsten regungslos liegen. Da entdeckte er, was ihn geweckt hatte. Das Sonnenlicht schien durch einen Spalt in der Bretterwand und leuchtete mitten in sein Gesicht.

Kersten hob schützend seine Hand vor die Augen und schaute sich um. Wegen des schrecklichen Katers benötigte er einige Sekunden, um zu realisieren, wo er sich befand. Dann fiel ihm nach und nach ein, was am Nachmittag vorgefallen war – und was ihn dazu bewogen hatte, sich an diesen außergewöhnlichen Ort zurückzuziehen. An den Brief von seinem Vater dachte er zunächst nicht.

Schwerfällig richtete er sich auf und rieb sich die Augen. Die Sonne steht schon tief, dachte er und schaute auf die Armbanduhr. Zwanzig Uhr zehn. Er musste ungefähr drei Stunden geschlafen haben.

Dadurch, dass er sich bewegte, stieg zusätzlich zu seinen Kopfschmerzen eine plötzliche Übelkeit in ihm auf. Rasch schob er die Holztür auf und kletterte die Leiter hinab. Das gelang trotz seines angeschlagenen Zustands erstaunlich gut. Er schaffte es gerade noch: Kaum hatte er festen Boden unter den Füßen, musste er sich übergeben.

Als er sich kurz darauf wieder aufrichtete und zum Haus schaute, sah er den Mann und die Frau auf dem Kiesweg. Sie gingen in Richtung Pforte davon. In Kerstens Kopf schrillten die Alarmglocken. Die beiden sahen in ihrer legeren Kleidung nicht gerade wie Polizisten aus – besonders die junge Frau schien sehr freizügig gekleidet –, aber unwillkürlich machte sich sein schlechtes Gewissen wegen der Vorfälle in Winsen bemerkbar.

Im Schutz der mächtigen Rhododendrenbüsche schlich er etwas näher, um besser sehen zu können. Der Mann und die Frau hatten noch nicht ganz die Gartenpforte erreicht, als draußen auf der Straße ein Auto vorfuhr. Durch die schmiedeeisernen Gitter konnte Kersten erkennen, dass es sich um einen Streifenwagen handelte.

Zwei uniformierte Polizisten stiegen aus und sprachen mit den beiden, die inzwischen an der Pforte angekommen waren. Die vier unterhielten sich eine ganze Weile und schauten immer wieder zum Haus hinüber. Allmählich machte sich bei Kersten Panik breit.

Was wird hier eigentlich gespielt?, fragte er sich. Dieser ganze Aufmarsch wegen mir und Patrick und unserer Vergehen vom Nachmittag? Oder ist vielleicht noch etwas anderes passiert?

Siedend heiß fiel ihm plötzlich der Brief seines Vaters ein. Er durchsuchte seine beiden Gesäßtaschen und musste feststellen, dass er das Schreiben nicht mehr bei sich hatte. Es wird mir beim Schlafen aus der Tasche gerutscht sein, dachte er, der Umschlag muss noch im Baumhaus liegen. Rasch machte er kehrt und schlich den gleichen Weg zurück, den er gekommen war.

***

»Tja«, sagte Mendelski, »den Weg können Sie sich sparen. Wir waren schon im Haus und haben uns erkundigt. Man sagte uns, der Junge sei gar nicht da. Außerdem haben die Herrschaften im Moment andere Sorgen, als sich mit Verkehrsdelikten zu beschäftigen.«

Der Polizist in Uniform guckte ziemlich konsterniert. »Das war schon noch ein bisschen mehr«, versuchte er zu kontern. »Sachbeschädigung, Widerstand gegen Vollstreckungsbeamte, Erregung öffentlichen Ärgernisses …«

»Die Familie ist Opfer eines Tötungsdelikts geworden«, unterbrach ihn Mendelski, der langsam die Geduld verlor. »Versetzen Sie sich bitte in die Lage der Witwe und in die der Kinder. Jens Wingenfelder ist vor wenigen Stunden eines gewaltsamen Todes gestorben. Da haben Ihre Ermittlungen im Moment ja wohl eindeutig untergeordneten Stellenwert.«

»Und was sollen wir Ihrer Meinung nach jetzt machen?«, fragte der Polizist vorwurfsvoll und schaute hilfesuchend zu seinem Kollegen. Der zuckte ratlos mit den Schultern.

»Suchen Sie doch den Haupttäter«, schlug Mendelski vor, »also den, der den Reifen zerstochen hat und als Beifahrer im Auto saß. Den befragen Sie am besten als Ersten.«

»Wir haben seine Identität noch nicht feststellen können. Das von uns vernommene kurdische Geschwisterpaar schweigt sich aus. Was wir haben, ist nur eine vage Beschreibung der beiden jungen Männer und die eindeutige Identifizierung von Kersten Wingenfelders Auto.«

»Dann kommen Sie eben morgen wieder. Lassen Sie die Familie heute in Ruhe. Vielleicht meldet sich der Junge ja auch von allein.«

Die beiden Schutzpolizisten stimmten zähneknirschend zu. Sie verabschiedeten sich, stiegen in den Streifenwagen und fuhren davon.

»Ob es da einen Zusammenhang gibt?«, wollte Maike wissen, als sie wenig später ihre Autos erreichten. »Ist doch schon merkwürdig, dass zur gleichen Zeit, als der Vater gewaltsam ums Leben kommt, der Sohn in eine Massenschlägerei und eine Auseinandersetzung mit der Polizei verwickelt ist.«

»Meinst du?«, murmelte Mendelski. »Verrückte Zufälle gibt es schon. Aber wir können ja die Augen offen halten.«

»Für heute ist aber Schluss, nicht wahr?« Um ihrer Forderung Nachdruck zu verleihen, legte sie den Kopf schief und zeigte ihr entwaffnendes Lächeln. »Feierabend. Oder?«

»Meinetwegen.« Mendelski war auf einmal ganz fürsorglicher Vorgesetzter. »Es ist ja schon spät. Aber morgen, am heiligen Sonntag, machen wir weiter. Wie wär's mit neun Uhr?«

»Zehn Uhr wäre mir lieber.« Zur Unterstützung ihres Vorschlags gähnte sie.

»Okay, dann um halb zehn im Präsidium. Ich geb den anderen Bescheid. Ein Wunder, dass Steigenberger noch nicht von allein angerufen hat.«

Als Mendelski wenig später seinen Wagen gemächlich in der engen Wohnstraße wendete, war Maike in ihrem Clio längst davongebraust. Im Vorbeifahren warf er noch einmal einen flüchtigen Blick durch das schmiedeeiserne Tor auf das Wingenfelder'sche Anwesen. Es schien ihm, also, ob eine Person über den Rasen auf das Haus zulief. Das aufgeregte Hundegebell hinterm Haus hörte er trotz der heruntergekurbelten Seitenscheibe nicht. Für einen kurzen Moment überlegte er, ob er anhalten und nachgucken sollte, wer das war, entschied sich dann aber dagegen. Stattdessen zückte er sein Handy, steckte es in die Freisprechanlage und wählte eine Nummer.

***

Der Brief lag im Schlafsack und hatte einige Knicke bekommen. Kersten riss mit zittriger Hand das Blatt aus dem Umschlag und entfaltete es – in der Hoffnung, seine umnebelte Erinnerung würde ihn trügen. Doch als er die Zeilen überflog, bewahrheiteten sich seine Befürchtungen. Das Geschriebene ließ das Schlimmste erwarten. Er brauchte Gewissheit.

Den Schlafsack und das Kissen zurücklassend, kletterte er die Leiter hinab und lief über den Rasen zum Haus hinüber. Das Auto, das gerade am Gartentor vorbeifuhr, bemerkte er nicht. Auch das wilde Gekläff von Benno, welcher freudig an seiner Zwingerwand emporsprang, nahm er nicht wahr. All seine Sinne waren jetzt auf etwas ganz anderes gerichtet.

Erwin Nikutta hielt seinen Enkel in den Armen, während dieser von heftigen Krämpfen geschüttelt wurde. Immer wieder rief Kersten den Namen seines Vaters, schluchzte und weinte. Der Großvater redete leise auf ihn ein, vermochte aber kaum, den Jungen zu beruhigen.

»Warum nur?«, rief Kersten außer sich. »Warum?« Er trommelte mit beiden Fäusten auf Erwin Nikuttas Brust. Sein Großvater wusste keine andere Antwort als eine hilflose Geste mit den Händen. »Warum?«, schrie Kersten erneut.

»Bitte sei doch nicht so laut«, bat Erwin Nikutta. »Sonst wird deine Mutter noch wach. Sie hat einen Schock und …«

»Ach du!«, schrie der Junge plötzlich und stieß ihn von sich. »Du bist doch jetzt sicher froh, dass es so gekommen ist.«

Völlig perplex wich Erwin Nikutta zurück. »Aber Junge …«

In diesem Moment öffnete sich die Flurtür und Diana Wingenfelder stürmte herein. Ihr blasses, eingefallenes Gesicht und die traurigen Augen spiegelten den Schmerz wider, der ihr am heutigen Nachmittag widerfahren war.

Wenig später lagen sich Mutter und Sohn in den Armen.

»Hat er schlimm leiden müssen?«, schluchzte Kersten.

»Ich glaube kaum«, antwortete sie mit tränenerstickter Stimme. »Es muss ganz schnell gegangen sein.«

Erschöpft ließen sich beide auf dem Sofa nieder. Sie hielten sich an den Händen und umarmten sich immer wieder. Inzwischen war auch Monika Nikutta ins Wohnzimmer gekommen. Sie hielt ein weißes Taschentuch in den Händen, das sie zu einem Knäuel geformt hatte und mit dem sie ihre Augenwinkel betupfte. Schweigend gesellte sie sich zu ihrem Mann, der hilflos mitten im Raum stand.

Gerade wollte Kersten den Brief aus der Tasche ziehen, als das Telefon klingelte. Erwin Nikutta nahm das Gespräch an.

»Alina«, sagte er leise und reichte das Telefon an seine Tochter weiter.

Kersten erhob sich, während seine Mutter Alina vom Tod ihres Vaters berichtete. Zunächst sprach sie noch relativ ruhig und gefasst, berichtete in kurzen Sätzen von dem Vorgefallenen, doch schon kurze Zeit später brach es aus ihr heraus. Und sie weinte und schluchzte ohne Unterlass.

Kersten hatte die Terrassentür geöffnet und trat hinaus in den Garten. Die Dämmerung brach herein und verbreitete am Himmel einen rötlichen Schimmer. Eine aufgeschreckte Amsel, die gerade einen Regenwurm aus dem feuchten Erdreich des Rosenbeetes ziehen wollte und diesen nun zurücklassen musste, flog schimpfend davon.

Im Hintergrund hörte Kersten, wie in der Zwischenzeit sein Großvater wieder das Telefon übernommen hatte. Er zog den Brief hervor und las mit verschwommenem Blick die ersten Worte: »Liebe Diana, liebe Alina, lieber Kersten«, stand da.

Er riss sich zusammen und überlegte, was zu tun war. War er vor wenigen Minuten noch bereit gewesen, den Brief allen zu zeigen, so kamen ihm jetzt Zweifel. Das letzte Schreiben seines Vaters war nur an seine Frau und die beiden Kinder gerichtet. Also sollten die es auch als Erste lesen. Außerdem hatte der Brief einen höchst brisanten Inhalt: In ihm erhob sein toter Vater eine ungeheuerliche Anklage und forderte Vergeltung.

Kersten beschloss, den Brief zunächst weder seinen Großeltern noch sonst irgendjemandem zu zeigen. Erst musste er allein mit seiner Mutter reden.

Er steckte den Brief wieder ein und ging zurück ins Haus.

FÜNF

Trotz der frühen Morgenstunde war es schon wieder schwül und drückend. Das heftige Gewitter, das am Vortag im nördlich angrenzenden Landkreis Celle zu Überschwemmungen, vollgelaufenen Kellern und umfangreichem Windbruch an Bäumen geführt hatte, war an Wettmar gänzlich vorbeigezogen. Der milchig blaue Himmel versprach einen weiteren Bilderbuch-Sommertag.

Wegen der »Bild am Sonntag« war Karl Wienhold – ganz entgegen seiner sonstigen Gewohnheit, denn er brauchte normalerweise keine Sonntagszeitung – extra zum Bäcker geradelt. Er und seine Frau Erika wollten so viel wie möglich über den mysteriösen Leichenfund beim Wieckenberger Waldbrand erfahren.

Während des sonntäglichen Frühstücks auf der Terrasse hatten sie im Radio zum ersten Mal davon gehört. In den NDR-1-Nachrichten von Radio Niedersachsen war ausführlich darüber berichtet worden. Die Wienholds waren hellhörig geworden, da sie sich gestern Nachmittag bei dem Ausflug mit dem Heimatverein gar nicht weit von der Unglücksstelle auf dem Gelände der Historischen Waldschmiede befunden hatten.

Natürlich waren ihnen gestern schon die vielen Feuerwehrautos und auch die Streifenwagen aufgefallen, die am späten Nachmittag an der Waldschmiede vorbeigefahren waren. Sie waren jedoch – wie die anderen Ausflügler ebenfalls – lediglich von einem normalen Waldbrand ausgegangen und hatten von dem spektakulären Gewaltverbrechen nichts geahnt.

»Hier, schau«, sagte Karl Wienhold, während er seiner Frau die Zeitung reichte. »Die Geschichte steht sogar auf der Titelseite: ›Brutaler Waldbrand-Mord‹. Auf dem Foto ist allerdings nicht viel zu sehen.«

Erika Wienhold setzte ihre Brille auf und studierte das halbseitige, wegen der starken Vergrößerung etwas unscharfe Foto, das verkohlte Baumreste und drei dazwischen herumlaufende weiße Kapuzengestalten zeigte.

»Sind das etwa Sanitäter?«, fragte sie und hielt die Zeitung noch dichter an ihre Brille.

»Nein. Das sind Leute von der Polizei. Von der Spurensicherung. Die kennst du doch aus dem Fernseher, vom Tatort und anderen Krimis.«

»Ach ja, jetzt, wo du's sagst.« Sie legte die Zeitung zurück auf den Tisch. »Hast du den Text schon gelesen?«

»Ja.« Karl Wienhold stützte sich mit beiden Händen auf den Terrassentisch. »Steht auch nicht viel mehr drin, als das, was sie schon im Radio berichtet haben. Die verbrannte Leiche eines Jägers aus Wieckenberg, der mit Handschellen gefesselt war, und sein ausgebranntes Auto wurden beim Löschen des Waldbrandes entdeckt. Es gibt keine Zeugen. Die Polizei tappt noch völlig im Dunkeln. Für sachdienliche Hinweise soll man die Kripo in Celle oder die örtliche Polizeidienststelle anrufen.«

»Meinst du, wir sollten es tun?« Erika Wienhold nahm ihre Brille ab.

»Du meinst anrufen?«

»Ja.«

»Kann ja nicht schaden. Immerhin passt unsere Beobachtung zeitlich ungefähr zum Ausbruch des Waldbrandes. Und die Richtung, aus der das Fahrzeug kam, passt auch. Dann dieses merkwürdige Verhalten des Fahrers. Lass doch die Polizei entscheiden, ob die Information für sie wichtig ist oder nicht.«

»Also los.« Erika Wienhold war plötzlich ganz aufgeregt. »Hol schon das Telefon.«

***

Sie hatte lange überlegt, ob sie sich krankmelden sollte. Denn in der vergangenen Nacht hatte sie so gut wie kein Auge zugetan. Nicole Prinz war sich nicht sicher, ob sie den anstrengenden Sonntagsdienst, der immerhin zwölf Stunden dauerte, durchhalten würde.

»Wir müssen zunächst so tun, als sei nichts passiert«, hatte ihr Mann Jochen gemeint, nachdem sie die freudige Nachricht in der Tagesschau vernommen und ihre erste Flasche Sekt geleert hatten. »Sonst laufen wir Gefahr, von Hinz und Kunz belauert zu werden. Lass uns erst einmal in Ruhe abwarten, wie hoch der Gewinn überhaupt ist.«

Doch an Ruhe war trotz aller guten Vorsätze nicht zu denken gewesen. Fünf Richtige mit Zusatzzahl im Samstagslotto tippte man nicht alle Tage. Da konnte schon eine recht erkleckliche Gewinnsumme zusammenkommen.

»Fünfzigtausend bestimmt, wenn wir Glück haben hunderttausend – so ungefähr«, hatte ihr Mann ehrfurchtsvoll geflüstert. Keiner der Nachbarn ihres bescheidenen Reihenhauses in Thönse sollte mitbekommen, was sich da bei den Prinzens abspielte. »Wir haben relativ hohe Zahlen getippt, da steigt die Wahrscheinlichkeit auf einen höheren Gewinn.«

»Warum denn das?«, hatte Nicole wissen wollen, nachdem sie endlich ihren Schluckauf im Zaum gehabt hatte. Der viele Sekt trug nicht gerade zu ihrer Beruhigung bei.

»Na, viele Lottospieler tippen Geburtsdaten, also Zahlen bis dreißig, einunddreißig. Von unseren Gewinnzahlen liegen allein vier Zahlen im hohen Dreißiger- und Vierziger-Bereich. Das müsste eigentlich eine hohe Gewinnquote ergeben.«

Die halbe Nacht hatten sie Pläne geschmiedet, Urlaubspläne, Autopläne, Hausumbaupläne. Zwei weitere Flaschen Sekt waren geleert worden, sie hatten gelacht und geweint, hatten ausgelassenen Sex wie seit vielen Jahren nicht mehr gehabt und, als sie merkten, dass sie einfach keine Ruhe finden würden, gegen zwei Uhr morgens einen langen Spaziergang durch das verschlafene Thönse unternommen.

Letztendlich war Jochen Prinz der Erste gewesen, dem gegen vier Uhr früh die Augen zugefallen waren. Sie hatte derweil hellwach neben ihm gelegen und ihr Glück immer noch nicht fassen können. Als um halb sechs der Wecker geklingelt hatte, war sie gerade für ein paar Minuten eingenickt. Trotzdem hatte sie den Entschluss gefasst, dem Rat ihres Mannes zu folgen und zum Dienst zu fahren.

Pünktlich um sechs Uhr betrat Polizeihauptmeisterin Nicole Prinz nun das Kommissariat in Großburgwedel.

»Wie siehst du denn aus?«, begrüßte sie einer der Kollegen von der Sonntagsschicht. »Deine Äuglein sind so klein, als ob du die halbe Nacht durchgesumpft hättest.«

»Die ganze, mein Lieber«, konterte sie gut gelaunt, »die ganze Nacht.« Sie warf dem verdutzten Polizeiobermeister eine Kusshand zu und verschwand im Nebenraum. Während sie sich einen Kaffee einschenkte, bereute sie aber schon ihren Gefühlsausbruch. Denn eigentlich wollte sie heute Morgen wie immer wirken und bloß nicht auffallen, so, wie sie es mit Jochen besprochen hatte. Allerdings wurden ihr die nächsten Stunden regelrecht zur Qual. War sie bis gegen acht Uhr noch recht aufgekratzt und munter – sie malte sich in Gedanken immer wieder aus, wie hoch ihr Gewinn ausfallen würde –, befiel sie danach eine bleierne Müdigkeit. Sie schaffte es kaum, die Augen offen zu halten, geschweige denn ihren Dienst ordnungsgemäß zu verrichten. Zum Glück war es an jenem Sonntagmorgen recht ruhig im Burgwedeler Kommissariatsgebiet. Ein Wildunfall auf der L383 zwischen Großburgwedel und Bissendorf, eine zerdepperte Fensterscheibe im Gymnasium und ein Autoaufbruch in Kleinburgwedel waren die einzigen Vorkommnisse, die gemeldet wurden.

Und dann war da noch dieser merkwürdige Anruf aus Wettmar.

»Ja, Sie sind bei mir richtig«, antwortete Nicole Prinz auf Karl Wienholds Frage, während sie krampfhaft versuchte, ein Gähnen zu unterdrücken. »Nein, Sie brauchen nicht bei der Polizei in Celle anzurufen. Ich kann Ihre Aussage aufnehmen und weiterleiten. Zunächst benötige ich Ihre Personalien.« Sie angelte sich einen Stift von der Ablage und begann zu schreiben. »Wienhold, Karl … aus Wettmar, Meitzer Weg …«

Während sie schrieb, verschwommen die Buchstaben vor ihren Augen. Ihr Kopf wurde schwerer und schwerer, bis das Kinn ihre Brust berührte. Dann schreckte sie hoch, blinzelte und war wieder für ein paar Momente konzentriert.

»Sie haben *was* gelesen?«, fragte sie. »Die ›Bild am Sonntag‹?« Sie verdrehte die Augen. »Von dem Waldbrand und dem Toten in Wieckenberg … und da ist Ihnen etwas eingefallen … Sie waren in der Nähe … an der Historischen Waldschmiede … auf dem Hoppelpflaster, gestern, gegen vierzehn Uhr … ein BMW hat Ihnen die Vorfahrt genommen … ein Geländewagen, dunkelgrün. Ein Kennzeichen haben Sie nicht? … Nur das ›H‹ für Hannover … ist in Richtung Fuhrberg gerast … ja, ich habe alles notiert und leite es unverzüglich weiter. Herzlichen Dank und auf Wiederhören.«

Nachdem sie den Hörer aufgelegt hatte, schlug sie sich mit der flachen Hand gegen die Stirn. »Schade, dass wir nicht sechs Richtige haben«, murmelte sie im Selbstgespräch, »dann bräuchte ich mir solches Geschwätz nicht länger anzuhören.«

Bevor sie sich an den Computer setzte, um ein Protokoll der Aussage anzufertigen, holte sie sich erneut einen Becher Kaffee von nebenan. Als sie an ihren Arbeitsplatz zurückgekehrt war und bereits die Vorgangsnummer eingetippt hatte, klingelte erneut das Telefon. Es war Jochen, der ihr einen guten Morgen wünschen wollte.

»Nein, natürlich habe ich nichts erzählt«, flüsterte sie ins Telefon. »Nur bin ich hundemüde, ich könnte auf der Stelle im Stehen einschlafen. Bin gespannt, ob ich bis heute Abend durchhalte.«

Nach dem Gespräch schrieb sie unendlich lange an der Aussage des Wettmaraners Karl Wienhold herum. Normalerweise hatte sie keine Probleme mit dem Formulieren von Aussagen, jedoch fielen ihr an diesem Morgen die passenden Worte einfach nicht ein. So dauerte es über eine halbe Stunde, bis sie endlich den Text zusammenhatte. Gerade wollte sie eine begleitende Nachricht an die Polizeiinspektion Celle verfassen, als die Besatzung einer Streife hereinplatzte.

»Eis für alle!«, rief der neue Kollege Max. »Kommt alle schnell her, bevor es schmilzt.«

Nicole Prinz, an diesem Morgen für jede Abwechslung dankbar, folgte der Aufforderung sofort. Sie ließ den Computer Computer sein und vergaß auch, als sie eine halbe Stunde danach wieder an ihren Arbeitsplatz zurückkehrte, zunächst, die Celler Kollegen zu informieren. Erst später am Nachmittag, schon kurz vor Feierabend, erinnerte sie sich an den Vorgang, dem sie – wie sie später erfahren sollte – nicht die nötige Aufmerksamkeit gewidmet hatte.

***

Am Sonntagmorgen mit dem Auto ins Präsidium zu fahren war eine Freude. Zumindest vom fahrtechnischen Standpunkt aus betrachtet. Brauchte man für die fünfeinhalb Kilometer von Boye in die Jägerstraße im Berufsverkehr eines gewöhnlichen Werktages meist zwanzig Minuten und länger, schaffte Mendelski die Strecke nun in gerade einmal acht Minuten. Diese Rekordzeit verdankte er nicht einer überhöhten Geschwindigkeit, sondern der neuen Allerbrücke am Bahnhof, die seit Kurzem fertiggestellt war. So konnte er bequem über die Biermannstraße zu seiner Dienststelle fahren.

Er war nicht der Erste im Sitzungszimmer. Obwohl es erst neun Uhr zwanzig war, zehn Minuten vor der verabredeten Besprechung, saß Heiko Strunz bereits an einem der u-förmig angeordneten Metalltische und las Zeitung.

»Guten Morgen, Heiko«, begrüßte ihn Mendelski. »Gut, dass du an die Zeitungen gedacht hast. Das habe ich heute Morgen in der Eile glatt vergessen.«

Eilig hatte er es in der Tat gehabt. Für seine Verhältnisse war er nämlich außergewöhnlich spät aufgewacht. Bis um viertel nach acht hatte er im Bett gelegen, bevor er mit Rückenschmerzen aufgestanden war. Die bekam er immer dann, wenn er länger als sieben Stunden im Bett lag. Dann fühlte er sich wie gerädert. Manchmal kam in solchen Fällen auch Kopfschmerz hinzu oder sein Tinnitus meldete sich.

Obwohl Carmen davon wusste, hatte sie ihn nicht geweckt. Stattdessen war sie bereits um halb acht still und heimlich aus dem Ehebett geschlichen, um im Garten auf einem Liegestuhl ein Buch zu lesen und die frische Morgenluft zu genießen. So hatte Mendelski nicht mehr viel Zeit für die Morgentoilette und das Frühstück auf der Terrasse gehabt – und die Zeitung war am Kiosk geblieben.

»Der Reporter von gestern hat richtig abgesahnt«, sagte Strunz und warf die schwergewichtige Sonntagszeitung auf den Tisch. »Hat seine Story an die ›Bild am Sonntag‹ verkauft. Dass ich einmal auf der Titelseite von diesem Revolverblatt landen würde, hätte ich nie gedacht.«

Mendelski beugte sich über die Zeitung. »Brutaler Waldbrand-Mord«, las er. »Und das verschwommene Männchen da, das bist du?«

»Nein, das ist Ellen.« Strunz guckte empört. »Ich bin der rechts außen. Das sieht man doch wohl.«

»Ach, entschuldige.« Mendelski grinste. »Jetzt erkenne ich dich.«

»Dieser Schriewe, Axel Schriewe, nicht wahr? Ich denke, der

ist bei der ›Celleschen‹? Darf der denn dann auch für andere Zeitungen schreiben?«

»Journalisten sind oft freischaffend tätig. Die können ihre Fotos und Texte demjenigen verkaufen, der ihnen am meisten bietet. Und da das gestrige Ereignis anscheinend auch überregional auf Interesse stößt, ist es völlig legitim, dass dieser Lokalreporter mal richtig Kasse macht. Die sind sonst auch nicht auf Rosen gebettet«, sagte Mendelski unerwartet nachsichtig.

»Wie viel wird er dafür gekriegt haben?«

»Keine Ahnung.« Mendelski überflog den Text, während er langsam weitersprach. »Vielleicht tausend Euro, vielleicht mehr. Kommt ganz darauf an, ob die Story deutschlandweit gebracht wird.«

»Für ein Tatmotiv reicht es dann wohl kaum?«

»Bitte?« Mendelski schaute entgeistert von der Zeitung auf.

»War nur 'ne spontane Idee.« Strunz winkte ab. »Vergiss es.«

In diesem Moment waren Schritte und Stimmen auf dem Flur zu hören. Die Tür öffnete sich und Kriminaldirektor Steigenberger trat ein. Ihm folgte der Rest der Mannschaft: Maike Schnur, Ellen Vogelsang und Joachim Kleinschmidt. Es hatte den Anschein, als ob die vier sich bereits im Foyer oder spätestens im Aufzug getroffen hätten.

»Guten Morgen«, grüßte Steigenberger mit ernster Miene, während er Mendelski und Strunz die Hand reichte. »Schön, dass Sie sich am Sonntag hier eingefunden haben. Bitte nehmen Sie Platz.«

Was folgte, war Routine: Steigenberger erklärte Mendelski zum Leiter der Mordkommission, der »Moko Wingenfelder«. Er sollte die Ermittlungen zunächst mit dem hier versammelten Personal beginnen, also mit fünf Kriminalbeamten, und dann am Montag oder Dienstag entscheiden, ob noch mehr Kollegen für den Fall benötigt würden. Erste Obduktionsergebnisse waren bereits in Kürze zu erwarten, da Frau Dr. Grote seit einer halben Stunde bei der Arbeit war. Im Labor hingegen wurde am Sonntag nicht gearbeitet, sodass erst im Laufe des Montags mit einem schriftlichen Bericht zu rechnen war.

Anschließend bat Steigenberger um einen aktuellen Lagebericht. Ohne in seine Notizen zu gucken, lieferte Mendelski eine umfassende Schilderung der Ereignisse. Strunz und Maike ergänzten sie um weitere Details.

»Also basiert die Mord- oder Totschlagtheorie bis dato einzig und allein auf dem Umstand, dass der Tote Handschellen trug«, stellte Steigenberger fest. »Diese Annahme ist nachvollziehbar, sollte aber durch die Ergebnisse der Obduktion erhärtet werden.«

Mendelski nickte. »Frau Dr. Grote wird bei der Brandleiche ganze Arbeit leisten müssen«, sagte er. »Bin gespannt, was sie so alles herausfindet.«

»Gut so weit«, sagte Steigenberger und erhob sich. »Dann bedanke ich mich fürs Erste und werde mich jetzt zurückziehen. Der Staatsanwalt wartet auf meinen Anruf. Den nächsten Lagebericht hätte ich gern morgen früh um acht Uhr dreißig. Bei mir im Büro. Falls vorher etwas Außergewöhnliches passieren sollte, bin ich selbstverständlich übers Handy zu erreichen.«

»Lasst uns erst einmal die Fenster öffnen«, sagte Maike, nachdem Steigenberger gegangen war. »Hier drinnen ist ja noch die Luft von gestern.«

»Gute Idee«, pflichtete ihr Ellen Vogelsang bei. Die beiden Frauen erhoben sich, um zu lüften. Mendelski schaute ihnen nach und befand, dass Maike heute im Gegensatz zum Vortag angemessene Dienstkleidung trug: eine Cargohose und ein ärmelloses Shirt. Bei der erneut zu erwartenden sommerlichen Hitze war dieses Outfit selbst für eine Kriminalpolizistin in Ordnung.

»Ihr seid vielleicht Kavaliere«, hörte er Ellen Vogelsang schimpfen, während sie die Fenster aufriss. Sofort strömte frische, vom gestrigen Gewitter gereinigte Morgenluft herein. Von der nahen Martin-Luther-Kirche war Glockengeläut zu hören, das zum sonntäglichen Gottesdienst einlud.

»Ein Kaffee wäre nicht übel«, ließ Maike verlauten. »Wenn vielleicht einer der Herrschaften dieses Mal so nett wäre …«

»Hab verstanden«, erwiderte Jo Kleinschmidt und war schon zur Tür hinaus.

»Mein Frühstück war heute früh nämlich sehr dürftig«, fuhr sie fort, nachdem sie wieder am Tisch Platz genommen hatte. »Orangensaft und ein trockenes Croissant von gestern. Mehr war nicht.«

Kurze Zeit später kam Kleinschmidt mit einem Tablett zurück.

Er verteilte fünf Becher mit dampfendem Kaffee und bot dazu Milch, Zucker und eine Packung mit holländischem Teegebäck an.

»Jo, du bist ein Schatz«, bedankte sich Maike, während sie lautstark ihr pechschwarzes Gebräu schlürfte.

»Zurück zu unserem Fall«, übernahm Mendelski wieder die Regie. »Ist einem von euch noch irgendwas eingefallen? Ellen, du bist doch immer diejenige, die oft mit einem Tag Abstand zum Geschehen die besten Ideen hat.«

»Nein«, entgegnete Ellen Vogelsang. »Ich muss gestehen, dass ich seit gestern Abend kaum einen Gedanken an den Toten verschwendet habe. Keine Ahnung, warum. Vielleicht, weil er so grausig zugerichtet war. Offenbar hat mich mein Verstand oder mein Unterbewusstsein schützen wollen und das gestern Erlebte schlicht verdrängt.«

»Schade.«

»Ich habe da aber noch 'ne Frage, Robert«, meldete sich Strunz zu Wort. »Eine Frage an dich als Jäger.«

»Schieß los.«

»Der Wingenfelder war doch Jagdpächter beim Stadtwerke-Forst. Und in dieser Eigenschaft war er wohl auch gestern unterwegs, sonst hätte er nicht seine Flinte dabeigehabt. Pachtet man so ein Revier ganz allein oder gibt es da Mitpächter, Mitjäger, Teilhaber oder dergleichen?«

»Von allem etwas«, antwortete Mendelski. »Hauptpächter ist meistens nur eine Person, Mitjäger oder Teilhaber gibt es in der Regel mehrere. Auch Wingenfelder wird in seinem Revier nicht allein gejagt haben. Ich kenne keinen Jäger, der nicht jagdlichen Anhang hat. Übrigens, in diese Richtung habe ich auch schon gedacht. Du wirst gleich davon hören.«

Er holte seinen Notizblock hervor, klappte ihn auf und legte ihn vor sich auf den Tisch. Den Kugelschreiber schreibbereit in der Hand haltend fuhr er fort. »Für heute schlage ich Folgendes vor: Heiko, du nutzt bitte deine Kontakte zur Telekom, um herauszufinden, welchen Telefonanbieter die Wingenfelders haben. Das gilt auch für das Handy des Toten. Wir brauchen die Einzelverbindungsnachweise, vor allem interessieren uns natürlich die Gespräche von gestern.«

»Wenn ich mich recht erinnere«, meinte Strunz, »waren im ausgebrannten Touareg die Überreste eines Handy in der Freisprechanlage zu erkennen. Ich werde mir nachher mal die Fotos vorknöpfen.«

»Weiter möchte ich, dass du mit Wingenfelders Arbeitgeber, mit der Wasa, Kontakt aufnimmst. Ich weiß, es ist Sonntag, und es wird nicht einfach sein, einen kompetenten Menschen an die Strippe zu bekommen, aber du, mit deinen Verbindungen … Versuche, so viele Infos wie möglich über Wingenfelder herauszubekommen. Ach ja, für morgen kannst du schon einmal meinen Besuch ankündigen.«

»Geht in Ordnung.«

»Ellen und Joachim, ihr nehmt Kontakt mit dem Förster in Wieckenberg auf. Wie Heiko schon feststellte, interessieren uns Mitjäger, Mitpächter, Nachbarpächter et cetera. Vielleicht war einer von denen gestern zufällig im Revier und hat etwas gesehen. Danach sprecht bitte mit dem Landwirt, der den Brand gemeldet hat. Namen und Adresse müssten euch die Kollegen aus Wietze geben können. Und wenn ihr dann noch Zeit habt, stöbert ihr ein wenig in Wingenfelders persönlichem Umfeld herum. Ihr wisst schon, dezente Nachbarbefragung und so weiter.«

»Ich sehe schon«, seufzte Ellen Vogelsang. »Das wird ein langer Sonntag.«

»Maike und ich«, fuhr Mendelski fort, »werden zunächst Frau Dr. Grote in der Gerichtsmedizin besuchen. Danach fahren wir nach Wietze, um noch einmal die Familie Wingenfelder zu vernehmen. Die Witwe wird heute hoffentlich in der Lage sein, uns ein paar Fragen zu beantworten. Bei wichtigen Neuigkeiten ruft mich bitte übers Handy an. Ansonsten sehen wir uns morgen früh um acht Uhr wieder hier.« Er schaute munter in die Runde. »Noch Fragen? Nein? Gut. Dann also Waidmannsheil!«

***

Frau Dr. Grote hatte sich alles andere als begeistert gezeigt, als sie gegen acht Uhr fünfundvierzig der Anruf von Kriminaldirektor Steigenberger erreichte. Zu diesem Zeitpunkt saß sie gerade mit Mann und Tochter beim sonntäglichen Familienfrühstück auf dem Balkon, genoss den herrlichen Sommermorgen und freute sich auf die kurzfristig angesetzte Bootstour auf der Örtze. Nach dem ergiebigen Regen gestern war endlich wieder genügend Wasser in dem Heideflüsschen, um paddeln zu können. Doch pflichtbewusst, wie sie war, hatte sie, ohne lange zu zögern, zugesagt, in einer halben Stunde in der Gerichtsmedizin zu sein.

Seit sechsundzwanzig Jahren arbeitete sie nun schon in der Pathologie. Als gebürtige Braunschweigerin hatte sie die ersten zehn Berufsjahre in ihrer Heimatstadt verbracht, bevor es sie – wegen der Versetzung ihres Mannes ans Landessozialgericht – nach Celle verschlug. Tötungsdelikte mittels Feuer oder die Verschleierung eines Verbrechens durch anschließendes Verbrennen der Leiche waren in ihrem Zuständigkeitsbereich noch nicht so häufig vorgekommen. Obduktionen von Brandleichen stellten für sie daher eine besondere Herausforderung dar. Trotz ihres recht hohen Dienstalters hatte sie voller Ehrgeiz vor zwei Jahren in Berlin ein Fortbildungsseminar über das sogenannte SHC-Phänomen bei dem berühmten Kriminalbiologen Dr. Mark Benecke absolviert und dabei viel Interessantes über Brandleichen lernen können. Neueste Forschungen über SHC – aus dem Englischen: *Spontaneous Human Combustion*, zu Deutsch: Spontane Selbstentzündung von Menschen – befassten sich mit der meist unabsichtlichen Selbstverbrennung von in der Regel gebrechlichen, kranken oder alkoholisierten Menschen.

Als Mendelski und Maike gegen zehn Uhr den Seziersaal betraten, war sie schon fleißig bei der Arbeit. Ihr zur Seite stand ein junger, südländisch aussehender Mann, der sich als ein aus dem Libanon stammender Medizinstudent im siebten Semester entpuppte. Die hellgrünen Kittel der beiden waren ausnahmsweise nicht mit blutroten, sondern mit kohleschwarzen Sprenkeln gefärbt.

»Sie wollen erste Ergebnisse?«, fragte Frau Dr. Grote sie, nachdem sie sich begrüßt hatten. »Da habe ich noch nicht viel. Doch treten Sie ruhig näher, dann lässt's sich leichter reden.«

Mendelski und Maike waren in gebührendem Abstand zum Seziertisch stehen geblieben, da beide keine große Lust verspürten, den übel zugerichteten Leichnam erneut zu studieren. Doch die Pathologin hatte kein Nachsehen und winkte sie energisch näher.

»Nun kommen Sie schon«, sagte sie streng. »Der hier beißt keinen mehr.«

»Das Frühstück ist zum Glück schon eine Weile her«, erwiderte Mendelski kleinlaut, während er mit gequältem Gesicht näher trat. »Lassen wir die langen Vorreden. Legen Sie los.«

»Also«, begann sie. »Wie Sie sehen, ist der Leichnam nicht in gestreckter, sondern in gekrümmter Form aufgefunden worden. Aller Wahrscheinlichkeit nach ist das eine postmortale Veränderung, da durch hitzebedingte Schrumpfung der Muskulatur die Gliedmaßen in halb gebeugter Stellung fixiert werden. Man spricht in diesem Fall von einer sogenannten Fechter- oder Boxerstellung.«

Maike bemühte sich, konzentriert zuzuhören, auch wenn sie zunehmend blasser wurde.

»Wie es aussieht«, fuhr Frau Dr. Grote unbeirrt fort, »hat die Kleidung des Opfers als Erstes gebrannt. Haben Sie im Zusammenhang mit Brandleichen schon einmal von dem sogenannten Docht-Effekt gehört? Genauer gesagt vom multiplen Docht-Effekt?«

Mendelski und Maike schüttelten die Köpfe.

»Brennende Körper erreichen Temperaturen von immerhin fünfhundert bis sechshundert Grad. An den von Textilien bedeckten Körperstellen verflüssigt sich durch die enorme Hitze das Unterhautfettgewebe. Das geschmolzene Fett durchtränkt die Kleidung, welche das Feuer wiederum wie ein Kerzendocht nährt. So ist es zu erklären, dass die stärksten Verbrennungen dort auftreten, wo die Haut von Kleidungsstücken bedeckt war.«

»Daher sind Kopf, Hände und Unterarme relativ gut erhalten«, bemerkte Mendelski. Maike guckte verhalten. Sie schien sich in ihrer Haut nicht besonders wohlzufühlen.

»Kommen wir zum Kopf«, setzte Frau Dr. Grote ihre Analyse fort. »Die Schrumpfung der Gesichts- und Halsweichteile bringt eine Veränderung der Physiognomie mit sich. Typisch sind der hier zu sehende offene Mund und das Hervortreten der Zunge. Des Weiteren sehen wir Hitzerisse in der Haut, die so scharfrandig sind wie Messerschnittverletzungen. Bevorzugte Stellen für derartige Hitzerisse sind die Nasen-, Stirn- oder die Schädelregion, also dort, wo die Haut von Natur aus sowieso schon gestrafft ist …«

Der Vortrag der Pathologin wurde von einem würgenden Hüsteln unterbrochen. Maike war plötzlich derart schlecht geworden, dass sie sich abwenden musste. Der Medizinstudent mit den kohlrabenschwarzen Locken nahm sich ihrer freundlich an und führte sie zu einem geöffneten Fenster.

»Machen wir weiter«, schlug Frau Dr. Grote ungerührt vor. »Wie Sie sehen, habe ich gerade erst mit der Leichenöffnung begonnen. Der gute Erhaltungszustand der inneren Organe ist für Brandleichen nichts Besonderes. Durch den relativ hohen Flüssigkeitsgehalt von Magen, Leber, Herz und Lunge bleiben diese meist unversehrt. Das erleichtert natürlich eine zuverlässige Befunderhebung. Wir werden rasch herausbekommen, woran unser Patient letztendlich verstorben ist.«

»Würge-, Stich- oder Schussverletzungen haben Sie also nicht gefunden?«, wollte Mendelski wissen, während er sich besorgt nach Maike umsah. Die stand noch immer am geöffneten Fenster und ließ sich von dem Medizinstudenten umsorgen.

»Nein. Auch keine Hinweise auf stumpfe Gewalteinwirkung. Für ein abschließendes Urteil ist es allerdings zu früh. Toxikologisch-chemische Analysen brauchen ihre Zeit.«

»Was ist mit Brandbeschleunigern?«

»Auch noch zu früh. Dazu muss ich Teile der Lunge für eine gaschromatographische Untersuchung entnehmen. So kann man feststellen, ob der Betroffene unmittelbar vor seinem Ableben flüchtige Stoffe eingeatmet hat.«

»Na gut.« Mendelski wandte sich von dem Seziertisch ab und trat ebenfalls ans Fenster. »Die DNA-Analyse wird wohl auch einige Zeit dauern. Die Haarbürste haben Sie bekommen?«, fragte er über die Schulter hinweg.

»Ja.« Frau Dr. Grote öffnete freundlicherweise einen weiteren Fensterflügel für ihn. »Wenn Sie mir den Zahnarzt des Toten nennen können, geht das mit der Identifikation vielleicht auch schneller.«

»Den haben wir noch nicht herausbekommen, Name und Anschrift können wir aber wahrscheinlich heute Mittag liefern.«

»Tja«, sagte Frau Dr. Grote, wobei sie ihrem Studenten einen Wink gab. »Das wär's fürs Erste. Lassen Sie uns nun bitte wieder arbeiten. Umso schneller gibt es weitere Ergebnisse.«

Sie verabschiedeten sich, und Maike war heilfroh, als sie den

Seziersaal hinter sich gelassen hatten und endlich wieder an die frische Luft kamen.

***

Vor dem Haus der Wingenfelders in Wietze-Steinförde herrschte reger Betrieb. Die schmale Siedlungsstraße, in der es an gewöhnlichen Sonntagen äußerst ruhig zuging, war mit Autos zugestellt, die normalerweise nicht hier parkten: Pkws mit Kennzeichen aus Hannover, Hamburg oder sogar Berlin, schmucke Lieferwagen, deren Türen Logos von privaten Fernsehanstalten und deren Dächer Satellitenschüsseln zierten. Leute liefen geschäftig umher, verlegten Kabel, standen in kleinen Gruppen auf der Straße und schwätzten. Kinder fuhren auf Fahrrädern, Rollern oder mit Inlinern ihre Runden.

Direkt neben der Einfahrt der Wingenfelders stand rechts und links jeweils ein Streifenwagen. An den Außenspiegeln war rot-weißes Absperrband befestigt, um einen Sicherheitskorridor zu markieren. Zwei uniformierte Schutzpolizisten waren gerade damit beschäftigt, ein Fernsehteam daran zu hindern, sich mit Hilfe einer Aluminiumleiter Einblick in das Wingenfelder'sche Grundstück zu verschaffen.

Mendelski und Maike mussten sich wohl oder übel einen Parkplatz in einer Seitenstraße suchen.

»Manometer!«, sagte Maike staunend. Sie löste den Gurt und stieg aus. Ungläubig schaute sie die Straße hinab. »Hier ist ja der Bär los.«

»Hätten wir uns denken können«, brummte Mendelski, während auch er sich aus dem Wagen quälte. Sein Rücken tat ihm immer noch weh. »Die Journalisten haben das alljährliche Sommerloch zu füllen. Ist halt Ferienzeit. In der Politik, der Wirtschaft und im öffentlichen Leben läuft nicht viel. Ich hoffe nur, dass sie uns nicht gleich erkennen.«

Die Hoffnung wurde sogleich zunichtegemacht. Das Kripo-Duo hatte noch nicht die Grundstücksgrenze der Wingenfelders erreicht, da war es auch schon von Reportern und Neugierigen umringt. Zwei Fernsehteams brachten sich mit ihren Kameras in Position.

»Kein Kommentar«, schmetterte Mendelski der Meute entgegen und drängte sich durch die Menge.

Inmitten der vielen Köpfe entdeckte er auch das Gesicht von Axel Schriewe, der ihm dezent zuwinkte. Ihm fiel ein, dass er dem Reporter für dessen korrektes Verhalten ein Exklusivinterview schuldete. Schriewe hatte tatsächlich Wort gehalten und in seinem Bericht in der »BamS« kein Wort über die gefundenen Scherben geschrieben.

»Es gibt keine Neuigkeiten«, hielt er dem unverständlichen Fragengewirr entgegen. »Lassen Sie uns bitte unsere Arbeit tun. Wenn es etwas zu berichten gibt, werden Sie es erfahren.«

»Stimmt es, dass die gefesselte Leiche nackt war?«, schrie eine grell geschminkte Reporterin, während sie ihm ein Mikrofon direkt unter die Nase hielt. Mendelski stutzte einen Augenblick über diese unerwartete Frage, schob dann aber das Mikro samt Frau unsanft zur Seite und ging wortlos und kopfschüttelnd weiter. Maike, eine Schulterbreite schmaler und einen Kopf kleiner als er, folgte ihm dicht auf den Fersen.

Am Absperrband empfing sie Polizeiobermeister Schütte. »Gut, dass Sie kommen«, schnaufte der anscheinend etwas überlastete Kollege, während er ihnen Durchlass gewährte. »Das nimmt hier ja Ausmaße an, denen wir kaum gewachsen sind.«

»Sie sind mit zwei Streifenwagenbesatzungen vor Ort«, erwiderte Mendelski. »Vier Mann müssten doch eigentlich ausreichen, um diese Leute im Zaum zu halten.«

»Sie glauben ja gar nicht, wie dreist diese Reporter sind. Sie versuchen mit allen Tricks, an Informationen zu gelangen. Einer von ihnen hat sich doch tatsächlich als Wingenfelders naher Verwandter ausgegeben und wollte durchgelassen werden. Zum Glück haben wir den Braten gerochen und ihm ein Platzverbot erteilt.«

»Gut gemacht«, lobte Mendelski. »Aber ich sehe hier nur Sie und Ihren Kollegen. Wo ist denn die Besatzung des anderen Streifenwagens?«

Schütte wies zum schmiedeeisernen Tor. »Die sind im Haus und vernehmen gerade den Wingenfelder junior. Wegen des Vorfalls, der sich gestern Nachmittag in Winsen zugetragen hat. Soweit ich weiß, geht es um Widerstand gegen Vollstreckungsbeamte, Sachbeschädigung, Verkehrsdelikte und einiges mehr.«

»Ach das.« Mendelski erinnerte sich. »Der Familie bleibt auch nichts erspart. Aber dieses Mal waren sie schneller als wir. Wie lange sind die Kollegen denn schon im Haus?«

»Eine halbe Stunde, schätze ich.«

In diesem Augenblick wurden sie von einem quietschenden Geräusch unterbrochen. Das schmiedeeiserne Tor öffnete sich und zwei uniformierte Polizisten traten heraus.

»Da sind sie ja schon«, sagte Schütte. »Nun können Sie auch direkt mit ihnen reden.«

Mendelski erkannte die beiden Polizisten, die sie gestern Abend bereits getroffen hatten, und ging ihnen entgegen.

»Warten Sie«, rief er. »Lassen Sie uns hinter das Tor gehen. Dort sind wir ungestört. Hier draußen ist ja der Teufel los.«

Er drängte die beiden Polizisten zurück auf das Grundstück und schaute sich nach Maike um. Die stand etwas abseits an der Absperrung und plauderte – Mendelski wollte es nicht glauben – mit Axel Schriewe.

»Maike!«, brüllte er, erschrak aber im gleichen Moment selbst über seinen Wutausbruch. Trotzdem fuhr er mit unverminderter Lautstärke fort: »Das darf doch nicht wahr sein! Komm bitte!«

Maike errötete leicht, verabschiedete sich mit einem »Ciao!« von Axel Schriewe und folgte dann – aufreizend langsam – der Aufforderung.

»Darüber reden wir noch«, zischte sie Mendelski zu, als sie die kiesbestreute Einfahrt betrat.

Die beiden Schutzpolizisten grinsten amüsiert.

»Also ...«, ließ Mendelski gedehnt verlauten, verspürte er im Moment doch wenig Lust, auf Maikes Protest näher einzugehen. Er schloss das Tor hinter ihnen. »Gehen wir zu den Büschen hinüber. Ich möchte nicht, dass man uns vom Haus aus sieht.«

Sie blieben neben einem mannshohen Rhododendronstrauch stehen, dessen Blütenpracht längst verwelkt war.

»Entschuldigung«, begann Mendelski, »dass wir Sie so in Beschlag nehmen. Aber Sie wissen ja, um was es geht, und Sie wissen auch, was da draußen los ist. Können Sie uns bitte kurz schildern, was Sie in Erfahrung bringen konnten? Vielleicht hängt Ihr Fall in irgendeiner Weise mit unserem zusammen.«

»Nun«, erwiderte der ältere der beiden Schutzpolizisten, »heute haben wir Kersten Wingenfelder angetroffen und zu dem Vorfall von gestern vernommen. Er hat zugegeben, gestern Nachmittag bei der Massenschlägerei in der Winsener Eisdiele dabei gewesen zu sein. Er weist aber alle Schuld den britischen Soldaten und dem angeblich unsachgemäßen Einsatz der Kollegen vom Kommissariat Winsen zu. Von der Reifenstecherei will er nichts mitbekommen haben. Und dass er in seinem Pkw mit überhöhter Geschwindigkeit den Ort des Geschehens verlassen und dabei bei Rot über die Ampel gefahren ist, war ihm angeblich auch nicht bewusst. Immerhin hat er eingeräumt, dass er sehr aufgeregt war. Von einem Beifahrer – oder besser gesagt von einem Komplizen – will er nichts wissen.« Er stockte. »Das war alles auf die Schnelle.«

»Wie geht es dem Jungen denn, nach dem Tod seines Vaters?«, fragte Maike. Sie schien den kleinen Zwischenfall von eben weggesteckt zu haben. »Können Sie dazu etwas sagen?«

»Die Trauer und den Schmerz über den Verlust des Vaters sah man ihm schon deutlich an. Eigentlich hatten wir dieses Thema gar nicht anschneiden wollen, aber dann kam es doch zur Sprache. Er reagierte auf unsere Fragen zunächst recht besonnen.« Der Schutzpolizist räusperte sich. »Als wir ihn dann aber mit seinen Vergehen von gestern Nachmittag und mit den möglichen Konsequenzen konfrontierten, brauste er auf und verlangte, dass wir uns lieber um den Mörder seines Vaters kümmern sollten, als so einem ›lächerlichen Bagatellfall‹, wie er wörtlich sagte, nachzugehen.«

»Wann und wie hat er denn vom Tod seines Vater erfahren?«, wollte Mendelski wissen. »Gestern Abend, als Sie und wir hier waren, war er ja noch nicht zu Hause.«

»Uns hat er erzählt, dass er direkt nach dem Vorfall in Winsen hierhergefahren ist. Es sei niemand zu Hause gewesen, da habe er sich im Garten schlafen gelegt – oder nein, er sprach von einem Baumhaus. Spät am Abend sei er dann ins Haus zurückgekehrt und hätte von dem Tod seines Vaters erfahren.«

»Dann war er also doch auf dem Grundstück, als wir hier waren«, sagte Maike. »Es stand aber kein Auto in der Einfahrt. Und auch keins draußen auf der Straße.«

»Das haben wir auch festgestellt. Er hat ausgesagt, sein Auto wegen des Ärgers in Winsen in die Garage seines Vaters gefahren zu haben. Ich denke, der wollte erst mal einfach seine Ruhe haben.

Auf den Punkt gebracht: Er hat sich und sein Auto vor unseren zu erwartenden Ermittlungen in Sicherheit gebracht.«

»Merkwürdig, nicht wahr?« Maike schaute Mendelski an. »Der Sohn benutzt aus der Not heraus die Garage seines Vaters, ohne zu ahnen, dass weder der Vater noch der Touareg jemals wieder hierher zurückkehren werden.«

»So was gibt's«, erwiderte Mendelski achselzuckend. »Wir werden den Jungen natürlich selbst befragen. Wer war sonst noch da?«

»Außer mit Kersten Wingenfelder haben wir mit seiner Mutter und seinem Großvater, einem Erwin Nikutta, gesprochen. Im Hintergrund hielten sich eine ältere Dame – ich nehme an Frau Nikutta – und ein Mädchen von fünfzehn, sechzehn Jahren auf. Sie ist, glaube ich, die Schwester von Kersten Wingenfelder.«

»Das war's schon.« Mendelski trat zur Seite. »Haben Sie herzlichen Dank für Ihre Auskünfte. Und es wäre nett, wenn Sie uns eine Kopie Ihres Vernehmungsprotokolls schicken würden.«

Die beiden Schutzpolizisten versprachen das Protokoll noch für den heutigen Sonntag und verabschiedeten sich.

»Jetzt sind wir an der Reihe, Maike.«

Sie überstiegen die kniehohe Buchsbaumhecke und traten auf den Kiesweg. Die hellen Kiesel reflektierten das Sonnenlicht so sehr, dass sie die Augen zukneifen mussten.

Maike zückte ihre Sonnenbrille. »Ich hoffe nur«, sagte sie, »dass sich Frau Wingenfelder nicht gerade wieder hingelegt hat. Hast du uns telefonisch angemeldet?«

»Ja natürlich. Aber ich hatte nur den Schwiegervater am Hörer. Du hast ja gestern selbst erlebt, dass er nicht der Kooperativste ist.«

Sie verließen den Kies und traten auf den Plattenweg.

Dem Hundekläffen, das hinter dem Haus der Wingenfelders zu hören war, maßen sie keine Bedeutung zu.

***

Benno sprang vor Freude gegen den Maschendraht, als Kersten sich dem Zwinger näherte. Sein Kläffen und Jaulen klang herzzerreißend. Das Verhalten des Kleinen Münsterländers ließ durchblicken, wie nötig es war, dass sich endlich mal wieder jemand um ihn kümmerte. Den ganzen gestrigen Tag hatte er im Zwinger verbracht – trotz der hundeunwürdigen Hitze. Das anschließende Unwetter hatte die halbe Hundehütte unter Wasser gesetzt. So viel Nichtbeachtung hatte er während seines zweijährigen Jagdhundelebens im Hause Wingenfelder noch nie erfahren müssen.

Kersten schob den Riegel zurück und ließ den Hund an sich hochspringen. »Ist ja gut«, versuchte er Benno zu beruhigen. »Jetzt kümmere *ich* mich um dich.«

Doch der Hund war kaum zu bändigen. Er sprang an Kersten vorbei, um auf dem weitläufigen Rasen eine erste Auslauf-Runde zu drehen. Kersten ließ ihn gewähren und schaute nach dem Futternapf.

»Na, wenigstens gefüttert hat man dich«, stellte er fest. Er verließ den Zwinger und pfiff Benno mit einer Hundepfeife zu sich. »Wo sind die Enten?«, rief er, während er sich mit der rechten Hand auf den Oberschenkel klopfte.

Der Hund verstand sofort. Fröhlich kläffend raste er durch den Garten Richtung Wietzebach davon. Die Frage nach den Enten war im Wortlaut stets die gleiche und somit im Laufe der Zeit zu einem Ritual geworden. Benno hatte schnell gelernt, dass diesen vier Worten mit ziemlicher Sicherheit ein Spaziergang an der Wietze entlang folgen würde. Und wenn ein anderer Spaziergänger mit Hund sie nicht gerade vor ihnen verscheucht hatte, würden sie auch Enten zu Gesicht bekommen. Stockenten, die es hier wegen der nahen Aller zuhauf gab. Erwischt hatte Benno noch nie einen dieser Wasservögel, jedenfalls nicht hier in unmittelbarer Nähe des Dorfes, wo die Flinte nicht zum Einsatz kam.

Jetzt waren jedoch weder andere Hundeführer noch irgendwelche Enten auf dem Gewässer auszumachen. Die Wietze sah allerdings auch wenig einladend aus. Wegen des Gewittersturms gestern war sie über Nacht stark angeschwollen und führte jede Menge Unrat und Schlamm mit sich.

Benno kümmerte das wenig. Mit einem Riesensatz sprang er in den Bach und nahm erst einmal ein Bad. Zurück am Ufer schüttelte er sich ausgiebig, um wenigstens halbwegs den alten Zustand wiederherzustellen. Das gelang aber nicht ganz; ein Grasbüschel hielt sich hartnäckig an seinem Behang und ließ ihn aussehen, als trüge er eine Perücke.

Kersten musste schmunzeln. Es war das erste Schmunzeln, die erste positive Gemütsbewegung seit gestern Nachmittag. Seit dieser Geschichte in Winsen und vor allem, seit er vom plötzlichen Tod seines Vaters erfahren hatte, war nichts mehr so wie vorher. Das Schmunzeln währte nicht lange.

Benno hatte sein Grasbüschel längst wieder verloren, als sie in Richtung Süden liefen, dorthin, wo schon bald der Kiefernwald begann. Kerstens Gedanken galten seiner Mutter. Die hatte gerade Besuch von der Kripo aus Celle. Nach seiner gestrigen unerfreulichen Erfahrung mit den Hütern von Gesetz und Ordnung und unmittelbar nach seinem eigenen Verhör durch die beiden Schutzpolizisten hatte er die Nase von so viel geballter Staatsmacht voll – und es vorgezogen, erst einmal für eine Weile das Weite zu suchen. Da war ihm die Aufforderung seiner Mutter, nach dem Hund zu schauen, gerade recht gekommen.

Die ganze Nacht hatte er kein Auge zugetan. Immer und immer wieder hatte er den Brief seines Vaters gelesen. Diese ungeheuerliche Anschuldigung gegen Clemens Berger und die Aufforderung, die Untat zu sühnen, ließen ihn nicht zur Ruhe kommen. Zuvor hatte er noch versucht, mit seiner Mutter unter vier Augen zu sprechen. Doch sie war vollauf damit beschäftigt gewesen, seine Schwester Alina zu trösten, die noch am gleichen Abend aus Hamburg zurückgekehrt war. Alina hatte sehr an ihrem Vater gehangen und durchlitt zurzeit Höllenqualen.

Als Kersten sich spät in der Nacht aufgerafft hatte, um hinüber in das Schlafzimmer seiner Mutter zu schleichen, war es zu spät gewesen, um ihr das Schreiben zu zeigen. Unter der Einwirkung starker Beruhigungstabletten hatte sie endlich Schlaf gefunden. Da wollte und konnte er sie nicht wecken.

Da die Großeltern über Nacht geblieben waren, hatte Kersten auch heute noch keine Gelegenheit gefunden, ungestört mit seiner Mutter zu sprechen. Gleich nach dem Frühstück war die Polizei erschienen und hatte ihn wegen der Winsener Geschichte in Beschlag genommen.

Anstatt mich zu belästigen, sollen sich die Bullen lieber um das Verbrechen an Papa kümmern, dachte er voller Wut. So blieb ihm keine andere Wahl: Er musste die Angelegenheit wohl oder übel selbst in die Hand nehmen. Mutter und Schwester wollte er erst einmal außen vor lassen, denn beide waren noch viel zu sehr mit sich selbst beschäftigt.

Außerdem würde seine Mutter mit dem Brief sowieso gleich zum Großvater laufen und dessen Rat einholen. Das passte Kersten überhaupt nicht. Seit dem Zwischenfall im Mai hatte Erwin Nikutta kaum mehr ein Wort mit seinem Schwiegersohn gesprochen. Schlimmer noch: Ihm war in Gegenwart seiner beiden Enkelkinder sogar der Vorwurf herausgerutscht, dass ihr Vater große Schande über die Familie gebracht hätte. Seit diesem Tag war Kerstens Vertrauen in seinen Großvater stark erschüttert.

Vielleicht würde er Patrick einweihen. Der war der Einzige, bei dem so ein Geheimnis gut aufgehoben war. Genau, sagte er sich, das war eine prima Idee. Zusammen mit Patrick würde er sich den Berger vorknöpfen. Mal sehen, was der zu seiner Verteidigung vorzubringen hatte.

Plötzlich gab Benno Laut. Keine zehn Schritte entfernt hatte er in einem Dornengestrüpp einen Hasen aufgestöbert. Wie ein brauner Kugelblitz raste er nun hinter Meister Lampe her, der zwischen den Bäumen spielerisch leicht einen Haken nach dem anderen schlug. Der Hund hatte eigentlich keine Chance, und Kersten ließ ihm nicht lange das Vergnügen einer Hetzjagd. Er pfiff das Down-Signal auf der Trillerpfeife, und Benno parierte sofort.

Tiefer Schmerz durchfuhr ihn. Sein Vater hätte sich über das vorbildliche Verhalten des Hundes sicher sehr gefreut. Er hatte Benno bei einem Züchter in der Nähe von Ebsdorf gekauft und jagdlich ausgebildet. Der Hund hatte sämtliche Prüfungen mit Bravour bestanden. Der Kleine Münsterländer war Jens Wingenfelders ganzer Stolz gewesen.

Sie verließen das Ufer der Wietze und bogen rechter Hand Richtung Wieckenberg ab. Kersten wollte zu Patrick. Sie hatten etwas Wichtiges zu besprechen.

***

Ein sichtlich übel gelaunter Erwin Nikutta öffnete ihnen die Tür.

»Schon wieder die Polizei«, sagte er missmutig. »Als ob wir nicht schon genug Ärger hätten.« Dann fügte er etwas gnädiger hinzu: »Aber Sie waren ja wenigstens angemeldet. Ihre Kollegen eben kamen dagegen völlig überraschend. Wegen so einer abstrusen Geschichte, in die unser Kersten verwickelt sein soll.«

»Wir haben davon gehört«, erwiderte Mendelski. »Doch Sie wissen ja, dass wir in einer anderen Angelegenheit hier sind. Dürfen wir reinkommen?«

»Aber ja doch.« Erwin Nikutta trat einen Schritt zurück und wies mit der Hand ins Haus. »Gehen Sie gleich durch ins Wohnzimmer. Sie kennen sich ja schon aus.«

Im Wohnzimmer empfing sie Diana Wingenfelder. Sie wirkte noch immer so, als stünde sie unter Schock. Trotz der gebräunten Haut sah man deutlich die Blässe auf ihren Wangen, unter ihren Augen lagen dunkle Ringe. Das blonde Haar trug sie streng nach hinten gekämmt und zu einem Pferdeschwanz zusammengebunden. Sie war ganz in Schwarz gekleidet – mit einer hochgeschlossenen Bluse, einer Bügelfaltenhose und schwarzen Halbschuhen.

Wortlos reichte sie Mendelski und Maike die Hand.

»Frau Wingenfelder«, begann Mendelski mit leiser Stimme, nachdem sie sich auf dem Sofa niedergelassen und ihre Notizblöcke gezückt hatten, »es tut uns leid, Sie heute schon wieder behelligen zu müssen. Doch ist es sicher auch in Ihrem Interesse, so schnell wie möglich herauszubekommen, welche Umstände zum Tod Ihres Mannes geführt haben.«

Jetzt erst setzte sich auch Diana Wingenfelder. Sie wählte einen Sessel, der unmittelbar neben dem Kamin stand.

»Ich habe volles Verständnis für Ihr Tun«, antwortete sie ebenso leise. »Nur nehmen Sie bitte Rücksicht auf die Kinder. Für Alina und Kersten ist es die Hölle, und ich möchte Sie daher bitten, die beiden vorläufig nicht zu verhören.«

»Wo sind die Kinder jetzt?«

»Alina ist in ihrem Zimmer und schläft endlich. Sie hat die ganze Nacht kein Auge zugetan. Kersten ist mit dem Hund unterwegs. Wie Jungs so sind, braucht er erst einmal Bewegung und frische Luft nach dieser fürchterlichen Nacht.«

»Na gut.« Mendelski schob seinen Notizblock ein Stück zur Seite, um für das Tablett Platz zu machen, das Erwin Nikutta jetzt auf den Tisch stellte. Diana Wingenfelders Vater verteilte Gläser und Tassen und setzte sich dann ebenfalls in einen der Sessel.

»Beschränken wir die Befragung also heute auf Sie. Und eventuell auf Ihre Eltern.« Mendelski schaute kurz zu Erwin Nikutta, der regungslos blieb. »Können wir beginnen?«

Mit einem Nicken stimmte Diana Wingenfelder dem Vorschlag zu.

»Frau Wingenfelder«, sagte er in förmlichem Tonfall. »Haben Sie zu dem Tod Ihres Mannes eine Aussage zu machen?«

Sie schaute verdutzt. »Wie meinen Sie das?«

»Nun ...« Mendelski ärgerte sich insgeheim über seine gestelzt formulierte Einstiegsfrage. Schnell fuhr er fort: »Wir hätten gern gewusst, ob Ihnen in der Zwischenzeit etwas eingefallen ist, was zur Aufklärung des Falls beitragen könnte.«

»Die Zwischenzeit – wie Sie das nennen – war nicht allzu lang«, erwiderte sie leicht pikiert. »Mein Mann ist noch nicht einmal vierundzwanzig Stunden tot. Den Schock habe ich noch nicht überwunden.« Leise fuhr sie fort: »Es tut weh, Herr Kommissar, zu wissen, dass er nie wieder zurückkommt. Sehr weh.«

Sie schluckte. »Dann habe ich mich natürlich um unsere Kinder zu kümmern, die sehr an ihrem Vater gehangen haben. Und da erwarten Sie von mir, dass ich mir Gedanken über ...«, sie unterbrach den Satz, um kurz in ein Taschentuch zu schnäuzen, »... über einen möglichen Mörder mache?«

»Es könnte ja sein«, setzte Mendelski behutsam nach, »dass Sie einen Verdacht haben. Dass Sie von jemandem wissen, der Ihrem Mann nach dem Leben trachtete.«

»Nein, ganz gewiss nicht«, sagte sie bestimmt. »Mein Mann war überall beliebt, er hatte keine Feinde.«

»Also gut.« Mendelski änderte seine Sitzposition. »Gehen wir chronologisch vor. Wie Sie gestern ja schon ausgesagt haben, sind Sie gegen vierzehn Uhr aus Celle heimgekehrt und haben festgestellt, dass Ihr Mann nicht zu Hause war.«

Sie nickte.

»Wussten Sie, wo er sich zu der besagten Zeit aufhielt?«

»Ja.« Nervös drehte sie mit den Fingern ihren Ehering. »Er hatte mir gesagt, dass er ins Revier fahren würde.«

»Hat er Ihnen gesagt, was er dort wollte?«

»Nein.« Als Mendelski nicht gleich weiterfragte, erklärte sie: »Er fuhr ja fast jedes Wochenende raus in den Wald. Die Jagd war seine Passion, der Gegenpol zu seiner Arbeit.«

»Warum er dieses Mal die Flinte mitnahm, die normalerweise im Schlafzimmer stand und so gut wie nie zur Jagd benutzt wurde, wissen Sie nicht?«

»Nein!« Ein vorwurfsvoller Blick traf ihren Vater.

»Wir benötigen bei Gelegenheit die Waffenbesitzkarte Ihres Mannes«, warf Maike ein. Fast entschuldigend fügte sie hinzu: »Das hat aber noch Zeit.«

»Die muss ich erst suchen«, murmelte Diana Wingenfelder.

Nun war Mendelski wieder an der Reihe. »Hatte Ihr Mann eine bevorzugte Stelle im Revier, zu der er immer fuhr? Eine Jagdhütte, einen besonderen Hochsitz, eine Wildwiese zum Beispiel?«

»Nicht dass ich wüsste.« Sie schaute wieder zu ihrem Vater hinüber. Der hatte auch keine Antwort und zuckte nur mit den Schultern. »Sie müssen wissen, dass ich mich für die Jagd nicht sonderlich interessiere. Das war allein Jens' Angelegenheit. Er jagte mit Bekannten hier aus Wietze und mit Kollegen von Wasa. Er wurde oft in andere Reviere eingeladen und unternahm etliche Jagdreisen ins Ausland. Aus unserer Familie war Kersten der Einzige, der ab und zu seinen Vater begleitete. Er möchte auch gern den Jagdschein machen.«

»Und Sie, Herr Nikutta?«, fragte Maike. »Sie sagten doch, Sie seien auch Jäger. Haben Sie nicht mit Ihrem Schwiegersohn zusammen gejagt?«

Erwin Nikutta räusperte sich. Ihm bereitete diese Frage anscheinend Unbehagen. Seine Tochter sprang für ihn in die Bresche.

»Mein Vater und mein Mann hatten unterschiedliche Auffassungen vom Waidwerk«, sagte sie rasch. »Es würde jetzt zu weit gehen, das genauer zu erklären.«

Mendelski überlegte einen Augenblick, ob er nachhaken sollte, entschied sich dann jedoch dagegen. »Also«, sagte er. »Uns interessieren sämtliche Jagdfreunde Ihres Mannes. Vor allem diejenigen, die hier im Wieckenberger Revier mit ihm jagten.«

»Ich kann Ihnen die Namen und Anschriften besorgen.«

»Das wäre nett.« Mendelski machte sich eine erste kurze Notiz auf seinem Block. Maike hatte derweil schon mehrere Seiten vollgeschrieben. »Ihnen ist also weder am gestrigen Morgen noch am Nachmittag irgendetwas Besonderes aufgefallen, was mit dem Tod Ihres Mannes im Zusammenhang stehen könnte?«

»Nein, nichts.«

»Erzählen Sie uns bitte von Ihrer letzten Begegnung mit Ihrem Mann.« Wieder hätte sich Mendelski in den Hintern treten können. Wie kalt, pietätlos und unglücklich diese Aufforderung formuliert war. Rasch versuchte er, seinen Fauxpas zu korrigieren: »Wann haben Sie sich von Ihrem Mann verabschiedet und wann sind Sie nach Celle gefahren?«

Diana Wingenfelder kämpfte mit den Tränen. »So gegen zehn Uhr dreißig«, antwortete sie dann tapfer. »Wir hatten zuvor zu zweit auf der Terrasse gefrühstückt. Es war ... eigentlich wie immer. Er hatte eine anstrengende Woche in der Firma hinter sich und freute sich auf das Revier.«

»Eigentlich?« Mendelski hatte die kurze Pause bemerkt, die sie gemacht hatte.

»Ja, nun ...« Sie wirkte verunsichert. »Im Nachhinein könnte man sagen, dass er vielleicht nicht so gut gelaunt war wie sonst. Gewöhnlich freute er sich auf die Wochenenden, auf die Familie, auf die Jagd. Diese Freude brachte er dann spätestens am Samstagmorgen zum Ausdruck, wenn ihm zwei freie Tage bevorstanden. Gestern Morgen wirkte er aber etwas gestresst.«

»Wie äußerte sich das genau?«

»Er schien irgendwie nicht zur Ruhe zu kommen. Er frühstückte wenig, ging zwischendurch zweimal in sein Arbeitszimmer und nahm sich auch keine Zeit für die Zeitung. Ich nahm an, dass er mit den Gedanken noch bei der Arbeit war.«

»Gab es da Probleme?«

»Nicht dass ich wüsste.«

»Sie haben ihn also auch nicht darauf angesprochen?«

»Nein.« Sie schluchzte plötzlich auf. »Wie konnte ich denn ahnen, dass das unser letztes gemeinsames Frühstück war.« Dann ließ sie ihren Tränen freien Lauf. Ihr Körper bäumte sich auf und wurde von einem heftigen Weinkrampf geschüttelt. Erwin Nikutta stand auf und reichte ihr wortlos einige Papiertaschentücher. Eine tröstende Umarmung oder ein liebevolles Streicheln wäre sicher hilfreicher, dachte Mendelski.

Maike sah das offenbar genauso. Sie hockte sich neben Diana Wingenfelders Sessel und sprach leise beruhigend auf sie ein. Das zeigte schon bald Wirkung. Diana Wingenfelder wischte sich die Augen, schnäuzte kräftig ins Taschentuch und gab durch ein Nicken zu verstehen, dass sie bereit war weiterzumachen.

»Wir sind gleich fertig«, sagte Mendelski freundlich. »Sie sind also nach Celle gefahren, um Besorgungen zu machen?«

»Ja. Und um mich mit einer Freundin zu treffen. Wir sind zu zweit durch die Altstadt gebummelt.«

»Und Sie haben zwischendurch nicht mit Ihrem Mann telefoniert?«

»Nein, mein Mann und ich telefonierten nicht oft miteinander. Schon gar nicht, wenn wir nur wenige Kilometer auseinander waren und uns täglich sahen. Allerdings, wenn er allein auf Geschäfts- oder Jagdreisen war, dann haben wir natürlich das Telefon benutzt.«

»Als Sie gegen vierzehn Uhr zurückkamen, war niemand zu Hause. Sie vermuteten Ihren Mann im Revier. Wussten Sie, wo Ihr Sohn Kersten war?«

»Ja. Der hatte sich mit Freunden zum Schwimmen verabredet. Am Kalkar-See bei Hornbostel, soweit ich weiß.«

»Es war also niemand zu Hause. Haben Sie sich gar nicht darüber gewundert, dass ihr Mann den Hund zu Hause gelassen hatte?«

»Das habe ich gar nicht mitbekommen. Der Zwinger liegt in einer geschützten Ecke des Gartens, die nicht gut einzusehen ist. Ich bin gleich ins Haus und habe wegen der Hitze Türen und Fenster geschlossen gehalten.«

»Was geschah dann?«

»Ich habe geduscht und mich ein bisschen hingelegt. Die Sirene hat mich geweckt. Zehn Minuten später kam der erste Anruf vom Ortsbrandmeister Ludewig. Es würde bei uns im Revier brennen, und er wolle wissen, ob Jens zu Hause sei. Ich verneinte und sagte, ich würde versuchen, meinen Mann übers Handy zu erreichen. Doch Jens ging nicht an den Apparat, was nicht ungewöhnlich war, da er sein Handy oft an den unmöglichsten Stellen liegen ließ. Zu der Zeit machte ich mir ja noch keine Gedanken darüber, ob für ihn eine Gefahr bestünde. Was weiß ich denn schon von Waldbränden.«

»Wie ging es weiter?«

»Dann brach das Unwetter los, mit Donner und Blitz und ungeheuren Wassermassen. Das wird das Feuer schon löschen, dachte ich. Auch wegen des Gewitters machte ich mir keine Sorgen um meinen Mann. Der wusste sich draußen in der Natur zu helfen, das hat er auf seinen zahlreichen Jagdreisen in der Wildnis bewiesen. Außerdem hatte er ja den Touareg dabei.«

»Und dann?«

»Als das Unwetter vorbei war, kam der nächste Anruf. Es war wieder der Ortsbrandmeister. Dieses Mal berichtete er, dass sie das ausgebrannte Auto meines Mannes gefunden hätten. Von ihm selbst sei allerdings nichts zu sehen. Nun wurde ich schlagartig nervös, wie Sie sich wohl vorstellen können. Ich beschloss, ins Revier hinauszufahren.« Diana Wingenfelder atmete tief durch.

Maike gönnte ihrer Schreibhand eine Pause und massierte sie kurz. Dann ging es weiter.

»Unterwegs, im Auto, dann der dritte Anruf. Wieder vom Ortsbrandmeister. Er erzählte mir von der Brandleiche, die sie gefunden hätten.« Sie stockte kurz. »Den Rest kennen Sie.«

Mendelski nickte. Er wartete, bis Maike mit dem Schreiben fertig war, und sagte dann: »Gut, damit wären wir für heute erst einmal am Ende. Wir würden, bevor wir gehen, noch gern die Namen der Mitjäger Ihres Mannes notieren.«

»Und die Gerichtsmedizin«, ergänzte Maike, »wüsste gern den Namen des Zahnarztes Ihres Mannes. Eine DNA-Analyse braucht ihre Zeit, da kann man auf diesem Wege ...«

»Habe schon verstanden«, unterbrach sie Diana Wingenfelder. »Es geht um den Gebissabgleich. Selbstverständlich.« Sie schaute wieder Mendelski an. »Apropos Gerichtsmedizin: Wissen die schon mehr?«

»Nein, leider noch nicht. Es gibt aber anscheinend keinerlei Anzeichen von roher Gewalt.«

Sie schaute empört. »Gefesselt in ein Feuer geworfen zu werden, das ist für Sie keine rohe Gewalt?«

Mendelski zuckte bedauernd mit den Schultern, nahm seinen Notizblock und erhob sich vom Sofa.

»Uns ist schon klar, dass es sich aller Wahrscheinlichkeit nicht um einen Unfall handelt, sondern um Mord«, konstatierte er in sachlichem Ton.

Auch Maike hatte ihre Utensilien zusammengepackt und erhob sich.

»Spätestens morgen werden wir wissen«, fasste Mendelski zusammen, »woran Ihr Mann genau gestorben ist.«

»Bei dem Waldbrand kam doch ein Brandbeschleuniger zum Einsatz.« Diana Wingenfelder blieb stur sitzen und ließ nicht locker. »Kann es sein, dass mein Mann von dem Mörder mit Benzin übergossen wurde?«

Mendelski war es gar nicht recht, dass nun die Rollen vertauscht waren, er also vom Fragenden zum Gefragten wurde. Zumal Diana Wingenfelder unerbittlich in den grausigen Details der Mordtat stocherte. Normalerweise verdrängten nahe Angehörige von Mordopfern derlei, um sich und ihr Seelenheil zu schützen. Doch anscheinend war es bei Diana Wingenfelder anders. Um den erlebten Alptraum zu bewältigen, forschte sie nach der ungeschminkten Wahrheit. War der Tiefpunkt dann durchschritten, konnte sie langsam wieder vorwärtsschauen.

»Ausschließen können wir es nicht«, erwiderte Mendelski. »Aber Gewissheit wird erst die Obduktion ergeben.«

»Wie lange dauert es, bis ein brennender Mensch stirbt?«

Sie sprach nun in einem äußerst kühlen und sachlichen Tonfall. Auch ein Schutzmechanismus, befand Mendelski.

»Das dauert nicht allzu lange«, antwortete er, ohne zu wissen, ob es der Wahrheit entsprach. Dann log er bewusst: »Vielleicht ein, zwei Minuten.«

»Und die Schmerzen? Sind das nicht unglaubliche Schmerzen?« Sie sprach wie ein Roboter.

»Nein«, log er weiter. »Ein brennender Mensch steht ja unter Schock und spürt nicht mehr viel. Er verliert irgendwann das Bewusstsein …«

»Was wissen Sie denn!«, schrie sie plötzlich auf. »Sie vergessen, ich war Krankenschwester!«

Im nächsten Augenblick war aus der Küche ein Geräusch zu vernehmen. Alle Augen richteten sich auf die angelehnte Verbindungstür. Es hatte sich so angehört, als ob jemand die Außentür zugeschlagen hätte.

»Oh mein Gott!«, rief Diana Wingenfelder. Sie sprang auf und lief in die Küche.

SECHS

Patrick war nicht zu Hause, also machte sich Kersten schon bald wieder auf den Heimweg. Er ging dieses Mal nicht an der Wietze entlang, sondern wählte die kürzeste Strecke quer durch den Wald. Benno war es gerade recht. Der Jagdhund stöberte im Unterholz, dass es eine Freude war zuzuschauen. Einmal stand er kurz vor und machte eine Schnepfe hoch, was ihm ein dickes Lob von Kersten einbrachte.

Um den Reportern, Polizisten und Schaulustigen auf der Straße zu entgehen, kehrte er auf dem gleichen geheimen Trampelpfad zum Haus zurück, auf dem er es verlassen hatte. Zunächst brachte er Benno zurück in den Zwinger, was nicht einfach war, da der Hund partout im Garten bleiben und dort herumtollen wollte. Nachdem das endlich geschafft war, ging er zu der Seitentür, die direkt in die Küche führte. Er hatte das Haus gerade betreten und die Außentür noch nicht zugezogen, als er die Stimmen hörte.

Kersten stutzte. Die Männerstimme, die er da gerade vernahm, gehörte nicht seinem Großvater. Da fiel ihm ein, dass seine Mutter ja Besuch von der Kriminalpolizei aus Celle hatte.

Leise zog er die Außentür ins Schloss. Auf Zehenspitzen schlich er zur Wohnzimmertür, die lediglich angelehnt war. Er hörte, wie die fremde Männerstimme gerade sagte: »Es gibt aber anscheinend keinerlei Anzeichen von roher Gewalt.«

Dann hörte er die empörte Stimme seiner Mutter: »Gefesselt in ein Feuer geworfen zu werden, das ist für Sie keine rohe Gewalt?«

Kersten lehnte sich mit dem Rücken an die Wand. Mit geschlossenen Augen lauschte er dem Gespräch im Wohnzimmer. Sein Herz raste. Jede Frage, die seine Mutter stellte, wühlte ihn noch mehr auf. Er durchlitt im Geiste all die Qualen, denen sein Vater vor dem Tod ausgesetzt gewesen sein musste.

Unwillkürlich kam ihm der Brief in den Sinn. Und sein Hass auf Clemens Berger wuchs und wuchs.

Der schrille Ausruf seiner Mutter: »Sie vergessen, ich war Krankenschwester!«, weckte ihn aus seiner Lethargie. Er hatte genug gehört und wollte einfach nur noch weg. Geräuschvoll riss er die Außentür auf und stürmte in den Garten hinaus.

***

»Meinst du, es macht Sinn, nach dem Jungen zu fahnden?«, fragte Maike, während sie den Autoschlüssel aus der Beintasche ihrer Hose kramte und mit der Fernbedienung die Autotüren entriegelte.

»Nein, wohl nicht«, erwiderte Mendelski. Er blieb in der geöffneten Wagentür stehen und blinzelte in das Sonnenlicht. Dabei legte er die Hände unbedacht aufs Autodach. »Autsch, ist das heiß«, fluchte er und zog rasch die Hände zurück.

Sie grinste über seine Ungeschicktheit. »Ich meine, vielleicht ist er ein wichtiger Zeuge?«

»Glaube ich nicht. Er war zur Tatzeit mindestens zehn Kilometer Luftlinie entfernt. Das kann ein halbes Dutzend Kollegen vom Kommissariat Winsen bezeugen.«

»Warum verhält er sich dann so … auffällig?«

»Schau mal, Kersten Wingenfelder hat gerade seinen Vater auf furchtbare Art und Weise verloren. Dann noch der Ärger mit den Winsener Kollegen. Da kann man als Achtzehnjähriger schon mal grenzwertig handeln. Lass ihm Zeit. Wir werden ihn befragen, wenn er wieder ansprechbar ist.«

Sie stiegen ins Auto, ließen jedoch die Türen weit offen, da es noch immer unerträglich heiß im Wageninneren war.

»Und Diana Wingenfelder?« Maike griff nach einer Packung Kaugummi, die in der Mittelkonsole lag. »Was hältst du von ihr?«

»Schwer einzuschätzen.« Mendelski lehnte das angebotene Kaugummi mit einem Kopfschütteln ab. »Sie hat sicherlich die Wahrheit gesagt. Ob sie uns allerdings etwas verschwiegen hat, vermag ich nicht zu sagen. Ihren Vater finde ich merkwürdig.«

»Du auch?«, kauderwelschte Maike, nachdem sie sich gleich zwei Streifen von dem Kaugummi in den Mund gestopft hatte. »Er saß die ganze Zeit wie ein Wachhund dabei und hat kein Wort geredet.«

»Wachhund ist gut. Jetzt kannst du aber langsam losfahren. Wir brauchen frische Luft im Auto.«

***

»Keine Bange, ich sage nichts.« Diana Wingenfelder war an das Vertiko getreten und öffnete eine Schublade. Sie holte eine Packung Zigaretten und ein Feuerzeug hervor.

»Darum möchte ich dich auch bitten«, erwiderte Erwin Nikutta mit ernster Miene. »Es würde eh nichts ändern.«

»Und wenn sein Tod etwas damit zu tun hat?« Umständlich zündete sie sich die Zigarette an und inhalierte tief. Die Finger, die die Zigarette hielten, zitterten. »Ist doch naheliegend, oder?«

»Und wenn schon. Ändern können wir doch nichts mehr.«

Sie schüttelte den Kopf, sagte aber nichts. Gierig zog sie an der Zigarette.

»Dass du nun wieder mit dem Rauchen anfangen musst.« Missbilligend schob er ihr einen Aschenbecher hin. »Nach all den Jahren der Abstinenz.«

»Wenn nicht jetzt, wann dann?«, gab sie trotzig zurück. Ihre Stimme wurde lauter. »Außerdem habe ich ganz andere Sorgen. Was ist mit Kersten? Was hat er vorhin alles mitbekommen? Und wohin ist er gelaufen?«

»Der wird nicht weit sein«, versuchte er zu beschwichtigen. »Irgendwo an der Wietze, vielleicht wieder im Baumhaus. Ich schaue gleich mal nach ihm. Er will wahrscheinlich einfach nur seine Ruhe haben, nach all dem Trubel der letzten Stunden.«

»Aber bitte, vertragt euch.« Flehentlich schaute sie ihren Vater an. »Gerade jetzt. Ihr solltet wieder zueinanderfinden.«

»An mir soll's nicht liegen. Nur benimmt sich Kersten in letzter Zeit schon ziemlich sonderbar.«

»Dir ist ja wohl klar, warum. Also reiß dich bitte zusammen.«

»Nun gut.« Erwin Nikutta nahm die Hundeleine vom Haken und ging zur Terrassentür. »Ich nehme Benno mit. Der Hund wird den Jungen schon aufstöbern.«

»Was ist denn mit Kersten?«

Die zarte Stimme kam von der Küchentür. Sie klang ängstlich und besorgt zugleich.

»Alina!« Diana Wingenfelder drückte hastig die Zigarette im Aschenbecher aus, winkte ihren Vater in den Garten hinaus und kümmerte sich dann um ihre Tochter.

***

Maike parkte direkt vor der Stechinelli-Kapelle. Entnervt schaltete sie den Motor aus und legte die Hände in den Schoß.

»Hier sind wir jetzt aber richtig«, sagte Mendelski und wies mit dem Kopf Richtung Osten. »Dieser Straße da müssen wir folgen und dann hinter der Wietze rechts abbiegen.«

»Männer!«, schnaufte Maike. Langsam riss ihr der Geduldsfaden. »Du kannst mir ruhig mal glauben. Über das Hoppelpflaster kommen wir am schnellsten hin. Hast doch gehört, was für einen Umweg die Wieckenberger Feuerwehr gestern fahren musste.«

»Das Hoppelpflaster kenne ich schon«, entgegnete Mendelski, während er, auf dem Beifahrersitz hockend, umständlich eine Landkarte entfaltete. »Man sollte einen Tatort aber nicht nur von einer Seite aus betrachten, sondern von möglichst vielen. Komm, lass uns aussteigen.« Er löste den Gurt und knurrte: »Diese Karte ist zu groß für unser Auto. Ich lege sie draußen auf die Motorhaube.« Ohne eine Antwort abzuwarten, stieg er aus.

Maike kochte innerlich. Da war sie wieder, diese penetrante Sturheit. Sollte sie es ihm mit gleicher Münze zurückzahlen und einfach sitzen bleiben? Durch die Windschutzscheibe schaute sie Mendelski zu, wie er, über die Karte gebeugt, unverdrossen mit dem Zeigefinger verschiedene Routen abfuhr. Sie wusste genau, solange sie nicht ausstieg, würde er sie keines Blickes würdigen. Schließlich gab sie nach, stieg ebenfalls aus und knallte die Autotür heftig ins Schloss.

»Schau mal«, sagte er und tat so, als ob nichts passiert wäre. »Dieser Weg hier ist der kürzeste.«

»Dann müssen wir aber durch die Wulbeck waten«, konterte sie mit dem Finger auf der Karte. »Nach dem Unwetter gestern führt sie bestimmt wieder reichlich Wasser.«

»Macht doch nichts. Mich interessiert einfach diese Seite der Brandfläche. Auf der anderen Seite ist alles zertrampelt und zu Brei gefahren. Hier im Osten war aber noch niemand. Vielleicht finden wir etwas, was uns weiterhilft.«

»Nach dem Gewitter und dem Sturm von gestern? Bestimmt nicht. Aber egal, lass uns weiterfahren. Mir knurrt der Magen.«

Sie stiegen wieder ins Auto und fuhren los.

»Wenn du willst, machen wir erst mal Mittag«, bot Mendelski

an. »Dort vorn links – glaube ich – war früher einmal eine Gastwirtschaft. Genau, ich erinnere mich: ›Zum Alten Postkrug‹ hieß die.«

»Alt ja, aber Postkrug schon lange nicht mehr«, lästerte Maike, während sie langsam an der stillgelegten Gaststätte vorbeifuhr. »Die haben schon vor Ewigkeiten dichtgemacht. Einer der letzten Gäste soll ein gewisser Hermann Löns gewesen sein. Vor dem Ersten Weltkrieg.«

Nach einer zehnminütigen Tortur durch tiefen Matsch und üble Schlaglöcher erreichten sie die Abzweigung an den Förstersteinen, wo die Wieckenberger Feuerwehr gestern Nachmittag dem Stadtwerke-Förster begegnet war. Sie hielten an und stiegen aus.

»Jetzt sieh dir mal den Wagen an«, schimpfte Maike, während sie wild gestikulierend das Auto umrundete. »Von oben bis unten mit Schlamm bekleckert. Da wird sich Kruse von der Kfz-Abteilung aber bedanken.«

»*Mea culpa*«, gestand Mendelski mit gespieltem Schuldbewusstsein. »Ich weiß, auf dem Kopfsteinpflaster wäre uns das nicht passiert. Dass der Weg so schlecht sein würde, habe ich aber nun wirklich nicht gedacht.«

Er wechselte das Thema. »Guck mal, von hier haben wir einen ganz anderen Blickwinkel auf die Brandfläche.«

Sie schauten über eine weite Brache gen Westen. Das gestern noch hüfthohe, vertrocknete Gras lag jetzt platt am Erdboden. Der Regen und der Sturm hatten es geknickt und zu Boden gedrückt. Im Anschluss an das Feld, in gut zweihundert Metern Entfernung, waren die verkohlten Baumstümpfe des Waldbrandareals zu erkennen.

»Mensch«, sagte Mendelski. »Hier führt eine Fahrspur genau auf die Brandfläche zu.«

»Wer fährt denn mitten über den Acker?« Maike hatte sich in die geöffnete Autotür gestellt, um besser sehen zu können. »Der Bauer?«

»Glaube ich nicht.« Mendelski hatte sich in die Hocke begeben, um nach frischen Reifenspuren zu forschen. »Ein Landwirt hat auf so einer Brachfläche ja gar nichts zu tun. Die liegt für Jahre ungenutzt da, und er bekommt fürs Nichtstun von Vater Staat und der

EU auch noch ordentlich Geld. Flächenstilllegungsprogramm nennt man das.«

»Weiß ich selber«, entgegnete Maike, die mit einem Satz aus dem Auto sprang. »Wegen der landwirtschaftlichen Überproduktion hierzulande. Trotzdem pervers, wenn man bedenkt, dass woanders auf der Welt die Menschen verhungern.«

»Das werden Spuren von Jägern oder vom Förster sein.« Mendelski schaute um sich. »Dort der Hochsitz, da hinten ein zweiter, vielleicht noch eine Kirrung, eine Suhle an der Wulbeck und am Waldrand ein Malbaum. Die Gegend hier wird anscheinend jagdlich intensiv genutzt.«

»Du mit deiner Jägersprache.« Ihre Stimme klang gereizt. »Kirrung, Suhle, Malbaum – weiß der Teufel, was das nun wieder ist.«

»Soll ich es dir erklären?«

»Nein danke, sag mir lieber, was das dort drüben ist?« Maike zeigte mit der Hand zu der Baumreihe am Seitenweg. »Das da, zwischen den beiden Büschen?«

»Sieht aus wie ein Gedenkstein. Gehen wir doch mal hin.«

Wenig später standen sie vor einem kniehohen Findling, der von zwei Wacholdersträuchern eingerahmt war. Unter einem eingravierten Eichenzweig waren sechs Zeilen geschrieben. Maike las sie laut vor: »Hier wurde der Jagdaufseher Willi Ziemens aus Steinförde am 8. November 1919 von Wilddieben erschossen.«

»Schau mal einer an«, ließ Mendelski verlauten. »Hier ist vor langer Zeit also schon einmal ein Jäger gewaltsam ums Leben gekommen. Das ist ja ein Zufall.«

»1919?« Maike überlegte. »Kurz nach dem Ersten Weltkrieg. Da hatten die Leute wahrscheinlich wenig zu beißen und gingen wildern.«

»Klar, damals herrschte große Not in Deutschland. Die Zeit zwischen den beiden Weltkriegen war die Blüte der Wilderei, und so wird es zwangsläufig zu blutigen Auseinandersetzungen zwischen Gesetzeshütern und Gesetzesbrechern gekommen sein. Förster und Jagdaufseher hatten zu jener Zeit gewiss keinen leichten Stand.«

»Heutzutage jagt es sich aber auch nicht ohne Gefahren.« Maike freute sich über ihre geschickte Überleitung und musste für einen Moment grinsen. »Womit wir wieder bei unserem Fall wären.«

»Ich bin die ganze Zeit bei unserem Fall«, protestierte Mendelski. »Vielleicht gibt es ja ungeahnte Parallelen zwischen diesem Gedenkstein und dem Mord von gestern. Du bist doch sonst immer diejenige, mit der die Phantasie durchgeht.«

»Der hier wurde erschossen«, konterte sie trocken.

»Das heißt doch nichts. Jedenfalls wurde er ermordet. So wie unser Jäger gestern auch. Es kann bestimmt nicht schaden, auch ein wenig in diese Richtung zu ermitteln.«

»Apropos Richtung.« Maike wandte sich wieder von dem Stein ab. »Willst du es tatsächlich wagen und mit unserem Auto über diese huckelige Brache fahren? Wollen wir nicht lieber gleich laufen?«

»Nein, nein. Das schaffen wir schon.« Mendelski stapfte los zum Auto. »Dann finden wir auch gleich heraus, ob sich ein normaler Pkw von dieser Seite der Brandfläche hätte nähern und auch wieder entfernen können. Du verstehst?«

Wenig später hatten sie ihr Fahrzeug erreicht und wollten gerade wieder einsteigen, als Maike rief: »Da drüben ist ja noch einer.«

»Was?«

»Noch so ein Gedenkstein.«

Maike lief, gefolgt von Mendelski, zu dem zweiten Stein. Wieder las sie laut vor: »Hier wurde der Jagdaufseher Wilhelm Rothmann aus Fuhrberg am 8. November 1919 von Wilddieben erschossen.«

»Das ist ja interessant.« Mendelski war vor dem Stein in die Knie gegangen, um besser lesen zu können.

»Was?«

»Schau einmal aufs Datum.«

»8. November 1919. Das gleiche wie bei dem anderen Jagdaufseher.«

»Also?«

»Ein Doppelmord.«

»Exakt.« Mendelski erhob sich wieder, wobei sein rechtes Kniegelenk verdächtig knackte. »Die Steine liegen gut hundert Meter voneinander entfernt.« Er sah sich nach dem anderen Gedenkstein um. »Die müssen sich hier eine wilde Schießerei geliefert haben. Die Inschriften auf den Steinen besagen, dass es mehrere Wilddiebe gewesen sind. Ich denke, es macht Sinn, sich nach den tatsächlichen Begebenheiten zu erkundigen.«

»Nur zu.« Maike schaute amüsiert drein. »Jetzt sollten wir aber tatsächlich langsam mal zur Brandfläche fahren. Bevor uns noch ein dritter Gedenkstein über den Weg läuft.«

An der Wulbeck ging es nicht weiter. Die Spurrillen kurz vor der Furt waren so tief, dass die Auspuffanlage des Wagens über den Erdboden schrammte. Sie hielten schließlich an und stiegen aus.

»Hab ich's doch gewusst«, brummelte Maike. »Erstens gibt es hier keine Brücke und zweitens führt die Wulbeck Wasser.«

Sie traten an die Grabenböschung. »So viel Wasser ist es auch wieder nicht«, meinte Mendelski. »Da heißt es: Schuhe und Socken aus und durch.«

»Igitt, bei der Brühe?« Sie zog eine Schnute. »Und dann diese rote Färbung. Wenn das man nicht hochgiftige Chemikalien aus der Landwirtschaft sind.«

»Eisen«, erwiderte er. »Das ist oxidiertes Eisen. Nichts Gefährliches also.« Mendelski begann tatsächlich, seine Schuhe auszuziehen. Dabei erzählte er: »Die Erde hier ist voll davon. Anno dazumal wurde in dieser Gegend aus Raseneisenstein Eisen gewonnen. Kannst dir ja bei Gelegenheit einmal die Historische Waldschmiede angucken. Dort gibt es jede Menge Infos zu dem Thema.«

»Trotzdem!« Maike machte keinerlei Anstalten, sich des Schuhwerks zu entledigen. Stattdessen schaute sie hilfesuchend umher. »Dort«, rief sie plötzlich aufgeregt. »Guck mal, dahinten ist ein Steg.«

Mendelski guckte in die angegebene Richtung. »Nein, nicht doch«, stöhnte er. »Das ist doch viel zu weit.«

»Na komm schon«, bettelte sie. »Mir zuliebe.«

»Der Steg ist bestimmt baufällig. Bei meinen hundertneunzig Pfund …«

»Dann wate du meinetwegen hier durch den Modder. Ich nehme die Brücke.« Sie stiefelte los.

»Warte«, rief er ihr nach. »Ich komme doch schon.«

Maike griente in sich hinein. Sie hatte den Eindruck, dass da jemand ganz froh war, nicht durch die Wulbeck waten zu müssen.

Der Steg hatte schon bessere Tage gesehen. Die Holzkonstruktion, die der Breite nach zu urteilen ursprünglich sogar von Fahrzeugen benutzt worden war, sah mittlerweile morsch und löchrig aus. Allerdings bestand die Möglichkeit, als wagemutiger Fußgänger von Bohle zu Bohle zu hüpfen. An den ausgetretenen Trampelpfaden diesseits und jenseits der Wulbeck konnte man sehen, dass die Brücke noch regelmäßig genutzt wurde.

»Sicher ein uralter Pirschweg«, befand Mendelski, während er skeptisch an den Holmen rüttelte. »Über diese Brücke sind bestimmt schon die beiden damals erschossenen Jagdaufseher gegangen. Aber wer sich heute noch drüberwagt, muss schon mächtig vom Jagdfieber befallen sein.«

»Und das von dir?«, wunderte sich Maike. »Du bist doch sonst kein Angsthase.« Sie machte einen großen Schritt und befand sich schon mitten auf dem Steg. Vorsichtig, einen Fuß vor den anderen setzend, ging sie hinüber. »Sie hält«, jubelte sie, als sie drüben ankam. »Komm schon.«

»Du Leichtgewicht«, frotzelte Mendelski. Er nahm seinen ganzen Mut zusammen und setzte seinen rechten Fuß auf das erste, noch ganz passabel aussehende Brett. Die gesamte Brückenkonstruktion ächzte. Dann machte er den zweiten Schritt – und wieder knackte es bedrohlich im Gebälk. Die Brücke schwankte, aber sie hielt.

Schritt für Schritt erreichte so auch Mendelski das andere Ufer. Der Steg hatte seine fünfundneunzig Kilo ausgehalten.

Sie folgten ein Stück dem Trampelpfad, der im rechten Winkel zur Wulbeck verlief. Der säuerliche Geruch von kalter Asche und angekokeltem Holz stieg ihnen in die Nase. Um zur Waldbrandfläche zu gelangen, mussten sie sich bald rechter Hand in die Büsche schlagen. Als sie eine Farnkrautinsel passierten, raschelte es verdächtig in dem gut eineinhalb Meter hohen Kraut. Sie blieben erschrocken stehen. Mendelski fasste Maike am Arm und wollte gerade das Zeichen zum Rückzug geben, als ein Fuchs hervorgeprescht kam. Flink wie ein Wiesel kreuzte Meister Reineke die Lichtung und tauchte im hohen Gras unter.

»Dios mio«, stöhnte Mendelski erleichtert auf. »Ich befürchtete schon, wir hätten es mit einer Bache und Frischlingen zu tun.«

»Schon wieder ein Fuchs«, sagte Maike, während sie ihren Weg fortsetzten. Sie war sich der Gefahr offenbar gar nicht bewusst, in der sie gewesen wären, wenn Mendelskis Vermutung zugetroffen hätte. »Der war auch wieder eher dunkel als rot. Und irgendwie sah er krank aus.«

»Das war wahrscheinlich wieder unser Kohlfuchs von gestern«, antwortete Mendelski. »So viele gibt es von der Sorte nun auch wieder nicht. Aber der war sicher alles andere als krank. Im Sommerbalg sehen die Füchse nämlich immer ein wenig schwindsüchtig aus. Den plagten höchstens ein paar Flöhe.« Er schmunzelte.

»Du musst es ja wissen«, erwiderte Maike spöttisch.

»Nein, wirklich. Großes Jäger-Ehrenwort. Man sagt, dass Füchse sich gern ins Farnkraut legen, wenn sie Flöhe haben. Flöhe mögen den Geruch des Farnkrauts nicht.«

»Das ist doch Jägerlatein?«

»Keine Spur. Eine andere Möglichkeit für Füchse, sich der Flöhe zu entledigen, ist, mit einem Stück Holz im Fang baden zu gehen.«

»Wie das denn?«, fragte Maike zweifelnd.

Wieder huschte ein verschmitztes Grinsen über Mendelskis Gesicht. »Nun ...«, fuhr er fort, während Maike, der sein Feixen nicht entgangen war, sich vornahm, höllisch auf der Hut zu sein. »Der verflöhte Fuchs begibt sich zu einem Gewässer, schnappt sich mit dem Maul einen Stock und geht rückwärts, ganz langsam, mit der Schwanzspitze zuerst ins Wasser. Was meinst du wohl, was die Flöhe jetzt machen?«

Maike schüttelte den Kopf. »Keine Ahnung.«

»Ist doch ganz einfach. Flöhe sind wasserscheu, also laufen oder springen sie vor dem Wasser davon. Da der Schwanz zuerst vom Wasser bedroht ist, flüchten sie vom Schwanz auf den Fuchskörper. Nun taucht der Fuchs weiter ins Wasser hinein, erst mit dem Hintern, dann mit dem Rest des Körpers. Und die Flöhe laufen brav vor dem Wasser davon. Sie laufen in Richtung Kopf, da dieser schon bald als Einziges vom ganzen Fuchs noch aus dem Wasser ragt. Sämtliche Flöhe haben sich nun in ihrer Not auf dem Fuchskopf versammelt. Doch der Fuchs taucht unerbittlich tiefer ein. Schon bald schaut nur noch seine spitze Schnauze mit dem Stock hervor. In ihrer Verzweiflung springen die Flöhe auf das rettende Stück Holz ...«

»Frauen und Kinder zuerst«, höhnte Maike. Doch Mendelski fuhr unbeirrt fort.

»Auf diesen Moment hat Meister Reineke nur gewartet. Jetzt taucht er ganz ab, lässt den Stock mit den Flöhen fahren und taucht wenig später völlig flohfrei wieder auf. Schlau, nicht wahr?«

»Ja, superschlau«, kommentierte Maike trocken. »Und dieses Schauspiel hast du selbstverständlich höchstpersönlich auf der Jagd von einer Empore aus beobachtet?«

»Wenn schon, dann von einer Kanzel, bitte schön.« Mendelski schüttelte sich. »Empore ... tsss!«

»Oder besser noch ...« Sie ließ nicht locker. »Diese Entflöhungs-Prozedur hast du wohl schon am eigenen Leib ausprobiert.« Jetzt prustete sie los vor Lachen.

»Haha«, erwiderte er mit todernster Miene und spielte den Beleidigten.

Inzwischen hatten sie die Brandfläche erreicht und stapften durch die Asche. Da nach dem gestrigen Regen nun wieder die Sonne schien und ein leichter Wind ging, war die obere Schicht der Asche pulvertrocken. Jeder Fußtritt hinterließ eine kleine Aschewolke, die ihre Schuhe in null Komma nichts mit einer dicken Staubschicht bedeckte.

»Die Feuerwehr ist ja immer noch da.« Maike deutete auf ein Tanklöschfahrzeug am Rande der Brandfläche. Im Schatten des Fahrzeugs waren ein paar Feuerwehrleute auszumachen.

»Die halten Brandwache«, erklärte Mendelski. »Hier und da kann das Feuer schon mal wieder aufflackern.«

»Wie denn das? Ich denke, gelöscht ist gelöscht?«

»Ganz und gar nicht. Humoser Untergrund, unterirdisches Wurzelwerk oder auch Baumstümpfe – so was kann lange vor sich hin glimmen, ohne zu qualmen oder richtig zu brennen. Und urplötzlich kann sich dort wieder ein Feuer entfachen.«

»Und wie lange müssen die armen Kerle jetzt hier Wache schieben?«

»Je nach Witterung. Wenn es die nächsten Tage wie angekündigt wieder trocken und heiß wird, haben die hier noch gut zu tun. Wenn es gewittert, dann weniger. Aber lass uns rüber zum Fundort der Leiche gehen.«

Sie winkten den Feuerwehrleuten zu und liefen quer über die Brandfläche. Da das Polizeiabsperrband noch am Vorabend wieder entfernt worden war, dauerte es eine Weile, bis sie die Stelle fanden, an der die Leiche von Jens Wingenfelder gelegen hatte. Mendelski orientierte sich wieder an dem knorrigen Kiefernstumpf, der ihm schon gestern wertvolle Hilfe geleistet hatte.

»Und jetzt? Was sollen wir hier?«, fragte Maike, als sie die Stelle erreicht hatten. Vom Wind waren sämtliche Spuren mit Asche zugeweht, sodass von der Liegestelle des Toten und auch von dem Einsatz der Spurensicherung nichts mehr zu erkennen war.

»Du musst es doch langsam wissen«, brummte Mendelski. »Das mache ich doch immer so.«

Tatsächlich hatte Maike mit Mendelski schon manchen Mordfall bearbeitet; sie sollte also langsam seine Gewohnheiten kennen. Am zweiten Tag einer neuen Ermittlung hatte es sich Mendelski zu eigen gemacht, den Tat- oder Fundort ein weiteres Mal aufzusuchen, auch ohne besonderen Grund. Anscheinend benötigte er den vierundzwanzigstündigen Abstand, um erneut – und nun weitgehend emotionslos und nüchtern – den Ort des Geschehens zu inspizieren. Zuweilen hatte dies schon zu neuen, überraschenden Erkenntnissen geführt.

»Aber hier?« Maike hob hilflos die Hände. »In dieser ausgebrannten Wüstenlandschaft werden wir nichts Neues entdecken.«

Mendelski schien gar nicht hinzuhören. Er ließ seinen Blick in die Ferne schweifen, ungefähr in die Richtung, wo der Touareg von Wingenfelder gestanden hatte. Das ausgebrannte Autowrack war gestern Abend noch von einem Abschleppwagen aufgeladen und nach Hannover ins Labor des Landeskriminalamtes gebracht worden.

»Irgendetwas stimmt hier nicht«, murmelte er.

»Wie meinst du das?« Sie war einen Schritt näher an ihn herangetreten, um besser erkennen zu können, wohin er schaute.

»Ich weiß auch nicht …« Er grübelte weiter. Vor seinem inneren Auge ließ er noch einmal die Geschehnisse des gestrigen Nachmittags Revue passieren. »Aber ich werde das Gefühl nicht los, dass wir etwas Wichtiges übersehen haben.«

»Kann ich nicht nachvollziehen«, entgegnete Maike. »Es war doch wirklich genügend Sachverstand vor Ort. Unsere vollständige Spusi-Truppe und sogar die zwei Mann vom LKA.«

»Ich meine auch nicht das Kriminaltechnische. Nein, da haben wohl alle ordentlich gearbeitet.«

»Hat es was mit Frau Wingenfelder und ihrem Auftritt zu tun?«

»Eigentlich nicht ...«

»Mit Bastian Hemme? Dem Feuerwehrmann aus Wieckenberg, der Wingenfelder gefunden hat?«

»Nein ... auch nicht.«

»Mit dem Förster vielleicht?«

»Der Reporter!«, rief Mendelski plötzlich wie aus der Pistole geschossen. »Dieser Schriewe von der ›Celleschen‹.«

»Was soll mit dem sein?« Maike guckte skeptisch.

»Er war nach dem Förster und der Feuerwehr bereits als Dritter vor Ort. Noch vor der Polizei.«

»Na und?«

»Wir haben ihn weder gefragt, woher er von dem Feuer wusste, noch warum er so schnell hier war.«

»Er wird – wie es sich für einen pfiffigen Journalisten gehört – seine Quellen haben. Vielleicht kennt er jemanden bei der Feuerwehr oder er hört den Funk ab oder sonst was.«

»Aber dann muss er trotzdem schon in der Nähe gewesen sein«, beharrte Mendelski. »So schnell, wie der hier war. Außerdem schien mir sein Verhalten mehr als merkwürdig, findest du nicht?«

»Hm.« Maike schürzte die Lippen. »Ich weiß nicht. Dich wurmt doch nur, dass uns ausgerechnet ein Reporter auf die Scherben aufmerksam gemacht hat – auf ein wichtiges Indiz, das wir zunächst übersehen hatten.«

»Das Ganze könnte doch auch inszeniert gewesen sein ... womöglich hat er es darauf angelegt, sich genau dort zu Boden fallen zu lassen, wo die Scherben unter der Asche begraben waren. Vielleicht handelt es sich um eine bewusst gelegte falsche Fährte.«

»Jetzt übertreibst du aber. Wie sollte Schriewe denn wissen, wo ihn die Kollegin stoppen würde? Um genau an der richtigen Stelle zu Boden zu gehen? Also nee ...«

»Jedenfalls werde ich ihn mir noch einmal vorknöpfen.« Mendelski blieb hartnäckig. »Lass uns jetzt hinüber zum Fundort des Touareg gehen. Vielleicht kommt uns dort ja eine weitere Idee. Und mit den Feuerwehrleuten will ich auch noch einmal sprechen.«

Mendelski und Maike waren gerade zu ihrem Auto zurückgekehrt, als sich sein Handy in der Hosentasche bemerkbar machte. Zuvor hatten sie die Fundstelle des Touareg und die wachhabenden Feuerwehrleute aufgesucht, ohne jedoch zu neuen Erkenntnissen gelangt zu sein. Danach hatten sie ein zweites Mal problemlos die Wulbeck über den maroden Holzsteg überquert. Der Kohlfuchs war ihnen nicht wieder über den Weg gelaufen.

»Ein gewisser Berger, Clemens Berger«, wiederholte Mendelski, während er die Autotür öffnete und Stift sowie Zettel hervorkramte. Das Handy drückte er derweil mit der rechten Schulter ans Ohr. »Habe verstanden. Aus Fuhrberg. – Ja, ich notiere. – Und er war definitiv der letzte Angerufene? – Der Einzige vom ganzen Samstag. Hmm. – Und eingegangene Gespräche? – Fehlanzeige. Okay. – Hab Dank, Heiko. Wir kümmern uns drum.«

Mendelski steckte sein Handy zurück in die Hosentasche und schrieb noch rasch ein paar Worte. Dann wandte er sich wieder Maike zu. »Jens Wingenfelder hat gestern nur ein einziges Gespräch mit seinem Handy geführt. Um dreizehn Uhr siebzehn rief er einen gewissen Clemens Berger aus Fuhrberg an. Also circa zwei Stunden vor seinem Tod. Die Adresse habe ich notiert.«

»Fuhrberg, das ist doch hier ganz in der Nähe«, sagte Maike. Sie griff nach der Landkarte, die immer noch aufgeklappt auf der Rückbank lag. »Ich glaube, wir müssen einfach dem Weg bei den Gedenksteinen in Richtung Süden folgen, dann kommen wir schon hin.«

»Also nichts wie los.«

Sie ließ den Motor an und legte den ersten Gang ein. »Darf ich noch einmal an meinen kleinen Hunger erinnern?«, fragte sie.

»Aber klar doch. In Fuhrberg finden wir bestimmt etwas Passendes.«

Nachdem sie im Heide-Hotel Klütz eine Kleinigkeit gegessen hatten, suchten sie das Haus von Clemens Berger auf. Das Fachwerkhaus war – wie andere in Fuhrberg auch – aus altem Gebälk und gebrauchten Ziegelsteinen neu errichtet worden. Es lag in idyllischer Lage am äußersten Dorfrand. Eine mit imposanten Eichen bestandene Pferdewiese und ein Maisacker umrahmten den Garten des Anwesens, der wie das Haus selbst einen sehr gepflegten Eindruck machte.

Sie parkten vor einer Doppelgarage, die ebenfalls im Fachwerkstil erbaut war. Beide Tore waren geschlossen.

»Sieht verlassen aus«, stellte Maike fest, während sie durch die Lücken einer Hainbuchenhecke schielte. »Auch im Garten ist niemand zu sehen.«

»Schauen wir mal.« Mendelski war bereits ausgestiegen und schloss die Autotür hinter sich. »Gleich werden wir wissen, ob jemand zu Hause ist.«

Der Klingelton war noch nicht verstummt, da wurde auch schon die Haustür geöffnet. Vor ihnen stand ein rund vierzigjähriger, adrett aussehender Mann mit pechschwarzem, gescheiteltem Haar, von dem zwei Strähnen in die Stirn gefallen waren. Seine muskulösen Beine steckten in einer kurzen Radlerhose. Er trug ein enges schwarzes T-Shirt und sah müde aus.

»Guten Tag«, ergriff Mendelski das Wort. »Entschuldigung, dass wir Sie an einem Sonntagmittag stören müssen. Sind Sie Herr Berger, Clemens Berger?«

»Ja, das bin ich. Womit kann ich dienen?« Seine sonore Stimme klang etwas heiser, aber sehr gefällig.

Den Frauen wird er sicher mächtig imponieren, dachte Mendelski, während er einen verstohlenen Seitenblick auf Maike warf.

»Das ist Frau Schnur, und ich heiße Mendelski. Wir sind von der Kripo Celle und haben da ein paar Fragen an Sie.« Er hielt seinen Dienstausweis in die Höhe. »Dürfen wir hereinkommen?«

»Es geht um Jens, nicht wahr?«, stellte Berger fest. Er drehte sich auf dem Absatz und ging voran. »Kommen Sie.«

Sie folgten ihm in einen Raum, der als Wohnküche diente. Offenes, rustikales Fachwerk trennte die Küchenzeile von einem Bereich, in dem ein runder, aus hellem Buchenholz gefertigter Esstisch stand. Ebenso helle Rattanstühle und orangefarbene Vorhänge vor den für Fachwerkhäuser typischen kleinen Fenstern verliehen dem Raum Wärme und Behaglichkeit. Ein Strauß knallroter Schnittblumen, deren Namen Mendelski sich nie merken konnte, stand in einer Vase auf dem Tisch. Obendrein gab es viele kleine Dinge wie Fotos, Figürchen und Nippes, wie Mendelskis geschultem Auge nicht entging. Rasch kam er zu dem Schluss, dass in diesem Haushalt eine weibliche Hand Regie führte. Anzeichen für im Haus lebende Kinder waren allerdings auf den ersten Blick schwerlich festzustellen.

»Setzen Sie sich«, sagte Berger. »Kaffee? Wasser? Oder beides?«

»Gern beides«, erwiderte Maike mit einem Lächeln. »Das ist jetzt genau das Richtige.« Sie war froh, ihrem mittäglichen Tief mit Koffein begegnen zu können. Derweil fragte sich Mendelski, ob sich seine junge Mitarbeiterin nicht eine Spur zu freundlich verhielt – für jemanden, der in einem Mordfall ermittelte.

»Sie auch?«, wurde er von Berger gefragt, der ihn ansah, als hätte er gemerkt, welche Gedanken Mendelski beschäftigten.

»Bitte?«

»Möchten Sie auch Kaffee und Wasser?«

»Ja, gern doch, bitte.«

Während sich Berger an der Küchenzeile zu schaffen machte, nahm Mendelski den erstbesten Stuhl und setzte sich. Er schaute missbilligend Maike an, die bewusst seinem Blick auswich, sich noch nicht gesetzt hatte und stattdessen zum Fenster trat.

»Schreckliche Geschichte«, ließ da Berger verlauten, ohne sich umzudrehen. »Ich gehe doch recht in der Annahme, dass Sie wegen des Todes von Jens Wingenfelder hier sind?«

»Das stimmt.« Mendelski wurmte es, dass er Berger nicht ins Gesicht sehen konnte. Bei Vernehmungen oder Zeugenbefragungen zählten für ihn neben den Worten, die gesprochen wurden, natürlich auch Gesichtsausdruck und Mimik. Deshalb beschloss er, die wichtigen Fragen erst dann zu stellen, wenn Berger bei ihnen am Tisch Platz genommen hatte.

»Und Sie möchten sicherlich von mir wissen«, fuhr Berger entwaffnend offen fort, »wo ich mich gestern zur fraglichen Zeit aufgehalten habe.«

Für einen Moment war Mendelski sprachlos. Er schaute zu Maike hinüber, die wieder Augenkontakt mit ihm aufgenommen hatte. Bevor sie sich verständigen konnten, kam ihnen Berger in die Quere. Er stellte Becher und Gläser auf den Tisch und fragte mit ernstem Gesichtsausdruck: »Ist es nicht so?«

»Unter anderem«, antwortete Mendelski, der sich unbehaglich fühlte. Eigentlich waren sie gekommen, um Fragen zu stellen, und nicht, um Fragen zu beantworten. Es war höchste Zeit, das Heft wieder in die Hand zu nehmen. »Wir wollten Ihnen unter anderem auch diese Frage stellen, das ist richtig. Wenn Sie schon bei dem Thema sind: Was verstehen Sie unter der fraglichen Zeit?«

»Die Zeitspanne, in der Jens Wingenfelder ums Leben gekommen ist.« Berger ging zurück zur Anrichte und entzog sich somit wieder ihren Blicken. »Es hat doch heute Morgen alles haarklein in der Zeitung gestanden«, fuhr er fort, während er die Kaffeekanne füllte. »Der Waldbrand, das Unwetter, der Leichenfund, die Handschellen. Außerdem habe ich gestern den Feueralarm mitbekommen und hinterher mit Feuerwehrleuten und Jagdfreunden gesprochen. Wissen Sie, Fuhrberg ist nicht Celle. Fuhrberg ist ein Dorf, in dem sich solche Dinge in Windeseile herumsprechen.«

»Also gut.« Mendelski warf seinen ursprünglichen Vorsatz über Bord, die wichtigen Fragen nur von Angesicht zu Angesicht zu stellen. »Wo waren Sie gestern am frühen Nachmittag, so zwischen dreizehn Uhr dreißig und fünfzehn Uhr dreißig?«

Erstaunlicherweise drehte sich Berger nun um und antwortete klar und deutlich: »Hier im Haus.« Er trat mit der Kaffeekanne an den Tisch.

»Kann das jemand bezeugen?«

»Ich bedaure, nein.« Er begann, den Kaffee in die Becher zu schütten. »Milch? Zucker?«

»Ihre Frau ...«, begann Mendelski, wurde jedoch von Berger unterbrochen.

»Ich bin nicht verheiratet. Ich lebe allein.«

So kann man sich täuschen, dachte Mendelski. Jetzt wusste er auch, warum in diesem Haus keinerlei Hinweise auf Kinder zu entdecken waren. Er starrte auf den Blumenstrauß vor sich. Der Name dieser roten Schönheiten war ihm immer noch nicht eingefallen.

»Milch? Zucker?«, wiederholte Berger geduldig.

Während Maike mit dem Kopf schüttelte, sagte Mendelski: »Gern beides.«

Berger verschwand wieder in der Kochecke, um Milch und Zucker zu holen. Während er den Kühlschrank öffnete, sagte er laut: »Des Weiteren wollen Sie sicher wissen, wie mein Verhältnis zu dem Verstorbenen war.«

Mendelski hätte sich ohrfeigen können. Wieder hatte ihnen Berger die Frage diktiert und ihm so jegliches Überraschungsmoment genommen.

Berger kam zurück an den Tisch. Ohne eine Antwort abzuwarten, erklärte er. »Unser Verhältnis war früher gut. Sehr gut, um genau zu sein. In letzter Zeit hat es sich allerdings stark abgekühlt. Man kann sogar sagen, wir haben uns regelrecht entzweit.«

»Erzählen Sie«, forderte Mendelski ihn auf, nachdem Berger sich gesetzt hatte. Auch Maike hatte sich inzwischen am Tisch niedergelassen, ihren Notizblock neben die Kaffeetasse gelegt und den Bleistift gezückt.

»Wo soll ich beginnen?« Berger strich sich die Haarsträhnen aus der Stirn. »Wir haben uns vor vier Jahren auf einer Jagdreise in Estland kennengelernt. Im fernen Baltikum. Es war schon kurios, denn unsere Wohnorte in Deutschland waren gerade mal acht Kilometer voneinander entfernt. Jens wohnte in Wietze, ich in Fuhrberg. Dass sich die Wietzer und die Fuhrberger nicht besonders grün sind, wusste ich damals noch nicht. Kennen Sie die Geschichte?«

»Nein«, antwortete Mendelski, der noch »bitte bleiben Sie beim Thema« hinzufügen wollte, doch Berger war schneller.

»Ach, das ist eine uralte Kamelle«, fuhr er im Plauderton fort. »Es geht um die Verbindungsstraße zwischen Fuhrberg und Wietze, den Heudamm und die Hoppelpiste. Diese Strecke wäre für die Wietzer die kürzeste Verbindung nach Hannover, doch die Fuhrberger sperren sich dagegen. Sie wollen – verständlicherweise – den Durchgangsverkehr nicht, von dem sie durch die L310 schon genug haben. Wie die Alten im Ort berichten, soll wegen dieses Streits sogar mal ein regelrechter Dörferkrieg entbrannt sein, der ›Heudammkrieg‹. Mit Straßenbarrieren, Psychoterror, Nacht- und Nebelaktionen und dergleichen. Bis es einen Toten gab.«

Mendelski horchte auf. »Einen Toten? Wann war das? Kennen Sie Einzelheiten?«

»In den siebziger Jahren, glaube ich.« Berger grübelte. Er schien selbst ein wenig überrascht, welche Wendung das Gespräch genommen hatte. »Soweit ich weiß, handelte es sich um einen Motorradfahrer, der an einer Barriere auf dem Heudamm gestürzt war. Ich meine, es handelte sich dabei um einen tragischen Unfall. Glauben Sie etwa, dass Jens' Tod etwas damit zu tun hat?«

»Wir ermitteln natürlich in alle Richtungen«, wich Mendelski aus und nahm sich vor, dieser Spur später im Archiv in Celle nachzugehen. »Kommen wir zurück zur Gegenwart. Sie sind also kein gebürtiger Fuhrberger?«

»Nein. Ich stamme aus Hamburg und werde auch in absehbarer Zeit dorthin zurückgehen.«

»Was machen Sie beruflich?«

»Ich arbeite als Elektronik-Ingenieur bei Continental in Hannover. Mein Vertrag läuft allerdings im nächsten Quartal aus, und ich werde ihn nicht verlängern. Ich habe ein lukratives Angebot von Airbus in Hamburg bekommen. Da konnte ich nicht Nein sagen.«

»Zurück zu Jens Wingenfelder. Sie sagten, Sie hätten ihn vor vier Jahren kennengelernt. Was geschah dann?«

Berger nippte an seinem Wasserglas. Sein Gesichtsausdruck wurde plötzlich eine Spur wehmütig.

»Wir wurden Freunde«, sagte er dann. »Richtig gute Freunde. Wir verbrachten viele gemeinsame Stunden in seinem Wieckenberger Revier, unternahmen etliche Jagdreisen – unter anderem nach Polen, Schottland und Österreich – und sahen uns auch sonst recht häufig. Wir waren also nicht nur Jagdfreunde. Man kann sagen, dass ich in seinem Haus in Wietze ein und aus ging.«

»Wie und wann kam es zu dem Bruch?«

Berger überlegte kurz. »Ich weiß nicht«, sagte er dann lächelnd, »ob Sie das als Nichtjäger nachvollziehen können. Aber es ging um einen Hirsch.«

»Ich bin zwar aktive Nichtjägerin«, mischte sich Maike ein, »aber bitte schön: Mein werter Kollege zu Ihrer Rechten gehört ebenfalls der grünen Zunft an. Der wird Sie schon verstehen.«

Mendelski verdrehte die Augen gen Zimmerdecke, verkniff sich aber einen bissigen Kommentar. Stattdessen sagte er: »Es ging also um einen Hirsch. Einen Rothirsch, nehme ich an.«

»Genau.« Berger erschien erfreut, einen fachkundigen Waidgenossen vor sich zu haben. »Damwild gibt es hier in der Gegend nur westlich der A7.« Er holte tief Luft. »Es passierte im letzten Jahr im Herbst, mitten im Brunftbetrieb. Jens hatte mir zu meinem vierzigsten Geburtstag einen Hirsch der Klasse I freigegeben. Leider habe ich gepatzt und einen zu jungen Hirsch gestreckt. Einen ungeraden Achtzehnender vom achten Kopf. Das gab natürlich Ärger.«

»Fehlabschüsse kommen in den besten Familien vor«, ließ Mendelski verständnisvoll verlauten. »Deswegen kündigt man doch nicht gleich die Freundschaft.«

»Das hatte ich auch gedacht. Nur kam zu dem Fehlabschuss noch eine komplizierte Nachsuche hinzu. Ich hatte den Hirsch nicht optimal erwischt, sodass er noch über zwei Kilometer gehen konnte. Er wechselte ausgerechnet in eine benachbarte Eigenjagd, deren Besitzer wenig kooperativ ist und die Wildfolge grundsätzlich untersagt. Dieser Eigenjagdbesitzer hat dann den Hirsch selber nachgesucht, ihn auch gefunden und sofort öffentlich eine Lawine der Entrüstung losgetreten. Sie können sich nicht vorstellen, was da über mich hereingebrochen ist.«

»Doch, das kann ich mir schon vorstellen.« Mendelski nickte heftig. »Auch unter Jägern gibt es ewige Besserwisser und Nörgler. Und es stimmt schon, in solchen Fällen können Freunde plötzlich zu Feinden werden.«

»Ja.« Berger seufzte. »Wegen dieser Geschichte zerbrach eine jahrelange Freundschaft.«

Maike seufzte ebenfalls. Wie man ihrem Gesichtsausdruck unschwer entnehmen konnte, hatte sie genug von aufgekündigten Männerfreundschaften und verunglückten Jagderlebnissen. »Wann haben Sie Jens Wingenfelder das letzte Mal gesehen?«, schaltete sie sich wieder in die Befragung ein. Sie wollte endlich zur Sache kommen.

»Auch diese Frage habe ich erwartet«, erwiderte Berger, während er Mineralwasser nachschenkte. »Dann wollen Sie sicherlich auch noch wissen, ob ich in letzter Zeit mit Jens telefoniert habe.«

»Richtig.« Maike zeigte keinerlei Erstaunen über Bergers Reaktion. »Also?«

»Reine Routine«, beschwichtigte Mendelski, der sich über ihr forsches Vorgehen wunderte. »Solche Fragen stellen wir allen Angehörigen und Bekannten des Opfers.«

»Ist schon gut.« Berger erhob sich von seinem Stuhl und trat ans Fenster. Er hatte ihnen wieder einmal den Rücken zugewandt, als er antwortete: »Ich habe Jens das letzte Mal zu Ostern in einem Restaurant in Ovelgönne gesehen. Beim Italiener ›Sardegna‹. Es war Zufall. Er war mit seiner Familie unterwegs und ich mit Freunden. Wir haben allerdings nicht miteinander gesprochen.«

»Und wann haben Sie das letzte Mal mit ihm telefoniert?« Maike war Mendelski wieder zuvorgekommen. Ihre Stimme klang weiterhin sachlich und kühl.

Erstaunlicherweise drehte Berger sich nun um. »Gestern Mittag«, sagte er. »So gegen halb zwei. Er wollte, dass wir uns treffen.«

SIEBEN

Als sich die Stalltür knarrend öffnete, begann Shakira aufgeregt zu wiehern. Übermütig und auch ein wenig aus Protest trat die Hannoveranerstute gegen die Boxentür, dass es knallte. Denn die Mittagszeit war längst vorüber, und sie stand trotz des schönen Wetters noch immer in ihrem dunklen, stickigen Stall. Sie wollte endlich auf die Weide, wo sich ihre Artgenossen aus der Nachbarschaft bereits seit Stunden tummelten.

»Ist ja gut, Sha«, beruhigte sie die junge Reiterin, die jetzt den Stall betrat. Trotz der Hitze war sie mit einer dunklen Reithose und langschäftigen Reitstiefeln bekleidet. Sie stieß die Stalltür weit auf, um Luft und Licht hereinzulassen. »Ich komme ja schon.«

Caroline Winter war spät dran. Sie hatte am Vorabend in einem Nobelhotel in Bremen an einer Modenschau teilgenommen. Die Arbeit auf dem Laufsteg war für sie als Neuling besonders anstrengend und nervenaufreibend gewesen. Anschließend hatte sie mit ein paar anderen Models noch eine Szenediskothek besucht, um Dampf abzulassen. Sie war erst weit nach Mitternacht nach Fuhrberg heimgekehrt und hatte dementsprechend lange geschlafen.

Nachdem sie zum Frühstück ein Müsli und einen Orangensaft zu sich genommen hatte – beides ohne Zucker, denn Caroline achtete sehr auf ihre Ernährung –, wollte sie nun ausreiten, um ihre Lunge von der verrauchten Disco-Luft zu reinigen. Als zukünftiges professionelles Model musste sie nicht nur auf ihre Figur, sondern auch auf ihren Teint und ihr Haar achten. Die Oberstufenschülerin des Gymnasiums Großburgwedel war für ihr Alter von siebzehn Jahren schon ziemlich zielstrebig und ehrgeizig.

»Dafür, dass ich so spät dran bin«, flüsterte sie Shakira ins Ohr, »machen wir heute einen ordentlichen Ausritt durch den Wald. Wenn du willst, darfst du auch ein Bad in der Wietze nehmen.«

Zehn Minuten später hatte Caroline das Pferd aufgezäumt und gesattelt. Nachdem sie sich ihre Reitkappe aufgesetzt und die Handschuhe übergestreift hatte, führte sie die unruhig trippelnde Stute aus dem Stall. Sie ließen den mit großen Eichen bestandenen

Bauernhof hinter sich und folgten einer schmalen Nebenstraße zum Dorf hinaus. Schon bald erreichten sie das letzte Haus, wo auch die Asphaltstraße endete. Erst hier saß Caroline auf.

Nur mit Mühe vermochte sie das ungeduldige Pferd im Zaum zu halten. Shakira wäre am liebsten sofort vom Schritt in den Trab oder gar gleich in den Galopp gefallen. Um ein Haar hätten die beiden den Außenspiegel eines Pkw gerammt, der etwas ungeschickt am Straßenrand geparkt hatte.

Aha, der Berger hat Besuch, dachte Caroline. Aus Celle. Ob der Besuch wohl weiblicher Natur ist?

Sie mochte den Berger. Nein, da war sogar ein bisschen mehr. Sie musste sich eingestehen, dass sie regelrecht für ihn schwärmte. Wenn nur nicht dieser Altersunterschied von mehr als zwanzig Jahren wäre, dann hätte sie sich bestimmt längst in ihn verliebt. Erstens sah er einfach unverschämt gut aus, zweitens zeigte er sich immer nett und sehr charmant, und drittens war er einer der seltenen Vertreter der Jägerschaft, die der Reiterei wohlgesonnen waren. Wenn sie sich draußen im Revier begegneten – sie zu Pferd, er im Geländewagen oder zu Fuß –, grüßte er stets freundlich, während die anderen Grünröcke meist grimmig dreinschauten.

Während sie hoch zu Ross den Garten passierte, schielte sie über die Büsche hinweg zur Terrasse, in der Hoffnung, vielleicht den Besuch zu entdecken. Enttäuscht stellte sie fest, dass die Gartenstühle und auch die Holzbank neben dem kleinen Teich verwaist waren.

Gerade wollte Caroline ihrer Shakira auf dem weichen Sandweg freien Lauf lassen, als sie stutzte. Hatte sich da im mannshohen Maisfeld, das direkt an Bergers Garten grenzte, nicht ein menschlicher Kopf bewegt? Ein helles Gesicht, das im Sonnenschein klar zu erkennen gewesen und plötzlich abgetaucht war?

Und wackelten da nicht ein paar Maisstängel, obwohl im Moment überhaupt kein Wind ging? Instinktiv zog sie sich die Reitkappe tiefer ins Gesicht, ließ sich aber ansonsten nichts anmerken. Den Blick nach vorn gerichtet, beobachtete sie aus den Augenwinkeln das Feld. Doch in dem grünen Meer von Maispflanzen war nichts Auffälliges zu entdecken.

Da spielen ein paar Kinder, redete sie sich ein und ritt weiter. Peu á peu steigerte sie die Geschwindigkeit, ganz zur Freude von

Shakira, die den hellen Sand unter ihren Hufen nur so fliegen ließ. So erreichten sie schon bald das Ende des riesigen Maisfeldes.

Plötzlich scheute das Pferd.

Shakira, die diese Strecke mehrmals in der Woche geritten wurde und den Weg daher in- und auswendig kannte, hatte etwas gesehen, was sich sonst hier nicht befand und sie erschreckt hatte.

Beinahe wäre Caroline vom Pferd gestürzt, als die Stute einen unerwarteten Satz nach links machte. Mit Geschick und Reaktionsvermögen hielt sie sich jedoch im Sattel und brachte schließlich Shakira zum Stehen.

Erst jetzt sah auch sie den roten Golf. Auf dem Ackerrandstreifen, dicht am Mais geparkt, stand er da, als ob er sich verstecken wollte. Oder lauerte der Fahrer an dieser einsamen Feldwegekreuzung auf ein unschuldiges Opfer?

Doch der Wagen war leer, weit und breit kein Mensch zu sehen. Trotzdem – oder gerade deswegen – bekam Caroline plötzlich Angst. Sie musste an den Kopf im Maisfeld neben Bergers Garten denken.

Hier stimmte doch etwas nicht.

Sie sah auf das Nummernschild des Golfs – wieder ein Celler Kennzeichen – und prägte es sich ein, so gut es ging.

Erst dann ritt sie weiter.

***

Mendelski gab sich alle Mühe, seine Aufregung zu verbergen. »Hat Jens Wingenfelder gesagt, um was es ging?«

»Nein«, antwortete Berger, während er Mendelski ausnahmsweise einmal direkt in die Augen schaute. »Jedenfalls nicht konkret. Es wäre dringend, ich sollte sofort kommen. Es ginge um Leben und Tod.«

»Um Leben und Tod?«

»Ja, genau das hat er gesagt.«

»War es ein Hilferuf?«

»Das habe ich nicht so aufgefasst. Warum sollte er ausgerechnet mich in einer Notsituation anrufen? Meiner Meinung nach hatte er getrunken. Also habe ich das nicht so ernst genommen.«

»Wohin sollten Sie kommen?«

»Nach Wieckenberg in sein Revier. Dorthin, wo es gestern gebrannt hat. Und wo, wie ich heute der Zeitung entnommen habe, sein Leichnam gefunden wurde.«

»Und Sie sind nicht hingefahren?«

»Nein. Mir schien die ganze Angelegenheit suspekt.«

»Warum haben Sie die Polizei nicht benachrichtigt?«

»Woher sollte ich zu dem Zeitpunkt denn wissen, dass er recht hatte, als er sagte, es ginge um Leben und Tod?« Berger schüttelte den Kopf. »Ich hielt das für Spinnerei. Erst als ich spät am Nachmittag von dem Waldbrand und dem Auffinden einer Leiche hörte, wurde ich hellhörig. Ein Bekannter von der Feuerwehr Fuhrberg hat mir berichtet, dass es sich bei dem Toten möglicherweise um Jens Wingenfelder handelte.«

»Und warum haben Sie uns zu diesem Zeitpunkt noch immer nicht benachrichtigt?«

Jetzt legte Berger, der bisher stets prompt und schlagfertig geantwortet hatte, eine Denkpause ein.

»Sie konnten sich doch ausmalen«, hakte Mendelski nach, »dass Wingenfelders Anruf mit seinem Tod in direktem Zusammenhang stehen könnte.«

»Na ja«, antwortete Berger nach einer Weile. »Erst mal hat mich die Nachricht vom Tod meines ehemaligen Freundes schon ziemlich getroffen. Das können Sie mir glauben. Und da ich von einem tragischen Unfall ausging, habe ich mich nicht bei Ihnen gemeldet. Erst als ich heute Morgen in der Zeitung von den Handschellen las, wurde mir die Bedeutung seines Anrufs so richtig klar, und ich beschloss, mit Ihnen Kontakt aufzunehmen.« Als hätte er dessen Zweifel bemerkt, sah er Mendelski fest in die Augen. »Wenn Sie nicht heute, am Sonntag, zu mir gekommen wären, hätte ich spätestens morgen früh bei Ihnen angerufen«, versicherte er.

Mendelski und Maike schauten sich an.

»Sie können mir das ruhig glauben«, sagte Berger mit einer Spur Trotz in der Stimme. »Ich habe Ihnen alles erzählt, was ich weiß.«

»Und Sie haben keine Idee, wer Jens Wingenfelder nach dem Leben hätte trachten können?«

»Nicht die Spur. Wie schon gesagt, wir hatten seit fast einem Jahr so gut wie keinen Kontakt mehr.«

Fragend blickte Mendelski zu Maike. Indem sie ihren Notizblock zuklappte, gab sie zu verstehen, dass auch sie im Moment keinen weiteren Gesprächsbedarf hatte.

»Ach ja.« Mendelski hatte sich bereits erhoben. »Eine Frage hätte ich noch: Was für ein Auto fahren Sie?«

»Ich? Den Geländewagen von BMW. Einen X3. Wieso wollen Sie das wissen?«

»Reine Routine«, erwiderte Mendelski, während er noch einmal einen Blick auf den roten Blumenstrauß warf. »Jetzt habe ich's«, murmelte er. »Gerbera sind das.«

»Bitte?« Berger schien mit einem Mal verunsichert.

»Ach nichts. Mir ist nur gerade etwas eingefallen. Können wir den Wagen mal sehen?«

»Natürlich. Kommen Sie bitte mit zur Garage.«

***

Kersten Wingenfelder, der in der zweiten Reihe des Maisfeldes stand, duckte sich erneut. Die Reiterin hätte ihn vor wenigen Minuten beinahe entdeckt, er musste vorsichtiger sein.

Die Haustür hatte sich geöffnet und drei Personen traten heraus. Er erkannte Clemens Berger und die zwei von der Celler Kriminalpolizei, die gestern und heute Morgen bei ihnen zu Hause gewesen waren. Sie begaben sich zu der Doppelgarage. Eins der Tore öffnete sich ferngesteuert, und Berger und die Kripobeamten verschwanden im Inneren.

Wenig später tauchten sie wieder auf. Zu Kerstens Entsetzen verabschiedeten sich die beiden Polizisten mit einem verbindlichen Lächeln von Berger und gingen zu ihrem Auto zurück.

»Warum verhaften sie dieses Schwein nicht?«, fluchte er leise vor sich hin, während er vor Wut die Maispflanze zu seiner Rechten umknickte. »Die Polizei, dein Freund und Helfer. Na, schönen Dank! Dann muss ich eben selbst was machen …«

***

»Hast du wegen der Scherben nach dem Auto geguckt?«, wollte Maike wissen, als sie wieder in ihrem Wagen saßen. »Ich meine, wegen der Scherben, die wir auf der Brandfläche gefunden haben.«

»Genau«, antwortete Mendelski. »Aber du hast ja auch gesehen, dass Rück- und Blinklichter heil waren. Natürlich muss das nichts heißen. Er hatte genügend Zeit, um eventuelle Schäden zu beseitigen.«

»Soll der BMW ins Labor?«

»Das kommt drauf an. Erst müssen wir mal abwarten, welchem Fahrzeugtyp die Scherben zugeordnet werden. Vor morgen ist da nichts zu machen.«

Maike steckte den Schlüssel ins Zündschloss. »Auch sonst waren keine Spuren zu entdecken«, sagte sie, »die auf eine Geländefahrt hinweisen. Keine Dreckspritzer, keine matschverschmierten Felgen, nicht mal Insektenreste am Kühlergrill. Der Wagen glänzt derart blitzblank, als ob er gerade in der Waschstraße war.«

»Das sehe ich auch so. Aber warte mal.« Mendelski kramte nach der Landkarte auf dem Rücksitz. »Bevor du losfährst, möchte ich noch einen Blick auf die Karte werfen.«

Er entfaltete die Karte auf seinen Knien. Mit dem Zeigefinger fuhr er suchend über das Papier, bis er die gesuchte Stelle gefunden hatte.

»Schau mal einer an«, frohlockte er, während er durch die Windschutzscheibe nach vorn zeigte. »Wenn man diesen Feldweg am Maisfeld entlangfährt, kommt man zum Wasserwerk – und von da auf einem weiteren Wirtschaftsweg ohne Probleme zum Stadtwerke-Forst und zur Brandfläche.«

»Das heißt was?« Maike beugte sich über die Karte, um besser sehen zu können.

»Das heißt, dass Berger von seinem Haus zur Brandfläche und auch wieder zurückgefahren sein kann, ohne dass ihn jemand gesehen haben muss. Das sind gerade mal vier, maximal fünf Kilometer – ein Katzensprung.«

Mendelski schaute aus dem geöffneten Seitenfenster zu Bergers Haus. »Bevor wir weiterreden«, sagte er, »sollten wir besser losfahren. Ich glaube, der Berger steht dort hinter der Gardine und beobachtet uns.«

Maike startete den Motor und fuhr los. Sie wendete den Wagen am Ende der Asphaltstraße, wo Bergers Garten endete und der riesige Maisschlag begann. Dass sich außer der Gardine in Bergers Haus auch der eine oder andere Maisstängel bewegte, obwohl absolute Windruhe herrschte, entging ihnen.

»Wohin wollen wir eigentlich?«, fragte Maike, als sie in der Nähe der Fuhrberger Kirche auf die Hauptstraße stießen.

»Fahr links, bitte«, erwiderte Mendelski. »Zurück nach Celle. Über die L310 und Wietzenbruch. Ich denke, wir haben hier draußen unsere Schuldigkeit getan, und ich müsste noch ein paar Kleinigkeiten im Präsidium erledigen. Du kannst ja meinetwegen Feierabend machen.«

»Nett von dir.« Maike gähnte, während sie auf die Hauptstraße einbog. »Schließlich haben wir Sonntagnachmittag. Und morgen wird bestimmt ein verdammt anstrengender Tag.«

»Davon kannst du ausgehen.« Da sie nun schneller fuhren, kurbelte Mendelski das Seitenfenster ein Stück höher. »Bin gespannt«, fuhr er fort, »ob Ellen und Jo schon etwas Nennenswertes herausgefunden haben.«

»Da sie sich nicht gemeldet haben, wohl eher nicht. Ich glaube vielmehr, dass wir hier in Fuhrberg auf eine heiße Spur gestoßen sind.«

»Du glaubst Berger also nicht?«

»Weiß nicht.« Sie hatten jetzt den Ortsausgang von Fuhrberg erreicht, und Maike trat ordentlich aufs Gas. »Seine Version klingt schon etwas abenteuerlich.«

»Zumindest hat er das Telefonat zugegeben«, entgegnete Mendelski. »Und wie er den Inhalt des Gesprächs mit Wingenfelder beschrieben hat … also, ich glaub dem das. Dass der verzweifelt von ›Leben und Tod‹ gesprochen hat, kann ja durchaus die bittere Wahrheit gewesen sein.«

»Aber nimmst du ihm ab, dass er der Aufforderung nicht gefolgt ist?« Sie wandte ihm den Kopf zu. »Ich vermute eher, dass er doch hinausgefahren ist. So pathetisch, wie er vorher über ihre ehemalige Freundschaft gesprochen hat, konnte ihn der Hilferuf doch nicht kaltgelassen haben.«

»Schwer zu sagen. Aber warten wir doch einfach die Scherbenanalyse ab.« Mendelski hob plötzlich den linken Arm. »Langsam mal, bitte.«

Im Vorbeifahren entzifferte er das handgemalte Schild am Straßenrand. »Oh ja, frische Blumen, das ist genau das Richtige.«

»Bitte?« Maike guckte leicht irritiert.

In einer lang gezogenen Kurve zu ihrer Linken war ein Parkplatz aufgetaucht, auf dem das Zeltdach eines Verkaufsstandes zu sehen war.

»Fahr bitte mal dort auf den Parkplatz«, bat er. »Ich möchte Carmen ein paar Blumen mitbringen. Als kleine Entschädigung dafür, dass sie den Sonntag ohne mich auskommen musste. Vielleicht haben sie ja knallrote Gerbera. Solche, wie bei Berger auf dem Tisch standen.«

»Und was besorge ich Matthew?«, fragte Maike, während sie scharf abbremste und auf den Parkplatz einbog. »Ach, ich sehe schon was. Hier gibt es Met.« Sie gluckste vor Lachen. »Honigwein – genau das Richtige für seinen britischen Gaumen.«

Als sie in der Jägerstraße eintrafen, fiel Maike ein, dass sie heute Morgen bei der Frühbesprechung ihren MP3-Player im Büro vergessen hatte. Sie begleitete also Mendelski in den Aufzug, um noch kurz mit ihm ins Fachkommissariat I im sechsten Stock zu fahren. Hätte sie gewusst, was sie dort oben erwartete, hätte sie sofort kehrtgemacht, das Handy abgeschaltet und wäre in ihrem Clio davongebraust, in den wohlverdienten sonntäglichen Feierabend.

Sie hatten kaum den Aufzug verlassen – Mendelski mit einem Strauß Blumen, allerdings keine Gerbera, sondern Rosen, Maike mit einer braunen Papiertüte unter dem Arm –, da kam ihnen auf dem Gang Heiko Strunz entgegengelaufen. In seiner rechten Hand hielt er ein Stück Papier.

»Gut, dass ihr kommt. Wir haben gerade von den Kollegen aus Großburgwedel eine interessante Nachricht bekommen. Ein Ehepaar hat sich bei denen gemeldet und ausgesagt, dass sie gestern Nachmittag in der Nähe der Brandfläche waren und dort ein verdächtiges Auto beobachtet haben.«

»Vor oder nach dem Brand?«, wollte Mendelski wissen.

»Unmittelbar vorher. So gegen halb drei. Aber lies selbst.«

Mendelski überflog das Fax.

»Das ist ja ein Ding. Höchst interessant. Karl und Erika Wienhold …«, las er laut im Telegrammstil vor. »Aus Wettmar, Meitzer Weg … gegen vierzehn Uhr … nahe der Waldschmiede, Wieckenberg … dunkelgrüner BMW-Geländewagen … verdächtiges Verhalten … Vorfahrt missachtet … mit Höchstgeschwindigkeit Richtung Fuhrberg … Kennzeichen ›H‹ für Hannover … *Carajo!*«

Maike stöhnte auf. Erstens kannte sie die wörtliche Bedeutung dieses spanischen Schimpfwortes, zweitens sah sie ihren Feierabend und ihre Verabredung mit Matthew gefährdet.

»Heiko, du bist ein Schatz«, frohlockte derweil Mendelski. »Ich denke, diese Zeugenaussage bringt uns erheblich weiter. Wir fahren sofort nach Wettmar.«

»Fuck!«, entfuhr es Maike vor lauter Frust.

Eine kleine Revanche für die spanischen Schimpfwörter, die ich immer ertragen muss, dachte sie trotzig. Sie bereute ihren Ausruf keineswegs.

»Ich rufe da gleich mal an«, fuhr Mendelski ungerührt fort. Er schien mit den Gedanken schon längst in Wettmar zu sein. »Um sicherzugehen, dass die Wienholds auch zu Hause sind. Maike, stell du doch bitte in der Zwischenzeit meine Blumen ins Wasser. Danach können wir auch gleich wieder los.«

***

Karl Wienhold stand schon an der Gartenpforte, als sie gegen siebzehn Uhr dreißig im Meitzer Weg in Wettmar eintrafen. Schon von Weitem hatte er das sich langsam nähernde Auto gesehen. Es schien, als ob die Insassen etwas suchen würden. Als er das »CE« für Celle im Nummernschild erkannte, war er sich seiner Sache sicher. Durch ein Winken gab er zu verstehen, dass sie direkt vor dem Haus parken könnten.

»Herr Wienhold?«, fragte Mendelski durch die geöffnete Seitenscheibe, während Maike den Wagen korrekt parkte.

»Jawohl«, antwortete Karl Wienhold. »Hier sind Sie richtig.«

Kurze Zeit später saßen sie zu viert unter dem Blauregenbusch auf der Terrasse – bei Vanilleeis mit frischem Obstsalat und Schlagsahne.

»Wenn Sie schon an einem Sonntagnachmittag im Dienst sind«,

hatte Erika Wienhold gesagt, »dann sollen Sie sich wenigstens stärken. Aber eigentlich hatten wir ja viel eher mit Ihnen gerechnet.«

»Nicht doch, Erika«, tadelte Karl Wienhold seine Frau. »Wir waren bestimmt nicht die einzigen Anrufer, die etwas zu dem Verbrechen zu sagen hatten. In solchen Fällen hagelt es doch sicher Hinweise, habe ich recht?«

»Äh ...«, stammelte Mendelski. »Ich muss gestehen, dass Sie bisher die Einzigen sind, die sich wegen der Geschichte in Wieckenberg gemeldet haben. Aber sagen Sie uns bitte, wann haben Sie denn angerufen? Und bei welcher Dienststelle?«

»So gegen neun Uhr heute Morgen. Beim Kommissariat Großburgwedel.«

»Merkwürdig.« Mendelski warf Maike einen fragenden Blick zu. »Da wird wohl jemand gebummelt haben. Aber das klären wir später.«

Dann ließen sie sich ausführlich berichten.

»Ich wiederhole«, sagte Mendelski nach dem zweiten Schälchen mit viel Eis und wenig Obstsalat. »Sie beide waren also gestern, am Samstag, gegen vierzehn Uhr mit Ihrem Pkw auf der Kopfsteinpflasterstraße von Wieckenberg in Richtung Fuhrberg unterwegs.« Er tupfte sich die Mundwinkel mit einer Serviette ab. »Am Ende des Kopfsteinpflasters, dort wo der Straßenbelag in Asphalt übergeht, kam linker Hand ein Auto, ein dunkelgrüner BMW-Geländewagen, mit hoher Geschwindigkeit aus einem Feldweg gefahren und nahm Ihnen die Vorfahrt, sodass Sie zu einer Vollbremsung gezwungen wurden. Ohne sich weiter um Sie zu kümmern, ist der besagte BMW rücksichtslos mit hoher Geschwindigkeit in Richtung Fuhrberg davongefahren. Ist das so weit richtig?«

»Ja, so war's«, sagten die Wienholds wie aus einem Munde.

»Und Sie haben den Fahrer nicht erkennen können?«

»Nein«, antwortete nun Karl Wienhold allein. »Erstens ging ja alles viel zu schnell. Zweitens war ich vollauf mit Bremsen beschäftigt. Drittens war der Wagen völlig in Staub gehüllt – der Regen kam ja erst eine halbe Stunde später –, sodass der Fahrer nur als schemenhafte Silhouette zu erkennen war.«

»War der Fahrer allein im Fahrzeug?«

»Wir glauben ja.« Karl Wienhold schaute zu seiner Frau. Die nickte bejahend mit dem Kopf.

»Beschwören können wir das aber nicht«, fügte sie hinzu.

»Der BMW ist also in Richtung Fuhrberg gefahren, und Sie haben ihn danach nicht mehr gesehen. Ich meine, später in Fuhrberg hat er nicht irgendwo am Straßenrand geparkt oder dergleichen?«

Das Ehepaar Wienhold verneinte.

»Und vom Kennzeichen haben Sie sich lediglich das ›H‹ für Hannover gemerkt?«

»Ja, leider.« Dieses Mal antwortete Erika Wienhold. »Aber Sie müssen das verstehen. Wir haben uns mächtig erschreckt und waren erst einmal froh, dass weiter nichts passiert ist.«

»Von dem Waldbrand haben Sie zu diesem Zeitpunkt noch nichts mitbekommen?«

»Nein, gar nichts. Erst als wir wieder zurück in Wettmar waren, heulten irgendwo in der Ferne die Sirenen.«

»Ist Ihnen sonst irgendetwas auf der Straße dort aufgefallen? Vielleicht ein weiteres Fahrzeug, etwa ein VW Touareg?«

»Nicht dass ich wüsste«, antwortete Karl Wienhold.

»Oder auf dem Hinweg zur Waldschmiede? Oder auch in der Zeit, als Sie dort waren?«

Die Wienholds schauten sich kopfschüttelnd an. »Nein«, erwiderte Karl Wienhold. »Vom Gelände der Waldschmiede kann man die vorbeifahrenden Autos zwar gut hören – Sie verstehen, wegen des Hoppelpflasters –, aber nicht unbedingt sehen. Da gibt es zu viele Büsche am Wegesrand.«

»Na gut.« Mendelski schien die Zeugenbefragung beenden zu wollen. »Sie haben uns sehr geholfen. Wir werden der Spur mit dem Auto nachgehen. Wir ...«

»Moment mal«, fiel ihm da Erika Wienhold ins Wort. »Karl, da war doch noch was mit dem Rücklicht an dem Wagen.«

»Jetzt, wo du es sagst ...«

»Ja, ähem ...« Erika Wienhold verschluckte sich regelrecht vor Eifer. »Entschuldigen Sie. Das hatte ich völlig vergessen, aber vielleicht hilft es Ihnen ja.«

»Was war denn mit dem Rücklicht?«

»Na, das eine schien kaputt. Das Glas, meine ich. So, als ob der

Wagen irgendwo gegen gefahren war – mit seiner ungestümen Fahrweise.«

»Die Scherben«, sagte Maike leise.

Aber Mendelski hatte schon verstanden.

***

Bis sie registrierte, dass es ihr Handy war, was da unaufhörlich bimmelte, war einige Zeit vergangen. Anscheinend hatte sie tief und fest geschlafen. Nur langsam kam Caroline zu sich und setzte sich im Gras auf. Die tief stehende Sonne spiegelte sich in dem Bach vor ihr und blendete sie. Halb blind tastete sie nach ihrem Mobiltelefon, das sie schließlich unter der Reitkappe fand.

»Ich bin wohl eingenickt«, sagte sie ins Telefon. Mit der freien Hand griff sie nach ihrem T-Shirt, auf dem sie gelegen hatte; es war ordentlich zerknautscht. Sie schüttelte es kurz aus und drückte es sich an die entblößte Brust. »Ja, Mama ... tut mir leid ... ich bin an der Wietzefurt ... du weißt schon, wo ... ja, Shakira steht hier neben mir und grast friedlich ... Ich mache mich sofort auf den Weg ... bin in zwanzig Minuten zu Hause ... Ciao.«

Die Uhr auf dem Handydisplay zeigte bereits siebzehn Uhr neun. Mein Gott, dachte Caroline, dann muss ich ja eine Dreiviertelstunde geschlafen haben. Und das in der prallen Sonne. Bevor sie das T-Shirt überzog, schaute sie an sich hinab und musterte kritisch Busen und Bauch.

Hoffentlich gibt das keinen Sonnenbrand, dachte sie besorgt, Sabine wird mich lynchen, wenn sich ausgerechnet jetzt meine Haut pellen sollte.

Sabine Moss war ihre Model-Agentin und achtete daher von Berufs wegen sehr auf Carolines Lebenswandel. Gestern Abend war sie ausnahmsweise nicht mit in Bremen gewesen, sonst hätte Caroline nach der Modenschau bestimmt nicht so lange gefeiert. Sie hatte in Berlin zu tun gehabt, wo Caroline nächstes Wochenende an einer wichtigen Castingshow im Fernsehen teilnehmen sollte und wofür noch einiges vorzubereiten war.

Das kommt davon, wenn man die Nächte durchmacht, tadelte sich Caroline selbst, während sie die Kappe aufsetzte und Shakira losband. Sie schwang sich in den Sattel und ritt los. Nachdem sie im gestreckten Galopp ein gutes Stück dem Wietzeufer gefolgt war, wählte sie schon bald eine Abkürzung über ein Stoppelfeld und eine weitläufige Brachfläche.

Sie wusste, dass es die Landwirte und besonders die Jäger gar nicht mochten, wenn sie querfeldein ritt. Doch heute hatte sie es eilig. Ihre Eltern und sie waren am Abend in Celle zum Essen eingeladen. Ein Kollege ihres Vaters, mit dessen Tochter Laura sie befreundet war, feierte seinen Geburtstag im kleinen Kreis. Sie freute sich schon auf Laura, denn es gab viel von der gestrigen Modenschau – und besonders von der Sause danach – zu erzählen.

Als sie sich wenige Minuten später Fuhrberg näherte, fielen ihr wieder der rote Golf und die seltsame Beobachtung im Maisfeld von vorhin ein. Sie nahm das Tempo zurück und trabte weiter. An der Feldwegekreuzung, wo der Golf gestanden hatte, ließ sie Shakira im Schritt gehen.

Caroline schaute sich nach allen Seiten um, konnte aber kein Auto entdecken. Das Einzige, was ihr auffiel, waren deutliche Reifenspuren. Der Fahrer musste es sehr eilig gehabt haben, wie man an der aufgewühlten Erde erkennen konnte. Sie versuchte, sich das Nummernschild des Wagens in Erinnerung zu rufen. Doch außer dem »CE« für Celle hatte sie nichts behalten. Allem Anschein nach hatten das Nickerchen und das ungewollte Sonnenbad ihrem Kurzzeitgedächtnis arg zugesetzt.

Mit gemischten Gefühlen passierte sie das Maisfeld, durch dessen Halme nun ein leichter Abendwind ging. Die Maispflanzen, die in den letzten Dürrewochen nur durch künstliche Beregnung am Leben gehalten worden waren, raschelten leise. Von einem menschlichen Kopf oder einer schemenhaften Gestalt war jetzt zum Glück nichts zu sehen.

Trotzdem nahm ihr ungutes Gefühl noch zu, als sie die Grundstücksgrenze von Bergers Anwesen erreichte. Sie konnte sich nicht erklären, warum sie plötzlich so unruhig wurde. Sonst war sie doch immer mit Freude hier entlanggeritten. Vor allem dann, wenn Clemens Berger auf seiner Terrasse oder auf der Holzbank am Teich saß und ihr freundlich zuwinkte.

Doch wie vorhin war niemand im Garten zu sehen. Auch der andere Wagen mit Celler Kennzeichen stand nicht mehr an seinem

Platz. Im Schritt ritt sie den Zaun entlang, den Blick wie hypnotisiert auf das Haus gerichtet.

Auch Shakira, deren Fell von der Anstrengung des strammen Ritts vor Schweiß glänzte, schien beunruhigt. Die Stute trippelte mit kurzen Schritten und blies aufgeregt durch die Nüstern.

Als Caroline eine der größeren Lücken in den Büschen passierte, durch die sie einen guten Einblick in den Garten hatte, sah sie plötzlich die Füße.

Sie waren nackt und ragten hinter einer Teakholzliege hervor, die auf der Terrasse stand. Da lag jemand auf dem harten Plattenboden, die Beine seltsam verdreht.

Caroline Winter wusste sofort, dass hier etwas Schlimmes passiert war.

***

Die Sonne stand schon recht tief, als sie mit einhundertzwanzig Stundenkilometern von Süden in Richtung Fuhrberg brausten. Auf der schnurgeraden Landstraße 381 war weit und breit kein weiteres Auto zu sehen. Die fünf Windräder zu ihrer Linken hatten sich in die verschiedensten Richtungen ausgerichtet. Drei drehten sich schwerfällig, zwei standen gänzlich still. Rechter Hand waren bereits wieder die ersten Beregnungskanonen in Betrieb. Das gestrige Unwetter hatte diese Gegend lediglich gestreift, sodass die Rüben erneut nach Wasser lechzten.

»Bin gespannt, was er jetzt sagt«, ließ Maike verlauten, während sie eine Hand vom Lenkrad nahm, um ihre Sonnenbrille zurechtzurücken. »Am besten lassen wir uns gar nicht groß auf Diskussionen ein und verfrachten den BMW gleich ins Labor.«

»Eigentlich müsste er die Wienholds doch auch bemerkt haben«, erwiderte Mendelski. »Und davon ausgehen, dass sie sich über kurz oder lang bei uns melden.«

»Ganz abgesehen von den Scherben, die wir sichergestellt haben. Er hat halt gepokert – und verloren.«

Mendelski wiegte nachdenklich den Kopf. »Ob es sich bei dem Fahrzeug, das zur fraglichen Zeit am Tatort war, wirklich um seins handelt, lässt sich wahrscheinlich relativ leicht im Labor feststellen. Ob er aber auch selbst am Lenkrad gesessen hat, wird schon viel schwieriger zu beweisen sein. Wie ich den Berger einschätze, zaubert er einen Mister Unbekannt aus dem Ärmel, sobald er von der Zeugenaussage hört oder das Ergebnis aus dem Labor vorliegt.«

»Und Wingenfelders Anruf?« Maike bremste das Auto auf die erlaubten fünfzig Stundenkilometer ab. Sie passierten das Ortsschild von Fuhrberg. »Berger wird von seinem ehemaligen Freund in höchster Not um Hilfe gebeten – und soll jemand anderen geschickt haben?«

»Denkbar ist alles. – Da vorn musst du links. – Dummerweise sind ja sämtliche weiteren Spuren, die auf seine Anwesenheit hätten hinweisen können, mit ziemlicher Sicherheit bei dem Brand vernichtet worden.«

»Na, wer wird denn gleich klein beigeben«, lästerte Maike. »Wir stehen doch erst ganz am Anfang der Ermittlungen.«

»Du hast ja recht. Weder die Obduktion noch die Laborarbeiten sind abgeschlossen. Wer weiß, was da noch alles herauskommt.«

»Und vielleicht tauchen noch mehr Zeugen auf. Wir müssen unsere Befragungen ab jetzt nicht nur in Wieckenberg und Wietze durchführen, sondern auch hier in Fuhrberg.«

»Jetzt wieder rechts.«

»Robert!« Maike warf ihm einen genervten Blick über den Rand ihrer Sonnenbrille zu. »Ich weiß, wo wir lang müssen.«

Forsch bog sie in die Seitenstraße ein. Rechter Hand tauchte wieder die Fuhrberger Kirche auf, deren Holzturm von der Abendsonne beschienen wurde.

»Männer!«, schimpfte sie. »Schließlich sind wir vor zwei Stunden schon mal hier gewesen.«

Auch ohne Mendelskis Anweisungen fand sie die Einmündung in die Straße, an deren Ende sich Bergers Haus befand.

»Hoppla! Was ist denn da los?«

Schon von Weitem sahen sie den Streifenwagen, der schräg auf der Straße geparkt stand und die Durchfahrt blockierte. Das Blaulicht war eingeschaltet. Direkt daneben war ein rot-weißes Absperrband quer über die gesamte Straßenbreite gespannt. Eine Schar Neugieriger stand dahinter und gaffte.

»Was wird das?«, rief Mendelski, nichts Gutes ahnend.

»Siehst du den weißen Bulli?« Maike wurde plötzlich ganz blass im Gesicht. »Direkt vor Bergers Haus? Wenn das man nicht …«

»… die Hannoveraner Kollegen sind«, vollendete Mendelski den Satz. »*Mierda!*«

Nachdem sie sich ausgewiesen hatten, ließ sie der Schutzpolizist die Absperrung passieren. Da er sich keinen Reim darauf machen konnte, was die Celler Kripo hier wollte, rief er vorsichtshalber einen Mann im weißen Overall herbei, der sich mit Filmkamera und Stativ vor der Haustür Bergers zu schaffen machte.

Mendelski und Maike hatten ihre Ausweise gar nicht erst weggesteckt und hielten sie nun dem Kameramann unter die Nase. »Hurth«, stellte der sich vor, »vom Zentralen Kriminaldienst Hannover.«

»Was ist denn passiert?«, schnaufte Mendelski ganz außer Atem. Am liebsten wäre er sogleich ins Haus gestürzt, um sich selbst zu vergewissern, was vorgefallen war. Er befürchtete das Schlimmste.

»Der Besitzer des Hauses, ein gewisser Clemens Berger, ist blutüberströmt auf seiner Terrasse aufgefunden worden«, erläuterte Hurth in lang gezogenen Worten, während er seelenruhig weiter an seinem Stativ hantierte. Er sprach mit einem stark bayrischen Akzent. »Er hat eine schwere Kopfverletzung im hinteren Schädelbereich, die auf Fremdeinwirkung schließen lässt. Die Indizien sprechen für einen versuchten Mord oder Totschlag.«

»Versuchter …« Mendelski riss fassungslos die Augen auf. Ihm platzte fast der Kragen, weil der Kollege so gleichgültig erschien. »Also lebt Berger noch?«

»Ja. Schon noch. Aber es sieht nicht gut aus für ihn. Er hatte bereits sehr viel Blut verloren, als das Mädchen ihn fand. Bei Bewusstsein war er jedenfalls nicht mehr. Ein Hubschrauber hat ihn in die Medizinische Hochschule Hannover gebracht.«

»*Dios mio!*«, rief Mendelski und warf den Kopf in den Nacken. Er wandte sich an Maike. »Sag du mir: Was geht hier vor?«

»Keine Ahnung. Aber lass uns doch reingehen, dann hören wir ja –«

Hurth unterbrach sie. »Das halte ich für keine gute Idee«, sagte er. »Erstens müssen Sie das vorher mit Kriminalhauptkommissarin Treskatis vom ZKD Hannover absprechen, die hier heute die Ermittlungen leitet. Und zweitens darf ich niemanden ohne Schutzanzug, Schuhschoner und Handschuhe ins Haus lassen. Das müssten Sie als Kollegen verstehen. Die Spurensicherung …«

»Ja, ja!«, beruhigte ihn Mendelski, in der Gewissheit, dass Hurth und er in diesem Leben keine Freunde mehr werden würden. »Wenigstens ist es gut zu hören, dass Verena die Untersuchungen leitet. Kann ich sie sprechen?«

Hurth nickte verdattert und zückte sein Handy.

Mendelski kannte Verena Treskatis von verschiedenen gemeinsamen Lehrgängen und Seminaren. Er mochte sie. Sie war zehn Jahre älter als er, galt aber im Kollegenkreis noch immer als eine sehr agile und engagierte Polizistin.

»Robert«, rief Verena Treskatis erfreut, als sie in ihrem weißen Schutzanzug aus der Haustür trat. »Was in drei Teufels Namen machst du denn hier?«

Sie standen etwas abseits des Geschehens am Ende der Asphaltstraße, dort, wo die Feldmark begann. Auch hier blockierten Streifenwagen und Flatterband die Durchfahrt. Hinter den Büschen in Bergers Garten eilten Gestalten in weißen Overalls über den Rasen.

»Das klingt ja höchst merkwürdig«, urteilte Verena Treskatis, nachdem Mendelski ihr von dem Fall Wingenfelder, Bergers Verstrickung darin und ihrem Besuch in diesem Haus vor gut zwei Stunden berichtet hatte. »Wie es scheint, haben wir einen gemeinsamen Fall.«

»Ja, scheint so«, erwiderte Mendelski mit gequältem Lächeln. »Allerdings wird die ganze Angelegenheit durch den Anschlag auf Berger nicht gerade einfacher. Eigentlich hatten wir gedacht, wir wären auf einer heißen Spur, und wollten uns gerade Berger und insbesondere sein Auto vorknöpfen. Bisher deuteten sämtliche Indizien auf einen Konflikt zwischen Wingenfelder und Berger hin. Und dann kommt mit einem Mal eine dritte Person ins Spiel.«

»Also wenn ich es recht verstehe, hattet ihr Berger in Verdacht, kurz vor dem Ausbruch des Waldbrandes im Wieckenberger Forst gewesen zu sein. Diese Vermutung stützt sich in erster Linie auf die Zeugenaussage des Ehepaars aus Wettmar, das den BMW zur fraglichen Zeit gesehen haben will.«

»Ja, und auf Bergers Eingeständnis, von Wingenfelder per Handy um Hilfe gerufen worden zu sein. Wenn mich nicht alles täuscht, hat er uns belogen und ist dem Ruf des ehemaligen Freundes doch gefolgt.«

»Oder ...«, gab Maike zu bedenken, »er sagt die Wahrheit und jemand anderes ist mit seinem BMW gefahren. Diesen Unbekannten hat Berger möglicherweise bisher gedeckt. Und heute Nachmittag, nachdem wir weggefahren waren, hat Berger ihn wegen des Mordvorwurfs zur Rede gestellt. Sie stritten sich, der Streit eskalierte ...«

»Nicht schlecht«, lobte Mendelski. »Das könnte eine plausible Erklärung sein. Doch wir sollten, bevor wir weiter herumspekulieren, erst einmal Beweismittel sicherstellen.« Er wandte sich an Verena Treskatis. »Verena, kannst du bitte veranlassen, dass der BMW schnellstmöglich zum LKA kommt? Es geht mir nicht nur um das Rücklicht und den Dreck in den Reifen und Radkästen, sondern auch um sämtliche Spuren im Wageninneren. Also das volle Programm.«

»Der Wagen wird heute noch abgeholt«, versprach Verena Treskatis.

»Dann würden wir, wenn die Spusi durch ist, gern auch einmal einen Blick in Bergers Haus und auf die Terrasse werfen. Du weißt ja, wir waren gerade erst hier. Vielleicht fällt uns etwas auf.«

»Natürlich. Gerne. Nur müsst ihr euch noch ein bisschen gedulden. Mein Trupp nimmt sich nicht nur Haus und Terrasse, sondern auch den gesamten Garten vor.«

»Übrigens sind hier Pferdespuren, ganz frische.« Maike hatte sich gebückt und musterte die aufgewühlte Erde auf dem Seitenstreifen. »Habt ihr die schon unter die Lupe genommen?«

»Die stammen von dem Mädchen, das Berger gefunden hat«, erwiderte Verena Treskatis und trat näher. »Eine gewisse Caroline Winter hier aus Fuhrberg. Sie kam von einem Ausritt heim und sah Berger auf der Terrasse liegen. Sie hat sofort über Handy den Notruf abgesetzt.«

»Wenn sie heimgeritten ist«, bemerkte Mendelski, »muss sie auch irgendwann losgeritten sein. Hat sie dabei denselben Weg genommen?«

»Ich muss gestehen, dass wir sie das noch nicht gefragt haben.

Dafür gab es noch nicht die rechte Gelegenheit. Der Arzt meinte, das Mädchen stünde unter Schock, da würde eine Befragung wenig Sinn ergeben. Also haben wir sie erst mal nach Hause geschickt.«

»Dann hat sie noch gar keine Aussage gemacht?«

»Nein. Aber morgen, am Montag, holen wir das nach.«

Sie ließen die Pferdespuren zurück und setzten ihren Rundgang auf der Straße fort.

»Und Berger?«, wollte Mendelski wissen. »Hast du schon Nachrichten aus der MHH?«

»Ja. Kurz bevor ihr eingetroffen seid, hat mich der behandelnde Arzt angerufen. Berger hat eine schwere, bisher nicht näher definierte Kopfverletzung und enorm viel Blut verloren. Sie haben ihn in ein künstliches Koma versetzt.«

»Chancen?«

»Fünfzig zu fünfzig, wurde mir gesagt.«

»Dann ist also an eine Vernehmung erst einmal nicht zu denken?«

»Genau.« Verena Treskatis schaute zur Haustür, wo sich etwas tat. »Moment mal, anscheinend werde ich gebraucht.«

Einer ihrer Kollegen von der Spurensicherung war aus dem Haus getreten und kam auf sie zu. Mendelski und Maike blieben stehen und warteten. Immerhin waren sie an einem Tatort anwesend, der nicht zu ihrem Zuständigkeitsbereich gehörte. So beobachteten sie wie gewöhnliche Zaungäste aus der Ferne, wie sich Verena Treskatis mit ihrem Mitarbeiter unterhielt.

Plötzlich winkte ihnen Verena Treskatis zu. Sie sollten kommen.

»Darf ich bekannt machen«, sagte sie, nachdem Mendelski und Maike näher getreten waren, und stellte den beiden ihren hannoverschen Kollegen vor. »Kriminaloberkommissar Cebulla hat im Maisfeld hinter dem Garten eine interessante Entdeckung gemacht. Wenn ihr wollt, könnt ihr mitkommen.«

Sie gingen nicht durchs Haus, sondern folgten Cebulla durch eine Holzpforte, die rechts neben der Garage in den Garten führte.

»Die Fußspuren auf dem Rasen haben uns zu dem Maisfeld geführt«, sagte der Kriminaltechniker, während sie die Buschreihe durchquerten. »Der Rasen ist bestimmt seit einer Woche nicht gemäht worden. So konnten wir eindeutige Fußspuren ausmachen, die vom Maisfeld zum Haus und wieder zurück führen. Hier geht's lang.«

Sie überquerten den Rasen und erreichten bald die Grundstücksgrenze, hinter der sich die Feldmark erstreckte. Vor einem etwa hüfthohen Holzlattenzaun blieben sie stehen; hier war ein circa fünf Meter breiter Bereich mit Flatterband abgesperrt. Im Maisfeld dahinter hockten zwei Kriminaltechniker und gossen gerade einen Fußabdruck im Erdreich mit einer weißen Gipsmasse aus.

»Es hat den Anschein«, begann Cebulla mit seinen Erklärungen, »als ob der mutmaßliche Täter hier im Schutze der Maispflanzen geraume Zeit gewartet hat, bevor er über den Zaun kletterte und zum Haus hinüberlief. Wir haben hier jede Menge Spuren entdeckt, die auf den circa einstündigen Aufenthalt eines einzelnen Mannes schließen lassen. Sehr deutliche Fußspuren – ich tippe auf Turnschuhe, Schuhgröße dreiundvierzig –, Textilfaserspuren am Mais und eventuell sogar ein Kopfhaar. Wir haben abgeknickte Maisstängel sichergestellt, die wahrscheinlich mit bloßen Händen umgebrochen wurden. Auch hier erhoffen wir uns eine Menge Daten durch die Auswertung im Labor.«

»Das klingt ja sehr vielversprechend«, lobte Verena Treskatis mit einem Lächeln.

»Ich bin ja noch nicht fertig«, entgegnete Cebulla, der ernst und ungeheuer sachlich blieb. »Wir sind den Fußspuren durch den Mais gefolgt, das war nach dem gestrigen Regen sehr einfach. Sie haben uns auf der anderen Seite des Maisackers zu einer Feldwegekreuzung geführt. Dort fanden wir frische Reifenspuren eines Pkw, die wir auch noch ausgießen werden. Wie es aussieht, ist der mutmaßliche Täter mit dem Wagen durch die Feldmark gekommen und den gleichen Weg zurückgefahren. An der Wasserwerkstraße, die gepflastert ist, verliert sich die Spur aber.«

»Sehr schön.« Verena Treskatis nickte anerkennend. »Da haben wir ja schon einiges. Ist es möglich, den Celler Kollegen jetzt die Terrasse und das Haus zu zeigen?«

»Ich denke schon«, erwiderte Cebulla. »Wir sind so weit durch.«

Der Blutfleck auf den Sandsteinplatten war riesig. Die Kreidezeichnung, die die genaue Fundstelle und Körperhaltung Bergers dokumentierte, zeigte, dass das Blut, das sich fächerartig über die halbe Terrasse verteilt hatte, aus dem Kopfbereich stammen musste.

Obendrein waren eindeutige Kampfspuren zu erkennen. Ein Gartenstuhl war umgeworfen, eine Tischdecke lag zusammengeknüllt am Boden, ein Terrakottatopf war in tausend Stücke zerschmettert worden. Etliche kleine Schildchen mit fortlaufenden Nummern, die auf dem Terrassenboden verteilt standen, deuteten auf eine Vielzahl von Spuren hin.

»Dass er das überlebt haben soll ...«, bemerkte Mendelski erstaunt, als sie mit vorsichtigen Schritten die Terrasse betraten. »Gibt es schon Hinweise über Tathergang oder Tatwaffe?«

»Es hat zweifellos einen Kampf gegeben«, antwortete Verena Treskatis, »wie du sicher unschwer erkennen kannst. Dieser Kampf hat allem Anschein nach im Haus begonnen, doch darüber später mehr. Hier draußen ist der Streit, Kampf oder was auch immer eskaliert. Wir haben eine große Papierschere sichergestellt, die dort drüben am Boden lag, wo Schildchen Nummer drei steht.« Sie wies mit dem Zeigefinger in die angegebene Richtung.

»Eine dieser langen Scheren, die wie Dolche aussehen?«, fragte Maike. Ihr lief ein kalter Schauer über den Rücken, der trotz der abendlichen Wärme eine Gänsehaut hervorrief.

»Ja, aber dieses Mordwerkzeug ist zum Glück nicht zum Einsatz gekommen. Die Schere war blitzblank, ohne einen einzigen Blutstropfen. Einer der beiden Kontrahenten hatte sie sicherlich als Waffe nutzen wollen, während sich der andere wohl mit der um den Unterarm gewickelten Tischdecke – siehe dort Schild Nummer fünf – gewehrt hat.«

»Wie kam es dann zu der heftigen Kopfverletzung?« Mendelski war vor der Kreidezeichnung in die Hocke gegangen und musterte die Steinplatten. »Geht ihr von einer anderen Tatwaffe aus?«

»Schwer zu sagen.« Verena Treskatis zuckte bedauernd mit den Schultern. »Jedenfalls haben wir keine potenzielle Tatwaffe gefunden. Und über die genaue Art der Verletzung haben uns die Ärzte aus dem Krankenhaus noch nichts verraten. So dämlich es klingt: Wäre Berger tot, wüssten wir wahrscheinlich schon mehr.«

Maike rümpfte die Nase. »Lasst uns lieber ins Haus gehen«, bat sie. »Blut habe ich für den Moment genug gesehen.«

»In Ordnung«, erwiderte Verena Treskatis. »Dann kommt.« Sie

ging voran und berichtete dabei: »Einbruchspuren sind nicht zu finden. Entweder – und das vermuten wir sehr stark – hat die Terrassentür offen gestanden, was bei diesem herrlichen Sommerwetter durchaus denkbar wäre. Oder Berger hat seinem Widersacher die Tür geöffnet.«

In der Zwischenzeit hatten sie den Wohntrakt mit der Küchenzeile erreicht, den Mendelski und Maike bereits von ihrem nachmittäglichen Besuch her kannten. Auch hier gab es etliche Spuren einer gewalttätigen Auseinandersetzung: Zwei Rattanstühle lagen am Boden, einer der orangefarbenen Vorhänge war halb heruntergerissen, eine Tasse lag zerbrochen am Boden. Auf dem runden Esstisch aus Buchenholz war die Blumenvase umgekippt und so nah an die Tischkante gerollt, dass ein Luftzug gereicht hätte, um sie auf den Boden fallen zu lassen.

»Die Kaffeetassen und Gläser dort auf dem Tisch stammen dann sicher von euch?«, wollte Verena Treskatis wissen. »Von eurem Besuch heute Nachmittag?«

»Ja, tut mir leid für euch«, bestätigte Mendelski, indem er bedauernd die Schultern hochzog. »Ihr hattet euch sicher schon über die prächtigen Fingerabdrücke gefreut.«

»Einen Abgleich machen wir aber trotzdem. Sicher ist sicher.«

»Klar, müsst ihr ja. Wer weiß, was der Täter außer der Schere noch alles in der Hand hatte.«

Mendelski umkreiste langsam den Tisch, begab sich zur Küchenzeile und versuchte sich zu erinnern, wie es hier am Nachmittag ausgesehen hatte. Auch Maike ließ ihre Augen wandern, vermochte jedoch nichts Auffälliges zu entdecken.

»Kaffeekanne, Mineralwasserflasche, Geschirr«, zählte Mendelski leise auf. »Zuckerdose, Milchkännchen, zwei Teelöffel – scheint alles da zu sein. Und doch ... Irgendwas ist anders.«

»Was meinst du?«, fragte Maike gähnend. So langsam machte sich bei ihr das lange Arbeitswochenende bemerkbar. Schließlich war es bereits neunzehn Uhr, und sie hatte einen inzwischen neuneinhalbstündigen Sonntagsdienst hinter sich. Ihr Magen knurrte auch schon wieder.

»Wenn ich das wüsste«, knurrte Mendelski ärgerlich. Immer wieder drehte er sich im Kreis und fixierte mit zusammengekniffenen Augen jeden einzelnen Gegenstand.

»Wir haben alles auf Video«, sagte Verena Treskatis nach einer Weile. »Das Haus, die Terrasse, den Garten. Wenn du möchtest, schicke ich dir eine Kopie.«

»Das wäre nett.« Prompt brach er seine Suche ab. »Feierabend für heute. Und wie ich mich kenne, brauche ich kein Video. Entweder fällt es mir nachher unter der Dusche ein oder spätestens heute Abend im Bett.«

Doch so lange brauchte Mendelski gar nicht zu warten. Eine Viertelstunde später, auf dem Heimweg nach Celle, irgendwo in dem weitläufigen Waldgebiet zwischen Allerhop und Schönhop, platzte er plötzlich damit heraus.

»Ich hab's!«, rief er und schlug sich mit der flachen Hand auf den Oberschenkel, dass es knallte.

Maike fuhr vor Schreck einen kleinen Schlenker. »Was hast du?«, fragte sie, nachdem sie den Wagen wieder auf seine Fahrspur gebracht hatte.

»Na, die Ungereimtheit in Bergers Wohnküche.«

»Und?«

»Da ist etwas verschwunden.«

»Und was, bitte schön?«

»Eigentlich etwas völlig Banales. Jedenfalls nichts, was als Tatwaffe herhalten könnte.«

»Nun mach es nicht so spannend, Robert.« Maike platzte fast der Kragen.

Doch Mendelski ließ sich Zeit. Sein Blick schweifte in den lichten Kiefernhochwald auf seiner rechten Seite, unter dessen Kronen allmählich die Abenddämmerung Einzug hielt.

»Die Blumen«, sagte er schließlich. »Die knallroten Gerbera, die heute Nachmittag noch auf dem Tisch standen. Die waren eben nicht mehr da.«

ACHT

Der Montag begann, wie der Sonntag geendet hatte: mit strahlend blauem Himmel, angenehmen zwanzig Grad und leichtem, aber beständigem Ostwind. Das Hoch über Skandinavien sorgte – abgesehen von einigen Gewitterfronten – weiterhin für eine stabile Wetterlage.

Für einen normalen Arbeitstag verließ Mendelski sein Haus in Boye ungewöhnlich spät, es war bereits sieben Uhr vierzig. Normalerweise fuhr er zwischen sieben und sieben Uhr fünfzehn zur Arbeit.

Doch diese Verspätung hatte ihren Grund. Am Vorabend war er erst gegen einundzwanzig Uhr vom Dienst nach Hause gekommen. Dass es sich dabei um einen Sonntagsdienst gehandelt hatte, spielte für den pflichtbewussten Mendelski weniger eine Rolle. Er hatte ausgiebig geduscht und sich dann zu seiner Frau zu einem späten Abendbrot auf die Terrasse gesetzt. Doch die aufregenden Ereignisse des Tages hatten ihn lange nicht zur Ruhe kommen lassen. Erst weit nach Mitternacht – als Carmen schon lange schlief – hatte auch er den Weg ins Bett gefunden.

Trotzdem schaffte er es noch gerade so, pünktlich um acht Uhr zur Lagebesprechung im Präsidium in der Jägerstraße zu sein. Als Letzter betrat er das Besprechungszimmer und zog die Tür hinter sich zu. Die Moko Wingenfelder war komplett.

»Guten Morgen allerseits«, sagte er gut gelaunt, während er seine Weste auszog und über eine Stuhllehne hängte. Trotz des weit geöffneten Fensters war die Luft in dem Raum stickig und warm.

Ellen Vogelsang, Maike Schnur, Heiko Strunz und Joachim Kleinschmidt grüßten müde zurück. Sie wirkten bei Weitem nicht so beschwingt wie Mendelski. Selbst nach einem anstrengenden Dienstwochenende schien ihm eine Lagebesprechung am Montagmorgen wenig auszumachen.

»Falls Maike euch nicht schon die Neuigkeiten erzählt hat, möchte ich – ganz gegen meine Gewohnheit – heute mal den Anfang machen. Wir haben nämlich gestern Nachmittag noch so einiges erlebt.«

Wie Mendelski an den neugierigen Blicken erkennen konnte, wusste seine Truppe noch nichts von der neuen Entwicklung. Das lag aber kaum an einer für Maike untypischen Zurückhaltung oder Verschwiegenheit, mutmaßte er. Wahrscheinlich war sie erst wenige Sekunden vor ihm im Büro angekommen und hatte schlichtweg keine Zeit gehabt, den anderen von ihren Erlebnissen am Sonntag zu berichten.

»Gestern Abend hat es eine weitere Gewalttat gegeben, die aller Wahrscheinlichkeit nach in engem Zusammenhang mit unserem Fall steht«, gab er bekannt.

Alle – außer Maike – waren mit einem Mal hellwach.

»Der Reihe nach.« Mendelski musste über seinen gekonnten Schachzug schmunzeln. Jetzt konnte er sich der ungeteilten Aufmerksamkeit seiner Zuhörerschaft sicher sein. Bis auf die von Maike, versteht sich.

»Unser gestriger Besuch in der Pathologie«, fuhr er fort, »hat uns zwar Wissenswertes über Brandleichen im Allgemeinen beschert, jedoch nur sehr wenig über die von Jens Wingenfelder im Speziellen. Da erhoffe ich mir mehr von dem schriftlichen Bericht, den wir hoffentlich heute im Laufe des Tages bekommen.«

»Entschuldige, Robert«, warf Maike ein. Wie eine müde Schülerin, die es sich trotzdem nicht nehmen lassen wollte, etwas zum Unterricht beizutragen, hatte sie den Zeigefinger samt Arm langsam in die Höhe gestreckt. »Ein halbwegs wichtiges Ergebnis hatte Frau Dr. Grote aber doch schon parat.«

»Und das wäre?«

»Dass Wingenfelder keinerlei Spuren äußerer Gewalteinwirkung aufwies.«

»Oh ja, sorry, hatte ich völlig vergessen.« Mendelski hob entschuldigend die rechte Hand. Er musste insgeheim einräumen, dass Maike wacher war, als es den Anschein hatte. »Das ist mir nach den Ereignissen von gestern durchgerutscht. Also: Außer den Handschellen gibt es bei Wingenfelder wohl keine weiteren Anzeichen äußerer Gewalteinwirkung. – Danke, Maike«, hängte er leise an.

Mendelski kramte seinen Schreibblock hervor, blätterte kurz darin und setzte dann seinen Bericht fort.

»Als Nächstes besuchten wir Frau Wingenfelder in Wietze.

Dort gab es nichts wirklich Neues. Wir haben uns eine Liste von Wingenfelders Mitjägern und den Namen seines Zahnarztes geben lassen. Die beiden Kinder konnten wir noch nicht sprechen. Allerdings geistert der Schwiegervater weiterhin im Haus herum, also der Vater von Diana Wingenfelder. Sein Name ist Erwin Nikutta. Maike und ich haben beide das Gefühl, dass er uns was verschweigt.«

»Na ja«, meinte Maike. »Verschweigen ist vielleicht ein bisschen übertrieben. Jedenfalls scheint er wenig kooperativ.«

»Danach sind wir noch einmal zur Waldbrandfläche gefahren«, nahm Mendelski seinen Bericht wieder auf. »Dieses Mal haben wir einen anderen Weg genommen, der von Osten zu der Fläche führt. Rund einen halben Kilometer vom Fundort der Leiche entfernt sind wir auf zwei Gedenksteine gestoßen, die auf einen Doppelmord im Jahre 1919 hinweisen. Zwei Jagdaufseher – Wingenfelder war in gewisser Weise ja auch einer – sind damals von Wilderern erschossen worden.«

»Seht ihr da etwa Parallelen zu unserem jetzigen Fall?« Ellen Vogelsang zog ihre Stirn in Falten. »Ich finde es doch recht abenteuerlich, diese beiden Begebenheiten in Zusammenhang zu bringen. Der Doppelmord damals – die beiden Gedenksteine kenne ich übrigens ganz gut – ist immerhin rund neunzig Jahre her.«

»Stimmt schon«, beschwichtigte Mendelski sie. »Nur hatten Maike und ich bis dahin noch keine andere heiße Spur – die kam erst am Nachmittag. So waren wir noch relativ offen für alle Möglichkeiten, bis hin zu einem eventuell aus der Wildererszene stammenden Motiv.«

Maike grinste und warf Ellen Vogelsang einen vielsagenden Blick zu. Als ob sie sagen wollte: »Lass mal, diese Hypothese ist ganz allein auf Roberts Mist gewachsen.«

Die mühselige Überquerung der Wulbeck und die Begegnung mit dem Kohlfuchs ließ Mendelski bei seinem Bericht aus. Er erzählte kurz von ihrer zweiten Begehung der Brandfläche und streifte auch das Thema Axel Schriewe nur am Rande.

»Um die Mittagszeit kam dann der Anruf von Heiko«, sagte er und nickte Heiko Strunz zu. »Er hatte herausgefunden, dass mit Wingenfelders Handy kurz vor dessen Tod ein Gespräch mit einem Clemens Berger aus Fuhrberg getätigt worden war. Diesen

Berger haben wir umgehend aufgesucht. Er hat zugegeben, längere Zeit mit dem Getöteten befreundet gewesen zu sein, und bestätigt, dass er von ihm am Samstagnachmittag angerufen wurde. Es habe sich um eine Art Hilferuf gehandelt, Berger sollte sofort hinaus ins Revier kommen, es ginge um Leben und Tod. Berger behauptet, dieser Aufforderung nicht gefolgt zu sein. Denn die ehemals guten Freunde hätten sich vor geraumer Zeit zerstritten. Die Gründe sind im Moment nebensächlich.«

»Warum sind die denn unwichtig?«, unterbrach ihn Jo Kleinschmidt. »Ist da nicht eventuell ein Motiv zu finden?«

»Ich gebe dir ja vollkommen recht«, erwiderte Mendelski mit einem Schmunzeln. »Aber ich kürze hier ein wenig ab, denn wie ihr gleich hören werdet, kommt das dicke Ende erst noch.«

Nachdem er ein wenig in seinem Notizblock geblättert hatte, um eine bestimmte Stelle zu finden, setzte er wieder an. »Vorsichtshalber haben wir uns noch Bergers Auto angesehen. Es handelt sich um einen dunkelgrünen BMW X3, dessen Blinker und Rückleuchten allerdings unbeschädigt waren. Daraufhin sind Maike und ich zurück nach Celle ins Präsidium gefahren und haben von der nächsten Neuigkeit erfahren: Ein Ehepaar aus Wettmar hatte sich gemeldet. Die Leute hatten kurz vor Ausbruch des Brandes in der Nähe der Hoppelpiste zwischen Wieckenberg und Fuhrberg ein Auto beobachtet, das ihnen im Nachhinein verdächtig vorkam.« Er machte eine Kunstpause. »Nun ratet mal – außer Maike und Heiko natürlich –, was für ein Auto das war.«

»Ein BMW X3«, antwortete Kleinschmidt wie aus der Pistole geschossen. Als passionierter Geländewagenfahrer tobte er sich gern mit seinem Suzuki in den Kieskuhlen der Region aus.

»Richtig.« Mendelski nickte zufrieden. »Und zwar ein dunkelgrüner X3 mit hannoverschem Kennzeichen. Dann haben uns die beiden aber noch etwas erzählt, wovon auch du, Heiko, noch nichts weißt, was aber von enormer Wichtigkeit ist.«

Heiko Strunz spitzte die Ohren. »Komm schon«, drängelte er.

»Das Ehepaar will an dem Fahrzeug ein kaputtes Rück- oder Blinklicht gesehen haben.«

»Die Scherben …«, murmelte Strunz. Lauter fügte er hinzu: »Aber ich denke, der BMW von Berger war sauber?«

»So einen Schaden kann man über Nacht beseitigen«, entgegnete Mendelski. »Wenn man den nötigen Druck macht, geht das alles. Außerdem arbeitet Berger in der Autobranche, der hat da sicher seine Verbindungen.«

»Wie ging's weiter?«, fragte Ellen Vogelsang neugierig. »Wie ich dich kenne, war das doch noch nicht alles.«

»Genau.« Mendelski lehnte sich genüsslich zurück und faltete die Hände vor dem Bauch. »Maike und ich sind natürlich sofort wieder nach Fuhrberg gerast, um Berger zur Rede zu stellen. Und um den BMW zu beschlagnahmen. Es sah so aus, als ob wir damit einen großen Schritt weiterkommen könnten. Doch dann hat es uns kalt erwischt.« Wieder stockte Mendelski, um die Spannung zu steigern. Seine Zuhörer waren jedoch über die effekthascherischen Pausen alles andere als erbaut.

»Nun mach schon«, drängte Strunz.

»Als wir in Fuhrberg ankamen, trafen wir auf die Kollegen vom ZKD aus Hannover. Ein Unbekannter hat Berger, kurz nachdem wir ihn verlassen hatten, überfallen und ihn übel zugerichtet. Er liegt mit schweren Kopfverletzungen im künstlichen Koma auf der Intensivstation und ist bis auf Weiteres nicht vernehmungsfähig.«

»Donnerwetter!«, entfuhr es Strunz. »Der Fall nimmt ja ungeahnte Dimensionen an. Wie wurde er verletzt? Ich meine, welche Art von Waffe hat der Täter verwendet? Schuss-, Stich- oder –«

»Es ist vermutlich eine Stoß- oder Schlagverletzung«, fiel ihm Mendelski ins Wort. »Eine Tatwaffe war am Tatort zumindest nicht zu finden.«

»Gibt es wenigstens ein paar mehr Spuren als bei der Brandleiche?«, wollte Ellen Vogelsang wissen.

»Ja, jede Menge. Fuß- und Reifenspuren, Textilfasern, wahrscheinlich auch Fingerabdrücke und diverse DNA-Spuren. Allem Anschein nach handelt es sich um einen männlichen Einzeltäter, der vom benachbarten Maisfeld aus auf das Berger'sche Grundstück gelangt ist. Es gibt zahlreiche Hinweise auf einen heftigen Kampf.«

»Aber keine konkreten Hinweise auf den Täter? Nichts Greifbares? Keine Zeugen?«

»Nein. Leider noch nicht.« Mendelski klappte seinen Notizblock zu. »Und mehr haben Maike und ich im Moment auch nicht.

Der Fall Wingenfelder wird durch den Anschlag auf Berger, den wir nicht nur als Opfer, sondern auch als möglichen Täter oder eventuellen Zeugen betrachten müssen, nicht gerade einfacher. Allerdings bekommen wir jetzt Verstärkung aus der Landeshauptstadt. Die Kollegen aus Hannover kümmern sich um die Vorgänge in Fuhrberg. Und zwar um Berger, wenn er denn überlebt, um seinen BMW, was die Scherben und andere Spuren betrifft, und um das Mädchen, das den halb toten Berger gefunden hat. Sie konnte gestern noch keine Aussage machen, da sie unter Schock stand. – So, und nun seid ihr an der Reihe.«

»Du hast schon wieder was vergessen«, sagte Maike. »Jedenfalls erschien es dir gestern Abend noch recht wichtig. Ich meine den verschwundenen Blumenstrauß.«

»Ach ja. Gut, dass du mich erinnerst.« An die anderen gewandt, erklärte Mendelski: »In Bergers Wohnung hat am Nachmittag, als wir ihn besuchten, noch ein Strauß roter Gerbera auf dem Tisch gestanden. Der war nach dem Anschlag plötzlich verschwunden. Diesbezüglich werde ich später noch Verena Treskatis kontaktieren. Aber vielleicht liegt die Lösung dazu auch in unserem Zuständigkeitsbereich. Ich habe da so eine Idee …«

Der Bericht von Heiko Strunz war kurz und bündig. Er hatte den Sonntag im Präsidium verbracht und die meiste Zeit telefoniert oder am PC recherchiert. Als wichtigstes Ergebnis hatte er Wingenfelders letztes Handytelefonat herausbekommen. Die Einzelverbindungsnachweise des Festnetzanschlusses hatte man ihm für den heutigen Tag versprochen. Weitaus schwieriger war es gewesen, jemanden von der Wasa-Unternehmensleitung an die Strippe zu bekommen. Letztlich hatte er Wingenfelders Sekretärin erreicht und einen Termin für heutige Nachmittag verabredet.

Dann waren Ellen Vogelsang und Jo Kleinschmidt an der Reihe. Sie mussten sich sputen, denn um acht Uhr dreißig wollte Steigenberger einen ersten Lagebericht. Und wie sie den Leiter der Polizeiinspektion Celle kannten, würde er pünktlich in seinem Büro sein.

Ihre Aufgabe war es gewesen, Wingenfelders näheres Umfeld – und hier besonders die Jagdszene – auszuleuchten. Sie hatten mit dem Förster in Wieckenberg gesprochen und zusammen mit ihm eine lange Liste mit Namen und Adressen angefertigt. Einige Mitjäger, einen Nachbarpächter und auch den Landwirt, der den Waldbrand entdeckt hatte, hatten sie bereits besucht und befragt. Es war aber nichts Neues dabei herausgekommen. Es hatte den Anschein, dass Wingenfelder wegen seiner umgänglichen Art überall beliebt war, sodass sich niemand seinen tragischen Tod erklären konnte. Auch die Befragung von Wingenfelders Nachbarschaft und ein Besuch bei der Polizeistation in Wietze hatten zu keinen neuen Erkenntnissen geführt. Allerdings hatten sie noch nicht alle Personen auf der Liste erreicht, da sich gestern wohl viele auf einem sonntäglichen Ausflug oder gar im Urlaub befunden hatten.

»Apropos Urlaub«, ergänzte Mendelski, nachdem Ellen Vogelsang und Jo Kleinschmidt geendet hatten. »Den werden Maike und ich wohl erst einmal hintenanstellen müssen. Es sei denn, Kommissar Zufall bringt uns eine rasche Klärung des Falls.«

»Warum so bescheiden?«, erscholl es da frohgemut von der Tür. Steigenberger war, ohne zu klopfen, eingetreten und hatte die letzten Worte mitgehört. »Guten Morgen allerseits. Eine Spitzen-Truppe wie diese braucht doch keinen Kommissar Zufall. Oder etwa doch?«

Maike konnte bei so viel sahniger Schmeichelei ihr loses Mundwerk nicht halten. »Blubber, schleim, blubber …«, murmelte sie leise. Zum Glück hatte nur Ellen Vogelsang diese verbale Entgleisung verstanden und mit einem breiten Grinsen bestätigt.

Nachdem Steigenberger einen Stapel Tageszeitungen abgelegt und sich einen Stuhl zurechtgerückt hatte, hörte er sich den Lagebericht von Mendelski an.

»Das sind ja beachtliche Neuigkeiten«, sagte er abschließend. »Dann werde ich mich gleich mit Hannover in Verbindung setzen. Vielleicht macht es ja Sinn, eine einzige, regionsübergreifende Mordkommission zu bilden. Ich werde darüber mit dem Staatsanwalt sprechen müssen. Eigentlich hatte er jetzt hier sein wollen, er ist aber kurzfristig ins Landgericht gerufen worden.«

Steigenberger griff sich die oberste Zeitung vom Stapel neben sich. »Die Berichterstattung in den Medien«, fuhr er fort, »ist im Großen und Ganzen in Ordnung. Nur ein gewisser Axel Schriewe von der ›Celleschen Zeitung‹ scheint über enorme Detailkenntnisse zu verfügen. Woher hat er die? Gab es da etwa eine Sonderbehandlung? Ein Exklusivinterview gar?«, bohrte er nach.

»Ganz im Gegenteil«, erwiderte Mendelski, dem die Frage gar nicht behagte. »Wir haben ihn zur Verschwiegenheit verpflichtet. Der hätte sonst noch viel mehr schreiben können – zum Beispiel von dem Scherbenfund.«

»Wie konnte er denn davon wissen? Hatten Sie nicht weiträumig genug abgesperrt.«

»Natürlich haben wir das.« Mendelski räusperte sich. Er verspürte wenig Lust, die Kollegen aus Wietze, die nicht energisch genug mit Schriewe umgegangen waren, in die Pfanne zu hauen. »Der Reporter hatte vermutlich einfach Riesendusel, dass er sich gerade zufällig in der Gemarkung Wieckenberg aufhielt, als der Waldbrand ausbrach. So war er vor uns an Ort und Stelle und konnte ungehindert recherchieren und Fotos schießen.« Von seinen eigenen Mutmaßungen über Schriewe verlor er kein Wort.

»Nun gut. Wie sehen Ihre weiteren Planungen für heute aus?«

»Frau Schnur und ich werden gleich wieder hinaus nach Wietze fahren und weitere Befragungen im engen Familienkreis des Opfers durchführen.« Mendelski schaute kurz zu Maike, die sich mit einem kurzen Nicken einverstanden erklärte. »Heiko Strunz wird als Anlaufstelle hierbleiben und den Obduktionsbericht abwarten. Weiter soll er mit Hannover Kontakt aufnehmen, um so schnell wie möglich erste Ergebnisse aus dem LKA-Labor bezüglich Touareg, BMW, Scherben, Flinte, Handschellen und so weiter auszuwerten und an die anderen weiterzuleiten. Auch mit Verena Treskatis soll er sich kurzschließen, um Neuigkeiten in Sachen Berger abzufragen.«

Heiko Strunz hob kurz die rechte Hand. Er hatte seinen Auftrag verstanden.

»Ellen Vogelsang und Jo Kleinschmidt werden ihre umfangreiche Liste von Mitjägern, Nachbarn und Bekannten Wingenfelders weiter abarbeiten und mir gegebenenfalls den Nachmittagstermin bei Wasa abnehmen. Ach, und noch etwas für Heiko, den Spezialisten fürs Archiv: Versuch doch bitte, etwas über den Doppelmord an den beiden Jagdaufsehern in Wieckenberg im Jahre 1919 und über den sogenannten ›Heudammkrieg‹ in Fuhrberg in den siebziger Jahren herauszubekommen. Bei Letzterem soll es auch einen Toten gegeben haben. Es ist zwar nicht sehr wahrscheinlich, aber auch nicht auszuschließen, dass der Tod von Wingenfelder mit einer dieser beiden Begebenheiten zu tun hat.«

»Was haben Sie denn da noch ausgegraben?«, staunte Steigenberger. »Mir scheint, ich sollte öfters mal am Wochenende im Wald spazieren gehen.«

»Ja, das ist eine gute Idee.« Mendelski erhob sich, um zu signalisieren, dass die Besprechung beendet war. Die anderen folgten seinem Beispiel. »Die Gegend zwischen Wietze und Wulbeck ist landschaftlich wie historisch sehr reizvoll.«

***

»Wir fahren erst noch einmal zur Waldbrandfläche«, sagte Mendelski, als sie eine Stunde später vor der Ampel an der großen Kreuzung in Ovelgönne hielten. »Ich möchte etwas nachschauen.«

»Muss das sein?« Maike, die am Steuer saß, schaute auf ihre flachen Sommerschuhe hinab. »Das wäre das dritte Paar, was ich mir in der Asche einsaue.«

»Wir können Überschuhe benutzen«, erwiderte er und deutete auf das Handschuhfach. »Ich habe extra welche eingepackt.«

»Was willst du da denn schon wieder?« Die Ampel schaltete auf Grün und Maike fuhr an. »Ich denke, wir wollten zu den Wingenfelders.«

»Ich habe da so eine Vermutung.«

»Geht's nicht etwas präziser?«

»Du kennst mich doch.« Mendelski grinste vielsagend. »Ich mache es gern spannend.«

Sie stöhnte auf. »Na wunderbar. Lässt mich mal wieder im Dustern tappen. Sehr kollegial.«

»Ach, Maike, komm schon. In wenigen Minuten werden wir wissen, ob ich richtigliege.«

»Wir fahren aber nicht wieder diesen miserablen Weg, den wir gestern genommen haben, sondern direkt über das Hoppelpflaster.«

»Meinetwegen. – Vorsicht, nicht so schnell. Da vorn steht ein Starenkasten.«

»Verflucht!«, schimpfte Maike, nachdem sie den Wagen auf die erlaubten hundert Stundenkilometer abgebremst hatte. »Ich glaube, das war zu spät. Die Sonne blendet so. Wozu messen die auf so einer Straße mitten im einsamen Wald die Geschwindigkeit?«

»Wegen des starken Wildwechsels, nehme ich an.« Mendelski drehte sich um und guckte aus dem Heckfenster. »Aber du hast Glück«, sagte er. »Der Kasten ist für den Gegenverkehr gedacht.«

»Puh! Wunderbar. Das erspart mir eine Menge Schreiberei.«

Während sie wieder an Fahrt gewannen, warnte Maike zwei entgegenkommende Motorradfahrer mit der Lichthupe. Die beiden dankten durch freundliches Winken.

»Mensch, Maike«, murmelte Mendelski und schlug entsetzt die Hände vors Gesicht. »Wenn das die Kollegen sehen.«

»Die Polizei, dein Freund und Helfer«, konterte sie und gab Gas.

Die beiden Feuerwehrleute hatten ihre Oberkörper entblößt und standen mit dem Rücken an ihr Löschfahrzeug gelehnt in der Sonne. Der eine von ihnen, Junglandwirt Heiner Martens, war am Samstag mit der Wieckenberger Feuerwehr einer der Ersten gewesen, die die Brandfläche erreicht hatten.

Als sie vorfuhren, wirbelte Maikes Clio trotz seiner langsamen Fahrt derart viel Staub auf, dass sich die Feuerwehrkameraden die Hände schützend vors Gesicht halten mussten. Sie husteten und prusteten und zogen sich schließlich hinter ihr Fahrzeug zurück.

Mendelski und Maike warteten einen Augenblick, bis sich die Staubwolke gelegt hatte und stiegen dann aus. Da trauten sich auch Heiner Martens und sein Mitstreiter wieder hinter dem Tanklöschfahrzeug hervor.

»Guten Morgen, die Herren«, rief ihnen Mendelski zu. »Immer noch auf Brandwache?«

»Leider ja«, erwiderte Heiner Martens. »Bei diesem Wetter weiß man ja nie ...«

»Wir sind von der Kripo Celle und möchten uns noch einmal den Fundort der Leiche anschauen. Haben Sie seit Samstag irgendetwas Bemerkenswertes beobachtet?«

»Nein, nichts.« Die beiden Feuerwehrleute schüttelten die Köpfe.

»Hatten Sie auch gestern Dienst, am Sonntag?«, fragte Maike.

»Nein.« Heiner Martens bemerkte mit Genugtuung, dass die attraktive Kriminalbeamtin, die ungefähr in seinem Alter sein musste, seinen muskulösen Oberkörper musterte. »Gestern waren andere Kameraden hier«, sagte er. »Wie ich gehört habe, mussten die später am Nachmittag noch zwei kleine Restfeuer löschen.«

»Danke erst mal.« Mendelski wandte sich zum Gehen. »Wir sind gleich wieder zurück.«

Bevor sie die Brandfläche betraten, streiften sie die Überschuhe über. Das war auch nötig, denn durch die intensive Sonneneinstrahlung war die Asche total pulverisiert. Jeder Schritt löste eine kleine Staubwolke aus. Als sie fast an ihrem Ziel angekommen waren, blieb Mendelski plötzlich stehen, reckte seinen Hals in die Höhe und starrte nach vorn.

Dann ließ er Maike den Vortritt.

»Bitte schön«, sagte er. *»Ladies first.«*

»Warum jetzt dies?« Maike guckte skeptisch.

»Ich habe schon gesehen, was ich erwartet hatte. Schließlich bin ich einen Kopf größer als du.«

»Na, wenn du meinst.« Maike hatte nun auch die Neugier gepackt, und sie schritt flott voran. Als sie um den nächsten Baumstumpf bog, blieb sie wie angewurzelt stehen.

»Das gibt's doch gar nicht!«, entfuhr es ihr.

Dort, wo am Sonnabend die Leiche von Jens Wingenfelder gelegen hatte, steckte nun ein kniehohes Holzkreuz im Boden. Es war aus den armdicken Rundhölzern einer Birke gezimmert, deren weiße Rinde sich deutlich von der schwarz verkohlten Umgebung abhob.

Doch was Maikes besondere Aufmerksamkeit in Anspruch nahm, war nicht das Kreuz – sondern das, was davor in der Asche lag. Wie auf einem Friedhof war dort ein Grabschmuck abgelegt.

Es war ein Blumenstrauß.

Ein bereits verwelkter, aber noch immer knallrot schimmernder Strauß von langstieligen Gerbera.

Sie verstauten den Blumenstrauß in einer großen Beweismitteltüte, die Mendelski aus der Tasche gezaubert hatte.

»Du hast es geahnt, nicht wahr?«, sagte Maike. »Du Aas. Hättest mich ruhig einweihen können.«

»Ich war mir gar nicht sicher«, entschuldigte sich Mendelski, während er sich zu dem Holzkreuz hinabbückte, um die Schnittflächen zu befühlen. »Ganz frisch gesägt«, stellte er fest.

»Wie kamst du darauf, dass die Blumen hier sind?«, fragte Maike.

»Gestern Abend im Bett habe ich halt noch ein wenig kombiniert.«

»Arme Carmen.«

»Keine Bange. Die hat längst geschlafen.« Über Mendelskis Gesicht huschte ein knappes Lächeln. »Jedenfalls kam ich zu dem Schluss, dass es sich bei Wingenfelder und Berger um grundverschiedene Taten handelt. Bei Wingenfelder war alles bis ins kleinste Detail geplant: die Handschellen, der Brandbeschleuniger, dass das Feuer alle Spuren tilgen würde. Bei dem Überfall auf Berger sieht es eher nach einer spontanen Tat aus. Wie die unzähligen Spuren belegen, hat da jemand unüberlegt oder im Affekt gehandelt.«

»Und im Affekt die Blumen mitgenommen?« Maike zog skeptisch ihre Augenbrauen hoch. »Um sie hier abzulegen?«

Mendelski schüttelte den Kopf. »Ich rede erst einmal von der Gewalttat als solcher. Was nach der Tat geschah, ist ja was anderes.«

»Und wie, bitte schön, passt das alles zusammen?«

»Den Indizien nach zu urteilen, ist derjenige, der Berger den Schädel eingeschlagen hat, nicht auf Raub aus gewesen, sondern war von Wut, Hass oder auch Rache getrieben. Das verraten die Kampfspuren, die wir gefunden haben, und der Umstand, dass keine Wertgegenstände oder dergleichen entwendet wurden.«

Maike nickte zustimmend.

Nachdenklich fuhr Mendelski fort: »Es wird wohl erst zu einem Rededuell und dann zu Handgreiflichkeiten gekommen sein. Wahrscheinlich ist alles sehr schnell gegangen. Doch dann, als Berger bewusstlos – oder scheinbar tot – auf den Fliesen der Terrasse lag, ist der Täter nicht sofort geflohen. Er ist zurück ins Haus gegangen. Nicht, um Spuren zu verwischen – mit einem Feuer hätte er das übrigens auch hier sehr gut bewerkstelligen können. Nein, er ging zurück und nahm die Blumen an sich. Er hatte nichts Besseres im Sinn, als die Gerbera mitzunehmen, hierherzufahren und mit den Blumen und einem Kreuz eine Gedenkstätte einzurichten. Dieses eher emotionale, nicht rationale Verhalten legt doch den Verdacht nahe, dass da jemand sehr betroffen über Jens Wingenfelders Tod ist.«

»Also jemand aus der Familie?«

»Möglich. Doch wer – außer uns – konnte wissen, dass Berger unter dringendem Tatverdacht steht?«

Maike zuckte mit den Schultern. »Wir hatten es ja bereits vermutet: Die Familie hat uns was verheimlicht.«

»Wieder möglich. Die nächste Frage lautet: Woher kannte derjenige Wingenfelders genauen Fundort? Als wir gestern hier waren, hatten wir Mühe, die Stelle wiederzufinden. Um das Kreuz und die Blumen an dem richtigen Platz zu postieren, bedurfte es schon sehr guter Orts- und Detailkenntnisse.«

»Wer kommt also in Frage?« Maike nahm die Finger ihrer linken Hand zu Hilfe. »Erstens: Diana Wingenfelder, Motiv: Rache. Aber derjenige, der Berger niederschlug und die Blumen mitgehen ließ, war aller Wahrscheinlichkeit nach ein männlicher Einzeltäter mit Schuhgröße dreiundvierzig.«

Mendelski nickte zustimmend. »Also scheidet sie aus.«

»Zweitens: Erwin Nikutta, der Schwiegervater. Vielleicht hat er im Auftrag der Tochter gehandelt.«

»Ist denkbar, aber wenig wahrscheinlich. Wir suchen einen emotionalen, ungestümen Turnschuhträger, der über Zäune klettert. Nikutta macht schon altersbedingt eher einen rationalen, besonnenen Eindruck. Außerdem hätte er diese Stelle hier nicht ohne Hilfe gefunden.«

»Drittens: Wingenfelders Sohn Kersten.« Maike reckte den dritten Finger gen Himmel. »Da haben wir alles, was wir suchen: jugendlichen Elan, Turnschuhe, den Schmerz über des Vaters Tod, Rachegelüste …«

»Du kennst ihn doch gar nicht«, bremste Mendelski ihren Redefluss.

»Also hör mal.« Sie stemmte ihre Hände in die Hüften. »Erinnere dich bitte an den Zwischenfall in der Winsener Eisdiele: Widerstand gegen Vollstreckungsbeamte, schwerer Eingriff in den

Straßenverkehr, Mittäterschaft bei einer Sachbeschädigung und so weiter und so fort.«

»Trotzdem Vorsicht.« Mendelski wischte sich mit dem Zeigefinger den Schweiß von der Stirn. Erst jetzt wurde ihm bewusst, dass sie seit geraumer Zeit in der prallen Sonne standen. Er schaute sich um. Den nächsten Schatten gab es in hundert Metern Entfernung. Es wurde Zeit, dass sie zum Auto zurückkehrten. »Lass uns zurückgehen«, schlug er vor. »Wir haben, was wir wollten.«

»Also Kersten Wingenfelder«, ließ Maike nicht locker, während sie wieder durch die Asche wateten und mächtig Staub aufwirbelten. »Den sollten wir meines Erachtens dringend vernehmen.«

»Wollten wir ja sowieso. Aber er hatte eigentlich keine genaue Kenntnis von dem Fundort hier. Das müssen wir überprüfen. Also weiter: viertens.«

»Warum viertens? Die Tochter oder die Schwiegermutter kommen doch nicht in Frage.«

»Nein. Aber lassen wir doch jetzt einmal die Familie Wingenfelder außen vor.« Mendelski stiefelte unverdrossen durch den schwarzen Staub. »Nimm alle männlichen Personen, die von dem Fundort der Leiche wussten. Außer unseren Leuten natürlich.«

»Ja, wen haben wir denn da noch?« Maike überlegte. »Den Finder der Leiche, diesen Bastian Hemme von der Feuerwehr, und seine Feuerwehrkameraden? Überzeugt mich nicht. Dann das Notarztteam, das Diana Wingenfelder versorgt hat? Noch unwahrscheinlicher. Bleibt dieser Zeitungsmensch von der ›CZ‹, dieser Schriewe ...«

»Siehst du?« Mendelski pfiff durch die Zähne. »Immer wieder dieser rasende Reporter. Den sollten wir uns heute unbedingt auch noch vorknöpfen.«

In der Zwischenzeit waren sie wieder bei dem Löschfahrzeug angekommen. Die beiden Feuerwehrmänner waren gerade damit beschäftigt, die Feuerpatschen im Wageninneren zu verstauen. Sie gingen wohl davon aus, dass sie nicht mehr benötigt wurden.

»Ich habe noch eine Frage«, sagte Mendelski, während er in den Schatten des Feuerwehrfahrzeugs trat. Maike blieb derweil in der Sonne stehen. Ihr machte die Hitze wenig aus.

»Ja bitte?« Heiner Martens kam einen Schritt näher.

»Können Sie mir sagen, wer gestern Nachmittag zur Brandwache eingeteilt war?«

»Das kann ich«, erwiderte Heiner Martens. »Das waren Herbert Gleue, Manfred Hartge und Bastian Hemme.«

»Bastian Hemme? Den kennen wir.« Mendelski drehte sich um. »Hast du seine Daten dabei? Zumindest die Telefonnummer?«

»Ja, müsste ich.« Maike wies zum Auto. »In meinem Notizblock.«

»Okay, dann nichts wie los.«

***

In der Baumschule Rahte hatte gerade die Mittagspause begonnen. Maike hatte Bastian Hemme über Handy erreicht und ihn gebeten, zu ihnen auf den Betriebsparkplatz an der Steinförder Straße zu kommen.

»Schön, dass Sie eine Minute Zeit für uns haben«, begrüßte ihn Mendelski. Bastian Hemme wischte seine Hände am Overall ab, bevor er den beiden die Hand gab. »Es geht um gestern Nachmittag. Sie und zwei weitere Feuerwehrkameraden hatten da Brandwache?«

»Das stimmt. Wir haben uns ja sogar gesehen. Zwar nur aus der Ferne, aber Sie waren unschwer zu erkennen.« Er lächelte Maike an. »Sie kamen aus Richtung Wulbeck und haben sogar gewinkt.«

»Exakt«, erwiderte Mendelski. »Das waren wir. Nun meine Frage: Ist Ihnen nach unserem Besuch etwas Besonderes aufgefallen. Oder genauer gefragt: Kam noch jemand zur Brandstelle?«

»Ja. Kurze Zeit, nachdem Sie gegangen waren, tauchte die Familie Wingenfelder auf. Ich sollte sie zum Fundort der Leiche führen. Hätte ich das nicht tun dürfen?«

»Doch, doch«, beruhigte ihn Mendelski. »Das durften Sie. Wer war denn alles dabei?«

»Nun ...« Bastian Hemme überlegte, während er auf seine dreckverkrusteten Arbeitsschuhe stierte. »Die Witwe, Frau Wingenfelder, die beiden Kinder, Kersten und Alina. Und dann noch die Schwiegereltern aus Hambühren. Mikutta heißen die, glaube ich ...«

»Nikutta. Nikutta mit N. Was haben die denn an der Fundstelle gewollt?« Mendelskis Neugier wuchs ins Unermessliche.

»Sie hatten ein kleines Holzkreuz dabei. Das wollten sie aufstellen. Und ein bisschen beten, nehme ich an. Ich bin schnell wieder weggegangen.«

»Hatten sie Blumen dabei?«

»Blumen? Nicht dass ich wüsste.«

»Ihnen ist kein Strauß roter Gerbera aufgefallen?«

»Nein. Ganz bestimmt nicht. Hätte ich doch sehen müssen.«

»Gut. Von meiner Seite wär's das«, sagte Mendelski an Maike gewandt. Doch die hatte auch noch eine Frage parat:

»Wie sind die Wingenfelders denn dorthin gekommen?«, wollte sie wissen. »Mit einem einzigen Auto?«

»Nein, mit zwei. Mit dem Cabriolet der Mutter, bei dem das Verdeck geschlossen war – wohl wegen der Trauer –, und mit dem stadtbekannten roten Golf vom Junior.«

Sie bedankten sich bei Bastian Hemme und gingen zum Wagen zurück.

»Gut, dass du noch nach den Autos gefragt hast«, bemerkte Mendelski, als sie wieder in ihrem Fahrzeug saßen. »Da die Kollegen aus Hannover gestern in Fuhrberg so schöne Gipsabdrücke von den Reifenspuren genommen haben, sollten wir uns diesen stadtbekannten roten Golf schleunigst mal näher anschauen.«

»Bevor da wer auf die Idee kommt«, fügte Maike fingerschnipsend hinzu, »schon im August die Winterreifen aufzuziehen.«

Das Handy in Mendelskis Hand begann zu klingeln.

»Moment, Heiko«, sagte Mendelski, nachdem er den Namen auf dem Display entziffert und die grüne Taste gedrückt hatte. »Ich stecke mein Handy eben in die Freisprechanlage. So.«

»Hört ihr mich jetzt beide?«

»Ja, kannst loslegen.«

»Also, ich habe da was Interessantes für euch. Verena Treskatis hat heute Morgen die Zeugin vernommen, die den Clemens Berger gefunden hat. Caroline Winter aus Fuhrberg, siebzehn Jahre jung, Schülerin, Reiterin, Model und so weiter.« Strunz räusperte sich. »Jetzt kommt's: Zu Beginn ihres Ausritts hatte sie den Eindruck, dass da jemand im Maisfeld steht und das Haus beobachtet. Und kurz darauf ist sie auf ein Auto gestoßen, das verlassen auf der anderen Seite des Maisfeldes abgestellt war. Ein roter VW Golf mit Celler Kennzeichen.«

»Bingo!«, stieß Maike hervor.

»Wie bitte?« Heiko schien sie nicht gut zu verstehen.

»An dem roten Golf waren wir auch gerade dran«, klärte ihn Mendelski auf. »Hat sich die Zeugin das Kennzeichen gemerkt?«

»Nein. Als sie ungefähr eineinhalb Stunden später zurückgeritten kam, war der Wagen verschwunden. Sie sah vom Pferd aus Berger auf der Terrasse liegen, kletterte über den Zaun und benachrichtigte die Kollegen.«

»War das alles?« Mendelski hatte es plötzlich eilig.

»Ist das nicht genug?«, schmollte Strunz. »Kein Dankeschön? Und vielleicht seid ihr so nett und gebt auch mal eure Neuigkeiten kund ...«

Maike hatte inzwischen den Wagen gestartet und schaute erwartungsvoll auf Mendelski. Der nickte nur und schnallte sich an. Mit aufheulendem Motor und quietschenden Reifen verließen sie den Parkplatz der Baumschule.

»Hallo?«, plärrte Strunz' Stimme aus der Freisprechanlage. »Hört ihr mich?«

***

Montags hatte Elvira Ledau immer ihren freien Tag. Als Kassiererin des Deutschen Erdölmuseums in Wietze teilte sie dieses undankbare Los mit vielen anderen Museumsangestellten in diesem Land.

Da ihre Männer, Ehemann Paul und Sohn Michael, werktags außer Haus waren und erst abends nach Hause kamen, nutzte sie ihre freie Zeit an den Montagen gern für kleine Ausflüge. Heute Vormittag war sie mit dem Fahrrad im nahen Hornbostel gewesen, um ihrer alleinstehenden Mutter einen Krankenbesuch abzustatten. Der hatte man vor zweieinhalb Monaten ein neues Hüftgelenk eingesetzt. Jedoch tat sich die Siebenundsiebzigjährige trotz gut verlaufener Operation und erfolgreicher Reha schwer, wieder auf die Beine zu kommen. Da war sie froh, wenn sich ihre Tochter jeden zweiten Tag blicken ließ, um im Haushalt, beim Putzen oder der Gartenpflege auszuhelfen.

Elvira Ledau radelte gerade am weitläufigen Gelände des Erdölmuseums vorbei, das verlassen in der Mittagssonne schmorte, als die Kirchturmuhr zwölfmal schlug. Noch bevor sie die Wietzebrücke erreichte, warf sie einen kurzen Blick nach rechts, ungefähr dorthin, wo der große Bohrturm, der Turm 70, hinter dem Baumbestand hervorlugte.

Sie brauchte einen Augenblick, um zu bemerken, dass mit dem Stahlgittermast – der bei wohlwollender Betrachtung an den Eiffelturm in Miniaturformat erinnerte – etwas nicht stimmte.

Vorsichtig bremste sie ihr Fahrrad und kam genau auf der Brückenmitte zum Stehen. Sie hielt ihre rechte Hand schützend über die Augen, um besser sehen zu können. Da ... da war es wieder. Sie hatte sich nicht getäuscht. Dort oben, auf der obersten Plattform des Turmes – in fünfzig Meter Höhe, wie sie als Angestellte des Museums wusste – bewegte sich etwas.

Elvira Ledau benötigte trotz ihrer vierundfünfzig Jahre noch keine Brille. Sie war stolz auf ihr gutes Sehvermögen. Jetzt fixierte sie den Punkt auf der Plattform.

Da oben in schwindelerregender Höhe kauerte ein Mensch. Da war sie sich sicher.

Oh Gott, das kann doch nicht wahr sein, dachte sie erschrocken. Wer ist denn das, was will der da bloß? Von Wartungsarbeiten oder dergleichen hätte sie sicher gewusst. Wenn da bloß niemand irgendwelchen Unfug machte ...

Sie wendete ihr Fahrrad und fuhr zurück zum Museumseingang. Dort traf sie Harry Knop, den jüngeren der beiden Handwerker in Diensten des Erdölmuseums, der gerade im Eingangsbereich den Rasen mähte.

»Harry!«, rief Elvira Ledau aufgeregt und ließ ihr Fahrrad einfach zu Boden fallen, »Harry, machen Sie den Rasenmäher aus.«

»Was gibt's denn?«, fragte der muskulöse Mann im olivgrünen Unterhemd, dessen Oberarme erotische Tattoos zierten. Der Mäher verstummte.

»Da ist jemand auf dem Turm 70. Wissen Sie da was von?«

Harry Knop schüttelte sein schwitznasses Haupt. »Das kann gar nicht sein. Ich bin heute hier der Einzige. Und es ist alles vorschriftsmäßig abgeschlossen.«

»Doch«, ließ Elvira Ledau nicht locker. »Ich bin mir ganz sicher. Auf der obersten Plattform hockt einer.«

»Da müssen wir wohl mal nachgucken.« Harry Knop ließ den Rasenmäher stehen und lief los. »Ich hol nur rasch ein Fernglas.«

Wenig später standen sie am Fuße des mächtigen Bohrturms und starrten in die Höhe.

»Von hier aus kann man kaum was sehen«, stellte Harry Knop fest. »Soll ich mal rufen?«

»Nein, am besten gehen wir dort hinüber«, schlug Elvira Ledau vor und wies zum Ufer der Wietze. »Da haben wir mehr Abstand und die Sonne im Rücken.«

Als sie endlich eine passende Position gefunden hatten, setzte Harry Knop sein Fernglas an.

»Ich sehe was«, rief er.

»Was denn?«

»Baumelnde Füße.«

»Hat sich da jemand aufgehängt?«, fragte Elvira Ledau entsetzt.

»Nein, sieht nicht so aus. Eher so, als wenn da einer an der Kante sitzt ... Ist schwer, das genau zu erkennen ...«

»Mehr als die Füße sehen Sie nicht?«

»Nee ... aber ... der Bursche da oben hat Turnschuhe an.«

»Und? Was machen wir jetzt?«

»Soll ich hinterherklettern?«

»Um Gottes willen! Wer weiß, was dann passiert ...« Elvira Ledau schaute sich hilfesuchend um. »Wir müssen die Polizei rufen. Vielleicht ist es tatsächlich ein Selbstmörder.«

NEUN

Es fehlte nicht viel und es hätte auf der engen Siedlungsstraße gekracht. Nur mit einer Vollbremsung hatte Maike verhindert, dass der andere Wagen mit ihrem Fahrzeug zusammenstieß. Ohne nach rechts oder links zu schauen, geschweige denn die Vorfahrtsregeln zu beachten, war die Fahrerin des Cabriolets aus der Grundstückseinfahrt hervorgeprescht.

Nun standen sie da, Stoßstange an Stoßstange, während Diana Wingenfelder unaufhörlich hupte und hysterisch mit den Armen in der Luft herumfuchtelte. Auf dem Beifahrersitz versuchte ihr Vater, beruhigend auf sie einzureden.

»Mach bitte den Motor aus«, bat Mendelski. »So geht das nun wirklich nicht.« Er öffnete den Sicherheitsgurt und stieg aus.

»Geben Sie den Weg frei!«, schrie Diana Wingenfelder ihn an, als er auf ihr Auto zuging. »Dies ist ein Notfall.«

»Um was geht es denn?«, fragte Mendelski mit ruhiger Stimme. »Können wir helfen?«

»Mein Sohn!« Ihre Stimme überschlug sich. »Kersten ist in Lebensgefahr. Er ist auf den Bohrturm geklettert. Er wird ...« Sie brach den Satz mit einem Schluchzen ab.

»Auf welchen Bohrturm?«

»Auf den Turm 70 vom Erdölmuseum«, sagte Erwin Nikutta. Er schaute ungehalten drein. »Das ist der höchste Turm der Anlage. Nun machen Sie schon Platz und fahren hinter uns her. Ihre Kollegen sind längst da.«

Auf dem Schwarzen Weg, der Zufahrtsstraße zum Erdölmuseum, herrschte Chaos. Polizei, Krankenwagen und Feuerwehr – jeweils mit zwei Wagen vertreten – kämpften sich durch die Grüppchen Neugieriger und behinderten sich dabei gegenseitig. Blaulichter blinkten, Martinshörner tönten um die Wette, Einsatzkommandos wurden gebrüllt.

»Park besser gleich hier«, sagte Mendelski und deutete auf den Grünstreifen neben der Straße. »Den Rest laufen wir zu Fuß.«

Diana Wingenfelder hatte derweil ihren Wagen mitten auf der

verstopften Straße stehen lassen und war aus dem Auto gesprungen. Ohne die Fahrertür hinter sich zu schließen, rannte sie Richtung Eingang davon. Erwin Nikutta, ordentlich wie er war, verschloss zunächst den Wagen, bevor er seiner Tochter folgte.

An der Eingangstür zum Museum wachte Polizeiobermeister Schütte darüber, dass niemand Unbefugtes in das Museum drängte.

»Sie auch hier?«, empfing er Mendelski und Maike. »Wie es aussieht, können Sie bald Quartier in Wietze beziehen.«

»Nun malen Sie mal nicht den Teufel an die Wand«, erwiderte Mendelski und schob sich durch die Eingangstür. »Wo geht's lang, bitte?«

»Immer geradeaus, mitten durch die Eingangshalle und dann links halten. Oder einfach den Leuten nach.«

Als sie das Gebäude durchquert und das Freigelände betreten hatten, hörten sie vor sich das penetrante Pfeifen eines übersteuerten Megafons. Erst nach mehreren missglückten, ohrenbetäubenden Versuchen erklang eine tiefe männliche Stimme.

»Hier spricht die Polizei!«, schallte es im Befehlston über das Gelände. »Der Aufenthalt auf dem Turm ist nicht gestattet. Verlassen Sie sofort die Turmplattform und kommen Sie herunter.«

Durch eine Lücke in den Baumkronen der Erlen und Birken konnten sie einen ersten Blick auf die Spitze des Turmes werfen.

»Da oben ist er«, rief Maike, die stehen geblieben war.

»Wo?« Nicht nur wegen des gleißenden Sonnenlichts hatte Mendelski Mühe, etwas zu erkennen. Einmal mehr musste er feststellen, dass sein Sehvermögen nicht mehr das früherer Jahre war.

»Dort oben, an der rechten Ecke der Plattform. Da hockt jemand.«

»Und rührt er sich?«

»Keine Spur.«

Sie liefen weiter und erreichten den Fuß des Turmes, wo es von Einsatzkräften nur so wimmelte. Schwitzende Feuerwehrleute rannten in voller Montur an ihnen vorbei; das eine oder andere Gesicht kannten sie vom Waldbrandeinsatz in Wieckenberg. Hektisch wurden allerhand schwere Gerätschaften herbeigeschafft, die gewöhnlich bei Autounfällen zum Einsatz kamen. Ein Notarztteam und mehrere Sanitäter hatten auf der freien Fläche am

Ufer der Wietze eine Art Erste-Hilfe-Station aufgeschlagen. Blauuniformierte vom Technischen Hilfswerk schleppten eine überlange Leiter herbei, während mehrere Polizisten das Gelände um den Turm herum weiträumig mit Flatterband absperrten.

Damit der Junge niemandem auf den Kopf springt, dachte Mendelski – und ärgerte sich im gleichen Moment über sein makaberes Gedankenspiel. Er schaute sich nach der Einsatzleitung um und entdeckte sie neben den Gleisen der Museumsbahn, welche parallel zum Wietzeufer verliefen. Dort hatte sich ein Menschenknäuel gebildet. Mittendrin befand sich Diana Wingenfelder, die gerade versuchte, das Megafon an sich zu reißen.

»Geben Sie her!«, schrie sie verzweifelt. »Das dort oben ist mein Sohn.«

Der Herr in der schicken, nagelneuen Uniform in Dunkelblau, auf dessen Namensschild »Lührs« zu lesen war und den Mendelski als den Leiter der Polizeistation Wietze erkannte, ließ sich nicht aus der Ruhe bringen. »Einen Augenblick, Frau Wingenfelder«, sagte er besänftigend. »Wir sollten nichts überstürzen.«

»Nichts überstürzen? Es geht um das Leben meines Sohnes.« Hilfesuchend schaute sie sich nach ihrem Vater um. Doch der war für einen Moment in der Menge untergetaucht. Diana Wingenfelder wandte sich also wieder an den Einsatzleiter. »Die Polizei hat Kersten schon genug Unrecht angetan«, rief sie. »Ihre gewalttätigen Kollegen aus Winsen waren es, die ihn dort hinaufgetrieben haben.«

»Das glaube ich kaum«, redete Lührs in ruhigem Ton weiter. »Was da in Winsen passiert ist, ist bedauerlich, steht aber in keinem Verhältnis zu dem hier. Meinen Sie nicht, dass das Verhalten Ihres Sohnes eher mit dem plötzlichen Tod seines Vaters zu tun hat?«

»Was weiß ich«, erwiderte Diana Wingenfelder unter verzweifeltem Schluchzen. »Nun lassen Sie mich doch endlich mit ihm reden.«

»Ich verstehe Sie ja. Nur sollten wir vorher gemeinsam besprechen, was Sie Ihrem Sohn sagen. Glauben Sie mir, wir haben da unsere Erfahrungen.«

Diana Wingenfelder lenkte ein und ließ von dem Megafon ab. Dann entdeckte sie Mendelski und Maike, die inzwischen näher getreten waren. Über ihr Gesicht huschte ein Hoffnungsschimmer.

»Oh, Celle spielt auch mit«, sagte Lührs, der über den hohen Besuch überrascht zu sein schien. »Kriminalhauptkommissar Mendelski und Kriminalkommissarin Schnur, wenn ich mich recht erinnere. Dann haben wir ja kompetente Hilfe.«

Sie begrüßten sich per Handschlag.

»Helfen Sie bitte!«, flehte Diana Wingenfelder, während sie Mendelski mit beiden Händen am Arm griff. »Ihnen vertraue ich.«

Mendelski wandte sich an Lührs. »Ich denke«, sagte er, »wir sollten die Mutter mit ihrem Sohn reden lassen. Ohne wenn und aber. Wir haben keine Zeit zu verlieren.«

»Wenn Sie meinen.« Lührs gab das Megafon frei. »Auf Ihre Verantwortung.«

»Danke.« Diana Wingenfelder sammelte sich einen Augenblick und richtete dann den Trichter des Megafons in Richtung Bohrturmspitze.

»Hallo, Kersten ... hörst du mich? Hier spricht deine Mutter. Bitte sei vernünftig und klettere runter von dem Turm. Deine Schwester und ich, wir brauchen dich doch. Dringender als je zuvor. Jetzt, wo dein Vater nicht mehr ...« Ihre letzten Worte erstickten in Tränen. »Bitte, Kersten – kein Mensch wird dir etwas tun. Das, was da in Winsen passiert ist, das war doch nur eine Lappalie, ein Dummejungenstreich ...«

Jetzt erst erkannte Mendelski, dass Diana Wingenfelder nicht die leiseste Ahnung von dem zu haben schien, was in Fuhrberg passiert war – woher auch. Soll ich ihr das in dieser kritischen Lage beibringen?, fragte er sich und schaute zweifelnd zu Maike hinüber, die seine Gedanken erraten zu haben schien. Sie gab ihm durch Kopfschütteln zu verstehen, dass sie das für keine gute Idee hielt.

»Komm jetzt bitte herunter und fahr mit uns nach Hause. Noch ist doch gar nichts passiert, und noch ...«

In diesem Augenblick ging ein Raunen durch die Einsatzkräfte. Wie man auch ohne Fernglas deutlich erkennen konnte, hatte sich die Person auf dem Turm erhoben. Sie hob den Arm – und warf in hohem Bogen etwas hinunter.

Ein Feuerwehrmann sprang mit einem Satz zur Seite, bevor Sekundenbruchteile später knapp neben ihm ein Gegenstand auf dem Betonfundament aufschlug.

Die Flasche zersplitterte in tausend Teile.

Mendelski hatte Maike zur Seite genommen.

»Wodka«, sagte er mit besorgter Miene. Er hielt ein paar Scherben in der Hand und schnupperte daran. »Kein Zweifel. Der Junge hat sich ganz offensichtlich Mut angetrunken dort oben. Jetzt wird's ernst.«

»Was hast du vor?«

»Ich muss da rauf.«

»Robert, bist du verrückt?«

»Wir können nicht länger warten. Wenn er betrunken ist, kann er jeden Moment springen. Oder stolpern und einfach runterfallen.« Er sah Maike in die Augen. »Keine Widerrede, ich gehe. Ich muss!«

»Okay.« Maike wurde blass um die Nase.

»Ich laufe einmal um den Turm herum, damit es nicht so auffällt. Und du halt mir die anderen vom Leib ...«

Gerade wollte sich Mendelski davonstehlen, als er von einem älteren Herrn mit einem gutmütig wirkenden Gesichtsausdruck und grauen, schulterlangen Haaren angesprochen wurde.

»Sie wollen da hinauf, nicht wahr?«, fragte er leise.

Mendelski musterte sein Gegenüber mit Argwohn.

»Keine Angst, ich verrate Sie nicht«, fuhr der Mann mit einem milden Lächeln fort. »Ich finde es richtig und sehr mutig, dass Sie das machen wollen. Kompliment. Sonst würde ich es tun. Grüßen Sie mir den Kersten ganz lieb. Von Pastor Maack.«

»Werde ich ausrichten.«

»Ich kenne ihn seit der Konfirmationszeit. Seien Sie bitte fair zu ihm. Er ist kein schlechter Junge. Im Gegenteil: Er verfügt über einen ausgeprägten Gerechtigkeitssinn. Viel Glück – und Gott sei mit Ihnen!«

Vom Erdboden aus konnte man erkennen, dass die Tür zur ersten Plattform einen Spaltbreit offen stand. Wie Mendelski später erfuhr, war sie vor dem Zwischenfall ordnungsgemäß abgeschlossen gewesen. Kersten Wingenfelder musste also auf einem anderen Weg auf die erste Plattform gelangt sein, von der dann eine fest installierte Leiter bis an die Spitze des Turms führte.

Als Mendelski mit schnellen Schritten die Treppenstufen hinaufpreschte, vernahm er hinter sich ein Rufen. Eine Frauenstimme schrie hysterisch auf. Mendelski glaubte, Diana Wingenfelders Stimme erkannt zu haben. Er kümmerte sich nicht darum und spurtete weiter. Dann hörte er Maikes sachliche, eindringliche Stimme – und das Rufen verstummte.

Die erste Ebene in sieben Metern Höhe hatte einmal als Arbeitsplattform gedient. Sie war von einer vier Meter hohen Windschutzwand aus Stahlplatten umgeben, sodass sie vom Erdboden aus nicht eingesehen werden konnte. Die mächtigen Platten waren – wie der gesamte Unterbau – in einer lindgrünen Rostschutzfarbe gestrichen.

Mendelski trat von der Treppe in den Innenraum und schob die Stahltür hinter sich zu, ohne sie ganz zu verschließen. Die anderen sollten wissen, dass er seine Ruhe haben wollte und dass ihm niemand folgen sollte.

Langsam schritt er über die Plattform. Für einen Moment war er vom Boden aus nicht zu sehen. In der Mitte blieb er stehen und starrte in die Höhe. Der Junge war gut vierzig Meter über ihm nur schwer auszumachen. Wie Mendelski durch den Gitterrost der obersten Plattform erahnen konnte, hockte er nun an der Nordseite.

Einen Moment lang wurde ihm flau in der Magengegend. Doch er wischte die Angst, die sich für einen kurzen Augenblick eingestellt hatte, mit einem gemurmelten, aber energischen »*Vámonos!*« beiseite und kletterte weiter aufwärts.

Eine nahezu senkrechte Leiter, die außen an der Südseite des Turms angebracht war, führte in die Höhe. Er erklomm Sprosse für Sprosse und erreichte so rasch die mittlere Plattform. Deren Umfassung zeigte in großen Lettern den Schriftzug »Deutsches Erdölmuseum«.

Mendelski verschnaufte erst mal. Er blickte in die Höhe, wo Kersten Wingenfelder weiterhin unbeweglich an der Nordseite kauerte. Er schien Mendelski noch nicht bemerkt zu haben.

Als er einen Blick in die Tiefe warf, erschrak Mendelski. Die erreichte Höhe wirkte von hier oben weitaus größer, als sie ihm beim Klettern vorgekommen war.

Er schaute zu den Leuten hinunter, die gebannt zu ihm heraufstarrten. Er erkannte Diana Wingenfelder, die sich bei Maike eingehakt hatte. Erwin Nikutta stand hinter seiner Tochter, die Arme vor der Brust verschränkt. Einsatzleiter Lührs hatte das Megafon wieder an sich genommen und hielt es für alle Fälle bereit.

Auf der nahen Wietzebrücke, über welche die Kreisstraße führte, hatte sich inzwischen eine beträchtliche Menschenmenge eingefunden. Die Schaulustigen kleben am Geländer wie die Schmeißfliegen, dachte Mendelski. Ekelig. Die Sensationsgier treibt sie trotz der Hitze aus ihren schattigen Häusern und Gärten hierher – und dann stehen sie im Weg. Oder tue ich den Leuten etwa unrecht, fragte er sich, und sie kommen aus ehrlicher Anteilnahme?

Sogar zu Wasser rückten sie dem Schauplatz zu Leibe. Die ersten Paddelboote und ein Kanu mit Gaffern waren auf der Wietze aufgetaucht, von wo man zweifellos einen ausgezeichneten Blick auf das gesamte Szenario hatte. In einem der Boote glaubte Mendelski Axel Schriewe mit seinem Fotoapparat zu erkennen.

Der schon wieder, dachte er und kletterte weiter, um die zweite Hälfte des Fünfzig-Meter-Turms zu bewältigen. Der Schweiß perlte von seiner Stirn, er atmete schwer. Durch den warmen, stetigen Wind hier oben blieben seine Handflächen jedoch trocken. Er verbot sich, daran zu denken, dass ein Fehlgriff oder Fehltritt für ihn fatale Folgen haben könnte.

Plötzlich musste er an Carmen denken. Und an seine Kinder, an Ana und Pablo. Wenn die ihn jetzt sehen würden … Wieder wurde ihm flau im Magen. War es nötig, was er da gerade tat? Begab er sich nicht halsbrecherisch und verantwortungslos in Gefahr? Hatte der Junge da oben nicht schon genug Unheil angerichtet?

Kersten Wingenfelder hatte in den letzten achtundvierzig Stunden einen Tiefschlag nach dem anderen einstecken müssen. War er momentan überhaupt ansprechbar? Oder so alkoholisiert, dass seine Reaktionen nicht mehr berechenbar waren?

Mendelski machte eine kurze Pause und schaute nach oben. Die Situation hatte sich nicht verändert. Der Junge kauerte immer noch in der alten Position. Er hatte die Knie unters Kinn gezogen und lehnte an einem der Eckstahlträger.

Er sitzt mit dem Rücken zu mir, dachte Mendelski. Das ist günstig. So kann ich unbemerkt auf die Plattform klettern. Allerdings darf ich ihn dann nicht erschrecken – sonst gerät er in Panik und wird womöglich ...

Mendelski zwang seine Gedanken in eine andere Richtung. Jetzt gab es kein Zurück mehr. Rasch bewältigte er die letzten zehn Höhenmeter. Als seine Augen auf Höhe der Plattform waren, hielt er inne. Vorsichtig schaute er sich um.

»Wenn Sie noch eine Stufe weiterklettern«, hörte er eine Stimme über sich sagen, »oder auf die Plattform kommen, springe ich.«

***

Sämtliche Augen waren in die Höhe gerichtet. Diana Wingenfelder, ihr Vater, die polizeilichen Einsatzkräfte, der Rettungsdienst und die zahlreichen Schaulustigen konzentrierten all ihre Aufmerksamkeit auf die sonnenbeschienene Spitze des Turms 70. Es war der kritische Zeitpunkt, an dem Mendelski bei dem lebensmüden Jungen auf der obersten Plattform angekommen war und die ersten Worte mit ihm sprach.

Pastor Maack, der die ganze Zeit im Schatten des Stahlgerüsts neben der Hinweistafel zur Geschichte des Turms ausgeharrt hatte, warf einen raschen Blick in die Runde. Da ihn niemand beachtete, war die Gelegenheit günstig. Mit raschen Schritten bog er um die Ecke des Turms und huschte die Treppenstufen hinauf. Oben angekommen, schob er die Metalltür etwas weiter auf, gerade so weit, dass er hindurchschlüpfen konnte. Auf leisen Sohlen betrat er die erste Plattform. Behutsam schloss er die Tür hinter sich.

Niemand schien etwas bemerkt zu haben.

***

Kersten Wingenfelder hatte sich aus seiner Hockstellung erhoben und trat – mit gebührendem Abstand zu seinem ungebetenen Besucher – an den Rand der Plattform. Mit beiden Händen ergriff er das Geländer, als wenn er sich jeden Augenblick mit Leichtigkeit darüberschwingen und diesem Leben für immer entfliehen wollte.

»Ich bleib ja schon stehen«, erwiderte Mendelski so gelassen wie möglich. »Ist zwar nicht gerade bequem, aber so lässt es sich auch reden. Wir kennen uns ja noch nicht: Ich bin Robert Mendelski von der Kripo Celle. Und Sie sind Kersten Wingenfelder, nicht wahr?«

»Ziehen Sie hier doch nicht so eine Show ab.« Der Junge machte ein grimmiges Gesicht. »Das wissen Sie doch schon längst.«

Sonderlich betrunken ist der nicht, stellte Mendelski erleichtert fest. Oder man merkt es ihm nicht an.

»Trotz allem schön, dass wir uns kennenlernen«, fuhr er fort. Er wusste aus Seminaren, in denen er für derartige Situationen psychologisch geschult worden war, dass in ihrer Konversation nicht zu viele Pausen entstehen durften – der Gesprächsfaden sollte nicht abreißen. »Hab schon viel von Ihnen gehört.«

»Das wundert mich nicht. Sie gehören ja auch zu dem Verein.«

»Sie meinen die Polizei? Tja, wie ich hörte, hatten Sie in den letzten beiden Tagen wirklich viel mit uns zu tun.« Er suchte den Blickkontakt. »Es tut mir leid, was da mit Ihrem Vater passiert ist.«

Kersten Wingenfelder verzog das Gesicht zu einer Fratze. »Hören Sie doch mit dem Gelaber auf!«, brüllte er und rüttelte am Geländer. »Einen Scheißdreck tun Sie!«

Mendelski hielt es für angebracht, ein paar Sekunden zu schweigen. Dann fragte er: »Was ist da eigentlich am Samstag in Winsen passiert? Die britischen Soldaten haben eine Schlägerei angezettelt?«

Den Kopf von Mendelski abgewandt, blieb Kersten eine Weile regungslos und still stehen.

»Wenn's nur das wäre«, murmelte er schließlich. Mendelski hatte Mühe, ihn bei den Windgeräuschen dort oben zu verstehen.

»Sie haben sich für Ihre ausländischen Freunde eingesetzt, nicht wahr? Das finde ich gut.«

»Pah!«

»Nein, wirklich. Das ist heute nicht selbstverständlich. Ihre Freunde sind Türken?«

»Kurden, bitte schön.«

Mendelski wechselte das Standbein. Die ungewohnte Haltung – in fünfzig Metern Höhe an eine Metallleiter geklammert, um mit einem potenziellen Selbstmörder zu plaudern – machte ihm zu schaffen. Er wagte es nicht, den Händedruck zu mindern, mit dem er sich an den Rohren festhielt und so sein Leben sicherte.

»Okay. Also Kurden. Davon leben ja einige in und um Celle.«

»Und was hat die Polizei gegen sie? Überhaupt gegen Ausländer?« Kersten Wingenfelder hatte ihm nun wieder den Kopf zugewandt. Er blieb jedoch in sicherem Abstand und schien stets sprungbereit. »Warum haben Sie ausschließlich meine beiden Freunde verhaftet, niemanden sonst, keine Deutschen?«

»Die Streifenbeamten hätten Sie und Ihren deutschen Freund wohl auch gern geschnappt, wie ich gehört habe. Nur sind Sie ihnen ja entwischt.«

»Aber auch sonst, meine ich. Rassismus hat in unserem Land mal wieder enormen Auftrieb. Sie müssten mal erleben, was Malik und Samira sich Tag für Tag so alles anhören müssen – nur weil sie anders aussehen.«

»Das glaube ich. Und ich schäme mich in solchen Augenblicken für unser Land.«

»Ach … und das soll ich Ihnen abnehmen?«

Mendelski wollte gerade zu einer Antwort ansetzen, da klingelte sein Handy.

Verflucht, wer stört da jetzt?, fragte er sich. Kann Maike die Herrschaften da unten nicht im Zaum halten? Oder will sich jemand aus der Inspektion in Celle hier einmischen?

»Ich mache es nur kurz aus«, sagte er entschuldigend. Er hatte sofort gemerkt, dass Kersten Wingenfelder durch das Gebimmel nervös geworden war. Das klitzekleine Vertrauensverhältnis, das er in den letzten Minuten mit Mühe aufgebaut hatte, drohte wieder einzustürzen. »Habe vorhin vergessen, es auszuschalten.«

Es war gar nicht einfach, in seiner prekären Lage das Funktelefon aus der Hosentasche zu angeln. Ein falscher Griff, und er würde in die Tiefe stürzen. Sicherheitshalber presste er seinen Oberkörper dicht an die Leiter, um dann mit der rechten Hand um einen Leiterholm herum an seine Hosentasche zu gelangen. Endlich hielt er das piepende Gerät in der Hand.

Unwillkürlich fiel sein Blick auf das Display. Trotz des grellen Sonnenlichts konnte er die Schrift entziffern. Der Anruf kam von zu Hause.

Er zögerte.

»Wie jetzt?«, fragte Kersten Wingenfelder ungeduldig. »Kann man nicht mal hier oben vor dieser Seuche sicher sein?«

Da kam Mendelski eine Idee.

»Das ist meine Frau«, sagte er mit einem verlegenen Lächeln. »Darf ich ganz kurz drangehen?«

Kersten Wingenfelder stöhnte auf, sagte aber nichts weiter.

»Hola, cariño. Disculpe, pero ahora no puedo hablar.« Mendelski vertröstete Carmen schnell und in perfektem Spanisch auf später. *»Voy a llamarté mas tarde.«*

»Hey, was soll das?« Kersten Wingenfelder schien aufgebracht. »Was ist das für eine Trickserei?«

»Keine Sorge«, erwiderte Mendelski ruhig. »Meine Frau ist Spanierin, wir sprechen Spanisch und Deutsch miteinander.«

»Spanierin?«

»Genau. Ausländerin. Mit tiefschwarzen Haaren, brauner Haut und dunklen Augen. Auch sie muss sich so manchen Spruch gefallen lassen. Wollen Sie mit ihr reden?«

Kersten Wingenfelder senkte beschämt den Kopf. »Nein. Lassen Sie nur«, murmelte er.

»Ich falle hier gleich runter, wenn Sie mich nicht raufIassen«, sagte Mendelski, nachdem er das Handy ausgeschaltet und umständlich wieder in seiner Hosentasche verstaut hatte. »Ich kann mich nicht mehr lange so halten.«

»Warum sind Sie dann hier hochgeklettert?«, brauste der Junge auf, während er für einen Augenblick die Hände vom Geländer nahm. »Was mischen Sie sich in mein Leben ein?«

»Das ist mein Beruf. Außerdem möchte ich gern herauskriegen, wer Ihren Vater auf dem Gewissen hat.«

Kersten Wingenfelder schaute böse drein. Er schien nicht zu verstehen. »Deswegen sind Sie hier? Ich denke, es geht um mich. Und um das, was in Fuhrberg passiert ist.«

»Auch. Klar.« Mendelski sprach den nächsten Satz sehr eindringlich. »Aber erst mal möchte ich Sie davon abhalten, von diesem Turm zu springen.«

Kersten Wingenfelder warf den Kopf in den Nacken. Die Augen waren geschlossen. »Es ist zu spät«, flüsterte er kaum hörbar. »Ich habe einen großen Fehler gemacht, jetzt muss ich dafür büßen.«

Mendelski merkte, dass das Gespräch eine ungewollte Wendung nahm. Eine gefährliche Wendung. Er musste rasch handeln.

»Was ist denn überhaupt in Fuhrberg passiert?«, sprudelte es aus ihm heraus. »Sie wollten Berger wegen Ihres Vaters zur Rede stellen, nicht wahr? Da kam es zum Streit. Sie sind auf ihn los. Berger wehrt sich. Sie kämpfen erbittert. Da stürzt er unglücklich zu Boden, schlägt mit dem Kopf hart auf die Platten und bleibt regungslos liegen – ein Unfall, ein Unglück. Darüber kann man doch reden.«

»Warum haben Sie ihn laufen lassen?«, schrie Kersten Wingenfelder erregt. »Wenn Sie und Ihre Kollegin Berger gleich mitgenommen hätten, wäre das gar nicht passiert. Ich habe Sie aus dem Maisfeld heraus genau beobachtet und gedacht, Sie würden ihn verhaften. Doch was machen Sie? Sie lassen sich von ihm einlullen und verschwinden einfach.«

»Zu dem Zeitpunkt wussten wir doch noch gar nicht, dass Berger gelogen hat.« Mendelski sprach jetzt ruhig, sachlich. »Wir mussten ihn also erst mal laufen lassen. Später, als sich die Zeugen gemeldet hatten, erfuhren wir ...«

»Was für Zeugen?«, unterbrach Kersten.

»Zeugen, die Bergers Auto zur fraglichen Zeit in der Nähe der Waldbrandfläche gesehen hatten. Erst da hätten wir ihn festnehmen können. Doch Sie waren uns ein, zwei Stunden zuvorgekommen.« Er schaute dem Jungen in die Augen. »Woher wussten Sie eigentlich, dass Berger etwas mit dem Tod Ihres Vaters zu tun hatte?«

Kersten Wingenfelder fasste mit der einen Hand an seine Gesäßtasche. Erst später sollte Mendelski erfahren, dass dort der Brief steckte, den Jens Wingenfelder seiner Familie hinterlassen hatte.

»Ich hatte meine Informationen«, antwortete er knapp.

»Und warum haben Sie uns nichts davon gesagt? Und dafür gesorgt, dass Berger verhaftet wurde?«

»Die Informationen waren vertraulich. Und außerdem habe ich momentan nicht gerade das beste Verhältnis zur Polizei.«

»Sie meinen wegen der Sache in Winsen?«

»Klar. Aber wir drehen uns im Kreis.« Kersten Wingenfelder sprach nun sehr leise weiter. »Ich habe Schande über meine Familie gebracht. Damit kann ich nicht leben. Wer will schon einen Mörder in der Familie haben?«

»Mörder? Wie kommen Sie denn darauf?« Schlagartig erkannte Mendelski, dass Kersten Wingenfelder sich irrte. Der Junge nahm an, Berger sei tot.

»Berger ist nicht tot. Er lebt«, rief er und schöpfte neue Hoffnung. »Er liegt auf der Intensivstation der Medizinischen Hochschule in Hannover. Von einem Mord kann überhaupt keine Rede ...«

Mendelski hatte den Satz noch nicht beendet, da ging Kersten Wingenfelder auf ihn los. Der Junge ließ sich vor seinem Kopf, der so gerade über die Plattform lugte, auf die Knie fallen und packte Mendelski am Hemdkragen.

»Das ist doch Scheiße!«, brüllte er außer sich. Sein hochrotes Gesicht schien jeden Augenblick zu platzen. »Was lügen Sie hier herum? Berger war mausetot, als ich das Haus verließ.«

Mendelski kämpfte um sein Leben.

Seine Hände, durch das verkrampfte Festhalten längst gefühllos geworden, klammerten sich verzweifelt um die Leiterholme. Er konnte sie nicht zu seiner Verteidigung einsetzen, sonst wäre er in die Tiefe gestürzt. So hielt er sich mit letzter Kraft an den Sprossen fest. Sein beengter Brustkorb schmerzte, das Atmen tat weh.

Mit dem rechten Fuß suchte er neuen Halt, rutschte ab und stieß ins Leere.

Unten, am Turmfuß, war ein schriller Aufschrei zu vernehmen. Dann ging ein Raunen durch die Menge.

»So kommen Sie mir nicht davon«, presste Kersten Wingenfelder hervor, während er Mendelski ein Stück emporzog und ihn so gerade noch rechtzeitig aus seiner misslichen Lage befreite. »Erst sagen Sie mir die Wahrheit.«

»Tue ich doch«, schnaufte Mendelski, als er mit dem Fuß wieder Halt auf der Leitersprosse gefunden hatte. Er dankte Gott aus tiefstem Herzen. Für einen Augenblick hatte er mit dem Leben abgeschlossen und sich von seinen Lieben verabschiedet.

Nachdem er sich von dem Schrecken einigermaßen erholt hatte, fuhr er fort: »Eine Reiterin, die zufällig vorbeikam, hat Berger gefunden und den Rettungsdienst verständigt. Sie kamen gerade noch rechtzeitig.«

»Eine Reiterin?«

Mendelski glaubte in Kersten Wingenfelders verzerrtem Gesicht ein Fünkchen Hoffnung zu erkennen.

***

Unten am Turm 70 herrschte blankes Chaos. Man hatte beobachtet, wie Mendelski gestrauchelt war und nun mit dem Jungen zu kämpfen schien. Die Beobachter am Boden rechneten mit dem Schlimmsten: mit dem Absturz des Kommissars aus fünfzig Metern Höhe. Dass Kersten Wingenfelder Mendelski gerade aus der Patsche geholfen hatte, war selbst durch ein Fernglas nicht zu erkennen gewesen.

Polizeieinsatzleiter Lührs brüllte Kommandos in das Megafon: »Schütte, Rodenberg, Meiertöns! Sofort auf den Turm! Und nehmen Sie Seile mit.«

Die drei genannten Polizisten ließen sich von der Feuerwehr Rettungsseile aushändigen, warfen diese über die Schultern und stürmten Richtung Treppe.

Auch Maike hatte inzwischen gesehen, dass da oben nicht alles nach Plan verlief. Sie machte sich von Diana Wingenfelder los, die einer Ohnmacht nahe schien, und rannte ebenfalls zur Treppe. Dort kam sie noch vor den drei Polizisten an.

Gleich mehrere Stufen auf einmal nehmend, raste sie die Metallstufen zur ersten Plattform hinauf. Als sie die grüne Tür aufstoßen wollte, stieß sie auf Widerstand. »Verdammt!«, brüllte sie und hämmerte mit der Faust gegen den Stahl. »Das kann doch nicht wahr sein!« Doch die Tür gab nicht nach.

»Lassen Sie uns mal …«, rief Polizeiobermeister Schütte hinter ihr. »Wir kriegen das schon hin.«

Aber auch die drei gestandenen Polizisten schafften es nicht, die Metalltür nur einen Zentimeter weit zu öffnen. Sie war zwar nicht abgeschlossen – denn das ging nur von außen –, doch es schien, als ob sie vom Innenraum aus irgendwie verkeilt worden wäre.

Ratlos standen sie vor der vier Meter hohen Stahlplattenwand und schauten in die Höhe.

»Wer hat das hier verbockt?«, fragte Maike laut. Sie konnte sich nicht vorstellen, dass Mendelski so dumm gewesen war, die Tür hinter sich zu verriegeln.

»Ich!«, hörten sie plötzlich eine Stimme hinter der Tür sagen. Eine tiefe, männliche Stimme.

»Machen Sie sofort auf!«, forderte Maike, während sie ihre Nase in den Türspalt presste.

»Nein, das werde ich nicht tun«, erwiderte die Stimme. »Wenn Sie auf den Turm steigen, machen Sie alles nur noch schlimmer.«

»Verflucht!« Maike kochte. »Wer sind Sie überhaupt, dass Sie so etwas entscheiden können?«

»Pastor Maack.« Die Stimme klang ruhig und sanft. »Ich kenne den Jungen da oben ganz genau. Alles wird gut. Nur – wenn Sie und Ihre Kollegen jetzt den Turm stürmen, kann ich für nichts mehr garantieren.«

»Sollen Sie gar nicht«, schrie Maike. »Wenn Sie nicht sofort die Tür freigeben, dann werden wir …«

Den Rest des Satzes verschluckte sie. Ihr Handy klingelte.

»Alles in Ordnung hier oben.« Mendelski klang, als würde er nach Atem ringen. »Ihr braucht nicht heraufzukommen. Lasst mich mit dem Jungen noch ein paar Minuten allein.«

***

Sie saßen Schulter an Schulter auf dem Gitterrost der Plattform, mit dem Rücken an ein Blech gelehnt. Auf der Nordseite des Turmes entgingen sie der direkten Sonneneinstrahlung – und den neugierigen Blicken der Menschenmeute da unten. Beide sahen mitgenommen aus, gezeichnet von der psychischen wie physischen Anstrengung der letzten Minuten. Sie sagten nichts. Ihre Blicke waren in die Ferne gerichtet – auf die Wiesen der Allerniederung mit dem Dörfchen Bannetze dahinter.

Kersten Wingenfelder hatte dem Kommissar schließlich die Hand gereicht und ihn auf die Plattform gezogen. Jetzt rann ihm der Schweiß über die Schläfen den Hals hinab.

»Was für Chancen hat Berger?«, brach er nach einer Weile das Schweigen.

»Keine Ahnung«, antwortete Mendelski. »Man hat ihn in ein künstliches Koma versetzt. Ich denke, er wird überleben.« Dann schwieg er wieder.

»Ich wollte das nicht.«

»Das glaube ich Ihnen. Was ist denn genau passiert?«

Kersten Wingenfelder atmete tief durch. »Ich wollte ihn doch nur zur Rede stellen. Nachdem Sie und Ihre Kollegin unverrichteter Dinge davongefahren waren, bin ich über den Zaun geklettert und durch die offene Terrassentür ins Haus eingestiegen.«

»Aber warum dieses Versteckspiel im Mais?«, fragte Mendelski vorsichtig. »Warum sind Sie heimlich durch die Hintertür rein? Statt ganz normal an der Haustür zu klingeln?«

»Der Berger hätte mir doch nie aufgemacht. Der wusste, was los war, und hatte Angst.«

»Also sind Sie hinten rein. Wie ging es weiter?«

»Berger hat sich mächtig erschrocken. Als ich ihn auf den Tod meines Vaters ansprach, hat er hartnäckig geleugnet und behauptet, er wäre am Samstag gar nicht draußen im Revier gewesen. Und sowieso hätte er meinen Vater seit Ewigkeiten nicht mehr gesehen. Ein Wort gab das andere, bis Berger plötzlich so eine große Schere in der Hand hatte. Damit wollte er mich wohl aus dem Haus scheuchen. Es gab dann ein Gerangel quer durch das Wohnzimmer und hinaus auf die Terrasse. Ich habe mir die Tischdecke geschnappt und sie um meinen rechten Arm gewickelt, zum Schutz vor der Schere. Ich wollte mich nicht so einfach vertreiben lassen. Als er wieder mit der Schere auf mich einstechen wollte, habe ich ihn unterlaufen und ihm die Beine weggetreten. Dabei ist er gestürzt ... und dann mit dem Kopf zuerst auf die Platten geschlagen.« Wieder schwieg der Junge eine Weile. »Das klang so grässlich ...«

»Und Sie dachten, er wäre tot?«

»Ja! ... Doch! ... Ach ... Keine Ahnung. Das viele Blut ... Ich war außer mir. Total geschockt. Bin kopflos herumgerannt. Wollte telefonieren – mit der Polizei, oder einen Notarzt rufen, was weiß ich. Habe es dann aber doch nicht getan.«

»Was geschah dann?«

»Mit einem Mal bin ich wieder ganz ruhig geworden. Ich dachte, ich könnte jetzt ja doch nichts mehr ändern. Für mich war Berger tot. Und mein Vater war gerächt. Also konnte ich gehen.«

»Und was war mit den Blumen?«

Kersten Wingenfelder schaute Mendelski erstaunt an. »Das haben Sie herausgefunden? Ja, die schönen Blumen. Die hab ich mitgenommen … für meinen Vater.« Er schluckte. Leise sprach er weiter. »Er hat doch noch kein Grab, da habe ich sie zu der Stelle auf der Waldbrandfläche gebracht, wo wir alle zusammen am Mittag das Holzkreuz aufgestellt hatten. Da, wo er …« Er sprach nicht weiter.

Mendelski nickte eine Weile stumm vor sich hin.

»Haben Sie die Schere angefasst?«, fragte er plötzlich.

»Gott bewahre«, antwortete Kersten Wingenfelder, »die habe ich nicht angerührt. Auch hinterher nicht. Wozu auch?«

Mendelski schaute ihn ernst an. »Wenn das alles so stimmt, wie Sie es geschildert haben, dann war das Notwehr. Es sei denn, wir finden Ihre Fingerabdrücke auf der Schere.«

»Das werden Sie nicht.« Kersten Wingenfelder war auf einmal ganz aufgeregt. »Und was bedeutet das?«

»Dass man Sie nicht wegen versuchten Totschlags belangen wird. Man kann Ihnen nur unterlassene Hilfeleistung vorwerfen.«

Kersten Wingenfelder sprang auf, ging auf das Geländer zu und schaute auf die Baumkronen tief unter sich. »Dann hätte ich mich völlig umsonst da runtergestürzt?«, rief er aufgekratzt.

»Ja«, bestätigte Mendelski. »Sie sind kein Mörder.«

Wieder schwiegen sie.

»Kommen Sie«, sagte Kersten nach einer Weile, »wir klettern wieder hinab. Ich will zu meiner Familie.«

»Schaffen Sie das allein?« Auch Mendelski hatte sich erhoben. »Ich meine, Sie haben doch was getrunken? Sollen wir nicht die Feuerwehr holen?«

»Nee. Das war nicht viel«, erwiderte Kersten Wingenfelder und musste plötzlich grinsen. »Die Flasche war ja schon fast leer, als ich hinaufstieg. Ich kann ganz gut klettern … ich zeig's Ihnen.«

»Wie sind Sie überhaupt auf die erste Plattform gekommen? Die Tür da unten war doch abgeschlossen.«

»In einer Ecke ist ein Schlupfloch. Da können aber nur geübte und schlanke Kletterer durch.« Bei den letzten Worten ließ er einen amüsierten Blick über Mendelskis Figur wandern.

»Noch ein Letztes, bevor wir hinuntersteigen.« Mendelski hielt Kersten Wingenfelder am Arm zurück. »Wollen Sie mir nicht sagen, woher Sie von Bergers Verstrickung in den Fall wussten?«

Kersten Wingenfelder trat einen Schritt zurück, sah Mendelski in die Augen und starrte dann nach unten. Er öffnete den Mund, um etwas zu entgegnen, verschloss ihn aber wortlos wieder. Schließlich griff er in seine rechte Gesäßtasche. Er holte einen zusammengefalteten Briefumschlag hervor.

»Der letzte Brief meines Vaters«, sagte er leise. »Lesen Sie. Dann werden Sie verstehen, warum ich das alles getan habe.«

Mendelski öffnete den Umschlag, faltete den DIN-A4-Bogen auseinander und begann zu lesen.

***

Als man unten sah, dass die beiden Männer die obere Plattform über die Leiter verließen, machte sich spürbare Erleichterung breit. Freudige Rufe, sogar vereinzeltes Beifallklatschen war zu hören. Polizeieinsatzleiter Lührs stieß ein lautes »Puh!« aus und nahm die Schirmmütze vom Kopf, um sich damit Frischluft zuzufächeln.

Diana Wingenfelder umarmte Maike, die sich wieder neben ihr eingefunden hatte, und sagte unter heftigem Schluchzen: »Sagen Sie mir, dass es wahr ist. Sie kommen beide heil herunter.«

Ihr Vater, Erwin Nikutta, stand wie versteinert daneben.

»Ja, sie kommen beide heil herunter«, wiederholte Maike ruhig.

Die grüne Metalltür wurde aufgestoßen und Pastor Maack trat auf die Treppe. Mit strahlendem Gesicht und wehendem Haar kam er die Stufen hinab. Polizeiobermeister Schütte und seine beiden Kollegen warfen ihm böse Blicke zu, bevor sie an ihm vorbei die Treppe erklommen.

***

Als sie die mittlere Plattform erreicht hatten, legten sie eine Verschnaufpause ein.

»Immer noch ganz schön hoch«, schnaufte Mendelski, während er über die Brüstung nach unten schaute. »Kein Vergleich zu einem Hochsitz.«

»Sind Sie auch Jäger?« Kersten Wingenfelder schaute interessiert.

»Manchmal, wenn es die Zeit erlaubt.« Mendelski hatte plötzlich schrecklichen Durst. Er sehnte sich nach einem halben Liter Hefeweizen. »Ich habe aber weder ein festes Revier noch einen Begehungsschein. Früher bin ich viel zur Jagd gewesen, aber heute geh ich nur noch hier und da als Gastjäger mit.«

»Ich habe dieses Frühjahr Jagdscheinprüfung gehabt«, sagte Kersten Wingenfelder wehmütig. »Leider bin ich durchgefallen. Eine Wiederholungsprüfung wird jetzt, nach dem, was in den letzten Tagen passiert ist, bestimmt nicht einfacher. Mit so einem Führungszeugnis ... Meinen Sie, ich kriege noch eine Chance?«

»Schwer zu sagen. Was in Winsen geschehen ist, werden andere beurteilen. Aber bei dem, was im Zusammenhang mit Ihrem Vater passiert ist, könnte man mildernde Umstände geltend machen.«

»Ihr Wort in Gottes Ohr.« Kersten war ganz aus dem Häuschen. Anscheinend hatte er ins Leben zurückgefunden »Mir liegt nämlich viel an der Jägerei. Besonders viel Spaß habe ich am Führen von Hunden. Sie sollten mal unseren Benno sehen, einen Kleinen Münsterländer. Er ist 'ne Wucht.«

»Dann gibt es jetzt ja noch jemanden, der sich über Ihre Rückkehr freut.« Mendelski hatte es jetzt eilig. »Los, klettern wir weiter. Ich habe fürchterlichen Durst.«

***

Pastor Maack wollte sich gerade still und heimlich davonmachen, als er von Maike am Ärmel zurückgehalten wurde.

»So lasse ich Sie nicht weg«, sagte sie und gab sich alle Mühe, streng dreinzuschauen.

»Oh, die Kriminalpolizei«, erwiderte Pastor Maack. »Sie wollen mich verhaften?«

»Nein, keineswegs.« Maike musste lachen. »Im Gegenteil. Eigentlich müsste ich mich bei Ihnen bedanken.«

»Wofür denn das?«

»Na, Sie haben das schon ganz richtig gemacht. Wenn Sie nicht die Tür versperrt hätten, wären wir den Turm hinaufgeklettert und hätten womöglich Unheil angerichtet.«

»Sehen Sie. Zuweilen muss man seinen Mitmenschen vertrauen, auch gegen manche Widerstände.«

»Sie kennen Kersten Wingenfelder?«

»Ja. Seit Kindesbeinen.«

»Und Sie waren sich sicher, dass mein Kollege den Jungen umstimmen wird?«

»Ja«, antwortete er schlicht. »Wir haben uns ja vorher noch kurz gesprochen. In den Augen Ihres Kollegen lag so viel Zuversicht.« Pastor Maack schaute auf seine Armbanduhr. »So, nun muss ich aber los. Das Mittagessen wartet.«

***

Er nutzte den Tumult, der sich am Fuße des Turms 70 gebildet hatte, um ungestört ans Ufer zu paddeln. Gerade waren der Junge und sein Retter unter spontanem Applaus der Umstehenden wieder unten auf dem Erdboden angekommen. Sie wurden sogleich von der Familie, den Polizisten und den Sanitätern umringt.

Axel Schriewe sprang aus dem Boot und zog es ein Stück die Böschung hinauf. Dann machte er seinen Fotoapparat startklar, bevor er sich mit schnellen Schritten dem Menschenknäuel näherte. Schon wenig später hatte er den ersten Schnappschuss im Kasten. Ein hervorragendes Bild von dem Jungen, der mit Tränen in den Augen seine befreit lächelnde Mutter umarmte. Schriewe malte sich aus, dass dieses Foto schon morgen früh auf der Titelseite der »Celleschen Zeitung« prangen könnte.

Als er sich nach dem Kommissar umsah, der den Jungen von der Plattform geholt hatte, konnte er ihn zunächst nicht finden. Schließlich spürte er ihn auf der anderen Seite des Turms auf, abseits, im Schatten der Bäume. Er saß sichtlich mitgenommen auf dem Betonsockel einer Bohranlage und ließ sich gerade von seiner jungen Kollegin eine Flasche Mineralwasser reichen.

Vorsichtig näherte er sich den beiden. Doch bevor er seinen Fotoapparat auch nur halbwegs in Position bringen konnte, hatte Mendelski ihn entdeckt.

»Mann, Schriewe, lassen Sie das«, herrschte er den Reporter an. »Ein falscher Fehler, und Ihre Kamera fliegt in die Wietze.«

Schriewe erkannte schnell, dass mit Mendelski jetzt nicht zu spaßen war. Er wollte gerade kleinlaut abdrehen, als er zurückgerufen wurde.

»Kommen Sie doch mal kurz her«, rief Mendelski. Und als

Schriewe näher getreten war, fuhr er fort: »Wenn Sie schon hier sind, können wir auch rasch unsere Fragen loswerden.«

»Bitte?« Schriewe wirkte verunsichert. Sonst war er nämlich derjenige, der die Fragen stellte.

»Maike, mach du das, ich brauch erst 'ne Pause.«

»Gut ...« Maike Schnur schien ein wenig überrumpelt. »Was war da noch gleich? Ach ja. Wir hätten gern von Ihnen gewusst, warum Sie am Samstag so zeitig an der Waldbrandfläche waren. Hatten Sie rein zufällig in der Nähe zu tun, oder hatte Ihnen jemand einen Tipp gegeben?« Ihre Stimme klang vielsagend.

»Was soll das?« Schriewe reagierte verärgert. »Sie meinen doch nicht im Ernst, ich hätte was mit Wingenfelders Tod zu tun.«

»Langsam, langsam«, beschwichtigte ihn Maike. »Uns interessiert nur, woher Sie von dem Brand wussten.«

»Wenn Sie's genau wissen wollen.« Schriewe funkelte sie mit seinen blauen Augen angriffslustig an. »Ich hab Landschaftsaufnahmen gemacht. Eine ganze Serie, quer durch den Landkreis Celle. Von Eldingen im Osten bis Jeversen im Westen. Ich bin mit dem Auto vor dem Gewitter hergefahren, um Bilder für eine Reportage über die Jahrhundertdürre und den anschließenden lang ersehnten Regen zu machen. Die Lichtverhältnisse waren atemberaubend, da konnte ich einfach nicht widerstehen – auch wenn Sie das als Laien vielleicht nicht nachvollziehen können.«

»Können wir schon.« Maike versuchte, verbindlich dreinzuschauen, was ihr aber nicht sonderlich gut gelang. »Sie waren also gerade im Raum Wietze unterwegs, um zu fotografieren, als Ihnen rein zufällig der Waldbrand in die Quere kam?«

»Genau. Flexibel wie ich bin, habe ich dann rasch vom Naturfotografen auf Sensationsreporter umgeschaltet. Ich bin einfach den Einsatzfahrzeugen aus Wietze gefolgt – und schon war ich mittendrin.«

Mendelski blieb trotz der plausibel klingenden Erklärung skeptisch. Schriewes erste Reaktion auf Maikes Frage war für sein Dafürhalten etwas zu heftig ausgefallen und hatte ihn ein wenig überrascht.

»Können Sie uns Ihre Fotos zwecks Überprüfung Ihrer Angaben zur Verfügung stellen?«, fragte er. »Ist eine reine Routineangelegenheit.«

Schriewe guckte verlegen. »Da gibt es leider ein Problem«, sagte er. »Als ich die Bilder zu Hause vom Speicherchip auf den Rechner überspielen wollte, war der Speicher defekt. Vielleicht hatte ich mich draufgesetzt in der Eile, oder die Hitze ... Jetzt sind jedenfalls alle Landschaftsfotos weg. Sie können sich nicht vorstellen, wie mich das geärgert hat. So was ist mir mit meiner Digitalkamera noch nie passiert.«

»Aber Sie haben doch Fotos von dem Waldbrand und dem Fall Wingenfelder veröffentlicht?« Maike schaute ungläubig drein. »Da stimmt doch irgendetwas nicht.«

»Da hatte ich einen anderen Speicherchip im Apparat«, erklärte Schriewe. »Der erste war wegen der vielen Landschaftsfotos bereits voll. Da habe ich sie ausgetauscht.«

»Gibt es irgendwelche Zeugen, die Sie beim Fotografieren der Landschaft gesehen haben?«

Schriewe schien langsam der Geduldsfaden zu reißen. »Was soll das alles?«, fragte er empört und ging zum Angriff über. »Ich denke, der Fall ist längst klar: Dieser Clemens Berger aus Fuhrberg hat Jens Wingenfelder ermordet. Wingenfelders Sohn Kersten hat daraufhin versucht, den Tod seines Vaters zu rächen. Anschließend ist er vor Reue und Verzweiflung hier auf den Turm geklettert.«

»Woher haben Sie das denn?«, fragte Maike. Vor Erstaunen hatte sie die Augen weit aufgerissen.

Schriewe musste lachen. »Das pfeifen die Wietzer Spatzen längst von den Dächern. Was glauben Sie denn, wo Sie hier sind? Die Leute auf dem Lande können auch eins und eins zusammenrechnen. Außerdem scheinen Sie vergessen zu haben, welchen Beruf ich ausübe. Also bitte schön ...«

»Gehen Sie«, sagte Mendelski plötzlich. Seine Stimme klang heiser. »Bitte gehen Sie jetzt.« Er hatte sich vornübergebeugt und hielt beide Hände an die Schläfen gepresst. Sein mächtiger Brustkorb hob und senkte sich deutlich sichtbar.

Maike fürchtete schon, es würde sich um einen Schwächeanfall handeln, wie er ihn vor vier Wochen beim Polizeisportfest schon einmal erlitten hatte, und schaute sich hilfesuchend nach Sanitätern um.

»Ich hole lieber den Notarzt«, schlug Schriewe vor und rannte davon.

»Lasst den Quatsch«, sagte Mendelski, während er sich wieder aufrichtete. Aus seinem Gesicht war jegliche Farbe gewichen. »Ich hab nur Kopfschmerzen. Wird aber schon besser. Gib mir bitte mal das Wasser.«

»Du bist nicht mehr der Jüngste«, tadelte Maike ihn vorsichtig, während sie den Schraubverschluss der Flasche öffnete. »Fünfzig Meter hoch und wieder runter, zwischendurch ein kurzer Kampf mit einem achtzehnjährigen Selbstmordkandidaten – so was ist nicht ohne. Dazu diese mörderische Hitze und die nervliche Belastung. Das steckt niemand so einfach weg.«

»Ach du …«, erwiderte er matt. »Lass mich bitte einen Augenblick allein. Ich möchte gern mit zu Hause telefonieren.«

ZEHN

Nachdem er das Paddelboot seinem jugendlichen Besitzer zurückgebracht und die unplanmäßige Ausleihe mit einem Zehneuroschein honoriert hatte, lief Axel Schriewe zurück zu seinem Auto. Das stand in der prallen Sonne auf dem Parkplatz des Erdölmuseums, auf dessen Gelände nach dem Trubel der letzten Stunden so langsam wieder der montägliche Frieden einkehrte.

Schriewe warf die Fototasche auf den Beifahrersitz und ließ erst einmal frische Luft ins Wageninnere. »Frische« dreißig Grad warme Luft in einen Brutkasten mit vierzig Grad und mehr. Nur widerwillig zwängte er sich hinter das Lenkrad.

Als er den Notarzt aufgespürt hatte und mit ihm zu Mendelski zurückgeeilt war, hatte er nur einen unwilligen Kommissar angetroffen. »Der kommt auch ohne mich zurecht«, hatte der Arzt gemeint und war wieder von dannen gezogen. Daraufhin hatte auch Schriewe sich verdrückt.

Gerade wollte er vom Schwarzen Weg kommend rechts abbiegen und über die Wietzebrücke fahren, um die B214 Richtung Celle zu nehmen, als er den Wagen der Kripo sah. Es handelte sich um das Zivilfahrzeug des – wie er fand – recht ungleichen Ermittlerpaars, das ihm in den letzten beiden Tagen immer wieder über den Weg gelaufen war. Das Auto kam aus dem Zentrum von Wietze und fuhr in Richtung Hornbostel. Die Kripoleute schienen etwas zu suchen, so langsam fuhren sie.

Wo wollen die denn jetzt hin?, fragte sich Schriewe. Neugierig schaute er ihnen nach. Die Erfahrung der letzten Tage hatte ihn gelehrt, dass es dort, wo die beiden auftauchten, meist etwas Neues und Interessantes zu dem Todesfall Jens Wingenfelder zu erfahren gab.

Geistesgegenwärtig schaltete er den Blinker von rechts nach links und fuhr ihnen nach.

***

Es war nicht ganz einfach, an einem Montag – wie vielerorts in Deutschland, so auch in Wietze – eine Gaststätte zu finden, die nicht Ruhetag hatte.

Schließlich waren sie im nahen Hornbostel fündig geworden. Obwohl das »Wildland« normalerweise ebenfalls am ersten Tag der Woche geschlossen hatte, standen auf dem Parkplatz jede Menge Autos.

»Das sieht nach geschlossener Gesellschaft aus«, sagte Maike, während sie eine Parklücke suchte.

»Fragen kostet ja nichts«, erwiderte Mendelski unwirsch. Er hatte Hunger und Durst und brauchte eine Ruhepause in beschaulicher Umgebung. »Schau – da vorn kannst du parken.«

Im Eingang des Restaurants trafen sie auf die Chefin des Hauses, der sie ihre Not schilderten.

»Da haben Sie aber Glück«, sagte sie freundlich. Im »Wildland« würde nämlich gerade ein Selbsterfahrungsseminar für eine Gruppe von AWD-Finanzberatern aus Hannover stattfinden, erklärte sie, und ihre Gäste hätten soeben ein verspätetes Mittagessen eingenommen. Da sei wohl noch etwas für zwei hungrige Mäuler übrig. Allerdings könnten sie nicht á la carte essen und müssten mit Heidschnuckenbraten und Bratkartoffeln vorliebnehmen.

»Ist vielleicht auch ein Salat dabei?«, wollte Maike wissen, deren Vorliebe für Fleisch sich in Grenzen hielt.

»Aber selbstverständlich«, antwortete die Wirtin. »Blattsalat mit Apfel-Sanddorn-Vinaigrette und gerösteten Sonnenblumenkernen gibt's dazu. Nehmen Sie doch bitte dort draußen Platz. Ich werde mich sofort um Sie kümmern.«

Das war genau das, was sich Mendelski jetzt wünschte. Ein malerisches, schattiges Plätzchen in gediegenem Ambiente, allein mit seiner Kollegin, fernab von all dem Trubel der letzten Stunden. Dazu ein kühles Hefeweizen und leckere Hausmannskost.

Bevor das Essen serviert wurde, telefonierte Mendelski noch rasch mit Hannover. Verena Treskatis war sofort am Apparat. Er informierte sie von dem Suizidversuch auf dem Turm 70 und von Kersten Wingenfelders Geständnis, Verursacher von Bergers schwerer Kopfverletzung zu sein. Dabei hielt er nicht mit seiner Ansicht hinterm Berge, dass es sich bei dem Zwischenfall in Fuhrberg aller

Wahrscheinlichkeit nach um Notwehr gehandelt habe. Zur Stunde befände sich der Junge in Begleitung seiner Mutter und seines Großvaters in der Polizeistation Wietze, wo die Kollegen ein Vernehmungsprotokoll anfertigen würden.

Verena Treskatis untermauerte die Notwehr-Theorie. Sie hatte vor wenigen Minuten aus dem Labor erfahren, dass auf der Schere, die man auf Bergers Terrasse sichergestellt hatte, lediglich die Fingerabdrücke des Hausherrn gefunden worden waren.

Obendrein hatte Verena Treskatis eine andere gute Nachricht: Bergers Situation wurde von den Ärzten der Medizinischen Hochschule inzwischen als stabil bezeichnet. Er lag zwar immer noch im künstlichen Koma, schwebte aber nicht mehr in Lebensgefahr. Genaueres wusste sie noch nicht. An eine Vernehmung war jedenfalls auch heute nicht zu denken.

Mendelski war erleichtert. Diese Nachrichten taten gut. Vor allem freute es ihn für Kersten Wingenfelder, der seiner Meinung nach durch den Tod seines Vaters schon genug gestraft war. Er nahm sich vor, umgehend in Wietze anzurufen, um diese wichtigen Erkenntnisse den dortigen Ermittlern mitzuteilen.

Zum Schluss des Telefonats kamen sie noch einmal auf den Mordfall Jens Wingenfelder zu sprechen.

»Wie es ausschaut, zieht sich die Schlinge um Bergers Hals langsam zu«, sagte Mendelski. »Erst die belastende Zeugenaussage des Ehepaars aus Wettmar, jetzt noch dieser Brief. Kersten Wingenfelder hat mir so eine Art Abschiedsbrief ausgehändigt, in dem sein Vater Berger anklagt, an seinem eventuellen Ableben schuld zu sein. Für mich gibt es keinen Zweifel an der Authentizität des Schreibens. Ich habe es für alle Fälle sofort ins Labor bringen lassen.«

Verena Treskatis versprach, sich weiter intensiv um die Nachforschungen zu Berger und dessen Umfeld zu kümmern. Dann verabschiedete sie sich.

Pünktlich zum Ende des Gesprächs wurde das Essen serviert. Mendelski merkte, wie ihm das Wasser im Munde zusammenlief, als ihm der kräftige Geruch von Gebratenem in die Nase stieg.

»Du wolltest mir doch noch mehr von dem Brief erzählen«, sagte Maike, nachdem die Bedienung wieder gegangen war und sie ihren ersten Happen Salat verschlungen hatte.

Mendelski kaute und überlegte in einem. »Moment«, nuschelte er mit vollem Mund. »Ich glaube, ich bekomme die entscheidenden Sätze noch zusammen: ›An allem schuld ist ein ehemaliger Freund … der in unserem Hause jahrelang aus und ein ging, nämlich Clemens Berger. Sorgt Ihr dafür, dass er seiner gerechten Strafe nicht entkommt.‹«

»Und vorher hat er prophezeit, dass ihm etwas zustoßen könnte?«

»Ja. Es ist …« Mendelski hatte sich verschluckt und musste husten. »Es ist ganz offensichtlich so, dass Jens Wingenfelder sich in Gefahr wähnte. Allem Anschein nach wollte er sich mit Berger treffen, um mit ihm etwas zu besprechen. Vielleicht sind sie sich nicht einig geworden, es kam zum Streit … und dann ist die Angelegenheit eskaliert.«

»Meinst du nicht, dass die Sache mächtig stinkt?« Maike fuchtelte mit Messer und Gabel in der Luft herum. »Nie im Leben ging es um verletzte Eitelkeiten oder um diesen dämlichen Hirsch …« Bei den letzten Worten hatte sie sich das Besteck an die Stirn gehalten, um so etwas wie ein Hirschgeweih zu simulieren.

»Bei Jägern kann man nie wissen«, erwiderte Mendelski schmatzend. Er griente Maike an. »Und wenn es um Hirsche geht, schon gar nicht.« Sein Gesicht wurde wieder ernst. »Aber Spaß beiseite. Es gab da anscheinend etwas zwischen den beiden zerstrittenen Freunden, wovon wir noch nichts wissen. Irgendetwas Hochbrisantes, was deutlich aufregender ist als ein Fehlabschuss. Nur – solange Berger nicht ansprechbar ist, müssen wir vorerst weiterrecherchieren. Sonst bleiben nur Spekulationen.«

»Apropos recherchieren.« Maike nahm einen kräftigen Schluck von ihrer Weißweinschorle. »Die anderen melden sich ja gar nicht. Der Tag ist bald herum, und wir haben noch nichts vom Labor oder aus der Gerichtsmedizin gehört.«

»Gemach, gemach. Wir können uns wirklich nicht beklagen. Heute ist doch weiß Gott genug passiert. Oder hat's dir nicht gereicht?«

Heiko Strunz schien über telepathische Fähigkeiten und eine gehörige Portion Wohlerzogenheit zu verfügen. Jedenfalls rief er genau zu dem Zeitpunkt an, als Mendelski Messer und Gabel auf den Teller legte, die Serviette von den Knien nahm und sich den Mund abputzte. Maike war schon längst bei ihrer Nachtischzigarette.

»Hallöchen«, begrüßte er Mendelski gut gelaunt. »Keine lange Vorrede. Ich habe von deiner Heldentat auf dem Turm gehört, doch darüber sprechen wir ein anderes Mal. Ich hab's nämlich furchtbar eilig. Sitzt ihr bequem, habt ihr was zu schreiben? Ich habe jede Menge Neuigkeiten für euch. Erste Ergebnisse vom Labor und aus der Gerichtsmedizin.«

Damit Maike auch alles mitbekam und das Nötigste mitschreiben konnte, wiederholte Mendelski das Gehörte im Telegrammstil:

»Ja, habe verstanden. Die Scherben aus dem Wald gehören einwandfrei zu einem BMW X3. Und Bergers Rückleuchte wurde auf einer Seite vor Kurzem ausgewechselt. – Ja, hab ich. Ganz hervorragend. – Die verbrannte Jagdwaffe war eine Doppelflinte von Merkel, Modell 40E mit englischem Schaft, Kaliber 16. – Überreste von acht verbrannten beziehungsweise explodierten Schrotpatronen dieses Kalibers wurden im Touareg gefunden. – In der Freisprechanlage befand sich der geschmolzene Rest eines Funktelefons vom Typ Nokia 5140i, ein spezielles Outdoor-Handy. – Überall, im, am und auch um den Wagen herum sind Spuren eines flüssigen Brandbeschleunigers gefunden worden. Wahrscheinlich handelt es sich um handelsübliches Superbenzin, welches man an jeder Tankstelle bekommen kann. – Jetzt zu Frau Dr. Grote ... Moment mal bitte.«

Mendelski unterbrach das Gespräch kurz, um einen Espresso in Empfang zu nehmen. Nachdem die Bedienung sich zurückgezogen hatte, fuhr er mit dem Telefonat fort.

»Kann weitergehen«, sagte er und horchte. »Wingenfelder ist durch Sauerstoffentzug mit anschließendem Herzstillstand ums Leben gekommen, sprich: durch die indirekten Einwirkungen des Feuers«, diktierte er Maike. »Er ist also erstickt? – Ja, hab ich. – In seiner Lunge sind Spuren eines flüssigen Brandbeschleunigers nachgewiesen worden. – Sein Blut hatte einen Alkoholanteil von 1,7 Promille. – Spuren im Magen deuten auf Whiskey hin.«

Heiko Strunz schien eine Pause einzulegen. Mendelski wurde rasch ungeduldig. »Nun mach schon«, drängte er. »Wie ich dich kenne, hast du dir das Beste für den Schluss aufgehoben. Schieß endlich los.«

Eine Weile war es still im weiten Rund der »Wildland«-Gartenterrasse. Mendelski schwieg nicht, um Maike mehr Zeit zum Mitschreiben zu gönnen. Nein, er lauschte gebannt in das kleine Funktelefon, das in seiner großen Hand zu verschwinden schien. Vor Erstaunen hatte er Augen und Mund weit aufgerissen.

»*Caramba!*«, entfuhr es ihm schließlich. »Das gibt's doch gar nicht. Hat sich unsere Pathologin auch nicht getäuscht?«

Wieder lauschte er eine Weile in das Mobiltelefon.

»Okay, nun auch für Maike zum Mitschreiben.« Mendelski hob den rechten Zeigefinger, um seinen Worten mehr Gewicht zu verleihen, und diktierte dann langsam und deutlich: »Die Gerichtsmedizin hat ein Kaposi-Syndrom nachgewiesen. Das ist der häufigste maligne Tumor bei HIV-Infizierten. Kurz: Jens Wingenfelder hatte Aids.«

***

Schriewe zuckte zusammen.

Auch wenn er ein recht guter Lippenleser war, hatte er längst nicht alles verstehen können, was in der letzten halben Stunde knapp dreißig Meter vor ihm auf der Terrasse vom »Wildland« gesprochen worden war. Da half selbst das Fernglas wenig.

Die letzten vier Worte jedoch waren eindeutig gewesen, zumal Mendelski sie langsam und deutlich ausgesprochen hatte: »Jens Wingenfelder hatte Aids.«

»Wusste ich's doch«, murmelte Schriewe leise. Versonnen starrte er über den First des Fachwerkhauses neben sich. Er schien mit den Gedanken plötzlich weit weg zu sein.

Ein laut zeternder Zaunkönig, der sich just in jenem Gebüsch niederlassen wollte, in dem der Reporter hockte, brachte ihn in die Realität zurück. Er hatte genug erlauscht. Eilig verstaute er das Fernglas in seiner Fototasche, kroch auf allen vieren aus seinem Versteck und lief zurück zum Parkplatz.

***

»Das ergibt ein völlig neues Bild«, sagte Mendelski zu Maike, nachdem die Bedienung das Geschirr abgeräumt und sich zurückgezogen hatte. Inzwischen lag auch sein Notizblock auf dem Tisch. Emsig schrieb er, kritzelte Kreise und zog Striche.

»Aids im fortgeschrittenen Stadium?« Maike zeigte sich noch immer überrascht. Nervös klopfte sie mit ihrem Kugelschreiber gegen die Tischkante, denn sie wollte das Thema gern vertiefen. Doch Mendelski schaute nicht auf. Er schrieb und schrieb.

»Jens Wingenfelder hatte also Aids«, startete sie nach einer Weile einen neuen Versuch. »Ich denke, die Familie Wingenfelder ist uns einiges an Erklärungen schuldig.«

Endlich legte er den Stift zur Seite und schaute auf. »Wir rekapitulieren erst einmal«, hielt er dagegen, »bevor wir über die Aids-Geschichte sprechen. Beginnen wir ganz von vorn: Es ist Samstagmittag. Jens Wingenfelder ist allein zu Hause und schreibt eine Art Abschiedsbrief an seine Familie. Danach fährt er ins Revier und ruft von dort über sein Handy Clemens Berger an. Er bittet seinen ehemals besten Freund, mit dem er seit Monaten im Clinch liegt, um Hilfe. Er solle heraus ins Revier kommen, es ginge um Leben und Tod. In seinem Wagen führt er eine Flinte mit sich, die nach dem Brand unbenutzt in der Nähe des Leichenfundortes entdeckt wird.«

»Die Flinte belegt, dass es ernst wurde«, warf Maike ein. »Er muss also die Gefahr, die auf ihn zukam, bereits daheim bei der Abfahrt erahnt haben.«

»Genau. Siehe Brief.« Mendelski blätterte zur nächsten Seite in seinem Notizblock. »Den Zeugenaussagen und dem Scherbenfund zufolge ist Berger – oder zumindest sein BMW X3 – draußen bei Wingenfelder im Revier gewesen.« Er blickte auf. »Dass es nicht sein Wagen war, dessen Rückleuchte dort zu Bruch gegangen ist, kann er seiner Großmutter erzählen.«

Er schaute wieder auf seine Notizen. »Wenig später – so gegen vierzehn Uhr dreißig – brennen dank des flüssigen, in großen Mengen verteilten Brandbeschleunigers der Wald, der Touareg und letztendlich auch Jens Wingenfelder. Seine Armbanduhr bleibt um vierzehn Uhr siebenundvierzig stehen. Eine gute Stunde später, gegen sechzehn Uhr, wird sein verbrannter Leichnam mit Handschellen gefesselt und mit 1,7 Promille Alkohol im Blut aufgefunden.«

»Rund hundertfünfzig Meter von seinem Auto entfernt«, ergänzte Maike. »Autoschlüssel und Handy sind im Auto geblieben.«

Mendelski schrieb ein paar Worte, bevor er fortfuhr: »Unser Hauptverdächtigter Berger hat bisher jegliche Beteiligung geleugnet. Sowohl bei unserer Vernehmung als auch bei Kersten Wingenfelders Besuch. Berger liegt zurzeit vernehmungsunfähig im Krankenhaus. Die Indizien sprechen zwar klar gegen ihn, ein eindeutiges Motiv haben wir allerdings noch nicht gefunden. Und da platzt plötzlich die Nachricht herein, dass Wingenfelder Aids hatte.«

»Liegt darin vielleicht ein Motiv?«, grübelte Maike mit zusammengezogenen Augenbrauen.

»Vielleicht. Jedenfalls bekommt die ganze Angelegenheit nun eine andere Richtung. Wir müssen viel tiefer in Wingenfelders Vergangenheit vordringen. Wusste seine Familie von der Krankheit? Oder führte er ein Doppelleben? Gibt es Kontakte, von denen wir gar keine Ahnung hatten? Zu Kreisen, in denen Prostituierte oder Stricher verkehren?«

»Berger!«, rief Maike aufgeregt. »Der hübsche Berger ist Junggeselle, aber ganz sicher kein Frauenverächter. Er hat seinen Kumpel Wingenfelder – als sie noch dicke Freunde und häufig auf Auslandsjagdreisen waren – zu kleinen Abenteuern im Rotlichtmilieu überredet. Und schwups, da ist es passiert. Wingenfelder hat einmal nicht aufgepasst und sich prompt Aids eingefangen. Wahrscheinlich irgendwo im Wilden Osten.«

»Dafür musst du gar nicht weit fahren«, erwiderte Mendelski. »Aber so kann es gewesen sein. Das wäre auch eine Erklärung für das plötzliche Zerbrechen der Freundschaft zwischen den beiden. Der im Grunde eher treue und redliche Familienmensch Wingenfelder lässt sich zu einem fragwürdigen Abenteuer mit schlimmen Folgen überreden. Und am Ende gibt er dem lockeren Lebemann Berger die Schuld an seinem tragischen Missgeschick.«

»Aber da stimmt doch gar nichts. Denn dann müsste doch Wingenfelder aus Rache den Berger umgebracht haben. Und nicht umgekehrt.«

Mendelski gab ihr recht: »Stimmt … Zu dumm.« Er warf den Kopf in den Nacken, um sich besser konzentrieren zu können.

Nach einigen Augenblicken der Besinnung sprach er weiter: »Laut Brief war es der todkranke Wingenfelder, der sich von Berger bedroht fühlte. Er bat ihn aber trotzdem per Telefon zu einer heimlichen Aussprache in den Wald. Was, in Herrgotts Namen, wollte er von dem?«

»Vielleicht eine Entschuldigung.« Maike verwarf den Gedanken rasch wieder und winkte ab. »Ach nein. Aber ... vielleicht wollte er ihn bitten, nichts von seiner Aids-Erkrankung zu verraten. Um die Familie zu schützen. Vielleicht hat er es ja tatsächlich geschafft, das für sich zu behalten, und wollte verhindern, dass Berger nach seinem Ableben unschöne Dinge über ihn erzählt.«

»Gut. Aber selbst, wenn die beiden sich darauf geeinigt hätten: Warum sollte dann Berger plötzlich über Wingenfelder herfallen, ihn fesseln, mit Benzin übergießen und anstecken?«

»Vielleicht hatte Wingenfelder etwas, womit er Berger ärgern konnte.«

»Du denkst an Erpressung?«

»Vielleicht treibt der Berger dunkle Geschäfte ...«

Mendelski wiegte den Kopf hin und her. »Vielleicht, vielleicht!«, sagte er mit sauertöpfischer Miene. »So kommen wir doch nicht weiter. Wir müssen wohl der Familie Wingenfelder noch einmal einen Besuch abstatten.« Er schaute auf seine Armbanduhr: Der Nachmittag war schon weit fortgeschritten. »Und zwar jetzt gleich.«

***

»Nun sag doch was, Erwin!«, flehte Monika Nikutta. Sie war hinter ihren Mann getreten und strich ihm vorsichtig über die Schulter.

Doch Erwin Nikutta blieb stumm. Mit versteinerter Miene starrte er aus dem Küchenfenster.

Vor ihm lag verlassen der Garten der Wingenfelders in der heißen Nachmittagssonne. Auch im Hundezwinger rührte sich nichts. Benno hatte sich in den Schatten der Hundehütte zurückgezogen und schlummerte tief. Nur ab und zu war das müde Schlagen seiner Rute zu sehen, wenn ihm die lästigen Fliegen auf seinem Fell zu aufdringlich wurden.

»Konntest du dich nicht beherrschen?« Monika Nikutta ließ nicht locker. Anstatt sich über den glücklichen Ausgang der Turmbesteigung und die Heimkehr seines Enkels zu freuen, hatte ihr Mann – kaum dass sie zur Haustür herein waren – Tochter und Enkel außer sich vor Wut beschimpft. Ungeheuerliche Anschuldigungen waren von ihm geäußert worden. Jens sei schon lange eine Schande für die ganze Familie gewesen, hatte er behauptet, und nun würde auch noch Kersten die Familienehre besudeln.

»Auch wenn es dir nicht passt«, hatte ihm Diana Wingenfelder, die nach den Ereignissen des Tages am Rande eines Nervenzusammenbruchs stand, unter Tränen geantwortet. »Wir werden jetzt die Wahrheit sagen. Die ganze!« Dann hatte sie die Türen zugeknallt und war mit Kersten ins obere Stockwerk zu Alina geflüchtet.

Was hat Diana nur mit der »ganzen Wahrheit« gemeint?, fragte sich Monika Nikutta. Und warum fürchtete ihr Mann diese Wahrheit? Gab es im Zusammenhang mit dem Tod ihres Schwiegersohnes etwas, von dem sie nichts wusste?

»Ihr verheimlicht mir doch etwas«, sagte sie nun laut und bestimmt. Wieder hatte sie ihre Hand an seine Schulter gelegt. »Erwin, bitte! Was wisst ihr von Jens, was ich nicht weiß?«

In seinem Gesicht las sie verstockte Verzweiflung. Regungslos starrte er weiter durch das Fenster in den Garten.

Bei Monika Nikutta schrillten die Alarmglocken. Sie kannte ihren Mann nur zu gut. Sie durfte jetzt nicht weiterfragen, sonst würde er explodieren.

Lange hatte sie gehofft, dass sein Jähzorn mit dem Alter endlich abnehmen würde, dass er besonnener werden würde, nachdem er in den Ruhestand getreten war und die vielen ehrenamtlichen Ämter niedergelegt hatte. Doch sie hatte sich getäuscht. Ohne den gewohnten Stress, aller Ämter und beruflichen Aufgaben ledig, war er von Tag zu Tag nur noch unausgeglichener und unausstehlicher geworden. Anstatt das Leben im Ruhestand mit ihr an seiner Seite zu genießen, gemeinsam zu verreisen, kulturelle Veranstaltungen zu besuchen und andere schöne Dinge zu unternehmen, rieb er sich an unwichtigen Kleinigkeiten auf. Er hätte sich gelassen zurücklehnen können, um in der Lokalpolitik, der er sich jahrzehntelang ehrenamtlich und aufopferungsvoll verschrieben hatte, auch mal andere, jüngere machen zu lassen. Stattdessen verfolgte er verbittert, mit übertriebenem Argwohn und hämischen Kommentaren, die täglichen Amtsgeschäfte seines Nachfolgers und überzog den neuen Ortsbürgermeister von Hambühren mit Hohn und Spott.

Doch nicht nur ihr Eheleben, auch das Verhältnis zu der Familie ihrer einzigen Tochter Diana hatte in letzter Zeit arg gelitten. Seitdem ihr Mann nicht mehr arbeitete und fast unbegrenzt Zeit hatte, fuhr er immer häufiger nach Wieckenberg. Doch seine Besuche stießen dort nicht nur auf Gegenliebe. Sein Verhältnis zu den mittlerweile groß und selbstständig gewordenen Enkeln, die sich längst nicht mehr alles sagen ließen, kühlte zunehmend ab. Folglich zog sich auch Tochter Diana immer mehr zurück. Und besonders mit Schwiegersohn Jens – seine liebe Seele ruhe in Frieden – hatte sich Erwin Nikutta in der letzten Zeit zunehmend in der Wolle gehabt. In den vergangenen Monaten waren sie sich – so gut es ging – aus dem Weg gegangen und hatten kaum noch ein Wort miteinander gewechselt.

Monika Nikutta hatte sich schon des Öfteren gefragt, ob es nicht besser wäre, aus Hambühren und der näheren Umgebung wegzuziehen. So würden sie etwas mehr Abstand zu dem früheren Leben und dem Rest der Familie bekommen. Das wäre sicher für alle Seiten das Beste. Sehr gut könnte sie sich zum Beispiel die beschauliche Residenzstadt Celle als Alterswohnsitz vorstellen.

Mit einem Mal wurde sie sentimental. »Haben wir nicht schon genug Ärger in der Familie?« Sie begann zu weinen.

Ohne sich umzudrehen, seufzte er auf und stieß hervor: »Oh Gott, wenn du wüsstest, was da noch alles auf uns zukommt!«

***

Maike drückte ein zweites Mal auf den Klingelknopf.

»Na, niemand zu Hause?« Mendelski trat einen Schritt zurück und schaute zum Fenster rechts in der Nähe der Haustür. Wenn er sich recht erinnerte, handelte es sich um eines der Küchenfenster.

»Da oben hat sich was bewegt«, sagte Maike, während sie diskret mit dem Zeigefinger zu den Fenstern im ersten Stock wies. »Da ist jemand zu Hause.«

Bevor sie ein weiteres Mal klingeln mussten, öffnete sich die Haustür. Erwin Nikutta trat heraus. Er sah blass aus und wirkte um Jahre gealtert.

»Wir haben die Vernehmungen in der Polizeistation Wietze gerade hinter uns«, sagte er ohne große Vorrede mit müder Stimme. »Ich kann mir beim besten Willen nicht vorstellen, was Sie jetzt schon wieder wollen.«

»Es geht nicht um den Jungen«, erwiderte Mendelski. »Wir hätten gern noch einmal mit Ihrer Tochter gesprochen.«

»Sie hat sich zurückgezogen und ist im Moment nicht zu sprechen.«

»Es ist wichtig«, erwiderte Mendelski hartnäckig. »Oder ist es Ihnen lieber, wenn wir Ihre Tochter ins Präsidium vorladen?«

»Lass gut sein, Vater«, hörten sie plötzlich eine weibliche Stimme von oben rufen. Diana Wingenfelder hatte das Fenster im ersten Stock geöffnet und lehnte sich hinaus. »Lass die beiden herein. Ich komme gleich herunter.«

Nikutta rührte sich nicht von der Stelle. Mendelski umkurvte ihn kurzerhand und stieß eigenhändig die Haustür auf. Maike folgte ihm auf dem Fuß, ohne den Alten eines Blickes zu würdigen.

»Das wird Ihnen noch leidtun«, schimpfte Erwin Nikutta hinter ihnen. »Ich habe so meine Verbindungen nach Celle …«

Mehr konnte Mendelski nicht verstehen, da Nikutta draußen auf der Türschwelle stehen geblieben war.

Im Flur trafen sie auf seine Frau, Monika Nikutta. Anscheinend hatte sie gelauscht. Unsicher trat sie von einem Bein aufs andere, rang die Hände und stammelte eine leise Begrüßung. Mendelski und Maike nickten ihr nur knapp zu und gingen dann zielstrebig durch die weit geöffnete Tür ins Wohnzimmer.

Sie hatten gerade in den Ledersesseln Platz genommen, als sie unterdrücktes Stimmengewirr vernahmen. Es kam aus dem Flur. Zunächst fiel es ihnen schwer, etwas Zusammenhängendes zu verstehen, jedoch hörten sie deutlich die Stimmen von Diana Wingenfelder und ihrem Vater heraus. Sie schienen zu streiten.

»Überleg dir genau, was du tust!« Erwin Nikuttas drohende Stimme war nun lauter und drang bis zu ihnen ins Wohnzimmer.

»Das werde ich«, giftete Diana Wingenfelder. »Und nun lass mich endlich …«

»Diana, du machst eine Riesendummheit.«

»Tue ich nicht. Jens hätte es auch so gewollt.«

»Gut! Bitte! Dann … dann gehen wir.« Erwin Nikuttas Stimme wurde schrill. »Monika, komm. Hol deine Sachen. Dieses Haus ist für uns erledigt.«

»Erwin!« Dieser Ausruf kam von seiner Frau.

»Keine Widerrede. Wir gehen. Auf der Stelle!«

Sie hörten noch Schluchzen und geflüsterte Worte, dann wurden Türen geknallt.

Plötzlich war es still.

Wenig später stand Diana Wingenfelder in der Wohnzimmertür. Mit schleppenden Schritten begab sie sich zur Couch und setzte sich auf deren äußerste Kante. In ihren Augenwinkeln waren die Tränen noch nicht getrocknet. Die Sorgen und der Kummer, die schlimmen Erlebnisse der letzten achtundvierzig Stunden – all das spiegelte sich jetzt in ihren Augen.

»Mein Vater will, dass ich Ihnen etwas verheimliche«, begann sie ohne Umschweife. »Er meint, die Enthüllung würde unsere Familie noch tiefer in den Schmutz ziehen.«

»Welche Enthüllung?«, fragte Mendelski leise.

Diana Wingenfelder schaute ihn mit tränenfeuchten Augen an. »Ist es möglich«, stellte sie eine Gegenfrage, »dass Sie das, was ich Ihnen jetzt erzähle, vertraulich behandeln?«

»Kommt darauf an.« Mendelski versuchte zu lächeln. »In der Regel schon. Sobald Ihre Aussage allerdings unmittelbar mit einer kriminellen Handlung zu tun hat, sind wir von Amts wegen verpflichtet, diese Information an die Kollegen, den Staatsanwalt oder später an das Gericht weiterzuleiten.«

»Unmittelbar mit einer kriminellen Handlung?« Sie wiegte den Kopf. »Ach, lassen wir das Geplänkel. Es ist ja doch zu spät.«

Diana Wingenfelder erhob sich und trat zum Kamin. Dort nahm sie ein gerahmtes Foto vom Sims und hielt es Maike hin.

»Dieses Familienfoto entstand am einundvierzigsten Geburtstag meines Mannes. Am 2. September vergangenen Jahres. Schauen Sie, wie glücklich wir vier da ausschauen.«

Weinend reichte sie das Foto an Mendelski weiter. Dann fasste sie sich und fuhr fort. »Es war ein gelungenes Fest in einer lauen Spätsommernacht hier im Garten. So gegen Mitternacht hatten uns die letzten Gäste verlassen, als Letzter ging Clemens Berger. Zu dieser Zeit waren Jens und Clemens noch dicke Freunde gewesen. Plötzlich hat uns mein Mann zu sich gerufen. Er hätte uns etwas zu sagen. Kersten und Alina wären jetzt alt genug, um die Wahrheit zu erfahren. Ich wusste zwar, was mein Mann den Kindern sagen wollte, denn er hatte mich schon Jahre zuvor eingeweiht. Trotzdem traf es mich in jenem Augenblick wie ein Schlag ins Gesicht. Bisher hatte ich Jens nämlich mit Erfolg davon abhalten können, sein Geheimnis den beiden oder sonst jemandem in der Familie gegenüber aufzudecken.«

Diana Wingenfelder riss Mendelski plötzlich das Foto aus der Hand und knallte es auf den Couchtisch. Teile des Holzrahmens brachen ab und fielen auf den Boden. Nach einem kurzen Moment bückte sie sich, um die Bruchstücke zusammenzusuchen. Kaum hörbar stieß sie hervor: »Jens war bisexuell.«

Mit dem Handrücken der freien Hand wischte sie sich über die nasse Stirn und nahm wieder auf der Couch Platz. In der anderen Hand hielt sie die Holzsplitter des Bilderrahmens. Ohne Mendelski und Maike anzuschauen, fuhr sie fort: »Zunächst gab er seiner homosexuellen Neigung nur selten nach. Er hatte den einen oder anderen Geliebten, doch unsere Ehe hielt und lief einigermaßen weiter – zumindest sah es so aus. Dann tauchte Berger auf. Vor vier Jahren hatten sie sich auf einer Jagdreise nach Estland kennengelernt. Alles wurde anders. Clemens hier, Clemens dort. Und ich Eselin habe tapfer mitgespielt, das Theater von der schönen heilen Welt. Insbesondere vor den Kindern. Ich wollte halt die Familie retten.«

»Aber Ihr Mann hat doch auch Theater gespielt«, stellte Mendelski fest. »Sonst wären Sie ja nicht länger verheiratet geblieben.«

»Sicher.« Sie nickte mehrmals. »Jens hing ja weiter an mir, an seiner Familie. Wir teilten weiter Tisch und Bett. Wenn auch Letzteres immer seltener. Zum Schluss hatten wir getrennte Schlafzimmer.«

»Wann?«, platzte Maike heraus, die sich nicht länger zurückhalten konnte. »Entschuldigen Sie bitte diese sehr persönliche Frage, aber sie ist enorm wichtig. Wann hatten Sie zum letzten Mal Geschlechtsverkehr mit Ihrem Mann?«

»Bitte?« Diana Wingenfelder schaute verdutzt drein. »Was kann daran bitte schön so wichtig sein?«

»Frau Schnur hat recht«, sagte Mendelski. »Diese Frage ist von großer Wichtigkeit für uns. Wir erklären Ihnen später, warum.«

»Es ist lange her.« Sie seufzte. »Irgendwann wollte ich dann auch nicht mehr.«

»Geht es bitte etwas genauer?«

»Ich habe die Monate nicht gezählt. Aber ein Jahr ist es bestimmt schon her, vielleicht auch schon eineinhalb.«

Man merkte Maike eine gewisse Erleichterung an. Das erhöhte die Chance, dass Diana Wingenfelder sich nicht angesteckt hatte. Möglicherweise gehörte ihr Mann zu den Aidspatienten, bei denen die Krankheit bereits wenige Monate nach der Infektion ausbrach. Sie wollte schon eine Erklärung für die intime Frage abgeben, als Mendelski ihr zuvorkam: »Einen Moment noch bitte, Maike.« An Diana Wingenfelder gewandt fragte er: »Wie ist es eigentlich zu dem Bruch mit Berger gekommen?«

»Das ist mir auch ein Rätsel geblieben. Jens hat selbst sehr wenig darüber gesprochen und ist unseren Fragen ausgewichen. Vielleicht hatte Berger einen Neuen, und Jens war eifersüchtig.«

»Also hat der Bruch nichts mit dem Fehlabschuss zu tun, wie uns Berger weismachen wollte. Oder wissen Sie was von dem Hirsch, den Berger fälschlicherweise geschossen hat im letzten Jahr?«

»Doch, doch. Das hat uns Jens auch als Grund vorgegaukelt. Aber es konnte unmöglich allein der Grund gewesen sein. Jens war in Jagdfragen sehr großzügig und liberal.«

Maike nutzte eine Denk- und Atempause ihres Kollegen und fragte: »Besserte sich Ihre Ehe nicht wieder, nachdem sich Ihr Mann und Berger entzweit hatten?«

»Leider nein. Das hatte ich insgeheim auch gehofft. Aber im Gegenteil, mein Mann zog sich immer weiter von mir zurück. Wir führten zum Schluss eine reine Zweckehe.«

Maike schrieb fleißig mit, während sie weiterfragte. »Und wie hat Ihr Vater von alledem erfahren?«

»Durch einen unglücklichen Zufall. Wir vier – Jens, Kersten,

Alina und ich – hatten vereinbart, das Geheimnis zu hüten. Doch einmal hatten die Kinder, denen das Ganze doch ziemlich zugesetzt hatte, über das Thema gestritten. Dabei hatte mein Vater versehentlich mitgehört.«

»Wie hat er reagiert?«

»Das haben Sie doch vorhin mitbekommen.« Diana Wingenfelder stöhnte auf. »Mein werter Herr Vater ist stockkonservativ und unverbesserlich. Ein bisexueller Schwiegersohn? So was passt nicht in sein Weltbild. Außerdem hatte er Angst, dass sein eigener guter Ruf ruiniert würde. Er, der jahrelang in der Öffentlichkeit gestanden hat. Als Ortsbürgermeister und Parteivorsitzender, als Vorsitzender des Schützenvereins, als Mitglied des Kirchenvorstandes und, und, und.«

»Aber er hatte doch eigentlich nichts zu befürchten«, stellte Mendelski fest. »Oder hatten Sie vor, mit der Geschichte an die Öffentlichkeit zu gehen?«

»Nein, natürlich nicht.« Diana Wingenfelder schaute böse drein. »Trotzdem. Das Verhältnis meines Vaters zu Jens war von Stund an zerrüttet.« Sie holte tief Luft. »Aber Sie schulden mir noch immer eine Erklärung. Warum ist das Sexualleben in meiner Ehe für den Fall so wichtig?«

Mendelski und Maike schauten sich einen Moment schweigend an.

»Nun …«, begann Mendelski zu erklären. »Das war der eigentliche Grund unseres Kommens. Wir sind etwas vom Thema abgekommen. Frau Wingenfelder, wussten Sie, dass Ihr Mann schwer krank war?«

Diana Wingenfelder schüttelte ungläubig den Kopf.

»Ihnen ist nicht aufgefallen, dass Ihr Mann in den letzten Monaten häufiger in ärztlicher Behandlung war? Dass er besondere Medikamente nahm? Dass er abgenommen hatte?«

Wieder verneinte sie.

»Die Gerichtsmedizin hat uns vorhin informiert. Es gibt keinen Zweifel: Ihr Mann hatte Aids.«

Eine Weile blieb es still. Wie in Trance hatte Diana Wingenfelder sich erhoben und war zur Terrassentür gegangen. Sie legte eine Hand an den hölzernen Türrahmen, als ob sie sich stützen müsste, und schaute auf den Boden vor sich.

»Aids, sagen Sie?«

»Ja«, erwiderte Mendelski und erhob sich ebenfalls.

»Nein, davon wusste ich nichts.« Sie sprach monoton wie ein Roboter. Ihre rechte Fußspitze spielte mit den Fransen des Teppichs, bevor sie weitersprach: »Meinen Sie, dass er deswegen in den Flammen sterben musste?«

»Das wissen wir noch nicht.« Mendelski war hinter sie getreten. »Die Krankheit Ihres Mannes wirft jedenfalls ein ganz neues Licht auf den Fall.«

»Ob er sehr gelitten hat? Außer dass er sich immer mehr zurückgezogen hat, habe ich gar nichts bemerkt.«

»Soweit ich weiß«, ließ Maike verlauten, »können Aids-Patienten medikamentös recht gut eingestellt werden. Zumindest, was die Schmerzen betrifft.«

Diana Wingenfelder fing übergangslos an zu weinen. Ihr gesamter Körper bebte. Maike trat zu ihr und führte sie zurück zur Couch. Dort setzten sich beide nebeneinander.

»Es tut uns wirklich leid«, sagte Mendelski nach einer Weile, »dass wir Sie immer wieder mit unangenehmen Nachrichten konfrontieren müssen.« Besorgt sah er sie an. »Soll ich nicht lieber einen Arzt rufen?«

Diana Wingenfelder antwortete mit einem Kopfschütteln.

»Nicht nötig«, sagte sie tapfer. Jetzt lächelte sie sogar gequält. »Heute kann mich sowieso nichts mehr erschüttern.«

Mendelski versuchte, die bedrückende Stimmung zu heben, indem er für einen Moment das Thema wechselte. »Wir haben auch mal eine gute Nachricht«, sagte er. »Hat man Sie in der Polizeistation darüber informiert, dass es Clemens Berger besser geht?«

»Ja, das hat man. Kersten hat vor Erleichterung geweint.«

»Und hat man Ihnen auch gesagt, dass Kersten durch die Fingerabdrücke auf der Schere entlastet wurde? Seine Darstellung, in Notwehr gehandelt zu haben, wird dadurch erhärtet.«

»Auch das.« Diana Wingenfelder trocknete ihre Tränen mit einem Taschentuch. »Ich habe zudem nie an den Worten meines Sohnes gezweifelt.«

»Wir versprechen uns einiges von Bergers Befragung. Er scheint die Schlüsselfigur in dem Fall zu sein. Wenn wir Glück haben, können wir schon morgen ein erstes Gespräch mit ihm führen.«

»Hoffentlich.« Sie zeigte sich nun von ihrer kämpferischen Seite. »Ich wünsche mir nichts sehnlicher, als dass der Tod meines Mannes rasch aufgeklärt wird. Damit endlich wieder Frieden in unsere vier Wände einkehrt.«

»Das kann ich gut nachvollziehen. Wir werden Sie jedenfalls für den Moment mit weiteren Fragen verschonen.« Mendelski hatte sich bereits erhoben, als ihm Maike einen Wink gab. »Der Brief«, flüsterte sie.

»Ach ja«, erwiderte Mendelski. »Hätte ich beinahe vergessen. Frau Wingenfelder, wir haben noch gar nicht über den Brief Ihres Mannes gesprochen. Können Sie darin eventuell eine Botschaft erkennen, die wir als Außenstehende nicht verstehen?«

»Eigentlich nicht.« Diana Wingenfelder knetete gedankenverloren ihr Taschentuch mit beiden Händen. »Ich lese darin nicht mehr als Sie auch. Es war ein Abschied. Gerade jetzt, wo wir wissen, dass Jens aidskrank war, machen die Zeilen Sinn. Er hatte sicherlich die Aussichtslosigkeit seiner Situation vor Augen und wollte mit Berger reinen Tisch machen. Dabei hat er wohl befürchtet, dass diese Begegnung für ihn tragisch enden könnte.«

»Und wie haben Sie seine Aufforderung an Sie und Ihre Kinder aufgefasst, dafür zu sorgen, dass Clemens Berger seiner gerechten Strafe zugeführt werden soll?«

Diana Wingenfelder zuckte mit den Schultern. »Jedenfalls nicht so, wie Sie nach Kerstens Besuch bei Berger vermuten müssen. Ich wäre mit dem Brief sofort zu Ihnen gekommen.«

»Okay.« Mendelski nickte Maike zu. Er war bereit zu gehen. »Das wär's für heute. Sobald wir Neuigkeiten haben, melden wir uns.«

»Feierabend?«, fragte Maike, als sie die B 214 erreicht hatten.

Mendelski schaute auf die Uhr. »Viertel vor fünf«, sagte er. »Ja, machen wir Schluss. Lass uns eine Lagebesprechung für morgen früh ansetzen, dann sehen wir weiter.«

Während sie das Ortsschild von Wietze in Richtung Osten passierten, kramte er sein Handy hervor und begann zu telefonieren.

Heiko Strunz war noch im Präsidium und ging sofort an den Apparat. Er versprach, Steigenberger den Termin für die morgige Lagebesprechung mitzuteilen. Das Handy von Jo Kleinschmidt läutete dagegen siebenmal, bis er endlich das Gespräch annahm.

»Ich wollte dich auch gerade anrufen«, hörte Mendelski ihn sagen. »Ellen und ich kommen gerade aus der Wasa-Zentrale. Dort haben wir etwas Interessantes erfahren.«

»Moment bitte«, unterbrach ihn Mendelski. »Ich stecke das Handy mal eben in die Freisprechanlage. – So, jetzt kann es weitergehen.«

»Also«, fuhr Kleinschmidt fort. »Von unseren übrigen Ermittlungsergebnissen von heute berichten wir morgen bei der Lagebesprechung. Da ist nichts Besonderes dabei, das schon vorweg. Und auch bei der Wasa lief es zunächst sehr zäh. War schwierig, überhaupt einen kompetenten Gesprächspartner zu finden. Doch ganz zum Schluss ist uns noch ein Kollege von Wingenfelder über den Weg gelaufen, der uns unter dem Mantel der Verschwiegenheit einen heißen Tipp gegeben hat.«

Jo Kleinschmidt unterbrach seinen Bericht. Mendelski und Maike bekamen mit, dass im Hintergrund die Stimme von Ellen Vogelsang zu hören war.

»Da bin ich wieder«, ließ Kleinschmidt Sekunden später verlauten. »Dass Wingenfelder Aids hatte, wisst ihr sicherlich längst.«

»Ja, das wissen wir.«

»Also. In diesem Zusammenhang hat uns unser geheimer Informant gesteckt, dass Wingenfelder zuweilen in der Homo-Szene verkehrte. Interessant, nicht wahr? Celle war ihm natürlich zu heiß, also ist er in größere und anonymere Nachbarstädte ausgewichen. Er soll sich besonders oft im ›Vulcano‹ in Hannover herumgetrieben haben. Meistens montags, dann soll da immer der Bär steppen.«

»Heute ist Montag.«

»Genau, das habe ich mir auch gedacht. Ich habe heute Abend eh nichts vor und könnte dort mal reinschauen.«

»Brav«, neckte Maike ihn. »Pass aber auf, dass dich der Bär nicht am Schlafittchen packt.«

»Ha, ha, ha«, hörten sie Kleinschmidt sagen. Er klang genervt.

»Ich kann auch gern daheim bleiben und mich vor die Glotze hocken.«

»Nein, nein«, erwiderte Mendelski rasch und warf einen tadelnden Blick auf Maike. »Geh nur. Und vergiss nicht, Fotos von Wingenfelder mitzunehmen. Und von Berger.«

»Wird gemacht.«

»Dann noch einen angenehmen Abend«, beschied ihn Mendelski grinsend. »Bis morgen.«

ELF

Der Dienstag begann schwülwarm und diesig. In den frühen Morgenstunden hatte es über Celle erneut ein kräftiges Gewitter gegeben. Die Straßen waren noch nicht getrocknet und dampften vielerorts; in den Mulden standen Pfützen.

Jo Kleinschmidt betrat den Besprechungsraum als Letzter.

Es war spät geworden letzte Nacht. Erst gegen zwei Uhr war er in seine Wohnung in Wienhausen zurückgekehrt und hatte heute Morgen prompt verschlafen. Dementsprechend spät – gegen acht Uhr vierzig – traf er im sechsten Stock der Polizeiinspektion Celle ein. Mendelski und Maike waren gerade dabei, den anderen einen ausführlichen Lagebericht zu geben.

Kleinschmidt nickte rasch eine Begrüßung in die Runde, bevor er sich auf einem Stuhl gleich neben der Tür niederließ. Seine kleinen, rot umränderten Augen zeugten zwar von zu wenig Schlaf, doch sie funkelten voller Vorfreude. Brachte er doch eine überraschende Neuigkeit mit.

Als Mendelski und Maike endlich mit ihrem Bericht geendet hatten, wollte er sich gleich zu Wort melden. Doch Steigenberger kam ihm zuvor. Langatmig und detailversessen wiederholte er all das, was die anderen wenige Minuten zuvor vorgetragen hatten.

Kleinschmidt rutschte unruhig auf seinem Stuhl hin und her. Geschäftig blätterte er in seinem Notizblock, räusperte sich wiederholt, suchte dann wieder Blickkontakt mit den Kollegen. Endlich wurde er von Mendelski erlöst. Der kannte seinen langjährigen Mitarbeiter nur zu gut und ahnte, dass Kleinschmidt etwas Wichtiges vorzutragen hatte.

»Einen Moment bitte.« Mendelski nutzte eine kurze Redepause des Chefs. »Kollege Kleinschmidt war heute Nacht in geheimer Mission unterwegs. Er hat sicher etwas mitgebracht.«

»Genau, das habe ich«, sagte Kleinschmidt schnell. Er wollte verhindern, dass Steigenberger ihm dazwischenfunkte. »Also Folgendes: Wie besprochen bin ich gestern Abend dienstlich im ›Vulcano‹ gewesen, in einer einschlägig bekannten Schwulen- und Lesbendisco in Hannovers Innenstadt. Bei meinen Recherchen mit den

Fotos von Jens Wingenfelder und Clemens Berger hatte ich rasch Erfolg. Einer der Angestellten zeigte sich sehr kooperativ; er sagte, dass die beiden früher oft als Gäste dort gewesen sind, ungefähr einmal im Monat. Im letzten halben oder Dreivierteljahr hätten sie sich allerdings rargemacht. Nur noch ein- oder zweimal wären sie da gewesen. Jeder für sich. Man munkelte in der Szene, dass sie sich getrennt hätten.«

»Das deckt sich exakt mit unseren Ermittlungen«, kommentierte Mendelski. Ihm war anzusehen, dass er mehr erwartet hatte. »War das schon alles?«

»Nein. Ganz und gar nicht.« Jo Kleinschmidt freute sich diebisch über die neugierigen Blicke, die auf ihn gerichtet waren.

»Und das wäre?«

»Ich war gerade dabei, meinen auskunftsfreudigen Informanten nach weiteren Bekannten der beiden auszufragen, als er mir zu verstehen gab, dass ein solcher soeben das Lokal betreten hatte. Als er mir die betreffende Person zeigte, hätte ich vor Schreck beinahe mein Bierglas fallen lassen. Denn den hatte ich dort in Hannover nicht vermutet. Zum Glück standen wir etwas abseits der Theke, in einem der hinteren Winkel des ›Vulcano‹, sodass ich mich bedeckt halten konnte. ›Der war auch mal mit dem schönen Jens liiert‹, verriet mir mein Nebenmann. ›Alte Liebe rostet eben nicht. Deshalb …‹«

»Nun sag schon: Wer war's?«, unterbrach ihn Ellen Vogelsang mit energischer Stimme.

Kleinschmidt überlegte noch, wie er die anderen noch weiter auf die Folter spannen könnte, ließ es dann aber bleiben.

»Der Schriewe«, sagte er schließlich. »Der Reporter der ›Celleschen Zeitung‹, Axel Schriewe.«

»Wie? Der soll auch schwul sein?« Maike hatte sich ungläubig an Ellen Vogelsang gewandt.

»Ja, so ist das oft«, erwiderte diese achselzuckend. »Die nettesten und hübschesten Männer sind meist vom anderen Ufer. Leider.«

»Axel Schriewe! Das hätte ich nicht für möglich gehalten. So wie der mit mir geflirtet hat.«

»So – hat er das?« Ellen Vogelsang guckte interessiert. »Erzähl doch mal.«

Während Steigenberger den beiden Frauen amüsiert zuhörte, wurde jemand anders ziemlich ungehalten.

»Lasst das jetzt mal, bitte«, fuhr Mendelski dazwischen. Kleinschmidt schien ihn mit der Neuigkeit auf dem falschen Fuß erwischt zu haben. »Hast du mit Schriewe gesprochen?«

»Nein«, antwortete Kleinschmidt. »Und gesehen hat er mich auch nicht. Ich konnte ihn eine ganze Weile aus sicherer Entfernung beobachten. Es hatte den Anschein, dass er in der Szene gut bekannt ist.«

»Schon wieder dieser Schriewe.« Mendelski war aufgesprungen und knallte seinen Notizblock auf den Stuhl. »Und du bist sicher, dass er dort nicht aus beruflichen Gründen war? Als Reporter? Um zu recherchieren, so wie du?«

»Ganz klares Nein. Er war ohne Fotoapparat und Schreibblock unterwegs. Und er ist dort Stammgast.«

»Okay, dann müssen wir ihn uns heute vorknöpfen. So viele Zufälle auf einem Fleck kann es gar nicht geben. Irgendwie steckt der in der Sache mit drin, da bin ich sicher.«

»Ich dachte, Berger sei Ihr Hauptverdächtigter?«, mischte sich Steigenberger wieder ein. Seine Stirn zeigte Sorgenfalten. »Für mich schien der Fall Wingenfelder Ihrem Bericht von vorhin zufolge schon fast gelöst.«

»Uns fehlt das Motiv«, entgegnete Mendelski. »Warum sollte Berger jemanden umbringen, der sowieso sterbenskrank war? Umgekehrt wird schon eher ein Schuh draus. Berger verlässt seinen Liebhaber, weil dieser Aids hat. Wingenfelder ist gekränkt und will sich an dem ehemaligen Freund rächen. Das wäre zumindest ein denkbares Motiv.«

»Vielleicht ist dabei etwas schiefgelaufen«, setzte Steigenberger nach. »Berger kann sich wehren, fesselt Wingenfelder und bringt ihn, den ursprünglichen Angreifer, in einer Art Notwehrsituation zur Strecke.«

»Mit viel Wohlwollen könnte es so gewesen sein.« Mendelski lächelte dünn. »Trotzdem gibt es auf den Nebenschauplätzen noch zu viele Ungereimtheiten, die wir nicht außer Acht lassen dürfen. Beim Exfreund Axel Schriewe, beim Schwiegervater Erwin Nikutta, selbst bei der Ehefrau Diana Wingenfelder könnte man inzwischen ein plausibles Mordmotiv finden.«

»Zwei andere Nebenschauplätze können wir aber vernachlässigen«, ließ Heiko Strunz verlauten. »Das ist jedenfalls meine Meinung. Und zwar die alten Geschichten von dem Doppelmord und dem ›Heudammkrieg‹.«

»Dann erklär mal, warum«, bat Mendelski. »Du hast also etwas gefunden?«

»Ja, ich habe ein wenig in den Archiven gewühlt. Der Doppelmord an den Jagdaufsehern im Jahr 1919 hat außer der räumlichen Nähe zu dem aktuellen Tatort nichts mit unserem Fall zu tun. Jedenfalls gibt es keinerlei verwandtschaftliche oder sonstige Beziehungen zwischen den Wingenfelders und den damaligen Opfern oder Tätern. Bei dem sogenannten ›Heudammkrieg‹ in den siebziger Jahren hat es gar keinen Toten, sondern lediglich einen Schwerverletzten gegeben. Der Sozius eines Motorradfahrers wurde bei einem Unfall, der durch einen unzureichend beschilderten Betonwall verursacht worden war, von der Maschine geschleudert. Es handelte sich um ortsunkundige Gäste aus Dänemark, die an einem Motorradtreffen auf dem Contidrom bei Jeversen teilgenommen und sich verfahren hatten. Auch hier gibt es bis auf die räumliche Nähe keinen erkennbaren Zusammenhang.«

»Gut, Heiko.« Mendelski nickte Strunz zu. »Dann stellen wir diese beiden Begebenheiten erst einmal zurück. Es gibt ja auch genug anderes zu tun. Kommen wir zu unserem heutigen Pensum …«

Das Vibrieren seines Handys in der Hosentasche unterbrach ihn. Rasch zog er es hervor und warf einen Blick auf die angezeigte Telefonnummer im Display.

»Entschuldigt bitte einen Moment«, sagte er. »Das scheint mir wichtig.«

Mendelski wandte sich zum Fenster, um ungestört telefonieren zu können. Nach wenigen Augenblicken drehte er sich wieder um und sagte: »Das war Hannover. Wir sollen sofort kommen. Berger ist bei Bewusstsein. Er will reden.« Er warf einen fragenden Blick zu Steigenberger, der sich erhoben hatte.

»Das geht natürlich vor«, sagte der. »Die Besprechung können wir ja später immer noch …«

»Dann nichts wie los«, unterbrach ihn Maike. Sie stand auf und griff nach Jacke und Schreibblock.

Mendelski war schon in der Tür. »Die Aufgabenverteilung für heute klären wir gleich per Handy, okay?«

Die Reifen an ihrem Wagen drehten durch, als Maike Gas gab. Sie verließen Celle auf der B3 in Richtung Süden. Mendelski hatte in der Aufregung vergessen, sich anzuschnallen. Das holte er nun rasch nach.

Dann platzierte er sein Funktelefon in der Freisprechanlage und drückte die Kurzwahltaste mit der Nummer seines eigenen Fachkommissariats.

»Ja, ich bin's«, sprach er laut, als sich Ellen Vogelsang meldete. »Es kann meinetwegen losgehen. Seid ihr so weit?«

Heiko Strunz antwortete über Lautsprecher: »Wir sind so weit.«

»Also, als Erstes sollte eine Hausdurchsuchung bei Berger in Fuhrberg forciert werden. Klärt das bitte mit Hannover, wer was macht. Einen Durchsuchungsbeschluss zu bekommen dürfte bei der Sachlage keine Schwierigkeit mehr sein. Zweitens möchte ich dich, Heiko, bitten, über Hausarzt, Facharzt oder Krankenversicherung herauszubekommen, seit wann genau Wingenfelder aidskrank war. Check bitte auch, ob eine Lebensversicherung vorliegt.«

»Wird erledigt.«

»Drittens solltet ihr Erwin Nikutta und Axel Schriewe noch für heute ins Präsidium vorladen. Beide haben uns lang genug an der Nase herumgeführt. Außerdem müsst ihr ihre Alibis bis ins Kleinste überprüfen.«

»Auch das geht klar.«

»Und viertens und letztens: Fragt bitte im Labor nach den Handschellen. Soweit ich weiß, haben wir da immer noch keine Infos. Herkunft, Fabrikat, was für ein Schloss, in welchen Läden sind sie zu bekommen und so weiter. Klemmt euch bitte selbst dahinter, falls die Auskünfte zu dürftig sind.«

»Okay. War's das?«

»Ja. Erst mal. Bis später. Ich melde mich, wenn wir mit Berger durch sind.«

Auf der A37, der Moorautobahn – so genannt wegen des Altwarmbüchener Moores in unmittelbarer Nachbarschaft –, gab es in Fahrtrichtung Hannover zwischen den Autobahnkreuzen Hannover Kirchhorst und Hannover Buchholz eine Vollsperrung. Weil ein Industrieholz-Lkw umgekippt war und seine Rundhölzer auf der gesamten Fahrbahn verteilt hatte, ging gar nichts mehr. Sie standen zwanzig Minuten im Stau, bevor sie anschließend noch die Umleitung über das Autobahnkreuz Hannover-Ost nehmen mussten. Erst gegen neun Uhr fünfzig trafen sie auf dem oberen Parkdeck der Medizinischen Hochschule ein.

Verena Treskatis empfing sie im Foyer.

»Schön, dass ihr da seid«, begrüßte sie sie. »Berger möchte nämlich ausschließlich mit euch reden.«

Dr. Wildhagen ließ sie nur ungern allein. Doch Berger bestand darauf. Kein Arzt, keine Schwester und auch kein Angehöriger des Zentralen Kriminaldienstes aus Hannover durfte dabei sein. Er wollte nur mit Robert Mendelski und Maike Schnur sprechen.

»Fünf Minuten«, sagte Dr. Wildhagen streng. »Keine Minute länger. Mit einer derartigen Schädelfraktur ist nicht zu spaßen.«

Mendelski versprach, rücksichtsvoll vorzugehen und sich kurzzufassen. Zusammen mit Maike betrat er das Krankenzimmer, vor dem ein uniformierter Polizist auf einem Stuhl Wache schob. Sie schlossen die Tür hinter sich.

Berger sah fürchterlich aus. Unterhalb des Kopfverbandes, der seinen Haarschopf gänzlich umhüllte, schauten ihnen tief in den Höhlen liegende Augen entgegen. Es hatten sich gewaltige Augenringe mit dunkelblauen Blutergüssen gebildet, sodass man auf den ersten Blick glauben konnte, er trüge eine Brille.

»Ein sogenanntes Brillenhämatom«, kam es matt über seine Lippen. Er versuchte zu lächeln. »Auch Monokelhämatom genannt. Der Volksmund sagt Blutbrille dazu.«

»Guten Morgen, Herr Berger«, sagte Mendelski, während er für Maike und sich zwei Stühle neben das Bett schob. »Schön, dass es Ihnen wieder besser geht. Doch sparen Sie Ihre Kräfte für das Wichtigste. Dürfen wir uns setzen?«

Berger nickte, so gut es sein Zustand zuließ.

»Ist es Ihnen recht, wenn wir dieses Gespräch aufzeichnen?«

»Bitte«, antwortete Berger, während er seinen Infusionsschlauch richtete.

Nachdem Maike das Aufnahmegerät auf dem Nachttisch postiert und eingeschaltet hatte, begann Berger ohne Umschweife zu erzählen.

»Also, den Jungen trifft keine Schuld«, sagte er. »Ich meine Kersten Wingenfelder. Es war dumm von mir, die Schere zu nehmen. Ich war in Rage und wollte ihn rausjagen. Er hat sich gewehrt – und da bin ich hingeschlagen. Danach kann ich mich an nichts mehr erinnern, bis ich hier ...«

»Was wollte Kersten Wingenfelder von Ihnen?«

»Er meinte, ich hätte seinen Vater umgebracht.«

»Und? Hatte er recht? Uns haben Sie ja auch belogen.«

»Langsam, langsam ...« Berger musste husten. »Der Reihe nach. Ja, stimmt schon, ich habe Sie belogen. Ich bin am Samstag tatsächlich draußen im Revier bei Jens gewesen. Dass er mich kurz zuvor angerufen und um Hilfe gebeten hat, hatte ich Ihnen ja schon erzählt.«

»Wann genau sind Sie hinausgefahren?«

»So gegen halb zwei.«

»Allein in Ihrem BMW?«

»Ja.« Berger stockte.

»Erzählen Sie weiter.«

»Wir trafen uns am verabredeten Treffpunkt im Revier, dort, wo Sie später den ausgebrannten Touareg gefunden haben. Und vermutlich die Scherben von meinem Rücklicht. Er erwartete mich mit der Flinte in der einen und mit einer Flasche Whiskey in der anderen Hand. Er war schon ziemlich angetrunken. Da wurde mir klar, dass es ein Fehler gewesen war, seinem Ruf zu folgen.«

»Was wollte er von Ihnen?«

Berger fasste sich mit schmerzverzerrtem Gesicht an den Kopfverband. Dann entspannte er sich wieder.

»Er hat mich auf das Übelste beschimpft – und mich beschuldigt, für sein Unglück verantwortlich zu sein.«

»Sie meinen seine Krankheit. Sind Sie auch HIV-positiv?«

»Nein, Gott sei Dank nicht. Jens hat sich Aids in Hamburg geholt, als wir gemeinsam an einem Wochenende dort waren. Er meinte, dass er ohne mich niemals mit diesem marokkanischen Stricher in Kontakt gekommen wäre. Aber das ist einfach absurd.«

»Deswegen ist also im vergangenen Herbst Ihre langjährige Freundschaft – oder besser ausgedrückt: Ihre intime Beziehung – zerbrochen. Weil Jens Wingenfelder sich mit Aids infiziert und Sie dafür verantwortlich gemacht hat. Die Geschichte mit dem Hirsch-Fehlabschuss war also vorgeschoben?«

»Kann man so sagen«, antwortete Berger kleinlaut.

»Was geschah weiter? Im Wald?«

»Zunächst konnte ich mir keinen Reim darauf machen, was Jens überhaupt von mir wollte. Mir war klar, er war verzweifelt. Er war angetrunken und sprach wirres Zeugs. Will er Trost, Mitleid oder irgendwie Hilfe?, fragte ich mich. Als ich aus dem Wagen stieg, um mit ihm zu reden, merkte ich plötzlich, dass ich in eine Falle geraten war. Da standen Benzinkanister neben seinem Touareg. Das Gesicht von Jens wurde plötzlich zu einer höhnenden Fratze. ›Auch du wirst büßen‹, rief er mir zu. Und: ›Es ist angerichtet.‹ Er schwenkte seine Flinte wie einen Prügel und kam auf mich zu. Doch er drosch gar nicht auf mich ein, sondern rannte zu meinem Auto. Mit einem gezielten Schlag des Gewehrkolbens schlug er das rechte hintere Rücklicht zu Bruch.«

Berger machte eine Pause. Das Sprechen strengte ihn doch mächtig an. Mendelski und Maike schwiegen und warteten geduldig, bis er sich erholt hatte.

»Dann verteilte er die Scherben mit dem Fuß in alle Himmelsrichtungen. Auf meine wütende Frage, was das Ganze soll, hat er nur gelacht und geantwortet: ›Sicher ist sicher. Damit man hinterher auch nachweisen kann, dass du hier warst.‹ Als ich näher an ihn heranwollte, um ihn zu packen, drohte er mir mit der Flinte. ›Bleib, wo du bist‹, sagte er, ›sonst garantiere ich für nichts mehr.‹ Langsam wurde mir mulmig zumute. Mir war klar, dass er das Treffen im Wald bis ins Detail geplant hatte. Ich musste da weg. Jens sprang derweil voller Unruhe und Hektik umher. Er schaute auf seine Uhr und dann den Waldweg hinab, so als ob er auf jemanden wartete.«

Wieder machte Berger eine Verschnaufpause. Mendelski konnte sich eine Zwischenfrage nicht verkneifen. »Sie glauben also, dass er außer Ihnen noch jemanden zu dem Treffen gebeten hatte?«

»So sah es jedenfalls aus. Als dann das Donnergrollen in der

Nähe zu hören war, brachte ihn das völlig aus der Fassung. Er rannte zu seinem Wagen, wo die Benzinkanister standen. Da bin ich zurück zu meinem Wagen gelaufen, hineingesprungen und hab den Motor gestartet. Ich sah noch aus den Augenwinkeln – und das war das Letzte, was ich von Jens Wingenfelder gesehen habe – , wie er mit einem der Kanister hantierte. Dann bin ich durch den Wald gerast, nur weg. Der BMW hat mächtig Staub aufgewirbelt, und daher konnte ich im Rückspiegel nicht erkennen, was hinter mir geschah.«

In diesem Augenblick ging die Tür auf und Dr. Wildhagen und eine Krankenschwester traten ein. Mit sorgenvoller Miene forderte der Arzt: »Jetzt ist es aber genug. Die fünf Minuten sind längst um.«

»Noch zwei Minuten«, bat Mendelski. »Bitte!«

Dr. Wildhagen warf einen prüfenden Blick auf seinen Patienten. Als dieser mit einem schwachen Nicken Zustimmung signalisierte, sagte er: »Also gut. Aber wirklich nur zwei Minuten.«

»Was haben Sie dann getan?«, fragte Mendelski rasch, nachdem Arzt und Schwester das Krankenzimmer wieder verlassen hatten. Die Zeit rannte ihnen davon.

»Ich bin nach Hause gefahren und habe mir erst einmal einen ordentlichen Drink gegönnt. Der Schreck saß mir doch ziemlich in den Gliedern. Dumm nur, dass ich weder Diana noch die Polizei oder sonst wen angerufen habe. Inzwischen weiß ich, dass das ein großer Fehler war.«

»Warum sind Sie nicht auf demselben Weg zurückgefahren, den Sie gekommen sind?«, wollte Mendelski wissen. »Warum haben Sie den Heudamm genommen, wo Sie von Zeugen gesehen wurden?«

»Keine Ahnung.« Berger verzog sein Gesicht. Seine Kopfwunde schien wieder zu schmerzen. »Ich war ziemlich durcheinander. Vielleicht wollte ich ja zuerst Hilfe holen. Der Heudamm war die nächste größere Straße.«

»Und wie erklären Sie Ihr Vertuschungsmanöver mit dem Rücklicht?«

»Wie gesagt, ich war zunächst völlig aufgelöst. Ich musste die Szene im Wald erst mal verdauen. Als ich dann später die Sirenen hörte und die Fuhrberger Feuerwehr in Richtung Wieckenberg fahren sah, hatte ich Angst, in die Sache hineingezogen zu werden. Ein Bekannter aus Hannover hat mir noch am selben Abend geholfen, ein neues Rücklicht einzubauen. Da war ich noch in dem Glauben, Jens hätte nur den Wald in Brand gesteckt. Was dort wirklich passiert war, habe ich erst viel später erfahren.«

»Und dann sind Sie von einer Lüge in die andere gestolpert.« Mendelski schüttelte ungläubig den Kopf. »Vermutlich wird man Ihnen lediglich die Vernichtung von Beweismitteln, Falschaussage und die Behinderung der Ermittlungsarbeiten zur Last legen. Ich weiß aber nicht, warum nicht noch eine Anklage wegen Totschlags dazukommen sollte.«

Berger schaute konsterniert drein. Bevor er jedoch protestieren konnte, wurde die Tür geöffnet und Dr. Wildhagen samt Gefolge betrat das Krankenzimmer. »Wenn ich bitten darf«, sagte er entschlossen und trat schützend neben Bergers Bett. »Es ist jetzt genug. Die restlichen Fragen können Sie ja morgen klären.«

Mendelski und Maike erhoben sich nur widerwillig. Sie packten ihre Utensilien zusammen und verabschiedeten sich.

Draußen auf dem Flur erwartete sie bereits Verena Treskatis voller Ungeduld. Sie hatte eine wichtige Nachricht für sie.

***

Die Küchentür war nur angelehnt. Monika Nikutta stand am Kühlschrank und konnte genau hören, was im Flur gesprochen wurde. Ihr Mann telefonierte mit der Kriminalpolizei in Celle. Die Beamten hatten ihn angerufen.

»Was versprechen Sie sich denn davon?«, hörte sie ihn ärgerlich fragen. »Es ist doch längst alles gesagt.«

Dann merkte sie, dass er nach und nach immer ruhiger wurde und schließlich einlenkte. »Wenn es denn unbedingt sein muss. – Ja, meinetwegen. – Um vierzehn Uhr. – In der Jägerstraße. – Ja, ich weiß, wo das ist. – Sechster Stock, Fachkommissariat I. – Jawohl! – Auf Wiederhören.«

Kurz darauf hörte sie die ihr vertrauten schlurfenden Schritte, und die Küchentür öffnete sich. Ihr Mann stand wie ein Häufchen Elend im Türrahmen.

»Jetzt ist es so weit«, sagte er mit gebrochener Stimme. »Ich soll ins Präsidium kommen. Zum Verhör. ›Befragung‹ haben sie gesagt. Ich befürchte, die wissen sowieso schon alles.«

***

Die Tische in der Cafeteria der MHH waren nur spärlich besetzt. In der Zeit zwischen Frühstück und Mittagessen ging das Krankenhauspersonal gewöhnlich seiner Arbeit nach. In dem schmucklosen Raum hielten sich nur wenige Besucher auf.

»Lasst uns den Tisch hier am Fenster nehmen«, sagte Verena Treskatis. »Hier gibt's keine ungewollten Zuhörer. Was kann ich euch zu trinken holen?«

»Das hat Zeit«, erwiderte Mendelski, während er sich setzte. »Erzähl erst einmal, was du an Neuigkeiten für uns hast.«

»Meinetwegen.« Sie nahm neben Maike Platz und klappte einen DIN-A4-Schreibblock auf, in dem sie sich Notizen gemacht hatte. »Also, während ihr mit Berger gesprochen habt und eure Handys ausgeschaltet waren, hat mich euer Heiko Strunz angerufen. Ich soll euch Folgendes ausrichten, es ist – seiner Meinung nach – höchst wichtig.«

Verena Treskatis suchte eine bestimmte Stelle in ihren Aufzeichnungen und fand sie schließlich. »Bei ihm im Fachkommissariat«, fuhr sie fort, »ist heute Morgen, kaum dass ihr losgefahren seid, ein gewisser Axel Schriewe aufgetaucht. Der hat wohl herausbekommen, dass ihr ihm hier in Hannover im ›Vulcano‹ nachspioniert habt. Da ihr nun ja sowieso von seinen Kontakten zur Schwulenszene wüsstet, wolle er nicht länger schweigen und sei bereit, eine Aussage zu machen.«

»Und?«, fragte Mendelski ungeduldig. »Hat er ausgepackt? Oder nur Andeutungen von sich gegeben?«

»Nein, nein. Er hat ausgesagt.« Verena Treskatis blätterte eine Seite in ihrem Block um. »Und zwar Folgendes: Axel Schriewe kannte das Opfer, diesen Jens Wingenfelder, aus Wieckenberg. Das hatte er euch bisher verschwiegen, nicht wahr? Beide verkehrten in der Homo-Szene. Wie es scheint, kannten sie sich ziemlich gut und waren kurzzeitig sogar intim miteinander. Freitagabend nun, am Abend vor dem Drama im Wald, hat sich Wingenfelder bei Schriewe gemeldet. Er sollte Samstagnachmittag um vierzehn

Uhr ins Revier kommen. Dort würde Wingenfelder ihm, dem Reporter und guten alten Bekannten, eine sensationelle Exklusiv-Story bieten. Das allein sei der Grund gewesen, so Axel Schriewe, warum er überhaupt als einer der Ersten beim Waldbrand aufgetaucht war.«

»Wie?« Mendelski stutzte. »Das war alles? Hat er Wingenfelder denn nicht getroffen?«

»Soweit ich weiß, nein. Schriewe sagte aus, er sei verspätet im Wald angekommen. So gegen vierzehn Uhr fünfundvierzig. Da brannte es aber bereits überall lichterloh. Außerdem hätte ihm Wingenfelder auch ziemlich ungenau beschrieben, wo genau er ihn hätte treffen sollen.«

»Hat der Schriewe denn sonst noch was gesehen?«, hakte Mendelski nach. »Den Berger etwa? Oder jemand anderen?«

»Nicht dass ich wüsste.« Verena Treskatis zuckte mit den Schultern. »Wenn ihr mehr wissen wollt, müsst ihr in Celle anrufen. Mehr habe ich nicht.«

»Das ist ja ein Ding«, ließ Maike verlauten. »Der Schriewe will von Wingenfelder ebenfalls in den Busch bestellt worden sein. Ähnlich wie Berger. Um eine Sensations-Story präsentiert zu bekommen. Kam dann aber – angeblich – leider zu spät. Ich muss schon sagen, die Sache wird immer verrückter.«

»Fehlt nur noch«, murmelte Mendelski vor sich hin, »dass jetzt auch der Erwin Nikutta zugibt, von Wingenfelder in den Wald eingeladen worden zu sein.«

»Das Ganze hat schon Methode, nicht?« Maike zählte an den Fingern ihrer rechten Hand auf: »Erst informiert Wingenfelder am Freitag Schriewe. Dann am Samstagmittag seine Familie mittels Brief. Drittens ruft er kurze Zeit später Berger an. Um die Verwirrung komplett zu machen, könnte er tatsächlich auch noch seinem Schwiegervater Bescheid gesagt haben.«

»Und wozu das alles? Was ist das für ein Spielchen?«

»Bevor ihr weiterrätselt«, brachte sich Verena Treskatis wieder in Erinnerung. »Was hat euch eigentlich der Berger erzählt?«

»Dreh mal lauter«, sagte Maike, als sie am Weidetorkreisel auf die A 37 in Richtung Celle einbogen. »Da kommen Verkehrsnachrichten. Nicht dass wir gleich wieder …«

»Psst!«, mahnte Mendelski. Gleichzeitig drehte er wunschgemäß am Radio. Just in diesem Augenblick warnte die NDR-Info-Sprecherin vor einem drei Kilometer langen Stau auf der A7 in Richtung Norden im Bereich der Anschlussstelle Mellendorf.

»Dann fahren wir in Großburgwedel lieber wieder ab«, schlug Maike vor, »und von dort über die Landstraße nach Fuhrberg. Okay?«

»Nur zu.« Mendelski nickte beiläufig. »Man gut, dass wir im Landkreis Celle nicht eine einzige Autobahn haben. Bei diesen vielen Staus …« Er hatte in der Zwischenzeit sein Handy hervorgeholt und es in der Freisprechanlage arretiert. »Mal hören, was Heiko sonst noch für uns hat.«

Heiko Strunz war sofort am Apparat. »Da seid ihr ja endlich wieder. Hat euch Verena Treskatis informiert?«

Mendelski bejahte. »Und? Wie siehst du das? Kaufst du dem Schriewe seine Geschichte ab?«, fragte er.

»Schwer zu beurteilen. Aber ich für meinen Teil glaube schon, dass er die Wahrheit sagt. Der war völlig aufgelöst. Stein und Bein hat er geschworen, dass er Wingenfelder am Samstag nicht mehr lebend angetroffen hat. Er sei, wie er schon mehrmals beteuert hat, mit der Feuerwehr zusammen am Ort des Geschehens eingetroffen.« Heiko Strunz räusperte sich. »Aber, was habt ihr denn eigentlich vom Berger zu hören bekommen?«

Mendelski berichtete in knappen Sätzen. »Unterm Strich mag das alles so gewesen sein«, fasste er zusammen. »Trotzdem bleibt der Berger vorläufig auf unserer Hitliste der möglichen Täter ganz oben«, beendete er seinen Bericht. »Wie steht's mit dem Nikutta?«

»Er kommt heute Nachmittag um vierzehn Uhr zur Vernehmung her.«

»Gut. War sonst noch was?«

Sie hatten inzwischen die A37 bei Kirchhorst verlassen und fuhren nun auf der dreispurigen A7 in Richtung Norden. Von einem Stau war noch nichts zu sehen.

»Ja. Ich habe kurz mit dem Hausarzt gesprochen. Bei Wingenfelder ist vor einem Dreivierteljahr Aids diagnostiziert worden. Zur weiteren Behandlung war er allerdings bei einem Internisten in Hannover, den ich noch nicht erreichen konnte. Die Aussage des Hausarztes deckt sich mit den Angaben der Krankenkasse. Was war noch? Ach ja, die Lebensversicherung: Wingenfelder hat vor einem Jahr eine ziemlich hohe Risiko-Lebensversicherung abgeschlossen. Wie es den Anschein hat, bekommt seine Frau demnächst eine halbe Million Euro ausgezahlt.«

»Klingt verdächtig – und reicht als Motiv«, gab Maike zu bedenken. »Sollte letztendlich doch seine Ehefrau in die Sache verstrickt sein?«

Mendelski schien einer anderen Spur zu folgen. »Vor einem Jahr, sagst du?« Er pfiff durch die Zähne. »Also etwa drei Monate, bevor die Diagnose Aids gestellt wurde. Auch hier sollten wir noch einmal genauer recherchieren. Normalerweise gucken die Versicherungen doch beim Gesundheitszustand eines Klienten ziemlich genau hin, bevor sie so eine Risiko-Lebensversicherung abschließen.«

»Da hast du recht«, erwiderte Strunz. »Ich bleibe an der Sache dran.«

»Gut, das wär's, glaube ich, für den Moment.« Mendelski guckte fragend zu Maike.

»Die Handschellen?«, fragte sie.

»Hätte ich fast vergessen.« Strunz holte tief Luft. »Das Labor meint, es handele sich um ein billiges Produkt aus Fernost. Wie sie in Sexshops verkauft werden. Vom Aussehen her ähneln sie Polizeihandschellen. Mit Kette, Schnappverschluss, Standardschlüssel. Die Hannoveraner Kollegen sind schon in den einschlägigen Läden unterwegs.«

»Standardschlüssel?« Mendelski kräuselte die Stirn. »Soweit ich weiß, wurde gar kein Schlüssel gefunden.«

»Das stimmt. Den wird der Täter entsorgt haben.«

»Coño!«, entfuhr es Mendelski. Er deutete mit dem Zeigefinger auf das Ende des Staus kurz vor ihnen. »Von wegen drei Kilometer.«

»Keine Panik«, sagte Maike gelassen. »Da steht schon Großburgwedel. Nur noch fünfhundert Meter. Ich fahre einfach auf dem Seitenstreifen weiter.«

Sie ließ die drei Reihen Fahrzeuge, von denen die meisten die Warnblinkanlage eingeschaltet hatten, links liegen und fuhr auf dem Standstreifen zügig weiter.

»Ist das überhaupt zulässig?«, fragte Mendelski skeptisch.

»Weiß nicht. Jedenfalls geht es schneller.« Maike grinste.

»Kann ich euch irgendwie helfen?«, hörten sie Strunz über die Freisprechanlage fragen.

»Nett von dir. Aber mit Maike am Steuer ist uns nicht zu helfen«, erwiderte Mendelski lakonisch.

Ellen Vogelsang, Jo Kleinschmidt und drei Mitarbeiter des Zentralen Kriminaldienstes aus Hannover waren bereits eine ganze Weile bei der Arbeit, als Mendelski und Maike in Fuhrberg eintrafen. Die Hausdurchsuchung bei Berger hatte jedoch noch nichts Nennenswertes zutage gebracht.

»Bisher scheint alles sauber«, berichtete Ellen Vogelsang. »Keine Spuren von der Lagerung des Brandbeschleunigers, kein kompromittierender Schriftverkehr, keine verdächtigen Telefonnummern in den Einzelverbindungsnachweisen. Nichts. Der hat nicht viel Papierkram aufbewahrt.«

»Und sein Rechner?«

»Da sitzt Jo gerade dran. Lasst uns hinaufgehen.«

Sie stiegen die Treppe zur oberen Etage hinauf, wo sich das private Arbeitszimmer und Bergers PC befanden.

»Ach, da seid ihr ja«, empfing Kleinschmidt sie unverdrossen. »Na, hat Berger gestanden?«

»Keineswegs«, entgegnete Mendelski trocken. Er fasste das Ergebnis der Befragung in der MHH kurz zusammen.

»Der Rechner hier bringt uns wahrscheinlich auch nicht weiter.« Kleinschmidt rief eine neue Seite im Inhaltsverzeichnis auf. »Berger hat noch nicht einmal ein Passwort. Die E-Mails sind harmlos. Er schreibt sich mit einigen männlichen Freunden aus ganz Deutschland. Einige Mails sind ziemlich intim. Der Name Jens Wingenfelder taucht jedoch nirgendwo auf.«

»Irgendwelche Bestellungen online? Ist er bei eBay registriert?«

»Ja. Beides. Er hat auch allerhand Sex-Utensilien erworben, Handschellen waren aber nicht dabei.«

»Schade. Fotos?«

»Es gibt etliche Fotodateien, ja. Die muss ich aber – wenn es notwendig ist – zum Sichten mit nach Celle nehmen. Da sind Unmengen von Naturfotos dabei. Mit Elchen, Hirschen, Wildschweinen und so weiter. Die muss er auf seinen vielen Jagdreisen geschossen – äh … ich meine fotografiert haben.«

»Spezielle Links oder favorisierte Internetseiten?«

»Alles harmlos. Nichts, was auf ein geplantes Kapitalverbrechen schließen lässt.«

»Auch nichts über Aids?«

»Doch, natürlich. Aber welcher Schwule interessiert sich nicht für Aids?«

Mendelski rieb sich nachdenklich das Kinn. »Wenn es sich um Totschlag und nicht um einen von langer Hand geplanten Mord handelt, werden wir hier nichts finden«, resümierte er. Er warf einen Blick auf die Designeruhr an der Wand.

»Mittag. Kommt, lasst uns etwas essen gehen. Maike und ich kennen hier in Fuhrberg ein Lokal mit ausgezeichneter Küche.«

Trotz der Mittagshitze hatten sie im Heide-Hotel Klütz einen Tisch im Freien gewählt. Einen abgelegenen Platz direkt am Parkplatz. Um ungestört reden zu können, wollten sie in ihrer unmittelbaren Nachbarschaft keine unbefugten Mithörer sitzen haben.

Nachdem sie bestellt hatten, ergriff Ellen Vogelsang das Wort. »Können wir noch einmal alle Neuigkeiten zusammentragen? Es ist so viel passiert seit heute Morgen.«

Mendelski zückte Notizblock samt Bleistift. »Es bleibt uns wohl nichts anderes übrig«, brummelte er, während er in seinen Aufzeichnungen blätterte. »Ich versuche, mich kurzzufassen.«

Endlich hatte er die passende Seite aufgeschlagen und begann zu berichten. Zunächst von der Befragung von Clemens Berger im Krankenhaus in Hannover, dann von Axel Schriewes Aussage.

»Daraus ergibt sich vorläufig folgendes Bild«, fasste er zusammen. »Wir haben es im Grunde mit vier Verdächtigen zu tun. Erstens: Clemens Berger. Er war nach eigenen Angaben am Tatort und ist bisher der Letzte, der Wingenfelder noch lebend gesehen haben will. Das Opfer soll ihn angeblich telefonisch um Hilfe gebeten haben. Ein Mordmotiv ist uns bisher nicht bekannt, sodass wir – wenn überhaupt – Totschlag oder eventuell sogar Notwehr in Betracht ziehen müssen. Ein Alibi für den Todeszeitpunkt hat Berger nicht. Zweitens: Axel Schriewe. Auch von ihm wissen wir, dass er in der Nähe des Tatorts war. Angeblich auch auf Bestellung von Wingenfelder, der ihm, dem ehemaligen Liebhaber und Reporter, eine spannende Exklusiv-Story versprochen hatte. Er sagt aber, er sei zu spät gekommen und habe weder Wingenfelder, Berger noch sonst wen gesehen. Mögliches Motiv: Verschmähte Liebe, Eifersucht oder dergleichen. Auch kein Alibi. Drittens: Erwin Nikutta. Das Verhältnis zu seinem Schwiegersohn war spätestens da zerrüttet, als er von dessen Doppelleben und homosexueller Neigung erfuhr. Als eine ›wichtige Person‹, die seit Jahrzehnten im Rampenlicht der Öffentlichkeit stand, hat er alles darangesetzt, dass seine Familie nicht in Verruf gerät. Sein Jähzorn ist sprichwörtlich. Und genau hier wäre auch ein Motiv zu finden. Ein Alibi liegt bisher nicht vor. Viertens: Diana Wingenfelder. Für die, die sie kennengelernt haben, ist es zwar kaum vorstellbar, dass sie zum Kreis der Verdächtigen gehört. Aber sie hätte eine ganze Reihe völlig ausreichender Motive: Rache – siehe Aids, Eifersucht – siehe schwule Freunde, Habgier – siehe Lebensversicherung. Ihr Alibi ist ebenfalls mehr als dürftig.« Er blickte zu den anderen auf. »So, nun seid ihr dran.«

Maike konnte sich nicht zurückhalten. »Bei aller Liebe«, ereiferte sie sich. »Diana Wingenfelder können wir doch wohl ruhigen Gewissens von der Liste der Verdächtigen streichen. Wie soll so eine Frau ihrem körperlich überlegenen männlichen Opfer denn bitte schön die Handschellen angelegt, ihn mit Benzin übergossen und danach angezündet haben? Außerdem morden Frauen subtiler. Bei so viel Brutalität tippe ich klar auf einen der Männer als Mörder.«

Den letzten Satz musste die Kellnerin mitgehört haben, die sich mit leisen Schritten genähert hatte. Sie stand plötzlich mit vollem Getränketablett an ihrem Tisch und guckte etwas irritiert in die Runde. Schließlich waren die vier Ermittler in ihrer sommerlichen Zivilkleidung kaum als solche erkennbar.

»Für mich bleibt Berger der Kandidat Nummer eins«, ließ Jo Kleinschmidt verlauten, nachdem sie wieder allein waren. »Nicht nur wegen der zahlreichen Indizien, der Zeugenaussagen und so weiter, sondern vor allem wegen des Briefes. Jens Wingenfelder hat in seinem Abschiedsschreiben doch eindeutig Berger als möglichen Schuldigen im Falle seines Ablebens genannt.«

»Ja, das stimmt schon.« Mendelski verscheuchte eine Fliege von seiner Cola. »Jedoch gibt er ihm meines Erachtens nur indirekt die Schuld. Man kann die Anschuldigung nämlich auch so interpretieren, dass Wingenfelder Berger lediglich für seine Aidskrankheit, nicht aber für seinen plötzlichen Tod im Wald verantwortlich machen wollte. Vergesst nicht, dass es Berger war, der Wingenfelder mit dem Stricher in Hamburg zusammengebracht hatte.«

Kleinschmidt ließ nicht locker. »Wir haben sämtliche Kleidungsstücke und Schuhe eingesackt«, sagte er, »die Berger am fraglichen Samstag getragen haben könnte. Irgendwo werden wir Spuren von Brandbeschleuniger, Feuer, Asche und dergleichen finden. Und dann ist er dran.«

»Und wenn er die Kleidung verschwinden lassen hat?«, fragte Ellen Vogelsang. »Mit der gleichen kriminellen Energie, mit der er den Schaden am BMW vertuscht hat?«

»Wir finden schon was.«

Der Salat wurde serviert und das Gespräch verstummte. Schweigend machten sie sich über ihre Vorspeise her. Es war unübersehbar, dass alle schrecklichen Hunger hatten.

Ellen Vogelsang war als Erste fertig. Sie legte ihr Besteck beiseite und sagte: »Aus diesem Schriewe werde ich auch nicht schlau. Wingenfelder soll ihn für den Samstagnachmittag in den Wald bestellt und ihm eine Sensations-Story versprochen haben. Da muss er doch – in Gottes Namen – nachgefragt haben.«

»Da kennst du die Reporter aber schlecht«, entgegnete Maike. »Wenn die eine außergewöhnliche Story wittern, fragen sie nicht lange.«

»Und dann diese Dreistigkeit«, setzte Ellen nach. »Er bleibt einfach am Tatort, schleicht dilettantisch herum und kommt so immer wieder ›ganz ungewollt‹ mit uns in Kontakt. Als Täter hätte der doch längst Reißaus genommen.«

»Nicht unbedingt.« Jo Kleinschmidt stocherte immer noch in seinem Salat herum. »Natürlich brauchst du für so was eiserne Nerven. Aber die brauchte der Mörder für die Brandgeschichte doch sowieso. Und dadurch, dass er in der Nähe blieb, war er stets bestens informiert. Aber ... nee, du hast recht, als Täter kann ich mir den auch nicht so recht vorstellen.«

»Ich auch nicht«, pflichtete Maike ihm bei. »Von den drei Männern, die wir im Visier haben, erscheint mir der Nikutta am suspektesten.«

»Aber doch nur«, gab Ellen Vogelsang zu bedenken, »weil wir so wenig über ihn wissen. Bin gespannt, was Heiko aus ihm herausbekommt.« Sie schaute auf ihre Armbanduhr. »Nikutta müsste eigentlich jeden Augenblick im Präsidium aufschlagen.«

»Ich hätte ja noch eine andere Variante anzubieten.« Jo Kleinschmidt hatte wie Lehrer Lämpel den Zeigefinger erhoben. »Vielleicht stecken ja Erwin Nikutta und Diana Wingenfelder unter einer Decke und haben gemeinsame Sache gemacht. Wenn ich bedenke, dass der Vater seine Tochter in der letzten Zeit nicht aus den Augen gelassen hat. Das sah schon arg nach Kontrolle oder Bewachung aus.«

»Aber Nikutta ist doch wutschnaubend mit seiner Frau abgereist und hat seine Tochter mit uns allein gelassen«, wandte Maike ein.

»Also noch eine Niete«, knurrte Jo Kleinschmidt. »Aber wer zum Teufel hat den Wingenfelder dann umgebracht? Der schwarze Mann?«

Sie wurden ein zweites Mal gestört. Wieder von der Kellnerin, die damit begonnen hatte, die Hauptgerichte aufzutragen. Dieses Mal unterbrachen sie ihre dienstliche Unterredung für längere Zeit.

Es lag wohl nicht am Essen allein, dass sie in der nächsten halben Stunde den Fall Wingenfelder ruhen ließen. Dazu kam eine gewisse Ratlosigkeit, die sie beschlichen hatte. Ohne Zweifel traten sie auf der Stelle. Und obendrein hatte sich bei jedem von ihnen das zweifelhafte Gefühl eingestellt, irgendetwas Wesentliches übersehen zu haben.

An Mendelskis Verhalten war das am deutlichsten abzulesen. Er hatte sich seit geraumer Zeit aus der Diskussion um den möglichen Täter ausgeblendet. Langsam, peu á peu. Seine Kollegen kannten das. Besonders Maike, seine engste Mitarbeiterin, überraschte diese Schweigsamkeit nicht. »Er brütet etwas aus«, pflegte sie dann zu sagen.

Am besten, man wechselte das Thema. Es ließ sich auch viel entspannter essen, wenn man sich anstatt über Mord und Totschlag über Dinge wie das Wetter, Urlaubspläne oder Fußball unterhielt. Mendelski blieb heute allerdings auch bei diesen Allerweltsthemen ungewöhnlich wortkarg.

Sie hatten noch nicht ganz aufgegessen, als ein Handy zu bimmeln anfing.

Es war Heiko Strunz.

Mendelski hörte sich seinen Bericht mehrere Minuten lang schweigend an.

»Wie ich heraushöre, glaubst du ihm«, stellte er nach einer Weile fest. »Okay. Aber das müssen wir natürlich noch überprüfen. – Ja, wir hocken hier in Fuhrberg zusammen. – Alle vier. – Ich schicke Ellen und Jo gleich nach Hambühren. Maike und ich haben noch was anderes vor. Bis später.« Er schaltete sein Handy aus und legte es neben seinen Teller auf den Tisch. »Nikutta war gerade bei Heiko.«

Die anderen rückten gespannt ihre Stühle zurecht.

»Er gibt zu, uns doch etwas verheimlicht zu haben. Er hat tatsächlich seit geraumer Zeit von Wingenfelders Doppelleben gewusst, das allerdings nicht preisgegeben, weil er um den guten Ruf der Familie fürchtete. Von Wingenfelders Krankheit hatte er angeblich keine Ahnung. Er hat sich entschuldigt und ist bereit, die Konsequenzen für sein Fehlverhalten zu tragen.«

»Das ist alles? Mehr nicht?« Maike war erstaunt.

»Nein, nix weiter. Er hatte schlicht und ergreifend Angst um seine eigene Reputation.«

»Und das glaubst du?«

»Ja. Aber nicht wegen seiner Aussage.« Mendelski guckte grimmig. »Nikutta scheint ein Alibi zu haben. Zur fraglichen Tatzeit war er mit seiner Frau zu Hause in Hambühren. Sie haben vor dem heranziehenden Gewitter die Gartenmöbel weggeräumt und sind dabei mit den Nachbarn ins Gespräch gekommen. Das scheint wasserdicht. Aber ich möchte euch, Ellen und Jo, bitten, das sofort zu überprüfen.«

Die beiden nickten.

»Und was machen wir Schönes?«, fragte Maike gähnend. Doch ihre vor Neugierde blitzenden Augen straften die gespielte Gleichgültigkeit Lügen.

»Wir beide? Wir fahren noch einmal nach Wieckenberg«, antwortete Mendelski, ohne dass seine Mimik etwas von seinen Gedanken preisgab. »Es gibt da nämlich eventuell noch einen fünften Verdächtigen.«

ZWÖLF

Auch wenn es ihr ungeheuer schwerfiel, hielt sich Maike vornehm zurück. Sie kannte Mendelski nur zu gut. Fragen würde jetzt nicht viel nützen; wenn er etwas zu sagen hatte, würde er das schon tun.

»Ich möchte noch einmal an den Tatort« und »Haben wir Handschellen dabei?« – das waren die einzigen beiden Sätze, die Mendelski während der Fahrt von Fuhrberg in den Wieckenberger Wald von sich gab. Nachdem Maike die Fragen bejaht hatte, schwieg auch sie.

Sie nahmen die Route am Wasserwerk vorbei und erreichten wenig später die Stelle im Stadtwerke-Forst, wo vor drei Tagen der Wald lichterloh in Flammen gestanden hatte. Weit und breit war keine Menschenseele zu sehen. Da es in der Zwischenzeit mehrmals kräftig geregnet hatte, war die Brandwache abgezogen worden.

Als sie mit ihrem Wagen die Stelle erreichten, wo der Touareg ausgebrannt war, erhoben sich auf der ehemaligen Lichtung zwei Kolkraben aus der Asche am Boden. Laut krächzend flogen sie zu einer Gruppe verkohlter Baumgerippe, wo sie aufbaumten.

»Ach ja«, sagte Mendelski, nachdem er bereits ausgestiegen war. »Bring doch bitte die Handschellen mit.«

Maike öffnete das Handschuhfach und kramte ein Paar Handschellen hervor. Dann stieg auch sie aus und ging um den Wagen herum. Wortlos baute sie sich mit verschränkten Armen vor ihrem Kollegen auf.

»Also …«, begann Mendelski, sprach jedoch zunächst nicht weiter. Er schien die richtigen Worte zu suchen. Schließlich fuhr er geheimnisvoll lächelnd fort: »Also, ich werde dir jetzt eine völlig neue Theorie zum Fall Wingenfelder präsentieren.«

***

Axel Schriewe zögerte. Langsam zog er die Hand zurück, die schon kurz den Klingelknopf berührt hatte. Dabei starrte er geistesabwesend auf den verschnörkelten Namensschriftzug »Wingenfelder«, der in eine Messingplatte neben der Klingel eingraviert war.

Abrupt drehte er sich um. Die durch farbenprächtige Blumenkübel verkehrsberuhigte Wohnstraße lag verlassen in der heißen Nachmittagssonne.

Vor Nervosität zündete er sich eine Zigarette an. Soll ich nun, oder soll ich nicht?, fragte er sich. Sein Besuch hier war eigentlich längst überfällig. Wahrscheinlich war die Familie bereits von der Polizei über seine Aussage informiert worden.

Sicher wussten sie längst, dass Jens und er sich gekannt hatten. Und nicht nur gekannt ...

Wie würden sie seine Entschuldigung aufnehmen? Wo er doch so lange geschwiegen und den Ahnungslosen gemimt hatte.

Hätte er den Tod von Jens Wingenfelder verhindern können? Kaum. Er hatte nicht mal die Spur einer Ahnung gehabt, welch teuflischen Plan sein ehemaliger Freund da ausgeheckt hatte.

Diana Wingenfelder würde verstehen, warum er sich am Samstag im Wald nicht gleich geoutet hatte. Er wäre doch sofort unter Mordverdacht geraten und verhaftet worden.

Freudiges Hundegebell drang aus dem Garten der Wingenfelders zu ihm herüber. Kurz entschlossen drehte er sich um und drückte beherzt den Klingelknopf.

***

Die Kolkraben saßen noch immer in der Baumgruppe und schimpften mit einem tiefen, kehligen »kolk, kolk« über die beiden menschlichen Störenfriede.

»Übrigens unser größter Singvogel«, sagte Mendelski. »Zwar nicht gerade der schönste ... Aber lassen wir die Ornithologie. Zurück zu unserem Fall.« Gedankenverloren ging er vor ihrem Auto auf und ab. Maike hatte es sich derweil auf der Motorhaube bequem gemacht. Gespannt wartete sie auf seine Enthüllungen.

»Es ist Samstag, ungefähr dreizehn Uhr«, fing er langsam an. »Jens Wingenfelder hat alles gut vorbereitet. Sein Exgeliebter Axel Schriewe ist von ihm bereits am Vorabend informiert worden und wird mit Sicherheit zur verabredeten Stelle im Revier kommen. Er ist schließlich Vollblutjournalist und während des Sommerlochs für jede Story dankbar. Wingenfelder ist allein zu Hause. Er hinterlegt in seinem Arbeitszimmer eine Art Abschiedsbrief, in dem er seinen ehemaligen Freund und langjährigen Weggefährten Clemens Berger für seinen möglichen Tod verantwortlich macht. Aus dem Schlafzimmer holt er seine Doppelflinte und eine Schachtel Patronen. Er steigt in den Touareg und fährt los. Seinen Jagdhund Benno lässt er daheim, weil er genau weiß, dass er nicht zum Jagen hinausfährt.«

Mendelski drehte sich zu dem Standort des ausgebrannten Touareg um. »Im Kofferraum seines Wagens transportiert er zwei Kanister Superbenzin – dabei wird sein Geländewagen von einer Dieselmaschine angetrieben. Außerdem hat er sein Handy dabei, ein Paar Handschellen und eine Flasche Whiskey. Auf der Fahrt ins Revier hört er im Autoradio von der rasch nahenden Gewitterfront. Vielleicht sieht er auch schon in der Ferne die dunkle Wand im Osten heranziehen. Er flucht. Sein seit langer Zeit geschmiedeter Plan scheint durch das Unwetter in Gefahr zu geraten. Er muss sich sputen.«

Mit langsamen Schritten umkreiste Mendelski den Dienstwagen. Leise, fast wie im Selbstgespräch, fuhr er mit seiner Rekonstruktion fort. »Im Auto trinkt er sich Mut an. Vielleicht hat er auch bereits zu Hause angefangen zu trinken. Denn sein Vorhaben ist diabolisch, und er hat Angst. Der Whiskey soll ihm helfen, die Sache durchzustehen. Noch aus dem Auto heraus ruft er Berger an. Dass der an diesem Wochenende zu Hause in Fuhrberg ist, hat er vorher irgendwie ausspioniert. Berger solle sofort ins Revier kommen, es gehe um Leben und Tod. Es bedarf etlicher Überredungskünste, bis Berger endlich einwilligt.«

Er drehte sich zu Maike und sah sie an. »Gegen dreizehn Uhr dreißig erreicht Wingenfelder sein Ziel im Wald: Genau die Stelle, wo wir jetzt stehen. Er steigt aus, lädt seine Doppelflinte. Die Schachtel mit den restlichen acht Patronen lässt er im Auto zurück. Dann stellt er die beiden Benzinkanister bereit. Mit der Whiskeyflasche in der einen und der Flinte in der anderen Hand steht er da, als Berger eintrifft.«

Mendelski öffnete die Wagentür und griff nach seinem Notizblock. Maike rührte sich derweil nicht von der Stelle und verfolgte gespannt seine Darstellung.

»Ich zitiere«, fuhr Mendelski fort, nachdem er in seinen Aufzeichnungen nachgelesen hatte. »›Du wirst ebenfalls büßen!‹ und ›Es ist angerichtet!‹. Das sagt Wingenfelder zu Berger, dann geht er zu dessen Auto und schlägt mit dem Kolben seiner Flinte das Rücklicht kaputt. Er verteilt die Scherben mit gezielten Fußtritten in der Gegend. Wingenfelder sagt zu Berger: ›Sicher ist sicher. Damit man hinterher auch nachweisen kann, dass du hier warst.‹ Mit der Flinte im Anschlag hält er sich den erbosten Berger vom Hals. Er schaut auf die Uhr. Es ist dreizehn Uhr fünfundvierzig. Axel Schriewe ist erst für vierzehn Uhr bestellt. Das könnte eng werden. Das immer lauter werdende Donnergrollen des sich nähernden Gewitters bringt ihn aus der Fassung. Er kann nicht länger warten, er muss handeln. Wenn es anfängt zu regnen, kann er seinen Plan vergessen. Er hastet zu den Benzinkanistern. Berger nutzt die Gelegenheit, springt in sein Auto und flüchtet. Doch das ist Wingenfelder jetzt egal. Er hat, was er wollte. Man wird schon herausfinden, dass Berger hier war. Auch wenn Schriewe als Zeuge zu spät kommen sollte. Die Scherben vom Rücklicht werden Berger überführen.«

Kleine Schweißperlen hatten sich auf Mendelskis Stirn gebildet. Er merkte davon nichts. Konzentriert, jedes Detail berücksichtigend, machte er weiter.

»Wingenfelder beginnt, den einen Benzinkanister in, über und um den Touareg herum zu entleeren. Den zweiten Kanister kippt er bis auf einen kleinen Rest in den nahen Wald. Bevor das Benzin in der sengenden Mittagshitze verdunsten kann, entzündet er das Inferno mit einem einzigen Streichholz. Die enorme Hitze des sich schnell ausbreitenden Feuers treibt ihn in den Wald hinein. Jetzt kommt der grausamste Teil seines Vorhabens. Mit einem Zug leert er den Rest aus der Whiskeyflasche und wirft sie ins Feuer.«

Dieses Mal war es Maikes Handy, das Mendelskis Monolog unterbrach. Es war ein Anruf privater Natur.

»Du, ich kann jetzt nicht«, flüsterte sie ins Telefon. Doch der Anrufer ließ sich nicht so leicht abwimmeln. Sie wurde lauter. »Matthew, *please!* Ich bin in einer wichtigen Besprechung. – Nein, unser Urlaub ist, glaube ich jedenfalls, nicht in Gefahr. Wie es scheint, stehen wir kurz vor dem Abschluss. – Ja, bis dann. *Bye-bye!*« Sie legte auf.

»Gib mir bitte mal die Handschellen.«

Maike reichte Mendelski die stählernen Fesseln.

Mit wenigen Handgriffen legte er sie sich selbst an und ließ die Schnappschlösser hörbar einrasten.

»So«, kommentierte er scheinbar zufrieden. »Ich habe mich selbst gefesselt. Problemlos.« Mit einem Seitenblick auf Maike ergänzte er: »Bewahre du mir bitte den Schlüssel gut auf.«

Maike wusste nicht, was sie von der Sache halten sollte, nahm aber den Schlüssel an sich.

Mit gefesselten Händen setzte Mendelski seinen Bericht fort.

»Benebelt vom Alkohol, von dichtem Qualm und der Hitze schüttet sich Wingenfelder den Rest des Benzins über die eigene Kleidung. Dann holt er die Handschellen aus seiner Hosentasche und schließt sie auf. Er legt sich selber die Fesseln an und lässt die Schlösser zuschnappen. So in der Art, wie ich es eben bei mir gemacht habe.«

Mendelski wischte sich mit den gefesselten Händen über die Stirn. »So weit, so gut. Sein Plan scheint doch noch aufzugehen. Es gibt ausreichend Hinweise für die Polizei, die belegen, dass Berger zur fraglichen Zeit hier bei ihm im Revier war. Der Wald und sein Auto brennen lichterloh. Das mächtige Feuer wird all die Spuren tilgen, die eventuell doch den tatsächlichen Hergang der Geschehnisse entlarven könnten. Die Handschellen, die er nun trägt, werden in dem tragischen Zwischenfall die zentrale Rolle spielen. Sie sollen seine Opferrolle belegen. Wenn man ihn später findet, wird alles auf eine Gewalttat und auf Berger als Täter hinweisen.«

Mendelski legte eine kurze Pause ein und holte tief Luft.

»Du meinst doch nicht im Ernst, Wingenfelder könnte sich am Ende selbst …«

»Geduld, meine Liebe, Geduld.« Mendelski blieb vor ihr stehen. Er lächelte nachdenklich. »Weiter. Wingenfelder befindet sich jetzt – mit geschulterter Flinte und von den eigenen Handschellen gefesselt – in der Nähe des Feuers, das sich rasch ausbreitet.«

Mendelski nahm Maike den Handschellenschlüssel aus der Hand und hielt ihn mit spitzen Fingern weit von sich.

»Dann bemerkt Wingenfelder einen kapitalen Fehler in seinem Plan. Er starrt auf den Schlüssel in seinen Händen, den Schlüssel zu den Handschellen. Verdammt, das hatte er nicht bedacht. Wie konnte er diesen wichtigen Punkt nur übersehen haben. Der Schlüssel zu den Handschellen darf natürlich nicht bei ihm gefunden werden. Dann wäre sein ganzes, lange geplantes Unternehmen gescheitert. Voller Panik schaut er sich um.« Mendelski drehte sich um die eigene Achse. »Wohin nur mit diesem verfluchten Schlüssel, diesem wichtigen Beweisstück, das ihn und sein Vorhaben verraten würde? In dieser Ecke seines Reviers kennt er jeden Baum, Strauch, Grashalm, jede Erdkrume. Er weiß genau: Weit und breit gibt es keinen Teich, keinen Sumpf oder auch noch so kleinen Moortümpel, in dem man den Schlüssel hätte versenken können. Die Wulbeck führt in diesem Jahrhundertsommer schon lange kein Wasser mehr und taugt daher auch nicht als Versteck. Und um den vermaledeiten Schlüssel in diesem knochentrockenen, mehr aus Staub denn aus Erde bestehenden Waldboden zu verscharren, tief genug, sodass ihn sicher niemand findet, braucht er ein Werkzeug, einen Spaten oder eine Hacke. Aber so etwas hat er nicht dabei. Und ein mit den Händen oberflächlich gebuddeltes Loch scheint seinem benebelten Hirn zu unsicher.«

Mit einer raschen Drehung wandte Mendelski sich wieder Maike zu. »Da fällt Wingenfelder plötzlich der Fuchsbau ein. Ein gewaltiger, uralter Fuchsbau mit einem halben Dutzend Röhren, gar nicht weit von hier. In einer dieser Röhren könnte man den Schlüssel verschwinden lassen. Ja, das ist eine gute Idee. Niemand würde den Schlüssel dort entdecken. Eilig macht er sich auf den Weg. Die Zeit drängt. Beängstigend nahe neben ihm tobt inzwischen ein ausgewachsener Waldbrand. Das Feuer hat die Kronen der Nadelbäume erfasst, lässt sie regelrecht explodieren. Die Flammen bewegen sich nun – angefacht von dem auffrischenden Wind des nahenden Gewitters – mit ohrenbetäubendem Lärm rasch vorwärts. Er muss sich beeilen, um auf jeden Fall vor dem Feuer am Fuchsbau zu sein. Das Laufen mit den vor seinem Bauch gefesselten Händen geht wider Erwarten gut. Die Idee, die Handschellen wieder aufzuschließen, kommt ihm erst gar nicht. Nur die Flinte, die er mittlerweile auf dem Rücken trägt, stört. Immer wieder bleibt er damit an Büschen oder tief hängenden Zweigen hängen. Bald erreicht er die Dickung, in der sich der alte Fuchsbau befindet. Die Kiefern dort stehen derart dicht an dicht, dass er sich tief bücken muss, um zwischen den jungen Bäumen hindurchzukriechen. Wieder bleibt er mit den sperrigen Flintenläufen im Astwerk hängen, sich frei zu machen, kostet jedes Mal viel Zeit. Kurz entschlossen reißt er das Gewehr von der Schulter und lässt es am Dickungsrand liegen. Er würde sich die Flinte wieder holen, wenn erst das mit dem Schlüssel erledigt wäre. Er kämpft sich zum Fuchsbau vor, der sich inmitten der Dickung auf einer kleinen Lichtung befindet. Er sucht sich eine Röhre aus und wirft den Schlüssel hinein. Er atmet durch. Das wäre geschafft.«

»Wie kommst du auf den Fuchsbau?«, fragte Maike.

»Die einzige sinnvolle Erklärung für die Positionen der Leiche und der verbrannten Flinte, weit weg vom Auto, aber ziemlich nah am Fuchsbau. Das führt doch geradewegs zu dieser Idee. Oder?«

Maike gab keine Antwort.

Mendelski atmete tief ein. Sein Gesicht wirkte jetzt hart. »Als Wingenfelder denselben Weg zurück nehmen will, den er gekommen ist, schlägt ihm beißender Rauch entgegen. Das Prasseln des Feuers ist in unmittelbarer Nähe zu hören. Notgedrungen wählt er einen anderen Weg. Dann steigt Panik in ihm auf. Die Flinte! Er braucht unbedingt die Flinte. Um dem Ganzen ein Ende zu setzen, um seinen Plan zu vollenden und sich zu erlösen. Doch ihm bleibt keine Zeit zum Überlegen. Das Feuer droht ihn einzukesseln. Er spürt die Hitze, riecht den beißenden Brandgeruch – und den Benzingestank an seiner Kleidung. Jetzt erfasst ihn dichter Qualm, hüllt ihn ein und raubt ihm den Atem. Die Hitze wird unerträglich. Funken fliegen ihm ins Gesicht, auf die nackten Unterarme, auf das benzingetränkte Hemd. Es fängt Feuer. Schreiend, blind vom Qualm, getrieben von Todesangst und Schmerz, rennt er los, stolpert über einen Ast oder eine Wurzel und geht zu Boden. Noch bevor seine Kleider in Flammen aufgehen, ereilt ihn ein Schock. Er wird bewusstlos.«

Mendelski verstummte. Er schaute zu Maike, suchte Augenkontakt. Sie saß regungslos auf der Motorhaube und hörte gebannt zu. Er wandte seinen Blick nach unten und beendete leise die grausige Rekonstruktion.

»Kurz darauf erstickt Jens Wingenfelder im selbst geschaffenen Feuerinferno. Seine Armbanduhr hält ein paar Minuten länger durch, bevor auch sie von den Flammen erfasst wird. Um vierzehn Uhr siebenundvierzig bleibt sie stehen. Wenig später setzt das Unwetter ein.«

»Mannomann!« Maike war beeindruckt. »Du solltest zum Radio gehen und Gruselgeschichten zum Besten geben.« Sie sprang von der Motorhaube. »Also war es so was wie ein Selbstmord«, sinnierte sie.

Mendelski nickte. »Wingenfelder plante den Selbstmord durch Erschießen. Der Waldbrand sollte die Spuren seiner Selbsttötung tilgen. Durch die Handschellen und das Legen weiterer Spuren lenkte er die Ermittlungen zunächst erfolgreich in Richtung Mord. Sein Plan schien aufzugehen.«

»Kann man sich überhaupt derart gefesselt mit einem Gewehr erschießen?«

Mendelski hob einen verkohlten Knüppel auf, der neben ihrem Auto im weißen Heidesand lag.

»Dieser Stock hat ungefähr die Länge, die der Entfernung zwischen Flintenabzug und Laufmündung entspricht. Schau, was ich jetzt mache.« Das eine Ende hielt er mit seinen gefesselten Händen weit nach unten gestreckt, ungefähr in Kniehöhe. Das andere Ende klemmte er sich unter das Kinn. »Und peng!«

Er ließ den Stock zu Boden fallen und schaute zu Maike. »Siehst du? *Quod erat demonstrandum.* Er wäre nicht der Erste gewesen, der sich auf diese Weise eine Ladung Blei in den Kopf gejagt hätte.«

Trotz der üblen Thematik musste Maike grinsen. Der Stock hatte nicht nur an Mendelskis Händen, sondern auch an seinem Hals schwarze Spuren hinterlassen. Beim Versuch, sie wegzuwischen, wurde es nur noch schlimmer.

Mendelski streckte ihr die gefesselten Hände entgegen. »So, nun schließ die Dinger wieder auf.«

»Bevor ich dich befreie«, sagte sie, »musst du mir erklären, warum Wingenfelder auf so seltsame Weise aus dem Leben scheiden wollte? Und – viel wichtiger – wie willst du diese Räuberpistole beweisen?«

»Da musst du dich noch einen Moment gedulden«, erwiderte Mendelski. »Wir haben doch einen Klappspaten im Kofferraum, oder? Den hole ich, sobald du mir die Handschellen abgemacht hast, und dann wollen wir mal ein wenig buddeln. Ich will endlich wissen, ob ich recht habe.«

Wenig später standen sie am Fuchsbau. Frische Spuren im Sand zeigten, dass der Bau nach dem Brand von seinen angestammten Bewohnern wieder angenommen worden war. Maike fragte sich, ob der ihnen bekannte Kohlfuchs wohl gerade zu Hause war.

»Welche Röhre hättest du gewählt«, fragte Mendelski sie, »wenn du an Wingenfelders Stelle gewesen wärst?«

»Die da.« Ohne zu zögern, wies sie auf die Hauptröhre. »Das ist die größte.«

Mendelski begann zu graben. Vorsichtig brachte er Schaufel für Schaufel feinen Heidesand an die Oberfläche. Ab und zu waren ein paar bunte Kieselsteine und Wurzelreste dabei. Auch einige Röhrenknochen und Federn kamen zum Vorschein, die – wie Mendelski fachmännisch diagnostizierte – einem Haushuhn zuzuordnen waren. Diese Fuchsfamilie hier schien weite und verbotene Wege für ihre Beutezüge zurückzulegen.

Um so tief wie möglich mit dem Spaten in die Röhre zu reichen, lag Mendelski schon bald bäuchlings vor dem Bau. Er war über und über mit Sand besprenkelt. In Nase, Augen und Ohren machten sich die kleinen, knirschenden Quarze breit. Maike durchwühlte derweil den Aushub mit den bloßen Händen. Auf einen Schlüssel stießen sie jedoch nicht.

»Na, müssen wir denn doch noch einen Bagger anfordern?«, schnaufte Mendelski, nachdem er sich für eine Pause aufgesetzt hatte.

Hinter seinem Rücken hatte sich ein Fuchs der Szene genähert. Auch Maike bekam nichts davon mit, da sie aufmerksam den ausgebuddelten Sand durchsuchte. Es war der Kohlfuchs, der nun im Schutze eines Baumstumpfes verharrte, um die Lage am Bau zu taxieren. Offensichtlich wurde ihm beim Anblick der beiden Zweibeiner klar, dass der Zugang zu seiner Behausung im Moment versperrt war. So still und heimlich wie er gekommen war, verschwand er wieder.

»Verflixt ... Vielleicht hat er doch eine andere Röhre genommen«, sagte Mendelski und schüttelte sich den Sand aus den Haaren. »Die da drüben sieht besonders tief und steil aus.«

Er krabbelte auf allen vieren zu einer der Nebenröhren. Vorsichtig ließ er den Spaten in das dunkle Loch gleiten. Als er auf einen Widerstand stieß, vernahm er leise ein metallisches Geräusch.

»Das hörte sich nicht nach einem Stein an«, rief er. »Das klang eher wie Metall auf Metall.«

Nach zwei missglückten Versuchen hatte er endlich Erfolg. Wie auf einem Tablett bugsierte er mit dem Spaten einen im Sonnenlicht funkelnden, relativ kleinen Schlüssel ans Tageslicht.

»Bingo!«, sagte er nur, während er Maike die Schaufel mit dem Fund unter die Nase hielt. »Bloß nicht anfassen und ab damit ins Labor. Ich wette mit dir um ein Vier-Gänge-Menü beim Italiener deiner Wahl, dass auf dem Schlüssel ausschließlich Wingenfelders Fingerabdrücke und eventuell noch Spuren von Benzin zu finden sind.«

»Respekt, Robert!« Sie erhob sich und klopfte sich den Sand von den Oberschenkeln. »Da hast du einen guten Riecher gehabt.«

Als sie wieder im Auto saßen, wiederholte Maike ihre Frage von vorhin.

»Nun erklär mir bitte schön das Motiv für so viel Theater.«

»Das ist doch gar nicht so schwer«, entgegnete Mendelski. »Es handelt sich gleich um eine ganze Handvoll Motive: Wingenfelder ist todkrank. Der Arzt sagt ihm, dass er nicht mehr lange zu leben hat. Wie der weitere Krankheitsverlauf aussieht, kann er überall nachlesen, es dürfte nichts Erfreuliches daran sein. Und genau das, die Qualen eines langsamen Sterbens, möchte Wingenfelder sich, aber auch seiner Familie und seinem näheren Umfeld ersparen. Außerdem soll möglichst niemand erfahren, woran er erkrankt ist.«

Maike nickte.

»Der Haken dabei: Wenn er Selbstmord begeht, ist seine Risiko-Lebensversicherung hinfällig. Denn die Versicherungsgesellschaft zahlt verständlicherweise nicht bei Freitod. Aber bei Mord und Totschlag sieht das anders aus. Und als fürsorglicher Familienvater will er seinen Nachfahren die hübsche Summe von einer halben Million Euro nicht vorenthalten.«

»Klar so weit.«

»Da kommt ihm die teuflische Idee, nicht nur seinen Selbstmord als Mord zu tarnen, sondern sich gleichzeitig an dem zu rächen, dem er die Krankheit zu verdanken hat: Berger nämlich. Der war es, der ihn mit dem HIV-infizierten Stricher zusammengebracht hatte.«

Mendelski rieb sich mit einem Taschentuch den Sand aus den Augenwinkeln. »Und beinahe wäre ihm diese Rache auch geglückt«, knurrte er.

»Damit, dass sein Sohn Kersten persönlich auf Rachefeldzug geht«, fügte Maike hinzu, »hat Wingenfelder aber bestimmt nicht gerechnet.«

»Nein, ganz gewiss nicht.«

Schweigend dachte Maike eine Weile nach. »Klingt alles ganz plausibel«, sagte sie dann. »Und wenn wir auf dem Schlüssel, den du ausgegraben hast, die Fingerabdrücke von Wingenfelder finden, ist das ein schlagender Beweis für deine Rekonstruktion.«

Mendelski nickte.

»Nur – was sollte der Schriewe bei der ganzen Geschichte?«, fragte Maike.

»Das war wohl eine Art Absicherung. Falls das mit dem Zerdeppern des Rücklichts nicht gereicht hätte. Wingenfelder brauchte für diesen Fall einen Zeugen, der Berger zur fraglichen Zeit im Revier gesehen hat. Und wer eignet sich dazu besser als ein Reporter mit Fotoapparat?«

»War das nicht riskant? Schriewe hätte doch auch den wahren Tathergang beobachten können.«

»Dieses Risiko musste Wingenfelder eingehen. Um es zu minimieren, hat er erstens Schriewe für einen späteren Zeitpunkt bestellt und zweitens den Ort des Treffens recht ungenau beschrieben. Er rechnete damit, dass sich Schriewe irgendwo am Heudamm herumtrieb, während er sich mit Berger kabbelte und das Feuer ausbrach.«

»Perfekt geplant. Nur – das Ende in den Flammen war sicher nicht so beabsichtigt.«

»Nein. Und perfekt war seine Planung auch nicht. Denn das Versäumnis mit dem Handschellenschlüssel ließ seine ganze Vorstellung platzen.«

Beide schwiegen einen Moment.

»Eine böse Geschichte mit einem bösen Ende«, zog Maike ihr Fazit.

»Stimmt. Wingenfelder hat durch seine bisexuellen Neigungen alles verloren: seine Frau, seine Familie, seine Gesundheit – und sein Leben. Der stand vor den Ruinen seiner Existenz.«

Maike lief ein Schauer über den Rücken. »Welche Verzweiflung braucht es, um sich auf solche Weise umzubringen? Und all das hat er ganz allein mit sich ausgemacht. Er hat mit niemandem über seine Krankheit gesprochen, geschweige denn über seine Rachegelüste.«

»Er muss Schreckliches durchgemacht haben«, antwortete Mendelski leise. »Wie weit muss man kommen, um solche Pläne zu schmieden?«

Noch am gleichen Abend erhielten sie das Ergebnis aus dem Labor. Trotz der unsanften Behandlung im Fuchsbau ließen sich auf dem Schlüssel tatsächlich Fragmente der Fingerabdrücke von Jens Wingenfelder nachweisen. Vergleichsproben hatte man kurzerhand im Waffenschrank des Jägers genommen, zu dem nach Angaben der Witwe niemand sonst Zugang hatte. Jedenfalls waren sich die Experten sicher, dass außer Wingenfelder niemand den Schlüssel angefasst hatte. Außerdem waren daran geringfügige Spuren von Superbenzin gefunden worden. Mendelski sah – nicht ohne Stolz – seine Annahmen untermauert.

Er hatte für zwanzig Uhr eine Besprechung anberaumt, an der neben den Mitarbeitern der Mordkommission auch der Staatsanwalt und Steigenberger teilnahmen. Sie alle zeigten sich von der unerwarteten Wendung im Fall Wingenfelder überrascht, akzeptierten aber schließlich einhellig die Darstellung des Tatherganges, die durch den Fund des Schlüssels mit Wingenfelders Fingerabdrücken eindrucksvoll bestätigt wurde.

Noch während der Sitzung traf aus Hannover die Nachricht ein, dass Verena Treskatis und ihre Leute einen Sexshop ausfindig gemacht hatten, in dem Wingenfelder vor einer Woche die Handschellen gekauft hatte. Eine Verkäuferin hatte ihn anhand von Fotos wiedererkannt.

»Dann wäre der Fall gelöst«, sagte der Staatsanwalt mit einem dünnen Lächeln. »Selbstverschuldeter Tod statt Mord, Täter statt Opfer. Sicher kein alltägliches Ermittlungsergebnis. Ich bedanke mich recht herzlich bei dem gesamten Team, insbesondere bei

Hauptkommissar Mendelski, und schlage vor, dass die Presse erst morgen informiert wird. Es wäre nicht schön, wenn Frau Wingenfelder unsere Ermittlungsresultate aus der Zeitung erfahren müsste.«

»Wer von Ihnen«, fragte Steigenberger in die Runde, »fährt denn morgen noch einmal nach Wietze?«

***

Es war Maikes und Mendelskis letzter Arbeitstag vor dem Urlaub. Noch heute Abend wollten sie ihre Sachen packen, um morgen, am Donnerstag, in aller Herrgottsfrühe in die Ferien aufzubrechen.

Doch vorher war noch einiges zu erledigen. Der Abschlussbericht musste geschrieben werden, die Presse wollte informiert sein, und es stand noch der Besuch bei der Familie Wingenfelder auf dem Programm. Die Wahl, wer von ihnen nach Wietze fahren sollte, war natürlich auf das Gespann Mendelski/Schnur gefallen. »Sie kennen die dortigen Verhältnisse am besten«, hatte Steigenberger argumentiert.

Der Besuch verlief einigermaßen glimpflich. Nach dem Wechselbad der Gefühle, dem sie in den letzten Tagen ausgesetzt gewesen war, nahm Diana Wingenfelder die Nachricht vom Freitod ihres Mannes mit erstaunlicher Fassung hin. Die Erkenntnis, dass ihr sterbenskranker Mann freiwillig aus dieser Welt geschieden und keinem Gewaltverbrechen zum Opfer gefallen war, machte in ihren Augen den Verlust erträglicher. Vielleicht war sie auch einfach erleichtert, dass die Ermittlungen abgeschlossen waren und die Unsicherheit ein Ende hatte. So konnte sie sich auf die Beerdigung am Freitag konzentrieren – ein erster Schritt zurück in die Normalität.

Dass ihr Mann posthum des Betruges, der Brandstiftung und der Vortäuschung einer Straftat bezichtigt wurde, machte ihr wenig aus. Und dass sie nicht in den Genuss der halben Euromillion aus der Lebensversicherung kommen würde, schien sie – im Moment jedenfalls – nicht sonderlich zu interessieren.

»Wir werden schon nicht am Hungertuch nagen«, hatte Diana Wingenfelder gefasst geantwortet. »Jens hatte auch anderweitig vorgesorgt.«

Die Kinder, Alina und Kersten, waren in die Medizinische Hochschule nach Hannover gefahren. Kersten wollte Clemens Berger besuchen, um sich für sein Verhalten zu entschuldigen. Von Erwin und Monika Nikutta war an diesem Vormittag nichts zu sehen. Wie Diana Wingenfelder durchblicken ließ, lag sie mit ihren Eltern – und besonders mit ihrem Vater – weiterhin im Clinch.

Als Mendelski und Maike Wietze hinter sich ließen und auf der B 214 in Richtung Celle fuhren, packte sie so langsam die Vorfreude auf ihren Urlaub.

»Ihr wollt also endlich einmal gemeinsam nach England«, stellte Mendelski fest. »Woher, sagtest du, stammt Matthew noch mal?«

»Aus dem äußersten Südwestzipfel Englands, aus einem kleinen Nest namens Moretonhampstead. Es liegt im Nationalpark Dartmoor, einem angeblich wunderschönen, dünn besiedelten Bergland in der Grafschaft Devon. Matthew meint, man könne in den weiten Heide- und Moorlandschaften hervorragend wandern und zelten.«

»Dartmoor?« Mendelski stutzte. »Ist das nicht diese einsame, unwirtliche Gegend, die schon so mancher Autor als Schauplatz für seinen Kriminalroman genutzt hat?«

»Genau das ist es«, antwortete Maike. »Unter anderem hat sich Arthur Conan Doyle davon inspirieren lassen und seinen Höllenhund in Dartmoor auf Mord ausgeschickt. Mir läuft schon jetzt ein Schauer über den Rücken, wenn ich an die Nächte im Moor denke.«

»Das kann ich mir vorstellen«, erwiderte Mendelski feixend. »Mit Matthew allein in einem Zelt – da würde mir auch angst und bange werden.«

»Du Ekel!« Sie boxte ihn lachend gegen die Schulter, dann war wieder Frieden. »Und ihr?«, fragte sie. »Wie ich hörte, geht es dieses Mal nicht zur Schwiegermama nach Barcelona, sondern in den hohen Norden?«

»Stimmt. Im Sommer fahren wir ungern nach Spanien. Da ist es uns zu heiß und zu touristisch. Aber hoher Norden ist etwas übertrieben. Carmen und ich wollen nach Südschweden.«

»Ans Meer oder an einen See?«

»An einen See, in der Nähe des Städtchens Sövestad. Nachbarn von uns haben dort ein kleines Ferienhaus, das sie uns für zwei Wochen überlassen. Es soll sehr idyllisch liegen. Und ab und zu soll auch ein Elch an der Veranda vorbeischauen.«

»Liegt das zufällig in der Nähe von Ystad?«

»Welches Ystad?«, fragte er.

»Na, die kleine Hafenstadt, in der Kommissar Wallander zu Hause ist?«

»Ich hab keine Ahnung, wovon du sprichst.«

»Nun mach aber halblang. Du kennst nicht Henning Mankells weltberühmten Kurt Wallander? Hast du mir nicht selbst mal ›Die fünfte Frau‹ empfohlen oder sogar ausgeliehen?«

Erst jetzt, da sie ihren Blick von der Fahrbahn wandte, bemerkte Maike, dass sie schon wieder auf den Arm genommen wurde.

Mendelski lachte auf und schlug sich vor Schadenfreude mit der Hand auf den Oberschenkel.

»Sapperlot!« Sie guckte gereizt. »Was soll die Verarschung? Kaum ist ein Fall gelöst, bist du wie ausgewechselt. Dann darf man von dir überhaupt nichts mehr ernst nehmen.«

»Ach, komm schon«, erwiderte Mendelski, der immer noch wie ein Honigkuchenpferd griente. »Ystad liegt nur sieben Kilometer von Sövestad entfernt. Natürlich fahren wir auch dorthin. Die Stadtführung ›Mörderisches Ystad – Schauplätze von Mankell-Romanen‹ habe ich schon vor Wochen gebucht.«

Maike musste nun ebenfalls lachen. »Der Herr Kriminalhauptkommissar kann es auch im Urlaub nicht lassen.«

»Genau. Und deswegen habe ich dafür auch Bildungsurlaub eingereicht.«

»Was hast du?«

Mendelski prustete los und schlug sich erneut vor Schadenfreude auf den Oberschenkel.

Danksagung

Denen, die mit Informationen, Rat und Tat zum Gelingen dieses Buches beigetragen haben, möchte ich an dieser Stelle herzlich danken. Es handelt sich um:
Förster Günter Schröder, Wieckenberg
Mike Welker von der Freiwilligen Feuerwehr, Wieckenberg
Dirk Fleischfresser und Torsten Allert von der Freiwilligen Feuerwehr, Fuhrberg
Hannelore Spengler vom Deutschen Erdölmuseum, Jeversen
Holger Nottbohm von der Polizei Hannover
Familie Garms aus Fuhrberg
Henrik Quentin aus Brelingen
Barbara Sonderfeld aus Hannover-Lahe
Meine Schwester Verena Dohrn aus Hannover
Und natürlich meine Frau Eva und unsere Söhne Adrian und Timon

Besonderer Dank gebührt Uli, meinem engagierten, in der Krimiszene bewanderten und nachtschichterprobten Lektor.

Glossar

Erläuterungen zu den in diesem Roman verwendeten Ausdrücken aus der Jägersprache

aufbaumen – auf einen Baum klettern (bei Haarwild) oder fliegen (bei Federwild)

Behang – »Hängeohr« der brackenstämmigen Jagdhunde

Blattzeit – Brunftzeit des Rehwildes

Dreiläufer – etwa sechs Monate alter Feldhase

Englischer Schaft – Gewehrschaft ohne Backe und Pistolengriff

entstechen – Feineinstellung des Stecherabzugs rückgängig machen, ohne den Schuss auszulösen

Fahrradlenker – umgangssprachlich für schwaches Elchgeweih

Fang – hier: Maul des Hundes und Raubwildes

Hirsch der Klasse I – höchste Altersklasse

hochmachen – Wild aufstöbern, aufscheuchen

Kirrung – Ausbringungsstelle von kleinen Mengen Futter zum Anlocken von Wild

Kopf (achter) – hier: im Sinn von »Geweihjahrgang« bei Hirschen

Läufe – hier: Beine des Hundes und Haarwildes

Laut geben – bellen

Malbaum – Baum, an dem sich Schwarzwild nach dem Verlassen der Suhle scheuert

Niederwild – historisch überlieferter Begriff für kleinere, weniger »wertvolle« Wildarten

Schaufel – Verbreiterung des Geweihs beim Elch oder Damhirsch

strecken – Wild »zur Strecke bringen«, erlegen

Suhle – morastige Senke im Erdboden, welche vom Schwarz- und Rotwild für Schlammbäder verwendet wird

Treiber – Jagdhelfer bei Treibjagden

ungerader Achtzehnender – Rothirsch mit neun Enden an der einen und weniger als neun an der anderen Geweihstange

verhoffen – in der Bewegung innehalten, stutzen